SEDUCTION
by Amanda Quick
translation by Haruna Nakatani

エメラルドグリーンの誘惑

アマンダ・クイック

中谷ハルナ[訳]

ヴィレッジブックス

エメラルドグリーンの誘惑

おもな登場人物

ソフィー・ドリング	没落した貴族の娘
ジュリアン・シンクレア	レイヴンウッド伯爵
ファニー(フランシス・シンクレア)	ジュリアンの伯母
ハリエット・ラッテンベリ	ファニーの友人
マイルズ・サーグッド	ジュリアンの友人
ギデオン・デレゲート	ジュリアンの友人
アン・シルバーソーン	ソフィーの友人
ジェーン・モーランド	ソフィーの友人
メアリ	ソフィーの小間使い
シャーロット・フェザーストン	ロンドンの高級娼婦
ウェイコット	子爵
ベス	ソフィーと仲のいい老婆

1

正式な結婚の申し込みが断られるのを聞きながら、レイヴンウッド伯爵、ジュリアン・リチャード・シンクレアは驚きのあまりわが耳を疑った。驚きはすぐに、ふつふつとこみ上げる冷ややかな怒りに変わった。いったいなにさまのつもりなんだ、あの娘は？　残念ながら本人に直接、尋ねることはできない。この場に来てさえいないのだから。ジュリアンの寛大な申し出を代理で断った祖父は、見るからに気詰まりそうに身を縮めている。

「なんとしたことか、レイヴンウッドさま、私だってあなた以上に気に食わんのです。問題は、あの子がもう世間知らずの小娘ではないということでして」ドリング卿は眉をひそめて弁解した。「小さいころは気だてのいい子でした。いつも人を喜ばせようとして。しかし、いまはもう二十歳を三つも過ぎまして、この二、三年で急に鼻っ柱が強くなったような気がします。こちらもたまにかーっとするんですが、どうしようもありません。近ごろでは、あれこれ指図もできなくなりました」

「年のことは承知のうえだ」ジュリアンはそっけなく言った。「だからこそ、分別があって従順な女性だろうと考えたのだ」

「ああ、それはもう」ドリング卿はあわてて言った。「まちがいなく、そういう娘です。もちろんです。なにかというと泣いたりわめいたり、大騒ぎするわからず屋の若い娘とはちがいます」ドリング卿が動揺しているのは一目瞭然だった。頬髭をたくわえた血色のいい顔がますます赤くなる。「ふだんはとてもやさしい子です。とても素直です。つつましく上品な女性の鑑《かがみ》と申しましょうか」

「つつましく上品な女性」ジュリアンはゆっくり繰り返した。

ドリング卿はぱっと顔を輝かせた。「そのとおりです、閣下。つつましく上品な女性の鑑です。数年前、私たちの末の息子とその嫁が亡くなってからというもの、祖母を支えてよくやってくれています。ご存じのように、ソフィーの両親はあの子が十七歳になってすぐ、船の事故で行方知れずになりました。それで、あの子と妹をうちで引き取ったわけでして。もちろん、閣下も覚えていらっしゃるとは存じますが」ドリング卿は咳払いをした。「いや、ご存じないかもしれない。あのころは、ほかに忙しいことがおありでしたから」

ほかに忙しいこと。私に気を使って遠回しに言っているが、要するに、エリザベスという名の美しい悪女に翻弄されていたということだ、とジュリアンは思い返した。「あなたの孫娘がそのような分別ある美徳をすべて持ち合わせた女性の鑑であるなら、ドリング、私の申し出を断ろうと決めた理由はなんなのだろう?」

「すべてわたしの責任だと、あの子の祖母は申しております」ドリング卿は不満そうにもじゃもじゃ眉をひそめた。「あの子に好きなだけ本を読ませたのです。それがまちがいの元だと、妻には言われます。しかし、どんな本がよくてどんな本はだめだなどと、ソフィーに言えるわけもありません。だれにそんなことができましょう？　もう一杯ワインをいかがですか、伯爵？」

「ありがとう。もう一杯もらおう」ジュリアンは、赤い顔をした家の主《あるじ》をはたと見つめ、つとめて穏やかに言った。「じつを言うと、私にはよくわからないのだ、ドリング。ソフィーの読書好きがなににどう関係するのだ？」

「恐れながら、私は、あの子がどんな本を読んでいるか、いつも目を光らせていたとは言えません」ドリング卿はもごもごと言い、赤ワインを一気にあおった。「読む本を選ばなければ若い娘はすぐに影響を受け、ばかげた考えにとりつかれます。しかし、三年前にあの子の妹が亡くなってから、わたしはソフィーにあまりうるさいことは言いたくなかった。あの子の祖母も私も、目のなかに入れても痛くないほどあの子がかわいいのです。ほんとうに思慮分別のある子なのです。あなたからの申し出を断ったりして、いったいなにを考えているのやら。もう少し時間さえあれば、あの子の考えも変わるとは思うのですが」

「時間？」つい皮肉っぽく、ジュリアンは眉をつり上げた。

「今回のことに関して、あなたは少々せっかちすぎたと言わざるを得ません。私の妻さえ、そう申しております。この種のことに、われわれ田舎の人間はもっと時間をかけます。都会のやり方には慣れていないものですから。そして、女性は、分別のある女性でさえ、殿方にはこんなふうに話を進めてもらいたいと、信じられないほどロマンチックな考えを持っているものでして」ドリング卿は期待をこめて客人を見つめた。「あともう何日か、あなたからのお話について考える時間をあの子にやってはいただけないでしょうか？」

「直接、ミス・ドリングと話がしたい」ジュリアンは言った。

「すでに申し上げたと思いましたが。いまは無理です。出かけておりますので。水曜日にはオールド・ベスを訪ねることになっております」

「それは知っている。私が三時にここへ来ることは、彼女も知らされていたはずだ」

ドリング卿はふたたび咳払いをした。「たしかに、その、伝えたはずなのですが。おそらく、あの子はうっかりして忘れたのでしょう。若い娘とはそういうものです」ドリング卿は時計を見上げた。「四時半には戻るかと存じます」

「残念だが、待つわけにはいかない」ジュリアンはグラスを置いて立ち上がった。「私は辛抱強い男ではないと、孫娘に伝えるがいい。結婚話もきょうじゅうに片づけたかったのだ」

「あの子はもう、話は片づいたと思っているようでして、閣下」ドリング卿は悲しそうに言った。

「では伝えてくれ。私はまだ話がついたとは思っていないと。明日、きょうと同じ時間にまた来る。そのことを、今度こそしっかり伝えてくれ、ドリング。彼女とじかに話をするまで、私はこの話を終わらせるつもりはない」

「それはもう、おっしゃるとおりです、レイヴンウッドさま。しかし、ソフィーがいつなにをするかは、なかなか予想がつきにくいこともございます。申し上げましたとおり、たまに強情を張るものですから」

「では、あなたからよく言い聞かせることだ。あなたの孫娘なのだろう。手綱を引き締める必要があるなら、引き締めるしかあるまい」

「いやはや」ドリングはどうしていいかわからず、小声でうめいた。「そんなに簡単なことならどんなにいいか」

　ジュリアンは、こぢんまりとして色あせた書斎の扉に大股で向かい、狭苦しく薄暗い玄関の間へ出た。なんとか優雅さは保っていても、家計の苦しさを感じさせずにはいない古めかしい領主宅《マナーハウス》の雰囲気をそのまま身にまとったような執事が、ビーバー帽と手袋を差しだした。

　ジュリアンは無愛想にうなずいただけで、初老の執事の横をさっさと行き過ぎた。磨きあげられたヘシアンブーツのかかとが石の床を打つ音がうつろに響く。なんの結果も得られない訪問のために正装をしたのは時間の無駄だったと、すでに後悔していた。

　この日のために、二頭立ての馬車さえ仕立ててきたのだ。こんなことならわざわざ格式張ったりせず、チェスリー・コート（ドリング家の屋敷の呼び名）まで馬にまたがって来ればよかった。そうすれば、帰りに小作農の家に寄っていくらかでも用事ができたはずだ。少なくとも午後いっぱいを無駄にしないで済んだだろう。

「アビー（レイヴンウッド伯爵家の本邸の呼び名）へ」馬車の扉が開くなり、ジュリアンは御者に命じた。

馬車の扉がバタンと閉じられたとたん、ひゅっと軽く鞭が鳴り、そろって美しい二頭の葦毛馬が勢いよく駆けだした。レイヴンウッド伯爵が午後の田舎道をのんびり進みたい気分ではないことは暗黙のうちに伝わっていた。

ジュリアンは座席のクッションに背中をあずけてブーツをはいた両脚を投げ出し、腕組みをして、なんとか気持ちを静めようとした。が、なかなかうまくいかない。

彼は、結婚の申し込みが拒まれるとは思ってもいなかった。ミス・ソフィー・ドリングがもっと条件のいい結婚の申し出を受ける可能性はないに等しく、それは今回の話にかかわっただれもが承知していた。もちろん、彼女の祖父母もそれは痛いほど感じているだろう。

数日前、ジュリアンが孫娘と結婚したい旨を伝えたとき、ドリング卿とその妻は卒倒しそうなほど驚いていた。あのふたりにしてみれば、これほど好都合な結婚相手を見つけるにはソフィーは年をとりすぎていた。ジュリアンからの申し出は慈悲深い神からの思いがけない贈り物以外のなにものでもなかったはずだ。

わからないのは、まず第一に、あの愚かな娘はなぜ結婚話を断ったのか、ということだ。祖父母と同じように、一も二もなく申し出に飛びついて当然だというのに。二十三歳で、田舎育ちで、十人並みの器量と雀の涙ほどの相続財産しか持たない彼女にとって、これ以上の縁談は望むべくもない。いったいソフィーはどんな本を読んだのだろう、とジュリアンはふと思ったが、すぐに問題は彼女の本の好みなどではないと考え直した。

悪いのはあの祖父で、両親を失った孫娘をあまりに甘やかしすぎたのだ。女とは、相手が意志の弱い男と知るや、すぐにいい気になってつけ込むものだ。

彼女の年齢も問題かもしれない。ジュリアンは最初、彼女の年齢を望ましいと考えていた。かつて若くて手に負えない妻を持っていたことがあり、若い女はもうたくさんだと懲りていたのだ。エリザベスに駄々をこねられ、癇癪やヒステリー発作を起こされ、すでに一生分、困らされていた。年齢を重ねた女性なら、もっと冷静で、控え目で、要するにもっと感謝の気持ちを持ち合わせていると思ったのだ。

この田舎でさえ、ソフィーはそれほど多くの縁談には恵まれまい、とジュリアンは思った。都会ではなおのことだ。彼女は上流階級の遊び人たちの関心を引くようなタイプでは断じてない。

髪の色も、夜の闇を思わせる黒髪でも天使のような金髪でもなく中途半端だ。明るい茶色の巻き毛はなかなか好ましい色合いだが、頑《かたく》なな意志を持っているかのようにまとまりにくそうだ。くるっと巻いた髪がいつもボンネットの下からこぼれていたり、念入りに結い上げた髷《まげ》から飛び出そうとしている。

彼女は、最近ロンドンで流行《はや》っているギリシアの女神のようなタイプではなかったが、ジュリアンはかすかに曲がった鼻にも、ふっくら丸みをおびた顎にも、温かい笑顔にも不服はなかった。跡継ぎを授かるまでしばしばベッドをともにするのに、なんの問題もない。

ジュリアンはソフィーの目にも少なからず魅力を感じていた。トルコ石を思わす青緑色に金粉を散らしたような一風変わった独特の色合いだ。あの目をうまく使って男の気を引こうなどと、ソフィーがみじんも思っていないようなのが不思議でもあり、安心でもあった。

ソフィーはまつげを伏せて上目遣いに男を見たりせず、正面からまっすぐに見つめる癖があって、ジュリアンは何度かばつの悪い思いをさせられていた。それでも、あのような開放的で率直なまなざしで人を見つめるソフィーには、巧みに嘘をついて人を裏切るような芸当はできまいと確信していた。それもジュリアンにはつごうがよかった。口を開けば嘘ばかりつくエリザベスから一握りの真実を聞きだそうとして、もう少しで正気を失うところだったから。

ソフィーはほっそりとやせていた。流行のハイウェストのドレスは細身の体によく似合ったが、どちらかというと貧弱な胸のふくらみも目立った。それでも彼女のはつらつとして健康的なところがジュリアンは気に入っていた。体の弱い女を求めてはいなかった。ひ弱な女は出産に向かない。

ジュリアンは自分が結婚しようとしている女の姿をもう一度思い描き、彼女の肉体的特徴は正確に把握していても、その性格にはまったく関心を払っていなかったと気づいた。たとえば、愛らしく物静かな外見とは裏腹に、厄介な自尊心の持ち主だとは思いもよらなかった。

当然、感謝すべきところをソフィーが素直にそうしないのは、自尊心のせいにちがいなかった。しかも、強情さは思ったより根が深そうだ。思いもよらず孫娘に反抗されて、祖父母はすっかり狼狽し、なにをどうしていいやらわからなかったのだろう。問題を解決したかったら自分でやるしかあるまい、とジュリアンは思った。

レイヴンウッド・アビーの荘厳な正面玄関の前で馬車が止まり、ジュリアンは心を決めた。馬車を降りて、石造りの階段をゆったりした足取りで上っていく。扉が開けられると同時に、低い声で命じた。

「厩舎に伝えてくれ、ジェサップ。二十分後に黒馬で出かけるから、鞍をつけて準備をするように」

「かしこまりました、旦那さま」

執事は体の向きを変えて召使いに言いつけを伝えに行き、ジュリアンは黒と白の大理石を敷きつめたホールを横切って、赤い絨毯の敷かれた間口の広い階段を上っていった。

ジュリアンは邸宅の壮麗な造りにはほとんど無関心だった。生まれ育った邸宅だが、エリザベスと結婚してほどなくレイヴンウッド・アビーへの愛着は失っていた。かつては、まわりの肥沃な耕作地と同じように邸宅にも愛着と誇りを持っていたのだが、いまでは先祖代々暮らしつづけているこの家に漠然としたうとましさを感じている。どこであれ部屋にはいるたび、ここでもかつての妻は不義を働いていたのだろうかと考えずにはいられないのだ。

しかし、領地となると話はべつだ。レイヴンウッドの領地や実り豊かな耕作地は、どんな女だろうと汚せはしない。男が頼りにできるのは土地だ。手をかければ十二分に報いてもくれる。将来のレイヴンウッド伯爵に土地を引き継ぐためなら、ジュリアンは進んで究極の犠牲を払うつもりだった。つまり、もう一度結婚するということだ。

十五分後、馬を駆るのにふさわしい服に着替えたジュリアンは階段を下りていった。彼がエンジェルと名付けた黒い種馬が早くも鞍をつけ、待っていても驚きはしない。彼にしてみれば、自分が扉から外に出たとき、準備万端ととのった馬が待っているのは当然だった。邸宅で働いているだれもが、主人であるレイヴンウッドの要求を先読みして応えようとしていた。悪魔の憤怒を引き起こすかもしれないようなことを、まともな人間ならやるはずがない。ジュリアンは邸宅の前面のステップを下り、鞍に飛び乗った。

馬番がさっと飛びのくと同時に、黒馬は頭を振り上げ、その場で脚を踏みならした。つややかな皮に包まれた強靭な筋肉が震え、ジュリアンはぐいと手綱を引いて馬を支配した。ジュリアンの合図とともに、黒馬は身をうねらせて駆けだした。

チェスリー・コートに戻る途中のミス・ソフィー・ドリングをつかまえるのはむずかしいことではあるまい、とジュリアンは思っていた。領地のことなら隅から隅まで知り尽くしているから、彼女が近道をしそうな道筋はおおかた予想がつく。池のまわりをぐるりとめぐる小道を行くのはまちがいないだろう。

「そのうち、あの馬に放り出されて命を落とされるぞ」下男が従兄弟の馬番に言った。

前庭に敷きつめられた玉石にぺっと唾を吐いて、馬番は言った。「伯爵さまが馬から落ちてこの世とおさらばするわけがない。それにしても悪魔も真っ青な勢いだな。こんどはどのくらいこっちにいらっしゃるんだ？」

「厨房のみんなが言っていたが、新しい花嫁を見つけるんだと。ドリング卿の孫娘に目をつけてらっしゃるらしい。こんどはおとなしい田舎の娘がいいってことさ。面倒な思いをさせられないからな」

「無理もないだろう。前に選んだあの性悪女にあれだけひどい目に遭わされりゃ、俺だってそう思うさ」

「厨房のマギーに言わせると、伯爵さまが悪魔みたいに恐ろしくなったのは、最初のあのふしだらな奥方のせいだと」

「マギーの言うとおりだ。でもなぁ、俺はミス・ドリングが気の毒でならねえ。あんな親切な人はいないぞ。この冬、うちの母ちゃんの咳が止まらなくなったとき、薬草を分けてくだすったのを覚えているか？　ミス・ドリングは命の恩人だって母ちゃんは言ってるよ」

「ミス・ドリングは伯爵夫人になるんだぞ」下男が指摘した。

「そりゃそうだろうが、いろいろいい思いができるとしたって悪魔の奥方になるのは割に合わねえだろう」

　ソフィーはオールド・ベスの田舎家の前の木のベンチに腰かけ、乾燥コロハの最後のひとつまみを丁寧に紙に包んだ。その小さな包みを、取り分けたばかりの薬草の包みの束に加える。

「これだけあれば二、三か月はもちそうよ、ベス」ソフィーは言い、手の泥を払いながら立ち上がった。古びた乗馬服の青いギャバジンのスカートに草のしみがついていたが、まるで気にしていない。

「レイディ・ドリングのリューマチがひどくなってケシの実のお茶を淹れるときは気をつけるんだよ」ベスが注意した。「今年のケシはとても強いからね」

ソフィーは、山ほどの知恵を授けてくれるしわだらけの老婆を見てうなずいた。「忘れずに、いつもより少な目にするわ。最近はどう？　なにか必要なものはない？」

「なにもないよ、お嬢ちゃん、なにもない」澄んだ視線を古ぼけた田舎家から薬草園へと移しながら、ベスはエプロンで両手をぬぐった。「必要なものはなんだって持ってるからね」

「いつもそうね。そうやって人生に満足できるのは幸せよ、ベス」

「一生懸命探していれば、そのうち心の安らぎは見つかるものさ」

「でしょうね。でも、その前にわたしには探さなければならないものがあるから」

ベスは悲しげにソフィーを見た。淡い色の目が、言いたいことはわかっているよと告げている。「復讐するのはあきらめたと思っていたのに、お嬢ちゃん。ようやっと、過ぎたことは過ぎたこととして見られるようになったと思っていたんだがねぇ」

「状況が変わったのよ、ベス」ソフィーは歩きだし、草葺《ぶ》き屋根の小さな田舎家の横手で待っている去勢馬に近づいた。「あいにく、きちんと裁きが下るのを見届けられるかもしれない機会が新たに生まれちゃったの」

「ちょっとでも良識ってものがあるなら、あたしの忠告に耳を貸して忘れることだよ、お嬢ちゃん。済んだことは済んだことなんだ。あんたの妹は――神よ、彼女の霊を休めしたまえ――死んでしまった。いまとなっては、あんたにできることはなにもない。あんたにはあんたの人生があるんだから、そっちに目を向けなければいけないよ」空《す》いた前歯を見せて、ベスはにっとほほえんだ。「最近じゃ、もっと考えなきゃならない大事なこともあるようじゃないか」

何度直してもすぐに傾いてしまう乗馬帽をまっすぐにしながら、ソフィーはじろりと老婆をにらんだ。「あいかわらず、村の噂話はなんでも知っているのね。わたしがあの悪魔から結婚を申し込まれたって聞いたんでしょう？」

「レイヴンウッド伯爵を悪魔なんて呼ぶ連中は噂話にしか興味がないんだ。あたしが知りたいのは事実だけだよ。ほんとうなのかい？」

「なにが？　伯爵が大魔王の近縁じゃないかってこと？　ええ、ベス、わたしはほぼまちがいないと思ってる。伯爵みたいに横柄な人には会ったことがないもの。あんなに自尊心の強い人は悪魔に決まってるわ」

ベスはじれったそうに首を振った。「そうじゃなくて、結婚を申し込まれたのはほんとうなのかい？」

「ええ」

「それで？　いつ返事をすることになってるんだい？」

帽子をまっすぐにするのはあきらめ、ソフィーは肩をすくめた。こんな帽子、傾きたいなら勝手に傾けばいい。「きょうの午後、お祖父さまが返事をしてるはずよ。お使いの人が来て、伯爵はきょうの午後三時に返事を聞きにくるって言っていたから」

石を敷きつめた小道を歩いていたベスが急に立ち止まった。黄ばんだモスリンキャップの下で、白髪の巻き毛が小刻みに揺れている。驚きのあまり、しわだらけの顔がさらにくしゃっとゆがんだ。「きょうの午後だって？　それなのに、あんたはこんなところにいて、ふだんの日と同じように、あたしの薬草をより分けていたのかい？　どういう冗談なんだね、お嬢ちゃん？　いまごろは晴れ着を着てチェスリー・コートにいなければならないのに」

「どうして？　お祖父さまがいれば、わたしなんか必要ないわ。おあいにくさま、って悪魔に言うくらい、お祖父さまにはなんでもないわよ」

「悪魔におあいにくさまだって！　ソフィー、お嬢ちゃん、伯爵からの申し込みを断るように、そうお祖父さんに言ったのかい？」

ソフィーは薄ら笑いを浮かべ、栗毛の馬と並んで立った。「そのとおりよ、ベス」そう言って、薬草の包みの束を乗馬服のポケットに押しこむ。

「ばかだよ」ベスは声を張り上げた。「ドリング卿がそんなまぬけだったなんて信じられないね。これほどの良縁は、あんたが百歳まで生きたって二度とないのに」

「そうともかぎらないと思うわ」ソフィーはさらりと言った。「もちろん、あなたがどういう意味で良縁と言っているかによるけど」

ベスはやさしげに目を細めた。「お嬢ちゃん、あんたは伯爵がこわくて縁談を断ったのかい？　それが理由かね？　あんたみたいにものの道理のわかってる子が、村の噂話を鵜呑みにするとは思わなかったよ」

「鵜呑みになんかしてないわ」ソフィーは言い、勢いよく鞍にまたがった。「半分信じてるだけ。安心した、ベス？」ソフィーは乗馬服のスカートを脚の下にたくしこんだ。彼女のような身分の女性にはふさわしくないが、ソフィーはいつも馬にまたがる。

　ベスは馬勒《ろく》をつかみ、ソフィーを見上げた。「お待ちよ、お嬢ちゃん。あんたは、伯爵さまが最初の奥方をレイヴンウッド池に沈めて殺したっていう噂を信じているわけじゃないだろうね？」

　ソフィーはため息をついた。「ええ、ベス、信じていないわ」信じたくない、というほうが正しいかもしれない。

「よかった。でも、ほんとうに殺していたにせよ、このあたりじゃ伯爵さまを責めるもんはひとりもいないよ、まちがいなく」ベスは認めた。

「たしかにそうね、ベス」

「だったら、伯爵さまからの申し込みを断るようなばかをするのはどういうわけだい？　あたしゃ、あんたのいまの目が気に入らないんだ、お嬢ちゃん。前にも見たことがあるが、いやな予感がする。なにを企んでいるんだね？」

「いまからなにをするかって？　もちろん、ダンサーおじいちゃんに乗ってチェスリー・コートに戻って、親切なあなたが分けてくださったこの薬草をきちんとしまうつもりよ」

「ソフィー、いい子だから聞かせておくれ。ほんとうに伯爵さまからの申し込みを断るつもりかい？」

「いいえ」ソフィーは正直に言った。「だから、そんなにがっかりした顔はしなくていいのよ。伯爵があきらめなければ、わたし、最終的に申し込みを受けるから。ただし、わたしなりのやり方で」

ベスが目をむいた。「ああ、そういうことかい。あんたはまた、女性の権利がどうのこうのっていう本を読んだんだろう？　ばかはおよし、お嬢ちゃん。この年寄りの言うことに少しは耳を貸すことだ。レイヴンウッドさまと駆け引きしようなんて思っちゃいけない。太刀《たち》打ちできっこないんだから。ドリング卿は簡単に振り回せたかもしれないが、伯爵はそんなお人じゃない。まるでちがうお方なんだ」

「その点に異論はないわ、ベス。伯爵さまはお祖父さまとはぜんぜんちがうタイプの男性よ。でも、わたしのことは心配しないで。自分がなにをしているのか、よくわかっているから」ソフィーは手綱を握り、かかとでダンサーをそっと突いて合図した。

「いいや、わかってるとは思えないね」ベスはソフィーの背中に向かって声を張り上げた。「悪魔をからかったりしたら、ほんとうに痛い目に遭うよ」

「あなた、レイヴンウッドさまは悪魔じゃないって言ってたのに」ソフィーが肩越しに応じ、ダンサーの歩みが重々しい速歩に変わった。

ソフィーがベスに手を振るあいだも、ダンサーはまっすぐ木立を目指していく。チェスリー・コートへの帰り道をダンサーに示す必要はなかった。この数年、何度もオールド・ベスの家までを行き来しているダンサーは、レイヴンウッドの領地を抜ける道筋を覚えていた。

ソフィーは手綱を握った手をダンサーの首に軽く添え、チェスリー・コートに戻ったときに目の当たりにするにちがいない光景を思い描いた。

もちろん、祖父母は動揺しているだろう。レイディ・ドリングは枕元に気付けの塩と強壮薬をずらりと並べ、午前中からベッドにもぐりこんでいた。ひとりでレイヴンウッドに立ち向かわなければならなかったドリング卿は、いまごろ赤ワインのボトルを相手に自らを慰めているにちがいない。小さな邸宅の使用人たちは静かに怒りを募らせているはずだ。ソフィーがふさわしい結婚相手とめぐり会うかどうかは、家族だけでなく彼らにとっても最大の関心事だ。ソフィーが裕福な相手と結婚しないかぎり、年老いた使用人が恩給を得る可能性はほとんどない。

家族であれ使用人であれ、レイヴンウッドからの申し出をきっぱり断ったソフィーを理解する者がいるはずもなかった。悪い噂やぞっとするような話がつきまとっていたとしても、彼は伯爵なのだ——裕福で、強大な影響力を持っている。ハンプシャーの大部分を自らの領地としているほかに、やや規模の小さい領地を二か所、近隣地方に所有している。ロンドンには立派な別宅もある。

地元の人びとにとって、レイヴンウッドは領地をうまくおさめ、小作人や使用人を公正に扱う領主だ。領地内でほんとうに大事なのはそれだけと言っていい。伯爵に従属し、伯爵の逆鱗《げきりん》に触れないように配慮する者は、快適な暮らしを楽しんでいる。

レイヴンウッドに欠点があることはだれもが認めるところだが、彼は領地とそこに住む人びとを大事にしている。妻を殺したかもしれないが、ロンドンで賭事にうつつを抜かして相続財産をすべて失うような真に不埒な真似はしない。

でも、とソフィーは思った。地元の人たちがレイヴンウッドさまに寛大になれるのは、彼と結婚するかどうかという瀬戸際に立たされていないからだわ。

その小道にさしかかると、いつものようにソフィーの視線は木立のあいだから見え隠れするレイヴンウッド池の暗く冷たい水面に引きつけられた。深い池の水面のそこここに、薄い氷のかけらが点在している。地面に雪はほとんど残っていないが、大気はまだ真冬並みの冷たさだ。ソフィーがぶるっと身震いすると、ダンサーが問いかけるようにいなないた。

なんでもないのよ、と前のめりになって馬の首をなでようとしたソフィーは、片手を差しだしたままぴたっと動きを止めた。冷たくてゆるやかな風を受け、頭上の枝がサラサラと音をたてた。ソフィーはふたたび身震いした。しかし、今度は早春の午後の寒さのせいではないとわかっていた。漆黒の馬にまたがった男が落葉した木立を縫うようにこちらに向かってくるのが見え、ソフィーは鞍の上でぴんと背筋を伸ばした。脈が速まったが、レイヴンウッドがそばにいるときはいつもそうだった。

さっきぞくっとしたのは、その存在を感じてスリルに打ち震えたせいなのに、どうしてすぐに気づかなかったのだろう、とソフィーはいまになって思った。なにしろ、彼女の一部は十八歳のときからその男を愛しつづけているのだ。

十八歳になった年、ソフィーは初めてレイヴンウッド伯爵に紹介された。もちろん、彼はあのときのことを覚えてさえいないだろう。うっとりするほど美しく、魔法を振りまいているようなエリザベスしか眼中になかったから。

裕福なレイヴンウッド伯爵に出会ってほどなく、ソフィーは初めて男性を対象にあれこれ想像をふくらませるようになった。初めのうち、その思いは若い女性のごく自然なのぼせ上がりでしかなかった。しかし、彼の関心を引ける可能性はないという厳然たる事実を受け入れてからも、のぼせ上がりは自然消滅しなかった。年月を経て、もっと深くてさらに永続的なものへと成熟した。

ソフィーが心惹かれたのは、レイヴンウッドからにじみ出る密やかな力強さと、生まれながらの自尊心の強さ、そして高潔さだった。ソフィーだけの秘密の夢の世界で、彼は親から継承した肩書きとは関係なく高貴な人だった。

まばゆいばかりに美しいエリザベスが、レイヴンウッドの彼女にたいする情熱を耐えがたい痛みと激怒に変えてしまったとき、ソフィーは彼を慰め、理解を示したいと思った。けれども、伯爵はそのどちらも必要としていなかった。一時的に大陸へおもむき、ウェリントン将軍のもとで戦うことに慰めを見いだしたのだ。

大陸から戻った伯爵が、自分のなかの冷たくて深いどこかに感情を閉じこめて久しいのは明らかだった。以前、レイヴンウッドが感じていた情熱や思いやりはすべて、領地に向けられているように思えた。

彼には黒がよく似合う、とソフィーは思った。種馬の名はエンジェルだったと思い出し、レイヴンウッドの皮肉っぽい感覚に驚かずにはいられない。

闇のように黒いエンジェルは、闇の世界の男のために生まれてきたかのようだ。その馬にまたがっている男は、馬の一部のようにも見える。レイヴンウッドの引き締まった体には力がみなぎっていた。手は無骨なほど大きくてごつごつしていて、あの手なら村の人たちが言っているように、道を踏み外した妻をなんなく絞め殺せただろう。そんな思いがちらっとソフィーの頭をよぎった。

彼の肩幅は広くたくましく、コートに詰め物をする必要もない。ぴったりした乗馬用ズボンが、筋肉の張りつめた形のいい腿に貼りついている。

レイヴンウッドの髪は種馬のつややかな毛並みと同じ漆黒で、目は濃い緑色にきらめいている。悪魔にふさわしい緑色だ、とソフィーはときどき思う。先祖代々レイヴンウッド伯爵は、家宝のエメラルドと同じ色の目をして生まれると言われている。

ソフィーがレイヴンウッドに見つめられてどぎまぎするのは、その色のせいだけではなく、彼が相手を見下し、その魂の値段をはかっているような目つきをするせいだ。わたしの魂の値段がわかったら、伯爵はどうするつもりなのだろう？

ソフィーは手綱を引いてダンサーを立ち止まらせた。目にかかっていた乗馬帽の羽飾りを押し上げ、穏やかで愛想のいい笑みに見えるように願いながらほほえむ。

「こんにちは、伯爵。森のなかでお会いするなんて、驚きですわ」

急に手綱を引かれた黒い種馬が、ソフィーの数フィート先で身を震わせながら立ち止まった。レイヴンウッドはしばらくなにも言わず、ソフィーの愛らしく上品な笑顔を見つめていた。そして、愛想のかけらもない返事をした。

「こうして会ったことのいったいどこが驚きに値するのだろう、ミス・ドリング？　いずれにせよ、ここは私の領地なのだ。私は、あなたがオールド・ベスに会いにいったと知らされ、あなたがチェスリー・コートに戻るにはこの道を通るだろうと予測したまでだ」

「なんて聡明な方なんでしょう。それは、演繹的推理の一例なのかしら？　そういった論証のたぐいには敬服せずにいられません」

「きょう、私とあなたのあいだで結論を出さなければならない問題があったことは、あなたもご存じのはずだ。あなたが、御祖父母が信じておられるような道理のわかった方なら、私がきょうの午後、その問題に片を付けたかったこともご存じのはず。そう考えれば、こうして出会ったことはまったく驚くには値しないと私には思えるのだ。それどころか、あらかじめ計画されていたことだと信じずにはいられない」

穏やかな言葉にきりきり刺し貫かれたような気がして、ソフィーは手綱を握る指先に力をこめた。ちょっと不満そうにダンサーが耳をぴくつかせ、ソフィーはあわてて指の力を抜いた。ベスの言うとおりだった。レイヴンウッドはつまらない小細工に簡単に惑わされるような男ではない。用心に用心を重ねなくては。

「わたしに代わって祖父が、きちんと問題を解決してくれたとばかり思っていました」ソフィーは言った。「あなたからのお話にたいするお返事を、祖父は伝えなかったのでしょうか？」

「返事は聞いた」レイヴンウッドは気を高ぶらせている種馬の手綱をゆるめ、ほんの数歩、小躍りするようにダンサーに近づくのを許した。「しかし、私は、その問題についてあなたと直接話し合うまで返事は受け入れないことにしたのだ」

「伯爵さま、それはどうかと思います。それとも、最近のロンドンでは、そういった問題をそのように扱うのが流儀なのでしょうか？」

「それは、この問題を直接あなたに会って解決したいという、私の流儀だ。あなた自身の言葉で答えるのだ、ミス・ドリング。なにが問題なのか話してもらえれば、私としても、解決できるかどうか考えてみるつもりだ」

「問題ですって？」

レイヴンウッドの緑色の目がみるみる険悪な光を帯びた。「私をからかうのはやめるんだ、ミス・ドリング。私は、私をからかおうとする女性を見逃すような人間ではない」

「よくわかりました、伯爵さま。自分をからかう女性どころか、たいていの女性を大切にしない男性との結婚にわたしが二の足を踏む理由を、あなたならきっと理解してくださるはずです」

レイヴンウッドは目を細めた。「説明してもらおう」

ソフィーはなんとか小さく肩をすくめた。そうやってかすかに体を動かしただけでも、乗馬帽は前に傾いた。ソフィーは反射的に手を持ち上げ、垂れ下がった羽飾りをふたたび押しやった。

「承知しました、伯爵さま。そうおっしゃるなら、はっきり申し上げます。あなたとわたしは、結婚生活がどうやったらうまくいくかということに関して、同じ考えを持っているとは思えません。わたしは、この二週間に三度、あなたがチェスリー・コートに足を運ばれるたびに、あなたとふたりきりでお話をさせていただこうと努力しました。けれども、あなたはわたしと話し合うことにはまったく関心をお持ちではないようでした。結婚話をすべて、厩舎で養う新しい馬を買うのと同じように進めていらっしゃった。認めます。わたしはきょう、あなたの関心を引くために思い切った戦術をとらざるを得ませんでした」

冷ややかないらだちをこめて、レイヴンウッドはソフィーを見つめた。「では、あなたがここで私に会って驚くのはおかしいと考えた私は、正しかったというわけだ。いいだろう、私はこうしてあなたの言葉に耳を傾けている、ミス・ドリング。私に理解してもらいたいというのはどんなことだ？　私は、すべて理解しているつもりだが」

「あなたがわたしになにを期待しているかはわかっています」ソフィーは言った。「わかりすぎるほどわかっています。でも、わたしがあなたになにを望んでいるかと、あなたはなに一つわかっていらっしゃらない。あなたがそれを理解されて、わたしの望みを受け入れてくださらないかぎり、わたしたちが結婚する可能性はありません」

「一つ一つ問題を解決していくべきだろう」レイヴンウッドは言った。「あなたは、私があなたになにを期待していると思っているのだ？」

「跡継ぎを産むことと、なにも問題を起こさないこと」

レイヴンウッドはなに食わぬ顔をしてゆっくりまばたきをした。真一文字に結んだ口がかすかにゆるむ。「簡潔にまとめたものだ」

「しかも正確ではありませんか？」

「とても」さらりと言った。「私が子をもうけたがっていることは秘密でもなんでもない。わが一族は三代にわたってレイヴンウッドを治めてきた。その流れを私の代で終わらせるつもりはない」

「つまり、あなたはわたしを繁殖用の雌馬として見ていらっしゃるんです」

鞍の革がぎしぎしときしむのが聞こえた。レイヴンウッドは不気味に押し黙ったまま長々とソフィーを見つめた。「残念ながら、あなたのお祖父さまのおっしゃるとおりだ」やがてレイヴンウッドは言った。「読書の習慣を身につけて、あなたの慎み深さはひどく損なわれてしまったようだ、ミス・ドリング」

「あら、その気になれば、もっともっと不作法なことが言えますわ。たとえば、あなたにはロンドンに愛人がいらっしゃるとか」

「どこでそんな話を？　ドリング卿から聞いたわけではあるまい」

「このあたりでは、しょっちゅう耳にする話です」

「それで、自分の家から数マイルと離れたことのない村人たちの話を信用するのか?」レイヴンウッドはあざ笑った。

「都会の人たちは、そういう話はなさらないんですか?」

「私にはあなたが、わざと失敬な口をきいているように思えるのだが、ミス・ドリング」

「いいえ、伯爵さま。わたしは慎重すぎるだけですわ」

「慎重なのではなく、強情なのだ。心してよく聞きたまえ。私や私の振る舞いに真にいかがわしいことがあったとして、あなたの御祖父母が私からの結婚の申し込みを受け入れられると思うか?」

「ええ。あなたがお申し出になった夫婦財産契約金が充分に高ければ」

これには、レイヴンウッドもかすかにほほえまずにいられなかった。「そうかもしれない」

ソフィーはおそるおそる訊いた。「わたしが耳にした噂は、すべて事実ではないとおっしゃるのですか?」

レイヴンウッドは思いやりをこめてソフィーを見つめた。「ほかにどんな話を聞いたのだ?」

森のなかの会話がこれほど具体的になるとは、ソフィーは思ってもいなかった。「愛人がいらっしゃること以外、という意味でしょうか?」

「それ以外の噂話も同様にくだらないものなら、恥を知るべきだと言わざるを得ないぞ、ミス・ドリング」

「ああ、残念ながらわたしは、恥ずかしいという感覚が希薄なんです、伯爵さま。たしかに、情けない欠点ですが、どうかご理解ください。噂話はたいへん面白いので、正直なところ、たまに耳を貸さずにはいられないのです」

伯爵はきっと真一文字に口を結んだ。「いかにも、なげかわしい欠点だ。それで、ほかにどんな噂を聞いたのだ？」と、質問を繰り返す。

「あの、愛人がいらっしゃるという話のほかに、決闘をなさったことがおありだとも聞きました」

「そんなばからしい話の真偽など、説明するにもおよばない」

「跡取りをお産みにならなかったという理由で、亡くなられた奥さまを田舎の領地に置き去りにされたとも聞きました」ソフィー軽はずみにもつづけた。

「前の妻のことは、相手がだれであれ話をする気はない」突然、レイヴンウッドの表情が険しくなった。「われわれが結婚するとしたら、ミス・ドリング、彼女の話は二度と口にしないと肝に銘じておくことだ」

ソフィーの顔にさっと赤みがさした。「申し訳ありません、伯爵さま。わたしは奥さまのことではなく、妻を田舎に置き去りにされるという伯爵さまの方針についてうかがいたかったのです」

「なにが言いたいのだ？」

面と向かって嚙みつくように言われ、ソフィーは思っていた以上の勇気をかき集めてやっとの思いでつづけた。「はっきりさせておくべきだと思うので言わせていただきます。わたしは、あなたがロンドンで過ごしていらっしゃるあいだ、このレイヴンウッドにも、ほかのあなたの領地にも置き去りにされたくないのです、伯爵さま」

レイヴンウッドは眉をひそめた。「あなたはここの生活を楽しんでいると思っていたが」

「それはたしかです。田舎暮らしは性にあっていますし、ここの生活に満足しています。けれども、レイヴンウッド・アビーに縛りつけられたくはありません。わたしは、生まれてからいままでほとんど、この田舎で暮らしてきたのです、伯爵さま。もう一度ロンドンが見たいのです」

「もう一度？　あなたは一シーズン、ロンドンの社交界で過ごし、楽しい思いはしなかったと聞いているが、ミス・ドリング」

ばつが悪くなり、ソフィーは一瞬、レイヴンウッドから目をそむけた。「わたしの社交界デビューが救いようのない失敗に終わったことは、よくご存じだと思います。一つとして、結婚の申し込みを得られなかったんですから」

「みじめな結果に終わった理由が、いまとなってはわかるような気がするぞ、ミス・ドリング」レイヴンウッドは情け容赦なく言った。「いまの私にたいするように崇拝者たちに無遠慮な態度をとっていたなら、彼らが恐れをなしたのも当然だ」

「わたし、あなたを恐がらせているんでしょうか、伯爵さま？」

「もちろんだ。ブーツのなかの足がいまにも震えだしそうだ」

ソフィーはついほほえみそうになった。

「率直な話し合いをつづけようじゃないか、ミス・ドリング。あなたがレイヴンウッドだけで暮らしたくないという望みはわかった。ほかに要求はあるのか？」

ソフィーは息を詰めた。ほんとうにむずかしいのはここからだ。「はい、ほかにもお願いしたいことがあります、伯爵さま」

レイヴンウッドはため息をついた。「言ってみなさい」

「わたしと結婚する第一の目的は跡継ぎを得ることだと、あなたははっきりおっしゃいました」

「あなたにとっては驚きかもしれないが、ミス・ドリング、それは結婚を望む男にとって道理にかなった動機なのだ。非難されることではない」

「わかっています」ソフィーは言った。「でも、わたしはまだ出産を急かされる準備ができていないのです、伯爵さま」

「準備ができていない？　あなたは二十三歳だと聞いている。世間的に言えば、準備は充分すぎるほどできているだろう」

「婚期を逃した女と見られているのはわかっていますわ、伯爵さま。でも、どういうわけかわたしは自分がそんな年寄りには思えないのです。あなたも同じように考えてらっしゃるはずです。そうでなければ、わたしを妻に迎えたいなどとおっしゃらないでしょう」

レイヴンウッドは健康そうな白い歯を見せてかすかにほほえんだ。「認めよう。三十四歳の者にとって二十三歳は年寄りには思えない。しかし、あなたはいかにもはつらつとして健康そうだ、ミス・ドリング。出産という難儀にも充分、持ちこたえられるだろう」

「出産についてそれほどお詳しいとは思いもしませんでしたわ」

「また話が本題からそれてしまったようだ。いったいなにを言おうとしているのだね、ミス・ドリング？」

ソフィーは勇気を奮い起こした。「わたしが同意するまで、力ずくでわたしをわがものにしようとしないと約束してくださらないかぎり、結婚は受け入れられません」

レイヴンウッドに驚きの目で見つめられ、ソフィーはかーっと頬が熱くなるのを感じた。ダンサーの手綱をつかんでいる手が震え、年老いた馬が不安そうに足踏みをする。

ジュリアンの緑色の目に冷ややかな怒りが燃えあがった。「誓って言うが、ミス・ドリング、私はこれまで、力ずくで女性をわがものにしたことなど一度もない。しかし、われわれは結婚の話をしているのだ。結婚をすれば、夫も妻もある種の義務と責任を負わなければならない。それは承知しているのだろう？」

ソフィーがあわててうなずくと、小さな乗馬帽がまたしても傾いて目にかかった。しかし、今回は羽飾りを直す余裕もない。「それに、伯爵さま、たいていの男性が女性にその気のあるなしにかかわらず、自分の権利を押し通すことをまちがっているとは思わないことも知っています。あなたもそういう男性なのでしょうか？」

「夫の権利を認める準備ができていない女性と結婚をするわけにはいかない」レイヴンウッ

ドは歯のあいだから押しだすように言った。

「永遠にあなたの権利を認める準備ができないとは言っていません。あなたを知り、環境に慣れるだけの時間を充分にいただきたいとお願いしているだけです」

「お願いしているのではなく、一方的に要求しているのだろう、ミス・ドリング。それは本を読むという感心できない習慣にうつつを抜かした結果なのだろうか？」

「お祖父さまに気をつけるように言われたんですね」

「そうだ。結婚したら、あなたがどんな本を読んでいるのか、監視する役目は私が引き継ぐと約束しよう、ミス・ドリング」

「ちょうどそれが、わたしの三つ目の要求につながるんです。本や論文を好きなだけ買い、自由に読むことを許していただきたいのです」

レイヴンウッドが小声で毒づき、黒い種馬が頭を振り立てた。すぐに主人が手綱に微妙な圧力を加え、馬はおとなしくなった。「あなたからの要求をしっかり受けとめられたかどうか、いま一度、確認させてもらいたい」たっぷり皮肉をこめ、レイヴンウッドは言った。「田舎に置き去りにしない、その気になれるまで私とベッドをともにしない、好ましくないという私の忠告も勧めも無視して、どんなものでも読みたい本を読む」

ソフィーは大きく息を吸いこんだ。「わたしからの要求はそれですべてです、伯爵さま」

「こんな屈辱的な要求の数々を私が受け入れると思うのか？」

「とても受け入れていただけるとは思えません、伯爵さま。ですから、きょうの午後、あなたからの申し込みをお断りするようにと、祖父に伝えたのです。そのほうが、だれも長々と時間を無駄にせずに済みますから」

「失礼ながら、ミス・ドリング、あなたがこれまで結婚できなかった理由がよくわかった。まともな男が、こんなばかげた要求を飲むわけがない。ほんとうのところ、あなたは結婚する気などさらさらないのだろう？」

「たしかに、あせって配偶者のいる立場になりたいとは思っていません」

「ちがいない」

「わたしたちには共通点がありますわ、伯爵さま」大胆にもソフィーは言った。「わたしの印象では、あなたはただひたすら義務感にかられて結婚を望んでいらっしゃるようです。結婚にさほど利点を見いだせないわたしの気持ちも、ご理解いただけるのではないでしょうか？」

「結婚すれば私の資産を得られるという利点を見逃しているようだが」

ソフィーは伯爵をにらみつけた。「ふつうなら大きな魅力なのでしょう。でも、わたしにはほとんど無意味です。亡くなった父のおかげで得られるわたしの収入は限られていますから、ダイヤモンドをちりばめた舞踏靴は買えないかもしれません。でも、そこそこ快適に暮らしてゆくには充分です。しかも、もっと重要なことに、自分の収入は自分の好きなように使えます。結婚したら、そうはいきません」

「万が一、あなたの要求をすべて聞き入れるような理性に欠けた男がいたとして、あなたには結婚後も夫が約束を守ることを保証させる法的手段はないのだぞ。ちがうかね？」

ソフィーは自分の手を見下ろした。伯爵の言うとおりだとわかっていた。「おっしゃるとおりです、伯爵さま。そうなれば、わたしは夫が名誉を尊ぶ気持ちを信じるしかありません」

「教えてあげよう、ミス・ドリング」レイヴンウッドの穏やかな声にはどことなく脅すような響きがあった。「男が名誉を尊ぶのは、賭事で借金をしたりスポーツマンとしての名声を守るような場合であって、女性との関係となると、そういう気持ちはほとんどないと言ってさしつかえあるまい」

ソフィーは愕然とした。「つまり、わたしに選択の余地はほとんどないということですね？　伯爵のおっしゃるとおりなら、危険を承知で結婚などできるはずもありません」

「それはちがう、ミス・ドリング。あなたは、私が要求を受け入れれば喜んで結婚すると言った。いいだろう、あなたの条件を飲もうではないか」

ソフィーは口をぽかんと開けて伯爵を見つめた。鼓動が一気に速まる。「ほんとうに？」

「取引成立だ」伯爵が手綱を握っている大きな手をかすかに動かし、種馬が素早く頭を上げた。「われわれはできるかぎり早い機会に結婚する。明日の三時にドリング家へうかがうと、あなたの祖父さまには伝えてある。その際、すべての手配をととのえたいと伝えてくれ」

ソフィーは口がきけないほど驚いていた。「伯爵さま、おっしゃっていることがよくわかりません。ほんとうに、わたしが申しあげた条件で結婚なさろうというのですか？」

レイヴンウッドは苦々しげにほほえんだ。エメラルドグリーンの目がからかうようにきらりと光る。「真の問題は、ソフィー、実際に私の妻になったあと、いつまで要求を押しとおせるかだ。見物だな」

「伯爵さま、約束してくださったはずです」ソフィーは不安げに言った。「どうか約束をお守りください」

「あなたが男なら、私が約束を破るのではと疑っただけでも決闘を申し込んでいるところだ。約束は守るぞ、ミス・ドリング」

「ありがとうございます、伯爵さま。わたしのお金を好きなように使って、ほんとうにいいのですね？」

「ソフィー、私が三か月ごとにあたえる小遣いだけでも、あなたの年収をはるかに上回るのだぞ」レイヴンウッドはぶっきらぼうに言った。「私があたえる金額内で支払いを済ませるかぎり、用途は尋ねまい」

「まあ。わかりました。それで……本のことは？」

「あなたが本からどんな浮ついた考え方を仕入れたところで、うまく対処する自信はある。たまにはいらいらすることもあるだろうが、それがきっかけで興味深い話し合いができないともかぎらない、ちがうかね　たいていの女性との会話は、男をひどく退屈させるものだからな」

「あなたを退屈させないように努力しますわ、伯爵さま。一年じゅう、わたしを田舎に置き去りにするようなこともなさいませんね？」

「あなたが望むなら、差し障りのないかぎり、ロンドンへの同行を許そう」

「なんとおやさしい方なんでしょう、伯爵さま。それで、わたしの……わたしのもう一つの要求については？」

「ああ、そうだった。あなたを、その、力ずくでわがものにしないと約束しよう。それについては時間的制限をもうけるべきだと思うのだが。いずれにしても、結婚に関する私の第一の目的は、跡継ぎをもうけることなのだから」

ソフィーは急に落ち着かなくなった。「時間的制限、ですか？」

「私を知り、姿に見慣れるまで、どのくらいの時間が必要だと思う？」

「六か月でしょうか？」ソフィーは思いきって言ってみた。

「ばかを言うんじゃない、ミス・ドリング。私の権利を主張するのに六か月も待つつもりはないぞ」

「三か月？」

レイヴンウッドは二度目の提案も拒否するかのように見えたが、最後の最後になって考え直したらしい。「いいだろう。三か月だ。私の心の広さがわかっただろう？」

「あなたの寛大さには圧倒される思いです、伯爵さま」

「当然だ。これほど長い猶予をあたえられる男はふたりといまい」

「まさにおっしゃるとおりです、伯爵さま。結婚に関して、あなたほど協力的な方をほかに見つけられるとは思えません。失礼を覚悟で、どうしてもうかがいたいことがあります。どうしてそんなに物わかりがよくていらっしゃるのですか?」

「なぜなら、親愛なるミス・ドリング、最終的に、私は結婚に望んでいるものをすべて手に入れられるからだ。では、ご機嫌よう。明日、三時にまた会おう」

突然、レイヴンウッドの腿で締めつけられ、エンジェルは素早く反応した。黒い馬体をくるりと小さく返して、木立を縫ってかろやかに駆けていった。

ソフィーはそのままぴくりとも動かず、やがてダンサーが頭を下げて足下の草を一口、ほおばった。馬の動きを感じてようやく、ソフィーははっとわれに返った。

「帰るわよ、ダンサー。お祖父さまもお祖母さまも、いまごろはヒステリーを起こしているか、すっかり自棄《やけ》になっているかどちらかに決まってる。せめて、状況がよい方向に変わったことを知らせてさしあげなくちゃ」

けれども、馬を駆ってチェスリー・コートに戻る途中、ソフィーはふと古いことわざを思い出した。悪魔と同じ食卓につく者は油断もすきもあってはならないとか、たしかそんなことわざがあったはずだ。

2

午前中、あまりの落胆に具合が悪くなり、ベッドにもぐりこんでいたレイディ・ドリングは、孫娘が分別を取り戻したと聞き、すっかり元気になって夕食のテーブルについた。

「いったいあなたがなにに取りつかれたのか、わたくしには想像もつきませんよ、ソフィー」ふだんは執事だが食事どきは給仕係もつとめるヒンドレーがスコッチスープを器に注ぐのを見つめながら、レイディ・ドリングは言った。「伯爵さまからの申し込みを断るなんて、とても理解できることではありません。あなたが考えを変えてくれて、ほんとうにうれしいわ」

「一歩立ち止まって、よく考えるにはよかったんじゃないかしら？」ソフィーは小声で言った。

「これ」食卓の上座からドリングが声をあげた。「それはどういうことだね？」

「わたしはただ、そもそも伯爵さまがどうしてわたしに結婚を申し込まれたのか、気になってしかたがなかったの」

「伯爵さまがあなたとの結婚を望まれるのは当然でしょう?」レイディ・ドリングは気色ばんだ。「由緒正しい家柄で生まれ、きちんと育てられた、若く美しい娘なんですから」

「わたし、ロンドンの社交界で一シーズン過ごしたわ。お祖母さま、覚えてらっしゃるでしょう? 都会には目もくらむような美しい女性たちがいて、たいていはわたしなど足元にもおよばないってよくわかった。あのとき太刀打ちできなかったわたしが、五年たったいまになって太刀打ちできるわけがない。しかも、わたしには、結婚してもいいと思わせられるだけの財産もないわ」

「レイヴンウッドさまは金のために結婚する必要などないぞ」ドリング卿がぴしゃりと言った。「それどころか、伯爵はおまえに結婚を申し込むにあたって非常に気前のいい金銭的条件を提示してくださっている。それはたいへんな額なのだよ」

「でも、その気になれば、結婚をきっかけに土地やお金や美人を手に入れられるはずよ」ソフィーはあくまでも言い張った。「わたしにはどうしてそうなさらないかが不思議なの。なぜわたしを選ばれたのかしら? 興味深い謎だわ」

「ソフィー、お願い」レイディ・ドリングが悲しげな口調で言った。「そんなばかげた質問はよして。あなたは魅力的だし、だれよりもきちんとしているわ」

「上流社会の女性は魅力的できちんとしているのが当たり前だし、たいていはわたしより若いという強みを持っている。だから、わたしにはそれ以外に、レイヴンウッド伯爵を惹きつける正当な理由があるにちがいないって思ったの。それがなんなのかどうしても知りたいと思った。でも、冷静になって考えてみたら、すぐにわかったわ」

ドリング卿は調子を合わせたわけではなく、好奇心をむき出しにして孫娘を見つめた。

「おまえはなにが自分の取り柄だと思うのだね？　もちろん、私はおまえが大好きだ。まったくのところ、非の打ちどころのないしっかりした娘だと思っているが、正直言って、この私もどうして伯爵さまがこれほどおまえを気に入られたのか、不思議に思っていたのだ」

「テオ！」

「すまない、おまえ、悪かったよ」ドリングはあわてて謝り、いきりたっている妻をなだめた。「ただ知りたいだけなのだ」

「わたしは伯爵さまが必要だと思ってらっしゃる三つの大事な要素を満たしているの。まず第一に、わたしは手近にいて、お祖母さまが指摘されたように、まあまあ育ちもいい。伯爵はたぶん、二度目の妻を選ばれるのに長々と時間をかけたくなかったんだわ。ほかにもっと頭を使うべき大事なことがおありになるんでしょう」

「たとえば？」ドリングが訊いた。

「新たな愛人を選んだり、新しい馬を選んだり、新たな土地を選んだり。伯爵には妻より大事なものが山ほどおありなのよ」

「ソフィー！」

「残念だけれど、ほんとうよ、お祖母さま。レイヴンウッドさまは結婚の申し込みをするのに最小限の時間しかおかけにならなかった。わたしにたいして求愛行為に似た態度さえお見せにならなかったことはお祖母さまだってご存じのはず」

「まあ、聞きなさい」ドリング卿は勢いこんでさえぎった。「花束や愛の詩をくださらなかったという理由で、あの方を悪く思ってはいけないよ。私には、レイヴンウッドさまはロマンチックなタイプとは思われない」

「おっしゃるとおりだと思うわ、お祖父さま。レイヴンウッドさまがロマンチックであるわけがない。このチェスリー・コートに足を運ばれたのはほんの数回、わたしたちがアビーに招かれたのはたった二度だけよ」

「だから、形だけのつまらないものに無駄な時間を費やされない方なのだよ」ドリング卿は言った。男として、男の肩を持たなければと義務感にかられているのはまちがいない。「領地を管理しなければならないうえ、ロンドンでなにかの建築計画にかかわっていらっしゃるとも聞いた。お忙しい方なのだ」

「おっしゃるとおりよ、お祖父さま」ソフィーは笑みをかみ殺した。「それで、さっきのつづきだけれど、伯爵さまがわたしを妻にふさわしいと思われた第二の理由は、わたしの年齢の高さよ。伯爵さまは、この年になって結婚していない女性は、親切にも自分をもらってくれた男性にたいして永遠に感謝の気持ちを忘れないと思ってらっしゃるのよ。感謝している妻は、もちろん、なにを言われても聞き入れる従順な妻でもある」

「それは考えすぎだろう」祖父は考えこみながら言った。「伯爵さまは、おまえくらいの年齢の女性はロマンチックなことしか頭にない小娘よりは分別があって、冷静だと考えていらっしゃるだけだ。きょうの午後も、そんなようなことをおっしゃっていた」

「いい加減にしてください、テオ」レイディ・ドリングは夫をにらんだ。

「いずれにしても、年齢は伯爵さまの判断材料だったということ。でも、伯爵さまがわたしを選ばれた最後にしてなによりも重要な理由は、わたしが前の奥さまに似ても似つかないということよ」

目の前に置かれたばかりのヒラメのワイン煮に口をつけようとしたレイディ・ドリングは、もう少しでむせそうになった。「それがどうして理由になるんですか?」

「伯爵さまが、次々と問題を引き起こす美しい女性たちと付き合って苦労されたことはだれでも知っているわ。レイディ・レイヴンウッドが愛人をアビーに連れこんでいたことだって、わたしたちは知っている。ということは、当然、伯爵さまだってご存じのはず」

「たしかに」ドリングはうめくように言った。「奥方をめぐって、将来のある命を賭けて決闘されたことも一度や二度ではないと聞いている。ほかの男に色目を使わない女性を二度目の妻に求められるのも無理はない。悪気があって言っているのではないが、ソフィー、おまえはそういう点で伯爵さまを悩ますような娘ではない。伯爵さまもそれを知っておいでなのだろう」

「ふたりとも、そんな不作法きわまりない話はもうやめてください」レイディ・ドリングはきっぱりと告げたが、どう考えても、ふたりはおとなしく従いそうもない。

「ええ、でも、お祖母さま、お祖父さまのおっしゃるとおりなのよ。次のレイヴンウッド伯爵夫人としてわたしは完璧だわ。田舎育ちだから、一年のほとんどをレイヴンウッド・アビーで過ごしても文句は言いそうにない。愛人の群れを引き連れて遊びまわることもない。ロンドンの社交界で一シーズン過ごしてなんの収穫も得られなかったんだもの、また社交界に出たところでだれからも見向きもされないに決まっている。わたしの崇拝者を払いのけて時間を無駄にする心配はないと、レイヴンウッド伯爵はよくわかってらっしゃるのよ」

「ソフィー」レイディ・ドリングはたっぷり威厳をこめて言った。「もうたくさんです。わたくしはもう、このようなばかばかしい会話には耐えられません。下品なことこの上ない」

「わかったわ、お祖母さま。でも、下品な会話にこそ興味を引かれるってこと、お忘れじゃない？」

「それ以上、口をきくのは許しませんよ。あなたも同じです、テオ」

「わかったよ、おまえ」

「わたくしにはわかりません」レイディ・ドリングは重々しく告げた。「レイヴンウッド伯爵がソフィーを妻にと決められた理由があなたがたの言うとおりなのか、そうでないのか。けれども、伯爵さまのお考えでわたくしにも同意できるものが一つあります。それは、ソフィー、あなたは伯爵さまに心から感謝すべきだということです」

「わたし、前に一度、伯爵さまに感謝したことがあるのよ」ソフィーはなつかしそうに言った。「社交界で一シーズン過ごしたとき、ある舞踏会でご親切にもわたしと踊ってくださったの。あのときのことはよーく覚えているわ。一晩じゅう、踊ったのはあのときだけだから。伯爵さまは覚えてさえいらっしゃらないでしょうけれど。わたしと踊っているあいだもずっと、いとしいエリザベスさまがだれと踊っているのかと、わたしの肩越しに目をこらしてらっしゃったから」

「最初のレイヴンウッド伯爵夫人のことで気をもむのはやめなさい。あの方はもう亡くなられ、だれも悲しんではいないのだ」亡くなった伯爵夫人について、ドリング卿はいつもと変わらず単刀直入に言った。「聞きなさい、私からの忠告だ。伯爵さまを立腹させないように気を使っていれば、おまえはきっとよい妻になれる。おまえが多くを求めず分をわきまえているかぎり、伯爵さまもおまえにとってよい夫になられるだろう。領地の管理に心を配り、きちんと妻の面倒をみてくださる。ご自分のものは大切にされるお方なのだ」

お祖父さまのおっしゃるとおりだわ。その夜、眠れないままベッドに横たわっていたソフィーは思った。あまり怒らせないように気を使っていれば、レイヴンウッドが人並みによい夫になるのはまちがいないような気がした。いずれにしても、それほど伯爵と顔を合わせるわけではないのだから。ロンドンの社交界で一シーズン過ごすあいだにソフィーは、上流社会の夫と妻は別々の人生を歩むものらしいと気づいていた。

そのほうがわたしにとってはつごうがいい、とソフィーは自分に強く言い聞かせた。わたしには追求すべき個人的な問題があるのだから。レイヴンウッドの妻になれば、哀れなアメリアのために調査する時間にも機会にも恵まれるだろう。いつの日かきっと、とソフィーは胸に誓った。妹を誘惑してあっさり捨てた男はだれなのか、つきとめてみせる。

この三年間、ソフィーはなんとかオールド・ベスの忠告にしたがい、妹の死を忘れようとつとめてきた。最初の怒りは時を経て少しずつ薄れ、受け入れるしかないというあきらめに変わった。なんといっても、田舎でくすぶっていては、責任を負うべき見知らぬ男を見つけて立ち向かえる見込みはほとんどないに等しい。

しかし、伯爵と結婚すれば状況はがらりと変わってくる。

ソフィーはじっとしていられなくなって掛け布団を押し下げ、ベッドから出た。裸足のますり切れた絨毯を横切り、化粧台の上の小さな宝石箱を開けた。ろうそくの明かりがなくても、指先を差し入れただけで、目当ての黒い金属製の指輪はすぐに見つかった。しょっちゅう触れているから、感触だけでそれとわかる。ソフィーは指輪をつまんだ。

冷たく、固い指輪を宝石箱から取りだす。表面に型押しされた奇妙な三角形の模様が手のひらに感じられる。

ソフィーはその指輪が大嫌いだった。致死量の阿片チンキを飲んだ晩、妹のアメリアが握りしめていた指輪だ。金髪の美しい妹を誘惑し、妊娠させた男——アメリアは恋人の名を言おうとしなかった——の指輪だと、すぐにわかった。さまざまな事実から推測して、男がレイヴンウッド伯爵夫人の愛人のひとりだったことは、ほぼまちがいなかった。

それから、妹と見知らぬ男が、レイヴンウッド領内にあるノルマン様式の古城の廃墟で逢い引きしていたのも確かだった。いまでは崩れかかっている大昔の石造りの建物をスケッチするのが好きだったソフィーは、その廃墟でアメリアのハンカチを見つけたのだ。妹が亡くなって数週間後のことだった。その日以来、ソフィーは二度とその眺めのいい廃墟に足を運んでいない。

アメリアを自殺に追いやった男の正体を突きとめるのに、次のレイヴンウッド伯爵夫人になる以上によい方法がどこにあるだろう？

ソフィーは一瞬、ぎゅっと指輪を握りしめてから、宝石箱に戻した。レイヴンウッド伯爵と結婚するのに、犯人捜しという論理的かつ現実的な理由があるのは好都合だった。なぜなら、ソフィーが伯爵と結婚するもう一つの理由は、無謀で実を結ばない探求に終わりそうだったから。

つまり、ソフィーは悪魔にもう一度愛することを教えるつもりだった。

スプリングのきいた旅行用馬車に乗りこんだジュリアンは、無造作だが優雅な身のこなしで手足を投げだし、新しい伯爵夫人を見つめてあら探しを始めた。この数週間、ソフィーとはほとんど顔を合わせていなかった。無理をしてロンドンからハンプシャーに足を運ぶ必要はない。そう自分には言い聞かせていた。ロンドンでやらなければならない仕事があるのだから。

わずか数時間前に伯爵夫人になったばかりの新妻を、ジュリアンは少なからぬ驚きの目で見つめた。いつもと変わらず、ソフィーの風貌には型破りなところがあった。明るい茶色の巻き毛がいく房か、新しい麦藁のボンネットの下からのぞいている。ボンネットの羽飾りも妙な角度に突き出ている。よくよく見ると、羽の軸が折れているではないか。視線を下げると、小さなハンドバッグのリボン飾りも一つ、ほどけていた。

旅行用のドレスの裾には、草の青いしみがついている。お世辞にも清潔とは言えない小作人の息子が差しだした一握りの花を、ひざまずいて受け取ったときにできたしみにちがいない。村人はひとり残らず集まって、旅行用馬車に乗りこもうとしているソフィーに、いっていらっしゃいと手を振っていた。新妻が村人たちにそれほど人気があるとは、ジュリアンは知らなかった。

ジュリアンがほっとしたことに、新婚旅行のついでに仕事をするつもりだと告げても、新妻は文句一つ言わなかった。最近、ノーフォークに新たに土地を手に入れたジュリアンにとって、一か月つづく新婚旅行は、最新の財産を視察するうってつけの機会だった。

レイディ・ドリングもみごとに結婚式を取り仕切ってくれた、と認めざるを得なかった。近隣地方の名士たちはほとんど招待されていた。しかし、ジュリアンはロンドンの知り合いはひとりも招待しなかった。失敗に終わった最初の結婚式に列席した同じ顔ぶれの前で、二度目の結婚式を執り行なうのは、考えるだけでも耐えがたかったからだ。

来るべき結婚の告示が〈モーニング・ポスト〉に掲載されると、ジュリアンは会う人ごとにあれこれ尋ねられたが、不作法な質問には、ふだん不快な思いをさせられるときと同じやりかたで応じた。無視したのだ。

一、二の例外を除いて、作戦はうまくいった。例外の一つを思い浮かべて、ジュリアンはきゅっと唇を結んだ。トレヴァー・スクエアのある女性はジュリアンが結婚すると知って、少なからず気分を害した。しかし、抜け目がなくて現実的なマリアン・ハーウッドはちょっと泣きわめく以上のことはしなかった。男ならほかにいくらでもいる。ジュリアンが最後に訪ねたときに置いてきたイヤリングが功を奏して、やがて見目麗《みめ》しいハーウッドの怒りはおさまった。

「どうかなさいました?」ソフィーの穏やかな声がジュリアンの夢想の世界にすっとはいりこんできた。

ジュリアンは現実に頭を切り替えた。「いいや、なにも。先週、片づけなければならなかったちょっとした仕事について思い出していただけだ」

「さぞ不愉快なお仕事だったんでしょう。とてもこわいお顔をされていましたから。一瞬、ミートパイに当たられたのかと思いましたわ」

ジュリアンはかすかにほほえんだ。「たしかに胃の具合が悪くなりそうな仕事だったが、いまの体調は万全だ」

「そうですか」ソフィーは驚くほど落ち着き払った視線を、やや長めにジュリアンに送ってからうなずき、ふたたび窓を見つめた。

ジュリアンは眉をひそめた。「こんどは私が、どうかしたのか尋ねる番だ、ソフィー」

「いいえ、なにも」

　ジュリアンは腕組みをして、磨きあげられたヘシアンブーツの飾り房をじっと見つめてから視線を上げ、いぶかしげな目でソフィーを見た。「この際、一つ、二つ、はっきりさせておいたほうがいいと思うことがあるのだ、奥方さま」

　ソフィーはちらっとジュリアンを見た。「ええ、なんでしょう?」

「数週間前、あなたは私に要求リストを差しだした」

　ソフィーは眉を曇らせた。「おっしゃるとおりです」

「あのとき、私は忙しくて、自分自身のリストを作らないまま終わらせてしまった」

「あなたからの要求はもう存じています。跡継ぎを産み、問題を起こさないことだったはず」

「この機会に、もう少し具体的にさせておきたい」

「要求を増やされるのですか? それは公正とは言えないのではないでしょうか?」

「要求を増やすのではなく、明確にしておきたいと言っているのだ」ジュリアンはいったん言葉を切った。ソフィーの青緑色の目が不安そうに陰るのを見て、かすかにほほえむ。「そんなに心配そうな顔をすることはない。一つ目の要求の跡継ぎだが、これははっきりしすぎていて具体的にするまでもない。明確にさせたいのは二つ目の要求だ」

「問題を起こさないこと。こちらも充分にわかりやすいと思いますけれど」

「問題を起こさないというのが私にとってどういうことかはっきりさせれば、もっとわかりやすくなる」

「たとえば、どんなことでしょう？」

「私には決して嘘をつかない、ということだ。そうなれば、私たちのあいだに問題はほとんど起こらないだろう」

ソフィーは目をむいた。「わたしは、あなたに嘘をつくつもりなどありません」

「それはすばらしい。あなたは嘘をつくのが苦手なようでもあるし。あなたの目だ、ソフィー。あなたの気持ちとは裏腹に、その目はつねに本心を映し出しているのだ。あなたの目に嘘を見いださなければならないのは、私としては不愉快きわまりない。私が言っていることを、充分に理解してもらえただろうか？」

「充分に理解しました」

「では、さっきの質問に戻ろう。私は、どうかしたのかと尋ね、あなたはなんでもないと答えた。しかし、あなたの目はそうは告げていなかった」

ソフィーは、ハンドバッグのほどけたリボン飾りをもてあそんだ。「わたしは、わたしだけの思いに浸ることも許されないのでしょうか？」

ジュリアンは眉をしかめた。「さっきは、夫にも隠さなければならないような秘密の思いに浸っていたと、そういうことかね？」

「いいえ」ソフィーははっきり否定した。「わたしはただ、口に出して言ってしまえば、あなたが気を悪くなさるだろうと思って、黙っていただけです」

「あなたさえよければ、なにを考えていたのか聞かせてもらいたい」

「ええ、もちろん。わたし、演繹的推理の真似ごとをしたんです。わたしたちが結婚する前に片づけた仕事がとても不愉快だったとあなたが認められたので、それがどんなお仕事だったのか、差し出がましいのは承知のうえで推理してみました」

「それで、演繹的推理によって、どんな結論に導かれたのだ？」

「現在の愛人に結婚すると伝えられ、面倒な思いをされたにちがいない、という結論に達しました。お気の毒に、その女性を責めるのは酷です。これまで妻の役目をすべて引き受けてらっしゃったのに、その妻の座をほかの人にあたえるつもりだと告げられてしまったんですから。その方がひどく悲しまれ、あなたは不快な思いをされたのでしょう。教えてください、その方は女優さんですか？　それとも、バレエダンサーですか？」

ジュリアンはまず、声をあげて笑いたいというばかげた衝動にかられた。しかし、夫としての威厳を失うわけにはいかず、すぐに衝動を抑えこんだ。「僭越《せんえつ》にすぎるぞ」ジュリアンは歯を食いしばって言った。

「自分の胸におさめていた思いを口に出せとおっしゃったのはあなたです」ボンネットの、ぐらつく羽飾りがゆらゆらと上下した。

「そもそも、そういったことをあれこれ憶測するのがまちがっているのだ」

「おっしゃるとおりですけれど、残念なことに、わたしは気持ちが勝手に推理するのを抑えられないたちなのです」

「自制心を学ぶ必要がありそうだな」ジュリアンは言った。

「教えてください」ソフィーはいたずらっぽく訊いた。「わたしの推理は当たっていますか？」

「先週、わたしがロンドンを離れる前にかかわった仕事についてては、あなたの知ったことではない」

「あら、まあ。わたしは心のなかであれこれ推理する自由も許されないのに、あなたはなんでも好きなだけ秘密を持ってかまわないとおっしゃるんですか。とても公正とは思えませんわ。とにかく、わたしの誤った考えがそんなにあなたのお気に触るのなら、わたしだけの胸におさめておいたほうがよいとは思われませんか？」

ジュリアンはいきなり身を乗りだし、指先でソフィーの顎をつまんだ。その瞬間、彼女の肌のなんともいえないやわらかさに気づいた。「私をからかっているのか、ソフィー？」

ソフィーは、ジュリアンの手から逃れようとはしなかった。「認めます、そのとおりですわ。あなたはびっくりするほど傲慢でいらっしゃるから、わたし、たまにからかいたいという誘惑に負けてしまうんです」

「誘惑に負けてしまう気持ちはよくわかる」ジュリアンは言った。「いまの私がまさにそうだ」

ジュリアンはさっとソフィーの隣の座席に移り、両手で彼女のウェストをつかんだ。そのまま軽々とソフィーを持ち上げて自分の膝に坐らせ、彼女が驚いて目を見開くのを、冷めた満足感とともに見つめた。

「レイヴンウッドさま」ソフィーはあえぐように言った。

「それで思い出したが、あなたへの要求でもう一つ、はっきりさせておきたいことがある」

ジュリアンはささやいた。「私がキスをしようとしているときは、私の名を口にしてもらいたい。ジュリアンと呼んでかまわない」ジュリアンは急に、彼女の小さく引き締まった尻のこんもりした感触が気になってならなくなった。スカートのひだがズボンにまとわりつく。

ソフィーはバランスをとろうとジュリアンの肩に両手でつかまった。「こんなに早く、約束をお守りくださいと申し上げなければならないのですか？　力ずくでわたしをわがものにしないとおっしゃったのに」

ソフィーは震えていた。彼女の全身が小刻みに震えているのを感じて、ジュリアンはいらだった。「ばかを言うんじゃない、ソフィー。キスをしようとしているだけだ。キスに関する取り決めは、なにもしていないはずだ」

ジュリアンは一方の手でソフィーのうなじを包みこんでそっと固定し、唇で唇をふさいだ。ふたりの唇が触れ合う瞬間、ソフィーはさらに抗議をしようと口を開いた。その結果、いきなり濃厚なキスが始まった。ジュリアンには予定外だった。とたんに彼女の潤いと温かさを味わい、ジュリアンの体を思いがけない欲望の炎が駆け抜けた。彼女の口のなかはやわらかく、濡れていて、かすかに芳しい香りがした。

ソフィーはたじろぎ、ジュリアンの両手にさらに締めつけられるのを感じて、小さくうめいた。体を引こうとしたが、少しでも逃れるのは許されないとわかり、ジュリアンに抱きすくめられたままじっとしていた。

ソフィーが黙ってされるままになっているのがわかり、ジュリアンは時間をかけ、やさしくキスを深めていった。なんと心地よいのだろう。ソフィーがこれほど甘く、これほど温かいとは意外だった。女性らしい反応に男としての自分の強さがまざまざと感じられ、その自覚が驚くほど刺激的だ。ジュリアンは、一瞬のうちに自分自身がこわばるのがわかった。

「さあ、私の名を呼ぶんだ」口に口を押しつけたまま、ジュリアンはやさしく命じた。

「ジュリアン」その一言は、かすれてはいてもはっきり聞き取れた。

ジュリアンは手のひらでソフィーの腕をなで下ろし、喉元に鼻先を押しつけた。「もう一度」

「ジュ――ジュリアン。やめてください。もうたくさんです。約束してくださったのに」

「私は、力ずくであなたをわがものにしているか？」からかうように尋ね、彼女の耳のすぐ下に小さなキスの雨を降らす。腕を滑りおりた手のひらが、彼女の丸い膝をぴったりと包みこんだ。ジュリアンは突然、その膝を押し開き、もっと丹念にソフィーを探索したくてたまらなくなった。「言ってごらん、ソフィー、これは力ずくだろうか？」

「わかりません」

ジュリアンは低く笑い声をあげた。ソフィーはかわいそうなくらいとまどっている。「これは力ずくであなたをわがものにしている、という表現には当たらないぞ」

「では、なんですか？」

「あなたと愛を交わしているのだ」

「愛を交わしてるわけがないわ」ソフィーはひどく真剣な声で言い返した。

ジュリアンは驚き、顔を上げてソフィーを見つめた。「愛を交わしていない？」

「どうしてわたしと愛が交わせましょう？　わたしを愛していらっしゃらないのに」

「では、誘惑しているのだ」ジュリアンは切り返した。「男に自らの妻を誘惑する権利があるのは疑う余地もあるまい。私は、あなたを力ずくでわがものにしないと約束したが、誘惑を試みないとは約束していない」あんなばかげた取り決めを守る必要はこれっぽっちもないのだ。そう思って、ジュリアンは胸がすっとした。これまでの彼女の反応すべてが、すでに私を受け入れている証拠ではないか。

青緑色の目に激しい怒りを燃えたたせ、ソフィーはジュリアンから体を引いた。「わたしに言わせれば、誘惑は力ずくで女性をわがものにすることの別の形にすぎません。実際の目的を隠そうとして、男性が言葉を変えているだけのことだわ」

ジュリアンは、ソフィーの声にこもった激しい憎悪にぎくりとした。「では、あなたは誘惑されたことがあるのか？」冷ややかな逆襲に出る。

「誘惑されたのであれ、力ずくで強要されたのであれ、女性にとって結果は同じでしょう？」

ソフィーはなりふりかまわずジュリアンの膝からはい下りた。途中、旅行用ドレスのウールのスカートがぶざまに体にまとわりついたが、気にしてはいられない。ボンネットの折れた羽飾りがさらに曲がり、用心深く細めた目の一方の前に垂れ下がった。思わず手で振り払うと羽が折れ、軸だけがボンネットに残った。

ジュリアンは片手をさっと伸ばし、ソフィーの手首をつかんだ。「答えるんだ、ソフィー。誘惑されたことがあるのか？」

「いまになって訊かれるなんて、ちょっと遅すぎはしませんか？　そういうことは、結婚を申し込まれる前に調べられるべきでしょう？」

突然、ジュリアンは確信した。ソフィーは一度として男の腕に抱かれたことはない、と。彼女の目がそうはっきり告げている。けれども、ジュリアンはソフィー本人に事実を認めさせなければ気がすまなかった。はぐらかしも、中途半端なほのめかしも、女性の嘘につながるものはどんなものでも許されないと、身をもって教えなければならない。

「答えるんだ、ソフィー」

「答えたら、あなたの過去の恋愛について、わたしがなにを訊いても答えてくださいますか？」

「むろん、答えはしない」

「まあ、なんてずるい方でしょう」

「私はあなたの夫だ」

「だから、ずるくても許される権利がおありだと？」

「夫だから、あなたにとってもっともよいことをする権利と義務があるのだ。私の過去の恋愛について話し合ったところでなんの意味もないことは、おたがいわかっているはずだ」

「わたしには、無意味とは思えません。あなたという方を知るための大きな手がかりになるわ」

ジュリアンはあざけるような笑い声をあげた。「あなたはいまでも充分、洞察力に恵まれているではないか。恵まれ過ぎているふしもあるくらいだ。さあ、誘惑されたときのことをくわしく話すんだ、ソフィー。地元の名士かなにかに、森のなかで組み伏せられそうになったのか？」

「そうだとしたら、どうなさるんですか？」

「その男に報いを受けさせる」ジュリアンはさらりと言った。

ソフィーはぽかんと口を開けた。「過去の無分別な行為にたいして、いまになって決闘を挑まれるんですか？」

「話が本題からそれているぞ、ソフィー」ジュリアンはソフィーの手首をつかむ指先に力をこめた。しかし、小さくて華奢な骨格を手のひらに感じて、力を加減せずにはいられない。

ソフィーはジュリアンから目をそらした。「わたしの貞節は汚されていませんから、敵《かたき》を取るにはおよびません。わたしは、ほんとうに目立たない、ありきたりな娘でしたから」

「そうではないかと思っていた」ジュリアンはソフィーの手を放し、ゆったりと座席のクッションに背中をあずけた。「では、どうして、誘惑と力ずくの行為を同じものだと考えるのだ？」ジュリアンは手を伸ばし、ボンネットから飛びでている羽の軸を引き抜いた。

ソフィーは、羽の軸をあきらめにも似た表情で見つめた。

「力ずくの行為に劣らず誘惑を恐れる訳を聞かせてくれ」

「個人的な問題なんです。話すつもりはありません」

「私には話さなければならないぞ。残念だが、引き下がるわけにはいかないのだ、ソフィー。私はあなたの夫なのだから」

「ご自身の好奇心を満足させるために、夫だという事実を振りかざすのはやめて」ソフィーはぴしゃりと言った。

ジュリアンは横目でじろりとソフィーを見た。華奢な顎が挑むようにつんと突きだされている。「私を侮辱するのかね、奥方さま」

ソフィーは居心地悪そうにもじもじしながら、スカートの皺を伸ばすふりをした。「なにを言われても侮辱されたと思われるんだわ」

「ああ、そうとも、飛びきり傲慢な男だからね。残念ながら、おたがいにこの傲慢な性格とはうまく付き合っていくしかないのだ、ソフィー。私のこの、度を超えた好奇心ともうまく折り合ってもらわなければならない」ジュリアンは折れた羽の軸を見つめ、ソフィーがなにか言い出すのを待った。

左右に揺れながら進んでいる馬車を沈黙が支配した。車輪と革の馬具のきしみと、馬たちの規則的な蹄の音が急に大きく響きわたる。

「わたし自身の身に起こったことではないのです」ようやくソフィーが蚊の鳴くような声で

言った。

「というと？」そう言っただけで、ジュリアンはふたたび黙りこくった。

「誘惑の犠牲になったのは、わたしの妹です」ソフィーは車窓を行き過ぎる景色をにらみつけた。「けれども、あの子には敵《かたき》を討ってくれる人がいませんでした」

「あなたの妹さんは、三年前に亡くなったと聞いているが」

「そうです」

ソフィーの毅然とした声に、ジュリアンはことの重大さを感じた。「彼女が亡くなったのは誘惑されたせいだと、そういうことなのか？」

「あの子は妊娠したんです。でも、責任を負うべき男はあの子を見捨てました。恥辱か、男の裏切りに耐えられなかったのでしょう。あの子は致死量の阿片チンキを飲んだのです」膝の上に置いた手を、ソフィーはぎゅっと握りしめた。

ジュリアンはため息をついた。「気の毒なことだ」

「死ぬことなんかなかったのに」ソフィーは押し殺した声で言った。「ベスに助けてもらえたのに」

「オールド・ベスが？　どうやって？」ジュリアンは眉を寄せた。

「そういう状態を解消する方法はいくつかあります」ソフィーは言った。「オールド・ベスは知っているんです。妹がわたしに打ち明けてくれさえしたら、ベスのところへ連れていけたんです。そうすれば、だれに知られることもなかったのに」

ジュリアンは羽の軸を床に落として身を乗りだし、ふたたび妻の手首をつかんだ。「そういう処置のなにを知っているんだ？」ジュリアンはささやくように尋ねた。エリザベスはその方法を知っていた。

ソフィーはぱちぱちと目をしばたたいた。いきなり静かな怒りを向けられ、どうしていいのかわからなかった。「オールド・ベスは薬草について詳しいんです。わたしにもいろいろ教えてくれました」

「望まない赤ん坊を始末する方法も教えてもらったのか？」ジュリアンは抑えた声で詰問した。

ソフィーはようやく、つい多くを語りすぎたと気づいた。「妊娠した女性に使うある薬草の話をしてくれました」ソフィーはしぶしぶ認めた。「でも、その薬草は母体を危険にさらす場合もあるので、知識のある人が細心の注意を払って使わなければならないんです」ソフィーはしばらく自分の手を見下ろしてから言った。「わたしにはそんな知識も技術もありません」

「当たり前だ。そんなことに詳しくなるのではないぞ、ソフィー。それから、あの老いぼれ魔女のベスが堕胎を請け負っているのがわかったら、すぐに私の領地から追い出してやる」

「本気ですか、伯爵？　あなたのロンドンのお友だちは、そんなに清く正しい方ばかりなんですか？　あなたのせいで、その種の手当をしなければならなかった愛人はひとりもいらっしゃらないんですか？」

「ひとりもいない」全身に怒りをつのらせ、ジュリアンはしゃがれた声で言った。「ご参考までに、最初からそういった問題が起こるのを防ぐテクニックもあるのだよ、奥方さま。それは、ある種の病気を防ぐのにも有効で、そういった病気は……まあ、それはどうでもいい」

「テクニックですか？　それはどんな？」ソフィーはうれしそうに目を輝かせた。

「あなたはそんな情報に詳しくなる必要はないのだ、ソフィー」有無を言わせぬ口調だった。「そういったことを知らなければならない仕事をしているわけでもあるまいし」

「でも、知っている女性もいるんですね？」ソフィーはなおもしつこく尋ねた。

「もういい加減にするんだ、ソフィー」

「それで、あなたはそういう女性たちをご存じなんでしょう？　そのうちのおひとりでも、わたしにご紹介くださいませんか？　ぜひお話がしてみたい。きっとほかにもいろいろ、びっくりするようなことをご存じなんだわ。わたしの知的好奇心の守備範囲はとっても広いんです。本から仕入れられる情報って、かぎられていますもの」

また私をからかっている。そう感じたジュリアンは一気に怒りを爆発させそうになった。しかし、最後の最後になって、ソフィーの無邪気でうれしそうな態度は正真正銘、本物なのだと気づいた。ジュリアンはうめき声をあげ、座席の隅にもたれかかった。「もうその話はおしまいだ」

「そんなふうにおっしゃるところ、悲しくなるくらいお祖母さまにそっくりだわ。正直言って、がっかりしました、ジュリアン。結婚したら、もっとお話の楽しい方と暮らせると思っていましたのに」

「では、ほかのやり方で楽しませるように努力しよう」ジュリアンはぼそっと言って目をつぶり、座席のクッションに頭を押しつけた。

「誘惑の話を蒸し返すつもりなら、ジュリアン、言わせていただきますけれど、その話題は少しも楽しいとは思えません」

「妹さんがあんな目に遭われたからか？　姉として、あなたが心に傷を受けたのは理解できる。しかし、妻と夫のあいだのことと、妹さんが耐えなければならなかった不愉快な誘惑には大きなちがいがあるのだ」

「ほんとうですか？　男の方はどうしてそんなにはっきり区別がつけられるのですか？　学校で習うのですか？　あなたは最初の結婚生活から学ばれたのですか？　それとも、いつも絶えることなく愛人がいらっしゃったからわかるのですか？」

その時点で、ジュリアンの癇癪はクモの糸ほどの緊張感でかろうじて収められていた。彼はぴくりとも動かず、目も開けなかった。少しでも動いたら、自分がなにをしてしまうかわからず、恐ろしかった。「私の最初の結婚については、いっさい話をしないと言ったはずだ」

あまりに穏やかなジュリアンの口調になにかを感じ、ソフィーは口をつぐんだ。

ジュリアンはあらためて癇癪を抑えこみ、自制心が働いているのを確認してから目を開けて、新妻を見つめた。「遅かれ早かれ、あなたは私を受け入れなければならないのだ」

「三か月待つと約束してくださったはずです、伯爵」

「くどいぞ。三か月は力ずくであなたをわがものにするつもりはない。しかし、そのときまでただ手をこまねいていようとも思わない。愛の行為に関するあなたの考えが変わるように、どんなことでもするつもりだ。手間はかかるが、われわれが交わしたばかげた取り決めに反することにはなるまい」

ソフィーはさっと首をめぐらしてジュリアンを見た。「女性と取引をするとき、男性が名誉を重んじる気持ちはあてにならないとおっしゃったのは、こういうことだったんですか？あなたの約束は紳士の言葉として信頼できないということですか？」

ジュリアンにはとても我慢ならない侮辱だった。「私の知り合いには、危険を覚悟でそんなことを口にする者はひとりもいないぞ」

「わたしに決闘を挑まれますか？」ソフィーは興味津々で尋ねた。「言っておきますが、わたしはお祖父さまから銃の扱いの手ほどきを受けています。射撃の腕には自信があるんです」

紳士としての自尊心が、結婚式当日に新妻を殴ることを阻んでくれるだろうか、とジュリアンは思った。この結婚はどういうわけか、彼が意図していたような平穏で秩序正しい滑り出しをしそうになかった。

ジュリアンは、自分に向けられた好奇心もあらわなはつらつとした表情を見つめ、ソフィーの言語道断な挑発にどう応じようかと考えた。そのとき、ソフィーのハンドバッグから垂れ下がっていたリボンの切れ端が馬車の床に落ちた。

ソフィーは顔をしかめ、すぐに身を乗りだしてリボンを拾おうとした。ジュリアンも同時に身をかがめたので、彼の大きな手がソフィーの小さな手に軽く触れた。

「失礼」ジュリアンは冷ややかに言い、リボンの切れ端をつまみ上げてソフィーの手のひらに落とした。

「ありがとう」ちょっとばつが悪そうにソフィーは礼を言った。それから、ハンドバッグにもとどおり、リボンを飾ろうと悪戦苦闘しはじめた。

ジュリアンは座席の背にゆったり体をあずけ、ハンドバッグの別のリボンがほどけるのを面白そうに眺めていた。彼の目の前で、複雑に編みこまれたリボンの飾りがすべてほどけていく。それから五分後、ソフィーはすっかり台無しになったハンドバッグを膝の上に放りだした。途方に暮れ、上目遣いにジュリアンを見つめる。

「わたしの身にどうしてこういうことばかり起こるのか、ずっと考えているんだけれどわからないの」ソフィーは言った。

ジュリアンはなにも言わずにソフィーの膝からハンドバッグを取り上げて口を開け、ほどけて垂れ下がったリボンをすべてなかに押しこんだ。

ハンドバッグの口を閉じてソフィーに差しだしながら、ジュリアンはたったいま、パンドラの箱を開けてしまったような妙な胸騒ぎを覚えていた。

3

ジュリアンのノーフォークの領地で過ごす新婚休暇も二週間目を迎え、ほぼ半ばにさしかかったころ、ソフィーは食後にポートワインを浴びるように飲む男と結婚してしまったのだろうかと不安を覚えはじめた。

それまでは、ためらいながらも少しずつ、新婚休暇を楽しめるようになっていた。エスリントン・パークと呼ばれる邸宅からは、樹木の茂った円丘や青々とした牧草地がどこまでもつづく穏やかな風景がのぞめた。建物そのものは古典主義様式にならおうとするパラディオ風で、前世紀にはハイカラだったかもしれないが、いまでは地味でいかめしい印象はいなめない。

インテリアにも古典的な重々しさが感じられたが、ソフィーは縦長の窓と釣り合いのとれた室内はくふうしだいでがらりと印象が変わるだろうと思った。いつか改装できたらどんなにいいだろう。

毎日、ジュリアンと馬で出かけて森や草原を駆け抜け、彼が手に入れたばかりの肥沃な農地を見てまわるのは楽しかった。ジュリアンは新たに任じた財産管理人のジョン・フレミングにソフィーを紹介し、その真面目な若者と何時間もかけてエスリントン・パークの将来について話し合い、計画を練った。

ジュリアンは、領地の富裕な借地農業経営者全員に会うばかりか、妻のソフィーを紹介する配慮も見せた。そして、ソフィーが羊やさまざまな農作物を見ては、知識に裏付けられた称賛の声をあげるのを見て、いかにもうれしそうだった。田舎育ちもまんざらではない、とソフィーは密かに思った。少なくとも、土地に愛着を持っている夫と内容のある話ができる。

ジュリアンが、土地にたいするのと同じ愛着を新妻に寄せてくれることはないのかしら？ソフィーがそう思ったのは一度や二度ではない。

「あなたはよい妻になりそうだ、ソフィー」領地の耕作地をめぐるようになって三日目、ジュリアンは満足そうに言った。「今回は、私の目に狂いはなかった」

そう言われてソフィーは飛び上がるほどうれしかったが、喜びを静かに胸におさめたまま、こぼれんばかりの笑みを浮かべた。「農地をめぐっているあいだにそうおっしゃるのは、わたしには農民のよい妻になれる可能性がある、という意味でしょうか？」

「詰まるところ、それが私なのだ、ソフィー。農民だよ」そう言って、あたりを見渡すジュリアンの目には、目に見えるかぎりの土地を所有する男の誇りがにじんでいた。「だから、農民のよい妻は私にとってもよい妻だ」

エスリントン・パークの使用人は訓練が行き届き、感心するほど有能だったが、ソフィーは召使いたちがジュリアンの命令を果たそうとあたふたと動き回るのを見て、密かに眉をひそめていた。使用人たちはレイヴンウッドのような身分の高い者に仕えるのを誇りに思っていたが、同時に、見ていて気の毒になるほど新しい主人に気を使っていた。

彼らはレイヴンウッド伯爵夫妻に仕えてエスリントンへやってきた御者や、馬番や、召使いや、小間使いたちから、伯爵はひどい癇癪持ちだと聞かされ、怒らせるようなことだけはしないようにと戦々恐々としているのだ。

全体的に見て、新婚休暇はごく順調だった。ソフィーにとってノーフォーク滞在中の唯一の気がかりは、夜ごとジュリアンがなにげなく、しかし意図的に精神的重圧をかけてくることだった。おかげで、気持ちはぴりぴりと張りつめていた。

ジュリアンが三か月間ずっと、ソフィーのベッドから遠ざかっているつもりがないのは明らかだった。取り決めをした期限よりずっと早く、ソフィーを自分のものにできると高をくくっているらしい。

夫が食後にたしなむポートワインの量が増えているのに気づくまで、ソフィーはなんとか取り決めを守らせられるだろうと自信があった。おやすみのキスの親密度がどんなに深まっても、自分を抑えてさらりと応じているかぎり、心配はないと思っていた。それさえ守っていれば、ジュリアンは取り決めを尊重しないわけにはいかないだろうという確信があった。

力ずくで女性をベッドへ連れていくような情けないことは彼の自尊心が許さないだろうと、ソフィーは本能的に感じていた。

しかし、ポートワインの量が増えつづけるのは心配だった。すでにむずかしくなっている状況に、新たに危険な要素が加わってしまう。秘密の逢い引きから戻った妹のアメリアから涙ながらに、紳士でも酒に酔うと暴言を吐いたり、暴力をふるったりするのだと打ち明けられたときのことは、ありありと覚えていた。その夜、アメリアのやわらかくて白い腕はあざだらけだった。ソフィーは激怒し、ふたたびアメリアに恋人の名を問いただした。アメリアはこのときも返事を拒んだ。

「あなたのそのすばらしい恋人に、ドリング家は何代にもわたってレイヴンウッド家の隣人だって伝えたの？　あなたがこんな目に遭っていると知ったら、お祖父さまはすぐにでもレイヴンウッド伯爵のところへ飛んでいって、こんなばかげた行為をやめさせるように言ってくださるわ」

アメリアはさらにむせび泣き、鼻をすすりあげた。「だから、わたしのお祖父さまがだれなのか、わたしの愛するあの方には知られないようにしているのよ。ああ、ソフィー、わからないの？　わたしがドリング家の娘で、レイヴンウッドさまとごく親しい者の孫娘だと知ったら、あの方はもうわたしと会ってはくださらないわ。それがこわいのよ」

「自分の正体を告げるより、恋人に虐待されるほうがいいの？」ソフィーは信じられない思いで尋ねた。

「愛するというのがどういうことか、お姉さまはご存じないのよ」アメリアは力なく言い、やがて泣き疲れて眠ってしまった。

アメリアはまちがっていた、とソフィーにはわかっている。ソフィーは愛することがどういうことか知っているが、哀れな妹よりも知的なやり方で感情の暴走を抑えるように心がけているのだ。アメリアのような過ちを犯すわけにはいかない。

ジュリアンがポートワインを飲み過ぎることがますます心配になり、ソフィーはいく晩か黙って不安に耐えたあげく、ついに夫の深酒を話題にしようと切り出した。

「夜、眠れないのですか？」結婚して二週間目に、とうとうソフィーは尋ねた。ふたりは深紅色の客間で暖炉の火に当たっていた。ジュリアンは、大きなグラスに二杯目のポートワインを注いだばかりだった。

ジュリアンは、まぶたの下がった目でソフィーを見た。「どうしてそんなことを訊く？」

「申し訳ありません。でも、毎晩、召し上がるポートワインの量が増えつづけているのがどうしても気になって。寝酒として、シェリーやポートワインや赤ワインを飲む方は多いと聞きます。夜はいつも、そんなにたくさん召し上がるのですか？」

ジュリアンは指先で椅子の肘掛けをこつこつ叩きながら、じっとソフィーを見つめていた。「いいや」ようやく答えてから、ごくりとグラスに半分のポートワインをあおった。「気に入らないのかね？」

ソフィーは刺繍する手を忙しげに動かしながら言った。「不眠症には、もっと効果的な対処療法があります。ベスからいろいろ教えてもらいました」

「私に阿片チンキを盛ろうというのかね？」

「いいえ。阿片チンキも効果的ですが、それはほかの薬が効かなかったときしか使いません。よろしかったら、薬草のお茶を淹れてさしあげますから、試してごらんになりますか？今回の旅行には、薬草用の収納箱も持ってきているんです」

「ありがとう、ソフィー。しかし、私はこれからもポートワインの世話になることにする。よーくわかり合った仲だからな」

ソフィーは問いかけるように眉を吊りあげた。「いったいなにをわかり合っているんでしょう？」

「ぶしつけな話になるが、かまわないかね、奥方さま？」

「もちろんです」いきなり尋ねられ、ソフィーは面食らった。

「重ねて警告するが、あなたが話し合いたくないような話題かもしれないぞ」

「まさか。不眠症の治療法の話でしょう？」

「問題は、いとしい人よ、あなたがその治療法を施してくれるかどうかということだ」

ジュリアンのあざけるような気だるい声の調子に気づいて、ソフィーははっと顔を上げた。きらきら輝く緑色の目をまっすぐ見つめたとたん、ソフィーはすべてを理解した。

「そういうことだったのですね」なんとか冷静を装って言った。「わたしたちの取り決めが、あなたの体に悪影響をおよぼすとは思ってもいませんでした」

「こうして気づいたのだから、私をがんじがらめにしている枷《かせ》を除くことを、前向きに検討してくれるだろうか？」

思わず指先に力がはいり、ソフィーの手元で絹の刺繍糸がプツンと切れた。ソフィーはうつむき、垂れ下がった刺繍糸を見つめた。「なにもかも順調に進んでいるとばかり思っていました」ソフィーは冷ややかに言った。

「それはわかっている。あなたは、エスリントン・パークの暮らしを楽しんでいた。そうだろう、ソフィー？」

「それはもうとても」

「じつは、私も同じだ。ある面に関しては。しかし、ほかの点について、この新婚休暇は退屈きわまりない」そう言って、グラスに残っていたポートワインを一気にあおった。「退屈なこと、この上ない。問題は、われわれの不自然な関係なのだ、ソフィー」

ソフィーは残念でたまらず、ため息をついた。「つまり、新婚休暇を早めに切り上げたいと、そうおっしゃるのですね？」

ジュリアンがつかんでいた空のクリスタルグラスがパチンと砕けた。ジュリアンは毒づき、両手でガラスの破片を払い落とした。「私が言っているのは」と、脅すように言う。「この関係を当たり前の夫婦関係にしたい、ということだ。そうするべきだと強く要求するのは、私の喜びであると同時に義務でもある」

「跡継ぎをもうけられることを、そんなに強く望んでらっしゃるのですか？」

「いまは、将来の跡継ぎのことなど考えていない。考えているのは、現在のレイヴンウッド伯爵のことだ。それから、いまのレイヴンウッド伯爵夫人のことも考えている。あなたが私ほど苦しんでいない第一の理由は、ソフィー、あなたが避けているものの正体をまだ知らないことだ」

ソフィーはかーっとしてまくしたてた。「人を見下すのもいい加減にしてください。わたしは田舎育ちです。お忘れですか？　生まれてからいままで、いつもまわりには動物がいたし、家畜の出産を手伝わされた経験も一度や二度はあります。夫と妻のあいだでなにがなされるのかは充分承知しているし、正直言って、わたしが避けているものはたいして高尚なものにも思えません」

「あれは考えるものではないぞ、マダム。体を使った楽しみなのだ」

「乗馬のように？　はっきり申し上げて、乗馬ほどやりがいがあるとは思えません。少なくとも、馬に乗れば目的地に着くとか、なにか有益な結果が得られますから」

「そろそろあなたも、寝室からどんな夢心地の場所へ行けるのか、知るべきかもしれないぞ、愛しい人」

ジュリアンは立ち上がり、なにが起こっているのかソフィーが気づく前にもう、両手を差しだしていた。彼女の刺繍道具を取り上げて脇に放り出す。それから、両腕でソフィーを抱きすくめ、引き寄せた。ジュリアンの真剣な顔を見上げたとたん、ソフィーはこれから起こるのは、最近なじみになりつつある、巧みにせがむような、たんなるおやすみのキスではないとわかった。

ソフィーは警戒心に身を固くして、手のひらでジュリアンの肩を突いた。「やめて、ジュリアン。前にも言ったように、わたし、誘惑されたくないんです」

「最近では、あなたを誘惑するのは私の義務ではないかと思えてならない。あなたが突きつけたろくでもない要求は、私にはむずかしすぎるのだ、かわいい人。哀れな夫に同情してはくれないか。三か月も待たなければならないなら、私は極度の欲求不満におちいり、まちがいなく息絶えてしまうだろう」

「ジュリアン、お願いですから――」

「静かに、私のかわいい人」ジュリアンは親指をソフィーの唇に当て、そのやわらかな輪郭をたどった。「あなたを力ずくでわがものにしないと約束したからには、死んでも誓いは守る。しかし、私にはあなたの気持ちを変えさせようと努力する権利があり、いま私がやろうとしているのはまさにそれなのだ。あなたが私の妻になる覚悟をするのに、私は十日の猶予をあたえた。同じ立場にあるほかのどんな男より九日も長い猶予だぞ」

突然、すさまじい要求にかられたように、ジュリアンはソフィーの口を口でふさいだ。ソフィーは正しかった。それは彼女が夜ごと期待するようになっていた、おだやかな感覚の攪乱ではなかった。熱く激しい、有無を言わせぬキスだった。ソフィーは、ジュリアンの舌がなんのためらいもなく口のなかにはいってくるのを感じた。一瞬、ずーんと痺れるような熱い感覚が全身を駆けめぐる。ジュリアンの息にポートワインの匂いを感じ、ソフィーは反射的に身をよじった。

「じっとして」ジュリアンはささやき、なだめるように大きな手のひらをソフィーの背筋に滑り下ろした。「ただじっとして、私のキスを受けるんだ。いまはそれだけでいい。あなたのばかげた恐怖心を少しばかり消すだけだから」

「あなたがこわいわけではありません」ソフィーはすかさず否定したが、ジュリアンの手から伝わる力強さはいやというほど感じていた。「寝室で心安らかに過ごす時間を、わたしにとってまだ他人も同然の男性にじゃまされたくないだけです」

「われわれはもう他人同士ではないぞ、ソフィー。夫と妻だ」

ジュリアンはふたたびソフィーの口を口でふさぎ、彼女の抗議の声をかき消した。自分の印を刻みこむようなキスは深く執拗で、やがてソフィーは震えはじめた。息が苦しくなり、妙に自分が弱くなった気がしたが、ジュリアンの腕に抱かれるときはいつもそうだ。ジュリアンはさらに両手を滑り下ろしてソフィーのウエストをつかんで引き上げ、自分の体にぴったり押しつけた。ジュリアンのこわばりを感じて、ソフィーはぎくりとした。

「ジュリアン？」大きく見開いた目で、彼を見上げる。

「意外か？」ジュリアンはからかうようにほほえんだ。「人間の男も、農場にいる動物の雄も変わりはないのだ。そういった問題には詳しいはずだったが」

「雌の羊と雄の羊を同じ囲いに入れるのとは話がちがいます」

「ちがいがわかっているとは喜ばしい」

ジュリアンは、ソフィーが逃れようとするのを許さなかった。それどころか、大きな両手で彼女の尻を包みこんでさらに引き寄せ、なおも股間の硬いふくらみを押しつけてくる。やわらかな下腹部にふくれあがった男性自身の形をはっきりと感じ、ソフィーは頭がくらくらした。

「ソフィー、愛らしい人、ソフィー、私の愛しい人、愛を受け入れてくれ。それが正しいことなのだ」執拗に懇願しながら、顎のライン、さらに下の喉元、むき出しの肩へと、誘いかけるように小さなキスを繰り返す。

ソフィーは返事もできなかった。力強くうねる潮にとらえられ、はるか沖合に押し流されたような気がする。あまりに長いあいだ、遠くからジュリアンを愛しつづけていたのだ。体の奥のほうにジュリアンに引き起こされたなまめかしい熱情は抑えようもなく、つい身をまかせてしまいそうになる。自分でも気づかないうちにソフィーは両腕をジュリアンの首に巻きつけ、誘いかけるように唇を開いた。この数日のあいだにジュリアンに教えられ、キスには詳しくなっていた。

ジュリアンがふたたび誘う必要はなかった。彼は満足げに低くうめき、ふたたび彼女の唇をふさいだ。こんどは片手を胸の下に差しこんでそっと乳房を包みこみ、親指の腹を滑らせながらモスリンの胴着越しに乳首を探し当てた。

ソフィーは、背後で客間の扉が開いたのは気づかなかったが、びっくりして申し訳なさそうに息を飲む音と、あわてて扉が閉じられた音は聞こえた。ジュリアンが顔を上げて、ソフィーの巻き毛の頭越しに鋭い視線を投げかけ、呪縛は解けた。

情熱的なキスを交わしているところを使用人のひとりに見られたとわかり、ソフィーは真っ赤になった。急いで後ずさると、ジュリアンは腕をゆるめ、彼女のしどけない姿を見てかすかにほほえんだ。ソフィーが髪に手をやると、ふだんの乱れようとはくらべものにならない。ほつれた巻き毛の房がいくつも耳のあたりに落ち、食事の前にメイドがきちんと結んでくれたリボンもほどけていて、うなじに垂れ下がっている。

「あの……失礼します。階上《うえ》に行かないと。片づけ物がいろいろあって」ソフィーはくるりと背中を向け、扉に駆け寄った。

「ソフィー」カチリとガラスとガラスがぶつかる音がした。

「なんでしょう？」ドアの把手を握って立ち止まり、おそるおそる振り返る。

ジュリアンは暖炉の横に立ち、一方の腕をゆったりと白い大理石の炉棚の上に伸ばしていた。グラスにはまた新たにポートワインが注がれている。男としての満足感をにじませたジュリアンの目を見て、ソフィーはこれまでにないほど警戒心を募らせた。ジュリアンの口元はやさしげにほころんでいたが、そんなほほえみも全身からほとばしる傲慢の光をやわらげはしない。確かな手応えを感じ、ジュリアンは自信にあふれていた。

「結局のところ、誘惑されるのはそれほど恐ろしくはないだろう、かわいい人？　あなたもそのうち楽しめるようになる。そう思うだろう？」

かわいそうなアメリアもこんな気持ちだったのだろうか？　こんなふうに感覚という感覚

をめちゃくちゃに揺さぶられたのだろうか？

無意識のうちに、ソフィーは指先で下唇に触れていた。「いま、なさったようなキスが、あなたのおっしゃる誘惑なの？」

ジュリアンはおもしろそうに目をかがやかせ、首をかしげた。「楽しんでもらえたならうれしいのだが、ソフィー。さっきのようなキスはまだまだ序の口だ。今夜は手始めに過ぎない。階上へ行って、ベッドにはいっていなさい。私もすぐに行くから。あなたを誘惑して、きちんとした新婚初夜を迎えずにいられなくするつもりだ。明日の朝になれば、あなたは自分でこしらえた不自然な関係に終止符を打った私に感謝していることだろう。まちがいない。あなたに感謝されたら、私にとってこれほどうれしいことはないのだ」

突然、猛烈な怒りにかられ、ソフィーは口もきけなくなった。マホガニー材の重い扉を荒々しく開けて廊下に飛びだし、階段を目指して走る。

ソフィーは勢いよく寝室に飛び込み、ベッドをととのえていた小間使いを驚かせた。

「奥さま！　どうかなさったんですか？」

ソフィーは怒りをこらえ、浮き足立った感覚をおさめた。呼吸はふだんよりずいぶん速まっている。「いいえ、そうじゃないの、メアリ。なんでもないのよ。階段を駆け上がってきたせい、それだけよ。さあ、着替えを手伝ってちょうだい」

「かしこまりました、奥さま」十代後半のはつらつとした娘で、女主人付きの小間使いに抜擢された興奮も覚めやらないメアリは、女主人が服を脱ぐのに手を貸した。細心の注意を払ってうやうやしく、刺繍をほどこしたモスリンのドレスを扱う。

「ベッドにはいる前にお茶が飲みたいの、メアリ。道具を一式持ってきてもらえるかしら？」

「すぐにお持ちします、奥さま」

「そうだわ、メアリ、カップは二つ用意してちょうだい」ソフィーは深々と息を吸いこんだ。「旦那さまもごいっしょだから」

メアリはうれしそうに目を見張ったが、賢明にもなにも言わず、ソフィーが薄手のローンのネグリジェを着るのを手伝った。「すぐにお茶をお持ちします、奥さま。あ、それで思い出しました。お手伝いのひとりが、胃の調子が悪いそうなんです。食べたものが悪かったみたいだって言うんですけど。奥さまならなにかいい治療法をご存じかもしれないから、訊いてみてくれって言われて」

「なあに？　ああ、ええ、もちろんよ」ソフィーは乾燥させた薬草をしまってある収納箱に向かい、干して粉末にした甘草と大黄など数種類の薬草をてきぱき選んで小さな包みを作った。「これを渡して、お茶に混ぜて飲むように言ってちょうだい。カップ一杯に二つまみくらいがちょうどいいわ。胃がすっきりするはずよ。朝になってもよくならないようなら、忘れずわたしに知らせてね」

「ありがとうございます、奥さま。きっとアリスも喜びます。そういえば、下男のアランから奥さまに伝えてくれって言われました。奥さまが料理人に作らせてくださった蜂蜜とブランデーのシロップのおかげで、喉の痛みがずいぶんよくなりましたって」

「それは、それは。そう言ってもらえるとわたしもうれしいわ」ソフィーはもどかしげに言った。今夜ほど、下男のアランの喉の具合について話したくない日はないかもしれない。

「さあ、メアリ、急いでお茶の用意をしてもらえる？」

「はい、奥さま」メアリは足早に部屋を出ていった。

ソフィーは模様のはいった黒っぽい絨毯を踏みしめ、部屋のなかを行ったり来たりしはじめた。やわらかい部屋履きをはいているので足音はしない。ネグリジェの襟のレース飾りがほつれ、一方の胸にたれ下がっているのも気づかない。

ソフィーが結婚したあきれるほど傲慢な男は、触りさえすれば彼女がそのテクニックにわれを忘れ、身をゆだねると思っている。彼女をものにするまで、とにかくしつこく言い寄り、せがみつづけるつもりらしい。いまになってソフィーはわかった。彼にとってソフィーと寝られるかどうかは、男のプライドにかかわる問題なのだ。

ジュリアンが、寝室でふたりになったときも支配者は自分なのだと証明するまで、心の安らぎを得られそうにない、とソフィーは気づきかけていた。ジュリアンが妻を誘惑することしか考えていないかぎり、ソフィーが夢見ていたようなたがいを尊重し合う関係は築けそうもなかった。

ソフィーは急に立ち止まり、一晩だけでも征服の喜びを得たら、レイヴンウッド伯爵は満足するだろうかと考えた。いずれにしても、ジュリアンはわたしを愛しているわけではない。でも、わたしを誘惑してその気にさせられると証明できたら、しばらくのあいだでも、わたしを放っておいてくれるのではない？

ソフィーは、美しい彫刻をほどこした薬草用の収納箱に小走りに近づき、何列にも並んでいる木製の小さな浅皿と、抽斗《ひきだし》を見下ろした。胸のなかにはたぎるような怒りと、恐れと、自分では深く突きつめたくない別の感情が渦巻いていた。あまり時間はない。あと数分のうちにジュリアンは、彼のつづき部屋と直接つながっている扉から、堂々とわたしの寝室にはいってくるだろう。そして、わたしを腕に抱き、小柄なバレエダンサーだか女優だか、とにかくそういった相手に触れるときと同じように、わたしに触れるのだろう。

メアリが扉を開け、銀のトレイを持って寝室にはいってきた。「お茶をお持ちしました、奥さま。ほかにもなにかお持ちしますか？」

「いいえ、けっこうよ、ありがとう、メアリ。もう下がっていいわ」ご苦労さま、という思いをこめて、いつもと変わらない笑みを浮かべたつもりだったが、軽くひざを曲げてお辞儀をして部屋を出ていったメアリの目は、これまで見たことがないほど輝いて見えた。ソフィーは、廊下から押し殺したくすくす笑いが聞こえたと思った。まちがいない。

こんなに広い屋敷でも、使用人たちはそのなかで起こっていることをなにからなにまで知っているようだと思うと、ソフィーは腹立たしかった。ジュリアンがまだ一度も妻のベッドで寝ていないことに、小間使いのメアリが気づいている可能性は充分に考えられる。そう思うと、怒りよりも屈辱感が強くなるような気もする。

ソフィーはふと思った。ジュリアンがいらだっている理由の一つは、自分たちの主人が新妻のベッドを訪れない理由を家じゅうの使用人があれこれ噂しているのを知っているせいかもしれない。

ソフィーはくじけそうな気持ちを引き締めた。ジュリアンの男としてのプライドを守るという、ただそれだけのために目的を変更するわけにはいかない。男のプライドなら、ほかでいくらでも誇示している人なのだから。ソフィーは薬草用の保存箱に手を入れ、カモミールをひとつまみと、それよりはるかに効き目の強力な薬草をひとつまみ、取りだした。それを紅茶のポットに入れて、手早くかき混ぜる。

そして、椅子に坐って待った。坐らずにはいられなかった。全身ががたがた震えて立っていられなかったのだ。

すでに逃れられない運命について考えている時間はなかった。つづき部屋に通じる扉がそっと開いて、ソフィーは飛び上がるほど驚いた。視線を戸口に向ける。レイヴンウッド伯爵家の紋章を刺繍した黒いシルクのガウンを着て、ジュリアンが立っていた。からかうような笑みをかすかに浮かべ、ソフィーを見つめる。

「ひどく不安そうじゃないか、かわいい人」ジュリアンは穏やかに言い、後ろ手に扉を閉めた。「こうなる機会を、長々といたずらに避けつづけてきたせいだぞ。勝手に恐ろしいものだと決めつけて、恐ろしいふうに恐ろしいふうにと想像をふくらませたせいだ。しかし、明日の朝までに、なにもかもきちんと、あるべき形に見えるようになる」

「最後にもう一度、お願いさせてください、ジュリアン、ここで踏みとどまってはいただけませんか？　前にもお伝えしたように、あなたは誓いの言葉は守られても、その言葉の意味するところをないがしろにされていると思います。それは不名誉なことではありませんか？」

ジュリアンの表情から笑みが消え、目つきが鋭くなった。彼は両手をガウンのポケットに突っこみ、ソフィーの寝室をゆっくり歩きはじめた。「私の名誉について、これ以上、話をするつもりはない。私にとって名誉は大切なものであり、それを汚すようなことはどんなことであれ、一切やるつもりはない」

「つまり、あなたにはあなたなりの名誉の定義があるとおっしゃるのですか？」

ジュリアンはソフィーをにらみつけた。「名誉をどう定義するか、私はあなたよりはるかによく知っているぞ、ソフィー」

「わたしのようなつまらない女は、名誉をきちんと定義する能力に欠けているという意味でしょうか？」

ジュリアンの肩から力が抜け、こわばった口元にかすかな笑みが戻った。「あなたはつまらない女などではないぞ、愛しい人。まちがいなく、だれよりも興味深い女性だ。あなたに結婚を申し込んだとき、これほどさまざまな面を持ち合わせた魅力的な人物を妻にすることになるとは夢にも思っていなかった。寝巻きのレースがほつれて垂れ下がっているのは、気づいているのかね？」

ソフィーはあわてて視線を落とし、レースが胸に垂れているのを見て、穴があったらはいりたくなった。レースをつまんで、あるべき位置に戻そうとしたが、うまくいかずにあきらめた。顔を上げてジュリアンの顔を見ようとしたら、ピンで留めていた巻き毛が一房、目の前に落ちてきた。ソフィーは、いらだたしげに髪をかき上げ、耳にかけた。そして、威厳をかき集めて背筋を伸ばした。

「お茶を召し上がりますか？」

ジュリアンはにんまりとほほえみ、緑色の目を輝かせた。「ありがとう、ソフィー。食事のあと、ずいぶんポートワインを飲んだから、お茶はありがたい。大事なときに眠ってしまいたくはないからね。そんなことになれば、あなたもがっかりするにちがいない」

あいかわらず傲慢な男。そう思いながら、ソフィーは震える手でカップにお茶を注いだ。彼女がお茶を勧めたのを、ジュリアンが屈服の意思表示ととらえたのはまちがいなかった。差しだしたカップを受け取るジュリアンを見て、戦場の指揮官はこうやって敗北者から剣を受け取るのだろう、とソフィーは思った。

「変わった香りだ。このお茶はあなたがブレンドしたのか、ソフィー？」ジュリアンはお茶を一口飲み、歩みを止めた。

「はい」その一言が喉のどこかに引っかかったような気がしたが、かろうじて答えた。ソフィーは、ジュリアンがもう一口お茶を飲むのを身をすくませながら見つめた。「カモミールと、それから……それから、いろいろな花を煎じたお茶です。高ぶった神経を静めるのにとても効果があるんです」

ジュリアンは上の空でうなずいた。「それはいい」それから、紫檀材の小さな机の前へ行き、その上にソフィーがきちんと並べていた数冊の本に目をこらした。「ああ、私の文学かぶれの花嫁が大切にしているという、けしからん本の数々だな。どんななげかわしい本がお好みなのか、見せてもらおう」

ジュリアンは棚に並んでいる革表紙の本を次々と手に取った。またお茶を一口飲みながら、革の表紙に刻まれたタイトルを見つめる。「ふむ。ウェルギリウスとアリストテレスの翻訳本か。凡人にしては背伸びをしすぎているきらいはあるが、それほどなげかわしい趣味とも言えまい。この手の本なら、私も読んだことがある」

「認めていただいて感謝します」ソフィーは冷ややかに言った。

ジュリアンは、からかうような目をしてソフィーを見た。「私は傲岸不遜かね、ソフィー？」

「とても」

「そんなつもりはないのだよ。ただ、あなたのことが知りたいだけだ」そう言って、文芸書を棚にしまい、また別の一冊を手にした。「ほかにはなにがあるのだろう？　ウェスリーの〈原始薬剤〉？　これはまたずいぶんと時代遅れじゃないかね？」

「いまでも充分に通用する、すばらしい薬用植物誌ですわ。英国の薬草について詳しく解説されています。祖父にもらったんです」

「ああ、なるほど。薬草か」ジュリアンは植物誌を机に置き、また別の一冊を取りあげた。

にやっとほほえむ。「おやおや、バイロン卿の途方もない戯言は、こんな田園地方にまで浸透しているらしい。〈チャイルドハロルドの巡礼〉は面白かったかね、ソフィー？」

「とても楽しめましたわ、伯爵。あなたはいかがでした？」

ずばっと挑むように訊かれ、ジュリアンは屈託のない笑みを浮かべた。「読んだことは認めるし、この男はメロドラマの扱いを心得ているとも認めるが、次から次へと登場するのは感傷的なあほうどもばかり。バイロンには、もの悲しい英雄の物語も書いてもらいたいものだ」

「少なくとも、退屈な方ではないのでしょうね。バイロン卿のロンドンでの人気はたいへんなものだと聞いています」偶然にも、ふたりの共通の知的関心事にめぐり合えたのかもしれないと思い、ソフィーはおずおずと言ってみた。

「ご婦人がたがあの男に、われ先に身を投げだしているという意味なら、あなたの言うとおりだ。バイロンが出席しているパーティに愚かにも参加してしまった男は、おおぜいの女性たちの小さな足に踏みつけにされてしまう」ジュリアンの口ぶりにねたましさはみじんも感じられない。ただひたすらバイロン現象を面白がっているだけなのは、明らかだ。「ほかにはどんな本が？　数学にかかわる学術書だろうか？」

ジュリアンが次に手にした本に気づき、ソフィーは息が止まりそうになった。

声に出してタイトルを読んだとたん、ジュリアンの穏やかな表情は消し飛んだ。「ウルスタンクラフト著〈女性の権利の主張〉?」

「恐れながら、そのとおりです」

ジュリアンは手にした本から顔を上げ、ぎらつく目でソフィーを見た。「あなたはこのようなものを読みあさっているのか? 売春婦も同然の女が擁護している、こんなばかばかしい寝言を?」

「ミス・ウルスタンクラフトは……売春婦ではありません」ソフィーはかっとして言った。「あの方は自由思想家で、すばらしい能力に恵まれた知的な女性でした」

「売春婦だ。結婚もせず、おおっぴらに複数の男と暮らしていた」

「あの方は、女性にとって結婚は鳥かごに閉じこめられるようなものだと感じていたんです。いったん結婚したら最後、夫のなすがまま。自分の権利はなに一つ主張できない。ミス・ウルスタンクラフトは女性の立場の本質を見抜き、このままではいけない、行動を起こさなければと感じたんです。偶然にも、わたしも同じように考えています。あなたは、わたしのことが知りたいとおっしゃいました、伯爵。その本をお読みになれば、わたしがどんなことに興味を持っているか、あるていどはおわかりになると思います」

「そんな愚かしいクズを読むつもりはない」ジュリアンは机の上に本を放りだした。「それから、愛しい人、本来なら精神病院に閉じこめるか、娼婦としてトレヴァー・スクェアで商売をするべき女が書いたもので、あなたが自らの頭を毒するのを許すつもりもない」

ソフィーは、まだ口をつけていない自分の紅茶をジュリアンにぶちまけそうになるのを、かろうじてこらえた。「わたしの読書については、すでに取り決めをしたはずです。それもお破りになるつもりですか?」

ジュリアンは紅茶の残りをごくりと飲み干し、カップとソーサーを脇に置いた。ゆっくりソフィーに近づいてくる彼の表情には激しい怒りがみなぎっている。「あと一言でも、名誉心の欠如を非難されたら、私はなにをするかわからないぞ。あなたが新婚休暇と呼ぶ、この茶番劇にはもううんざりだ。有益なことはなに一つなされていない。なにもかも正常な形に修正すべきだ。私はあなたを長々と甘やかしすぎた、ソフィー。いまこのときから、あなたには寝室の内外を問わず、私の妻として本来あるべき形になってもらう。読書も含めて、すべての分野について私の判断を受け入れてもらう」

ソフィーははじかれたように立ち上がった。手にしたカップとソーサーがカチャカチャと音をたて、なおいっそう不安をかきたてる。さっき耳にかけた髪の房がまた、目の上にはらりと落ちた。ソフィーは一歩後ずさり、その拍子にスリッパのかかとでネグリジェの裾を踏んでしまった。ビリッと音をたて、やわらかな生地が裂けた。

「あなたのせいで、こんなことに」破けて垂れ下がった裾を見下ろし、ソフィーは泣き声をあげた。

「まだなにもしていないじゃないか」ジュリアンはソフィーの目の前で立ち止まり、彼女の不安と反抗心の入り交じった表情を見つめた。その目がふっとやわらかくなる。「落ち着きなさい」ジュリアンは片手を上げ、ソフィーの目にかかった髪の房を指でつまんだ。「どうやったら、こんな離れ業ができるのだ、ソフィー?」ジュリアンは穏やかに訊いた。

「離れ業?」

「私の知っている女性で、そんな愛らしくもしどけない姿になれる者はひとりもいない。あなたのドレスはいつも、リボンかレースがほつれて垂れ下がっているし、あなたの髪がおさまるべき形におさまっていたためしはない」

「わたしにファッションの素養がないのは承知のうえで、結婚を申し込まれたはずです」ソフィーはぴしゃりと言った。

「それはわかっている。非難しているつもりはないのだ。どうしたらそのような姿になれるのだろうと、不思議に思っただけだ。しかも、あなたはごく自然にやってのける」ジュリアンはつまんでいた髪の房を放し、指先で彼女の頭をまさぐりながらピンを引き抜きはじめた。

もう一方の腕でジュリアンに腰を引き寄せられ、ソフィーは身を硬くした。あとどのくらいでお茶の効き目があらわれるだろう、と混乱した頭で考える。ジュリアンは少しも眠そうには見えない。

「お願い《プリーズ》です、ジュリアン——」

「私がやろうとしているのは、まさにそれだよ、愛しい人」ジュリアンはソフィーの口に口を寄せてささやいた。「今夜は、あなたを喜ばせる《プリーズ》ことしか私の頭にはないのだ。さあ、肩の力を抜いて。妻でいるのもまんざらではないと思わせてあげよう」

「わたしたちの取り決めを思い出して……」ソフィーはなおも説得しようとしたが、すでに神経は限界まで張りつめ、立っていることさえできない。ジュリアンの肩に両手をかけて体を支える。うっかりまちがった薬草をお茶に入れていたら、と思うと気が気でない。

「今夜を過ぎれば、あなたはもう二度と、あの愚かな取り決めについては口にするまい」ジュリアンはソフィーの口に口を押しつけ、ゆっくりとひきずるように唇を動かしつづける。

両手がソフィーのネグリジェの結び目を探り当てた。

ネグリジェがゆるゆると肩からずり落ちていくのがわかり、ソフィーは飛び上がるほど驚いた。ジュリアンの熱っぽい視線を見上げ、ぎらつく目に眠気の兆しはないかと探した。

「ジュリアン、あと二、三分待ってくださらない？　わたし、まだお茶を飲み終えていないので。あなたももう一杯いかがでしょう？」

「無理して明るい声を出さなくてもいいのだ、かわいい人。そのように先延ばしにしようとしても、逃れられないものは逃れられないのだ。その逃れられないものはあなたにとっても私にとっても非常に心地よいものになると、この私が約束しよう」ジュリアンの両手がゆっくりとソフィーの脇からウエスト、尻へと滑り下りてゆく。高級ローンのネグリジェの生地が引っぱられ、彼女の体の線がくっきりとあらわになった。「とても心地よいから」やさしくソフィーの尻をもみながら、ハスキーな声でささやく。

食い入るように見つめられ、ソフィーの全身は火を吹くかと思うほど熱を帯びはじめた。ジュリアンの体じゅうからほとばしっている欲望を感じて、頭がぼーっとしてくる。ほかの男性から、いまのジュリアンのように熱く、激しく見つめられたことは一度もなかった。自分でも薬草入りのお茶を飲んだかのように、頭がもうろうとしてくる。

「私に口づけを、ソフィー」ジュリアンはソフィーの顎を指で支え、顔を傾けた。

ソフィーは素直に頭を上げて背伸びをし、唇で軽くジュリアンの唇をかすめた。どのくらいの長さがちょうどいいの？　混乱した頭でそう思う。

「もう一度だ、ソフィー」

ソフィーは指先をジュリアンのガウンに食いこませ、もう一度、口と口とを触れ合わせた。ジュリアンは温かく、硬く、不思議なことに離れがたい魅力がある。こうして一晩じゅうでもしがみついていられる、とソフィーは思ったが、彼がたんなるキスで満足せず、もっとはるかに多くを求めるのはわかっていた。

「さっきよりいいぞ、かわいい人」ジュリアンの声が徐々に不明瞭になっていくのは、眠りを誘う薬草茶のせいなのか欲望のせいなのか、定かではない。「あなたと私の思いが完全に一致したらすぐに、ふたりだけの大切な時間を分かち合うのだ、ソフィー」

「愛人の方たちにも、最初にそのようにおっしゃるのですか？」ソフィーは大胆にも尋ねた。

ジュリアンの表情がこわばった。「そのことはもう話題にしないようにと、一度ならず警告したはずだ」

「あなたはいつもわたしに警告なさってばかりだわ、ジュリアン。もううんざりです」

「うんざりした？　では、そろそろ私が言葉だけではなく体も操れることを教えなければなるまい」

ジュリアンはソフィーを抱き上げ、すでに上掛けがまくられているベッドに運んだ。そしてソフィーを、シーツの上にふわりと横たえた。ソフィーはあわててネグリジェの乱れを正そうとしたが、腿までまくれあがった上質のローン生地の裾がどうしても下ろせない。ソフィーが視線を上げると、ジュリアンは彼女の胸を見つめていた。やわらかな生地越しに乳首の輪郭がくっきり見えているにちがいない。

ガウンを脱ぎながら、ジュリアンの視線はソフィーの全身をたどり、むき出しの脚に釘付けになった。「なんと美しい脚だ。まだ見ぬ体もさぞ美しいにちがいない」

しかし、ソフィーは聞いていなかった。驚きの目でジュリアンの裸体を見つめていた。これまで、裸の男性は見たことがなく、ましてや興奮していきりたった男性を目の当たりにするわけもなく、その姿は驚異というほかない。ソフィーは大人のつもりだった。知識もきちんとあり、ささいなことでショックを受ける無邪気な娘ではないと自負していた。何度もジュリアンに伝えたように、田舎で育った気丈な娘なのだ。

けれども、動揺しているソフィーには、ジュリアンの男性自身はとてつもなく大きく思えた。しかも、黒い巻き毛の巣から恐ろしげに突きだしている。平らなみぞおちと、毛に覆われた幅広の胸はぴんと肌が張りつめるほど筋肉が盛り上がっていて、あの体で押さえこまれたら最後、手も足も出ないだろうとソフィーは思った。

ろうそくの明かりに照らされたジュリアンはたとえようもなく男らしく、限りなく危険に見えたが、その力強さにはつい目が離せなくなる不思議な魅力もあって、それがなによりソフィーは不安だった。

「ジュリアン、やめて」ソフィーは早口で言った。「お願いだから、それはやめてください。約束してくれたはずです」

ジュリアンの欲望に燃える目が一瞬、怒りの炎を噴き上げたが、その口調はろれつがあやしくなっていた。「いい加減にしろ、ソフィー、私は男にできる限界まで耐えたのだ。その、いわゆる取引の話はもう二度と持ち出すな。私は約束を踏みにじるつもりはない」

ジュリアンはベッドに横たわり、大きな両手でソフィーの一方の腕をつかんだ。彼の目がようやくどんよりしはじめたのを見て、ソフィーは安堵の気持ちがどっと押し寄せるのを感じた。ジュリアンは眠りかけている。

「ソフィー？」寝言のような声でジュリアンが呼んだ。「なんとやわらかく。なんと愛らしい。あなたは私のものだよ」長く黒いまつ毛がゆっくり伏せられ、戸惑いの色を浮かべたジュリアンの目を隠した。「私があなたの世話をする。あなたを、あのみだらなエリザベスのようにはさせない。最初から、私が手綱を握るのだ」

ジュリアンはキスをしようと頭を下げた。ソフィーは身を硬くしたが、唇にはなんの感触もない。ジュリアンは一度うめき声をあげ、くるりと仰向けになったかと思うと、どさっと枕に頭を沈めてしまった。指先はしっかりソフィーの腕をつかんでいたが、しばらくして、その手もシーツの上に落ちた。

ジュリアンと並んでベッドに横たわっているソフィーの脈は、異常なほど速まっていた。体を動かす勇気がないまま、数分が過ぎた。少しずつ鼓動も落ち着きはじめてようやく、ジュリアンは目を覚ましはしないと確信できた。先に飲んだワインと、ソフィーが飲ませた薬草茶の相乗効果で、朝まで眠りつづけるのはまちがいない。

ソフィーはゆっくりベッドから出たが、そのあいだも、堂々と大の字になっているジュリアンから視線を離せなかった。白いシーツに横たわっている姿は獰猛な野生動物のようだ。

わたしはなにをしてしまったのだろう？

ベッドの脇に立ったソフィーは、気持ちを落ち着けて、順序立てて考えようとした。

朝になって目を覚ましたとき、ジュリアンにどのくらい記憶があるかはわからなかった。万が一、薬を飲まされたと気づいたら、すさまじい怒りの矛先はすべて、ソフィーに向けられるだろう。なんとかして彼に、目的は達したと思わせなければならない。

ソフィーは急いで薬草用の保存箱に近づいた。以前、ベスから聞いた覚えがあった。女性が初めて性交したあと、とりわけ男性がぞんざいでやさしさのかけらもなかった場合、出血することがあるという。朝になってジュリアンは、シーツに血のしみがあると思うかもしれないし、そうではないかもしれない。しかし、しみを見つければ、彼が夫としての義務を果たしたと信じる可能性は高くなる。

ソフィーは葉の赤い薬草を何種類かお茶に混ぜ、赤い液体を作った。そして、できあがった液体を不安な面もちで見つめた。色はそれらしいが、血にしてはあまりに水っぽい。しかし、シーツにしみこませるのだから、あまり気にしなくてもいいだろう。

ベッドに戻り、偽物の血をほんの少し、数分前に自分が横たわっていたあたりのシーツにたらしてみた。液体はすぐにしみこみ、赤くて丸い、小さなしみができた。処女と愛を交わしたあと、男性はどのくらいの血のしみができると思うのだろう？

ソフィーは眉をひそめて考えこみ、やがて、赤茶色の液体をこの程度こぼしただけでは気づかれない可能性もあるという結論に達した。もっとたらそう。ベッドに身を乗りだすと、緊張のあまりカップを持つ手がぶるぶる震え、かなりの量の偽物の血がカップの縁からこぼれた。

しまったと思い、あわててあとずさった拍子に、さらにざーっと液体がこぼれた。シーツはぐっしょり濡れ、びっくりするほど大きな赤いしみが残った。やりすぎだろうか？

ソフィーは、残った赤い液体を手早くティーポットに移した。それから、ろうそくを吹き消しておそるおそるベッドにもぐりこみ、筋肉の引き締まったたくましい脚に触れないように気をつけながら、ジュリアンの隣に横たわった。

しかたがない、とソフィーは思った。濡れて冷たいシーツで寝るくらいは我慢しよう。

4

寝室の扉が開く音がした。女たちが声をひそめ、なにか言葉を交わしている。扉が閉まり、カタカタと心地よい音がして、そばのテーブルに朝食のトレイが置かれたようだ。

ジュリアンはゆっくり寝返りを打ったが、いつになく体がだるい。口のなかに厩《うまや》を思わせるいやな味が残っていた。眉をひそめ、ゆうべどのくらいポートワインを飲んだか、思い出そうとした。

目を開けるのも一苦労だった。ようやく重いまぶたを開いたとたん、キツネにつままれたような気がした。部屋の壁紙が、一夜のうちに張り替えられている。見慣れない中国風の壁紙を長々と見つめているうちに、少しずつ記憶がよみがえってきた。

私がいるのはソフィーのベッドだ。

ジュリアンはのろのろと上半身を起こし、枕を背もたれにして体をあずけて、充足感に満たされたにちがいない一連の出来事がよみがえるのを待った。しかし、ずきずきと頭が痛むだけで、なにも思い出せない。ジュリアンはふたたび眉をひそめ、こめかみをもんだ。新妻と初めて愛を交わしたときのあれこれを、忘れるなどあり得ない。あれだけ長々と欲望を募らせていたのは、そのうち思いを遂げられると期待していたからこそだ。十日近く、悶々としながらその日が来るのを待ちつづけたのだ。待ちこがれたひとときをようやく手に入れたのだから、たとえようもなく喜ばしい思い出が残っているはずだった。

ジュリアンが部屋を見回すと、そばにソフィーが立っていた。前の晩と同じネグリジェを着ている。こちらに背中を向けているソフィーを見ながら、ジュリアンはふっと口元をほころばせた。ほつれたレースがどういうわけか、背中にまわってうなじに引っかかっている。ジュリアンは、近づいていってレースをもとどおりになおしてやりたいという抑えがたい衝動にかられた。いや、それよりも、と彼は思った。するりとネグリジェを脱がせて、裸の彼女をベッドに連れ戻すのだ。

ろうそくの明かりのなか、なだらかな曲線を描くこぢんまりした乳房はどんなふうに見えただろうかと、ジュリアンは記憶をたどった。しかし、ローンのネグリジェのやわらかな生地越しに、肌より濃い色の乳首がつんと突きだしていたようすしか思い出せない。

落ち着いてさらに記憶をたどるうち、ベッドに横たわっている妻のネグリジェの裾が膝までまくれ上がって、両脚があらわになっている姿がおぼろげながらよみがえった。むき出しの脚は形よく品があり、あの両脚が自分にからみつくのだと想像して、なおも興奮を募らせたのも覚えている。

猛烈な欲望にかられ、ガウンを脱ぎ捨てたのも覚えていた。そんな彼を見つめるソフィーの目はショックとためらいに陰っていた。それがジュリアンには腹立たしかった。彼女を安心させ、自分を受け入れさせようと、ベッドにはいって隣に身を横たえた。彼女はいかにも不安そうに身を硬くしていたが、ジュリアンは彼女をリラックスさせ、愛の行為を楽しませられると高をくくっていた。彼が刺激すれば応じることを、彼女はすでに身をもって示していたから。

だから、彼女に手を伸ばして、そして……。

ジュリアンは頭のなかの蜘蛛の巣を払おうと、首を振った。もちろん、夫としての義務を続行できなくなるような、そんな恥ずかしい羽目になるはずがない。ソフィーを自分のものにしたいという欲求に身もはじけんばかりだったのだ。どんなに大量にポートワインを飲んだとしても、行為の途中で寝入ってしまうわけがない。

信じられないような記憶の欠如に茫然としたまま、ジュリアンは上掛けを押し下げようとした。すると、腿にシーツのごわつきを感じた――一晩のうちに乾いた、なにかのしみらしい。視線を下げながらジュリアンはほっと胸をなで下ろし、満足げな笑みを浮かべた。シーツになにを見つけるかわかっていたし、それが夫として恥をかいていない証拠になると承知していた。

ところが、次の瞬間、満足感は信じられないような驚きに変わった。シーツについた赤褐色のしみは、あまりに大きすぎた。

信じられない大きさ。

身の毛もよだつ大きさ。

私は、やさしくて華奢な妻になにをしたのだ？

ジュリアンが唯一、処女と交わった経験はエリザベスとの初夜だったが、この数年に得た苦々しい情報から判断して、彼はそれも怪しいのではと疑っていた。

しかし、日ごろ男たちが交わす話を耳にして、ごくふつうの手順を踏んだ場合、女性がほふられた子牛のように出血するはずはないと知っていた。まったく出血しない場合さえあるのだ。

これだけの出血をさせるには、男は文字どおり女性を襲わなければならない。こんなダメージをあたえたのだから、よほど痛い思いをさせたにちがいない。

獣のような荒々しさの恐ろしい証拠をなおも見下ろしながら、ジュリアンは胃袋がねじれるような吐き気に耐えていた。自らソフィーに告げた言葉が思い出される。朝になれば私に感謝するだろう。

なんとばかなことを。今朝の彼女は私を憎んでいて当然だ。いったい彼女になにをしたのか、なんとか思い出そうとジュリアンは目を閉じた。混乱した頭に罪深い光景は浮かんではこないが、証拠があるのだから否定はできない。ジュリアンは目を開けた。

「ソフィー？」その声はジュリアン本人の耳にさえ頼りなげに響いた。

鞭で打たれたように、ソフィーが飛び上がった。くるっと振り向いて自分を見つめる彼女の表情を見て、ジュリアンは歯ぎしりせずにはいられなかった。

「お……おはようございます」大きく見開かれた目がいかにも心細そうで、不安げだ。

「もっとはるかに喜ばしい朝を迎えるはずだったのだが、そうではないらしい。責められるべきは私だ」ジュリアンはベッドの縁に坐り、ガウンに手を伸ばした。この状況にどう対処するのが最善か考えながら、のろのろとガウンに手を通す。慰めの言葉を口にしたところで、彼女はとても耳を傾けるような心境ではないだろう。ああ、せめてこのひどい頭痛さえなければ、とジュリアンは思った。

「召使いがひげ剃りの用意をして待っていると思います」

ジュリアンは聞いていなかった。「だいじょうぶか？」低い声で尋ねる。立ち上がってソフィーに近づきかけたが、彼女が後ずさったので立ち止まった。背中が衣装戸棚に突き当たって動けなくなってもなお、ソフィーの表情にはなんとか後退したいという思いがありありと浮かんでいる。ソフィーは刺繡をほどこしたモスリンのペチコートを握りしめ、不安げにジュリアンを見つめていた。

「わたしはだいじょうぶです」

ジュリアンは大きく息を吸いこんだ。「ああ、ソフィー、かわいい人、私はあなたになにをした？　ゆうべの私はほんとうに、おぞましい怪物のような真似をしたのか？」

「ひげ剃り用のお湯が冷めてしまいます」

「ソフィー、ひげ剃り用の湯の温度などどうでもいい。あなたのことが心配なのだ」

「申し上げたように、わたしはだいじょうぶです。どうぞ、髭をお剃りになって、ジュリアン。わたしも着替えがありますから」

ジュリアンはうめき声をあげ、ソフィーがじりじりと横に逃げようとするのもかまわず彼女に近づいた。そっと両肩に手を置いて不安げな目を見下ろす。「話し合わねばなるまい」

ソフィーは舌先で唇を湿らせた。「満足されていないのでしょうか？　満足してくだされぱいいと、それぱかり祈っていましたのに」

「なんということだ」ジュリアンは息をついてソフィーの頭をかき抱き、そっと自分の肩に引き寄せた。「私の満足を心から望んでいるのはよくわかる。ゆうべのような夜のことは、もう二度と考えるのさえおぞましいはずだ」

「ええ、命あるかぎり、もう二度とあのような夜は過ごしたくありません」ガウンに顔を押しつけているせいでソフィーの声はくぐもっていたが、その思いの切実さはジュリアンの耳にはっきりと届いた。

ジュリアンは罪悪感に打ちのめされた。そっと慰めるようにソフィーの背中をなでる。

「私の名誉にかけて、次の機会には決して無慈悲な真似はしないと誓えば、少しはあなたの気もすむだろうか？」

「名誉にかけて誓う？」

ジュリアンは荒々しく毒づき、ソフィーの顔をいっそう強く肩に引き寄せた。彼女の体がこわばるのがわかったが、どうやってなだめればいいのか見当もつかない。「今朝のあなたは、私の誓いの言葉などとても信じる気になれないだろうが、今度、愛を交わすときは決してあなたを苦しませないと誓おう」

「次の機会のことは、できれば考えたくありません、ジュリアン」

ジュリアンはゆっくり息を吐きだした。「そうだろう。あなたの気持ちはわかる」ソフィーが腕のなかから逃れようとするのがわかったが、ジュリアンはまだ放すわけにはいかなかった。自分は、ゆうべ彼女が身をもって知ったような怪物ではないと、なんとかして納得させなければならない。「申し訳ない、かわいい人。なにに取りつかれたのかわからないのだ。あなたにはおそらく理解しがたいだろうが、嘘偽りなく、ゆうべなにが起こったのか私にはまるで思い出せないのだ。しかし、信じてほしい。あなたを傷つけるつもりはこれっぽっちもなかった」

ソフィーは身をよじり、おずおずとジュリアンの肩を両手で押した。「そのことは、もう話し合いたくありません」

「いや、話し合わなければならない。そうしなければ、あなたのいまでさえ不愉快な記憶がますます根深く、拭いがたいものになってしまう。ソフィー、私を見なさい」

ソフィーはのろのろと顔を上げた。しばらくためらってから、ちらりと横目で、さぐるようにジュリアンを見て、すぐに目をそらした。「わたしにどうしろと?」

「私を許すと、そして、ゆうべの私の振る舞いを責めないと言ってほしい。とはいえ、今朝、それを求めるのは酷というものだろう」

ソフィーは唇を噛みしめた。「ゆうべのことで、自尊心は満足させられましたか?」

「自尊心がなにほどのものか。私は、どうしたらあなたに謝罪できるか、そして、もう二度とあのような……あのような不快な思いはさせないとわかってもらえるか、その術《すべ》を探しているのだ」ばかな。ゆうべ、彼女が味わった思いは、不快などという生やさしい言葉で片づけられるわけがない。「夫と妻が交わす愛の行為は、楽しい経験であるべきなのだ。ゆうべのあなたにとっても喜ばしいものでなければならなかった。私は、心地よい思いをさせるつもりだったのだ。どうしてこんなことになったのかわからない。自制心を失っていたとしか思えないのだ。くそ、正気を失っていたにちがいない」

「もうやめてください、伯爵。きまりが悪くてどうしていいのかわかりません。まだ話し合わなければなりませんか?」

「ソフィー、一つ聞かせてほしい。きょうのこの朝、あなたは私を憎んでいるのか?」

ソフィーは思わず息を呑み、窓の外の景色を見つめながら言った。「いいえ」

「ああ、それがせめてもの救いだ。充分とは言えないが、かろうじて救われた。ソフィー、ゆうべ、私はあなたになにをした? あなたにのしかかったにはちがいないのだが、ベッドにはいったあとのことは、ほんとうに、なにも覚えていないのだ」

「ゆうべのことは、わたしには話せません」

「そうだな、話せるわけがないな」ジュリアンは髪に指先を差し入れ、かき上げた。彼自身、そんな恐ろしい話は聞きたくなかった。しかし、彼女になにをしたか、どんな思いをしてでも知る必要があった。自分がどんなにひどい悪魔になったのか、知らなければならない。そのときの自分の姿がまざまざと頭に浮かび、ジュリアンはすでに身もだえするような罪の意識にさいなまれていた。

「ジュリアン？」

「理由にならないのはわかっているが、ゆうべはいつのまにかポートワインを飲み過ぎていたようだ。もう二度と、あのような嘆かわしい状態であなたのベッドには行かない。とても許されないことをしてしまった。どうか私の謝罪を聞き入れて、次の機会にはまったくちがう経験ができるのだと信じてほしい」

ソフィーは咳払いをした。「次の機会のことは――」

ジュリアンはびくっと首をすくめた。「あなたが次の機会を待ち望んでいないのはわかっている。だから、すぐに二度目を催促しないと約束しよう。しかし、はっきりと肝に銘じてほしい。私たちはいつかかならず、ふたたび愛を交わさなければならないのだ。ソフィー、あなたにとって初めての経験は、まあ、落馬したようなものだ。ふたたび馬にまたがらなければ、もう二度と馬に乗れなくなるかもしれないのだぞ」

「それも悪くないかもしれないわ」ソフィーはつぶやいた。

「ソフィー」

「ええ、もちろん、わかっています。あなたの跡継ぎの問題がありますから」

ジュリアンは、はらわたをえぐられるような自己嫌悪に襲われた。「跡継ぎのことはまったく頭になかった。私は、あなたのことを考えていたのだ」歯ぎしりしながら言う。「三か月という取り決めでした」ソフィーは穏やかに告げた。「あらためて、あの取り決めに立ち戻っていただけますか？」

ジュリアンは声をひそめ、聞くに耐えない罵り言葉を吐いた。「そんなに長々と猶予するのはどうかと思う。いまの不快感はいたしかたないとしても、ゆうべの出来事を三か月もくよくよ引きずっているうちに、その思いは取り返しのつかない傷跡になってしまうだろう。ソフィー、最悪のときは終わったのだ。あなたの言う取り決めにいつまでもこだわり、身を縮めている必要はない」

「わたしはそうは思いません。とりわけ、わたしには取り決めを守っていただく手段がまるでないことを、あなたが身をもって示されたからには」ソフィーは身をよじってジュリアンの腕のなかから逃れ、窓辺に近づいた。「あなたのおっしゃるとおりだわ。結婚生活において女性はほとんど力というものを持ちません。夫の紳士としての自尊心に頼れるのなら、まだ妻にも希望がありますけれど」

いまのジュリアンの立場はどう考えても不利だった。自尊心に恥じない道は一つしかなく、結果的になにもかもはるかに厄介になるとわかっていても、その道を選ばなければならないのは火を見るより明らかだった。

「あらためて三か月の取り決めに立ち戻ると言ったら、いま一度、私の言葉を信じるのか？」ジュリアンは声を荒げて訊いた。

ソフィーは素早く振り返り、ジュリアンを見つめた。「はい。力ずくでわがものにするだけではなく、誘惑もしないと約束してくださるなら」

ジュリアンは儀式張ってお辞儀をした。「いいだろう、ソフィー。とても正しいこととは思えないが、ゆうべのようなことがあったあとでは、あなたの主張を聞き入れないわけにはいかないだろう」

ソフィーは胸の前で両手を握りしめ、頭を下げた。「ありがとうございます、伯爵」

「感謝するにはおよばない。それにしても釈然としない」ジュリアンはふたたび頭を振り、ゆうべの記憶をたぐろうとした。しかし、なに一つ思い出せない。頭がどうかしてしまったのだろうか？「取り決めの残りの期間、私はあなたを誘惑しないと約束しよう。あなたを力ずくでわがものにしないことは、言うまでもない」ジュリアンはいったん言葉を切った。両手を差しのべ、もう一度ソフィーを抱きしめたかったが、彼女に触れる勇気はなかった。

「では、失礼させてもらおう」

ジュリアンはソフィーの寝室から出ていった。自分が情けなく、それ以上に、彼女にとって最低の男になってしまったという後悔の念は耐えがたかった。

それからの二日間は、ソフィーの人生でもっとも幸せに満ちあふれているはずだった。新婚休暇はようやく、彼女がかつてこうあってほしいと願っていた夢そのものになろうとしていた。ジュリアンはやさしく、思いやりにあふれ、いつも変わらず穏やかだった。ソフィーには、とても珍しく高価な磁器を扱うように接した。何日も彼女を悩ませていた、無言のうちにさりげなく肉体を求める気配もぴたりとやんだ。

ジュリアンの視線に欲望を感じなくなったかというと、そうではない。欲望は感じられても、その炎は用心深く制御され、いまにも燃え盛るのではとソフィーが恐れることもなくなった。結婚前の取り引きで手に入れようとした自由で安らかな時間を、彼女はようやく手に入れたのだ。

しかし、やっと手にした時間をのんびり楽しむこともできず、ソフィーはみじめな思いに打ちひしがれていた。二日間、みじめな思いと罪悪感を振り払おうと必死になり、自分は正しいことをしたのだ、あの状況ではほかにどうしようもなかったのだと納得しようとした。なんの力もない妻として、利用できる手段はどんなものでも利用せざるを得なかったのだ。しかし、ソフィーの自尊心はあくまでも高く、その程度の正当化で苦悩は癒やされなかった。

偽りの初夜から数えて三日目の朝、目を覚ましたソフィーは、約束の三か月の残りは言うまでもなく、もう一日たりとも茶番劇はつづけられないと感じた。

生まれてこのかた、これほどいやな思いを味わったことはなかった。自らを懲らしめているとしか思えないジュリアンの態度はもう、見ていられない。

ソフィーは小間使いが運んできた紅茶を飲み干し、ガチャンと音をたててカップをソーサーに置くと、上掛けを跳ね上げた。

「ほんとうにまあ、いいお天気ですね、奥さま。朝食のあとは、馬に乗って出かけられるんですか?」

「ええ、メアリ、そのつもりよ。だれかを旦那さまのところへやって、ごいっしょしてくださるかどうかうかがってきてもらえる?」

「旦那さまがごいっしょされるのはまちがいありませんって」メアリは物知り顔でにやっとした。「奥さまがおねだりされたら、あの方は遠くアメリカまでだっておともされるでしょう。使用人たちはみんな、お姿を見てとても喜んでいるんですよ」

「お姿を見て喜んでいるって?」

「旦那さまがそれは一生懸命、奥さまを喜ばせようとなさっているお姿ですよ。あんな旦那さまを見るのは初めてです。さぞかしご自分の幸運に感謝されていることでしょうね。最初に結婚した性悪女とはまるでちがう奥さまをもらわれたんですから」

「メアリ!」

「申し訳ありません、奥さま。でも、あの人のことを領地の村のみんながなんと噂していたか、奥さまだってご存じのはずです。知らない人がいるもんですか。ほんと、手のつけられない女でしたよ。乗馬服は茶色になさいます? それとも青いほうですか、奥さま?」

「新しい茶色のほうにするわ、メアリ。それから、最初のレイヴンウッド伯爵夫人の話はもうこれっきりにしてちょうだい」ほどよい威厳が伝わるように願いながら、ソフィーは言った。きょうは、いつにも増して前夫人の話は聞きたくない。真実を知ったジュリアンから、ずるい企みをするところは前の夫人にそっくりだと思われはしないだろうか?

一時間後、ジュリアンは玄関の間でソフィーを待っていた。優雅な乗馬服をまとった彼は、とてもくつろいで見えた。腿に吸いつくような明るい色の乗馬用ズボンに膝丈のブーツ。ぴったりした上着に包まれたたくましい上半身から、内に秘めたパワーが匂いたつようだ。

階段を降りてきたソフィーを見て、ジュリアンはにっこりほほえんだ。小さなバスケットを高々と掲げる。「料理人にランチを作ってもらった。川を見晴らす丘の上から見えた、あの古城の廃墟を探検してはどうかと思ってね。私の計画はお気に召したかな、マダム?」階段に近づいて、ソフィーの腕を取った。

「お心遣いをありがとう、ジュリアン」笑みを消すまいと躍起になりながら、ソフィーは恐縮して言った。自分を喜ばせようとするジュリアンの気遣いは痛々しいほどで、みじめな思いは募るばかりだ。

「小間使いを二階にやって、あなたの嘆かわしい本のなかから一冊、持ってこさせるといい。ほかはどんな本でも我慢するが、ウルスタンクラフトだけは勘弁してもらおう。私も書斎から一冊持ってきたのだ。ひょっとして、このまま天気がつづけば、午後はどこかの木陰で本を読んで過ごしたくなるかもしれない」

一瞬、ソフィーの気持ちははずんだ。「それはすてきだわ」しかし、すぐに現実に引き戻された。わたしがとんでもない事実を伝えたら、ジュリアンはとてもではないけれど、木陰でふたり並んで本を読む気にはなれないだろう。

ジュリアンはソフィーを導いて、春の明るい日射しのなかに出た。鞍をつけた馬が二頭、ふたりを待っていた。鹿毛《かげ》の去勢馬とエンジェルだ。馬番が手綱を手にして、それぞれの鼻先に立っている。ジュリアンはソフィーの顔色をうかがいながら両手で彼女のウエストをつかみ、持ち上げて鞍に坐らせた。体に触れてもソフィーがたじろがなかったので、ほっとしたようすだ。

「また馬に乗る気になってくれて、うれしく思っている」そう言いながらジュリアンは鞍にまたがり、手綱を握った。「この二日、朝の散歩ができずに物足りない思いをしていたのだ」ジュリアンはちらりと探るようにソフィーの顔を見た。「ほんとうに、馬に乗っても、その、だいじょうぶなのか？」

ソフィーは耳まで真っ赤になり、鹿毛を急かして速歩で駆けさせた。「このうえなく快適よ、ジュリアン」わたしが勇気を振り絞って、あなたに真実を洗いざらい伝えるまでは。そのあと、どんなに耐えがたい思いを味わうのか想像もつかない。彼に殴られるだろうか、とソフィーは暗い気持ちで思った。

一時間後、かつて川を監視する目的で建てられ、いまは廃墟となっているノルマン様式の古城のそばまで来ると、ふたりは手綱を引いた。ジュリアンは馬から降りて、ソフィーがまたがっている去勢馬に近づいた。そっと妻を抱き上げて馬から降ろす。両足が地面についてもしばらく、彼はソフィーから手を放さなかった。

ちょっと身をかがめてソフィーの顔をのぞきこみ、ちゃかすように言った。「どうなさいました？」

「いいや」ジュリアンはいたずらっぽい笑みを浮かべた。「なんでもない」ソフィーのウエストから片手を放し、ベルベットの小さな茶色い帽子のつばから前に垂れ下がっている羽飾りを、注意深く元の位置に戻した。

ソフィーはため息をついた。「短いあいだだったけれどロンドンで社交シーズンを過ごしたとき、一つも縁談が持ち上がらなかった理由の一つがこれだわ。小間使いがどんなに丁寧に髪をまとめて、きちんとドレスを着せてくれても、舞踏会や劇場に着くころには決まって、通りがかりの馬車に轢かれたあとのようなひどい格好になってしまうの。わたしは、人がほとんど衣服を身につけず、きちんとしているかどうか気にする必要のなかった大昔の人間だったらよかったかもしれないわ」

「そんな時代でも、あなたと暮らしたいものだ」ソフィーの全身に視線を走らせながら、ジュリアンはにっこりした。太陽に照らされた緑色の目が笑っている。「ほとんどなにも身につけないで走り回るあなたは、さぞかし美しいことだろう」

また顔が赤くなりかけている。ソフィーはジュリアンに背中を向け、古城の名残《なごり》の、いまにも崩れ落ちそうな城壁に向かって歩いていった。「素敵な景色だこと、ねえ？　レイヴンウッド領の古いお城を思い出します。スケッチブックを持ってくればよかったわ」

「ばつの悪い思いをさせる気はなかったのだ、ソフィー」彼女に追いついたジュリアンがささやくように言った。「あの晩のことを思い出させて、こわがらせる気もなかった。ちょっとした冗談のつもりだった」そう言って、ソフィーの肩に触れた。「思いやりのない私を許してほしい」

ソフィーは目を閉じた。「あなたをこわがってなどいません、ジュリアン」

「あなたがいまのように私から離れていくたびに、またこわがらせるような真似をしてしまったのかと、不安になる」

「ジュリアン、やめて。もうやめてください。わたしは、あなたをこわがってはいません」

「嘘をつかなくてもいいのだよ、かわいい人」ソフィーを安心させようと、ジュリアンは穏やかに言った。「あなたが恐れることなく私を見てくれるまでには、まだまだ時間がかかるとよくわかっている」

「ああ、ジュリアン、あと一言でも謝罪の言葉を口にされたら、わたし、金切り声をあげてしまいそうです」とてもジュリアンの目を見られず、ソフィーはあとずさった。

「ソフィー？　いったいどうしたのだ？　私の謝罪が気に入らなかったのなら、謝ろう。しかし、心から申し訳ないと思っているのだとあなたにわかってもらうほかに、私には頼みとするものがないのだ」

ソフィーは、わっと泣きだしそうになるのをこらえるだけで精一杯だった。「あなたはわかってらっしゃらないんです」みじめな思いで言う。「これ以上、あなたの謝罪の言葉を聞きたくないのは、それは……それは、謝罪していただく必要がまったくないからです」

一瞬の間を置いてから、ジュリアンは静かに言った。「私の心の負担を軽くする必要はないのだよ」

ソフィーは乗馬用の鞭を両手で握りしめた。「あなたの負担を軽くしようとしているのではありません。わたしの……わたしのせいで、思いちがいをなさっているあなたに、ほんとうのお話をしようとしているんです」

ふたたび短い間があった。「わからない。なにを言おうとしているのだ、ソフィー？ 私が思っているほど、私はあなたにひどいことをしていないというのか？ いまになってなにを言う？ なにがあったかは、ふたりともよくわかっているではないか」

「いいえ、ジュリアン、あなたは真相をご存じではありません。真実を知っているのはわたしだけです。わたしがすべてを打ち明けたら、あなたは激怒なさるでしょう」

「私があなたに腹を立てるわけがないだろう、ソフィー。絶対にあり得ない」

「そうであってほしいのは山々ですが、常識的に考えて、それはかなわぬ願いです」ソフィーは勇気を振り絞ったが、振り返ってジュリアンと向き合うだけの度胸はなかった。「謝る必要がないのは、あの晩、あなたはなにもなさっていないからです」

「なんだって？」

ソフィーは手の甲で両目をぬぐった。その手が帽子に触れ、また羽飾りが目の前に垂れ下がった。「つまり、あなたがなさったと思ってらっしゃることを、あなたはなさっていないということです」

ソフィーが背後の沈黙に押しつぶされそうになったとき、ジュリアンはふたたび口を開いた。「ソフィー、血痕があったではないか。大量の血のあとが」

いまにも勇気が萎えてしまいそうな気がして、ソフィーは一気にまくしたてた。「これだけは言わせてください。あなたはわたしたちの取り決めを破ろうとされました。だから、あのときのわたしはひどく神経が高ぶり、そのうえ、ひどく腹を立ててもいたんです。そのこともどうか考慮してください。かーっと頭に血が上った人間がなにをしでかすか、あなたならよくご存じのはずです」

「やめるんだ、ソフィー、いったいなんの話をしているのだ？」ジュリアンの声は驚くほど穏やかだった。

「説明しようとしているのです、伯爵。あの晩、あなたはわたしに乱暴なさったわけではない、と。あなたは、ただ、あの、なんと言えばいいのか、眠ってしまわれただけです」ソフィーはついにのろのろと体の向きを変え、ジュリアンと向き合った。彼はすぐ目の前に立っていた。両脚をかすかに開いて立ち、乗馬用の鞭を握った手を腿の脇に下ろしている。その目は死の国を思わせるほど冷ややかなエメラルド色だ。

「私が眠ったと？」

ソフィーはうなずき、ジュリアンの背後に視線を据えて言った。「わたし、あなたのお茶に薬草を入れたんです。不眠症にはポートワインより効果的な治療法があるとわたしが言ったのを、覚えてらっしゃいますか？」

「覚えている」ジュリアンの声は不気味なほど穏やかだった。「しかし、あなたも紅茶を飲んだではないか」

ソフィーは首を振った。「飲むふりをしていただけです。あなたはミス・ウルストンクラフトの本を批判するのに夢中で、わたしの芝居にはお気づきにならなかった」

ジュリアンは一歩、ソフィーに近づいた。「血は？　シーツが血だらけだったではないか」

「あれも薬草です。あなたが眠られたあと、さらにお茶に薬草を加えて赤い液をつくって、シーツにしみをつけたんです。ただ、どのくらい液を使ったらいいのかよくわからなくて。それに、緊張して液をこぼしたこともあって、思っていたより大きなしみができてしまったんです」

「薬草入りの茶をこぼした」ジュリアンはゆっくりと繰り返した。

「はい」

「あなたをずたずたに引き裂いたと私に思わせるだけたっぷりと」

「ええ」

「あの晩はなにもなかったというのだな？　まったくなにも？」

そのとき、本来のソフィーの性格がむくりと頭をもたげた。「やめてくださいとはっきり言っているのに、あなたはわたしを誘惑するつもりだと、そうはっきりおっしゃいました。そして、わたしが拒むのも無視して、わたしの部屋に押しかけていらした。ほんとうに恐ろしかったんです、わたし。だから、起こるべきことが起こらなかったのではないんです。わたしが阻止する手を打ったから、なにも起こらなかった、ということです。かーっと頭に血が上るのは、あなただけではないんです」

「私に毒を盛ったのだな」その声には、驚きとも怒りともつかない響きがあった。

「たんなる睡眠剤です」

ジュリアンは手にした鞭で革のブーツの甲をピシッと打ち、ソフィーの説明をさえぎった。その目に緑色の炎が燃え盛っている。「訳のわからない毒草を私に飲ませ、私があなたを強姦したと思いこむように企てたのだな」

事実を率直に突きつけられると、たしかに返す言葉はない。ソフィーは首をうなだれた。地面を見つめる視界の端で、羽飾りが揺れていた。「あなたの目にそう見えても仕方がないと思います、伯爵。でも、あなたに……傷つけられたと思わせようとしたわけではありません。あなたのおっしゃる義務を果たしたと思ってほしかっただけです。あなたは夫としての権利を主張することにそれは熱心でいらしたから」

「それで、私がその権利を行使したと思えば、数か月は放っておいてもらえると思ったのか？」

「しばらくは満足してもらえるのではないかと思いました。その結果、わたしたちの取り決めを尊重するお気持ちも強まるかと」

「ソフィー、こんどそのばかばかしい取り決めのことを口にしたら、まちがいなく絞め殺されると思え。少なくとも、この鞭で尻を打たれるのは覚悟しろ」

ソフィーは果敢にも背筋をぴんと伸ばした。「痛い目に遭う覚悟はできていますわ、伯爵。

あなたが悪魔も恐れる癇癪の持ち主だということは、だれでも知っていますから」

「なるほど。にもかかわらず、私を誘ってふたりきりでこんな人けのないところへ来て、堂々と罪の告白をするとは驚かずにいられない。いまここで罰を与えようと私が決めたら、助けを求めて泣き叫んだところでだれの耳にも届かないのだぞ」

「使用人を巻き込むべきではないと思ったのです」ソフィーは小声で言った。

「なんと気高い志だろう。申し訳ないが、夫に毒を盛れる女性が、使用人の反応を心配してあれこれ頭を悩ますとは、信じがたい」ジュリアンはいぶかしげに目を細めた。「くそ、次の朝、シーツを取り替えたとき、彼らは実際、どう思っただろう?」

「メアリには、ベッドでお茶をこぼしてしまったと説明しました」

「言葉を換えれば、私を残忍な強姦者だと信じていたのは、屋敷じゅうで私ひとりということだな?　は、せめてもの救いと言うべきか」

「申し訳ありません、ジュリアン。ほんとうになんとお詫びをしていいか。言い訳をさせていただけるなら、わたしはほんとうに恐ろしくて、そして腹を立てていたのだと繰り返し申し上げるしかありません。わたし、ふたりはとてもいい関係を築いていると思っていたんです。たがいを理解しはじめているとも思っていました。それなのに急に、あなたはわたしに無理強いをしようとされました」

「そこまでして避けようとするほど、私と愛を交わすのが恐ろしいのか?」

「前にもお話ししたように、その行為そのものがこわいのではありません」ソフィーは語気を強めた。「ただ、あなたという人を知る時間がほしいだけです。夫と妻としてうまく付き合うようになる猶予がほしかっただけです。あなたのつごうで雌馬のように子を産まされたり、用事が済めば田舎の放牧地に放っておかれたりしたくないんです。あなたは、そうするつもりでわたしと結婚されたのだと認めざるを得ないはずです」

「私はなにも認めはしない」ジュリアンはふたたび、自分のブーツを鞭で打った。「私に言わせれば、われわれの結婚の基本となる取り決めを破ったのはあなただ。私からの要求は単純かつ限られたものだった。その一つは、あなたは覚えていないかもしれないが、決して私に嘘をつかない、ということだった」

「ジュリアン、あなたに嘘はついていません。誤解させたかもしれないけれど、それがあなたの目には――」

「嘘をついたのだ」ジュリアンは容赦なくソフィーの言葉をさえぎった。「この二日間、罪の意識にさいなまれて悶々としていなければ、すぐに気づいていただろうに。たしかに思い当たる節はある。あなたは私の目をまともに見ることさえできなかった。私の姿を見るのも耐えがたいのだろうと勘ちがいしていなければ、あなたの裏切りはすぐに見抜いていたはずなのだ」

「申し訳ありません、ジュリアン」

「これからますます後悔することになるぞ、マダム。私はあなたの愚かしいほど甘い祖父とはちがう。それを肝に銘じることだな」

「ジュリアン」

「馬に乗るんだ」

ソフィーは二の足を踏んだ。「どうなさるつもりですか、伯爵？」

「どうするのか、決めたら伝える。それまで、不安にさいなまれるという耐えがたく不愉快な思いを味わうがいい」

ソフィーはのろのろと去勢馬に近づいた。「わたしが怒りを買うのも当然かもしれません。でも、わたしをどう罰するつもりなのか、教えていただくわけにはいきませんか？　正直言って、わたし、そんな中途半端な状態には耐えられそうもありません」

突然、背後から素早くウエストをつかまれ、ソフィーはぎょっとした。ジュリアンは荒々しく彼女を抱き上げて鞍に坐らせた。しばらくその場を動かず、冷ややかな怒りをこめてソフィーを見上げた。「夫をだますなら、マダム、はらはらしながら報いを待つあいだの心の持ち方も学ぶべきだ。私は私なりのやり方であなたに報いを受けさせる。それはまちがいない。あなたを、最初の妻と同じ手のつけられない性悪女にさせるつもりはない」

ソフィーが答えるまもなく、ジュリアンはくるりと背中を向けて歩きだし、種馬にまたがった。それきりなにも言わず、全速力で馬を飛ばして屋敷へ向かい、残されたソフィーはあとを追うしかなかった。

ジュリアンから三十分遅れて帰宅したソフィーは、愕然とした。信じられなかった。この数日、あんなにほがらかで活気にあふれていた雇い人たちの態度ががらりと変わっていた。

エスリントン・パークは近づきがたい陰気な場所になっていた。しょんぼり肩を落として玄関に足を踏み入れたソフィーを、執事が悲しげな目で見つめた。「心配しておりました、奥さま」と、穏やかに言う。

「ありがとう、タイソン。ご覧のとおり、わたしは元気よ。旦那さまは？」

「書斎にいらっしゃいます。どなたもお部屋に通してはならないとのことです」

「わかったわ」ソフィーはゆっくりと階段へ向かい、途中、すべてを拒絶するようにぴたりと閉ざされた書斎の扉を、ちらっと不安げにうかがった。一瞬、足を止める。しかし、すぐに乗馬服のスカートを持ち上げ、使用人たちの心配そうな視線もかまわず、一気に階段を駆け上った。

ジュリアンは夕食の席にあらわれ、返報法を告げた。テーブルについた彼の目の異常なほどの冷酷さに、ソフィーは彼が赤ワインを飲みながら報いの受けさせ方を考えたのだとわかった。

ソフィーがなんとか魚料理を食べようとしていると、ジュリアンはぞんざいに顎をしゃくって執事と召使いに部屋から出ていくように命じた。ソフィーは息を呑んだ。

「明日の朝、ロンドンへ発つ」ジュリアンは言った。林のなかで別れて以来、ソフィーに話しかけるのは初めてだった。

期待に胸をふくらませ、ソフィーは顔を上げた。「わたしたち、ロンドンへ行くのですね？」

「そうではない、ソフィー。あなたはロンドンへは行かない。私が行くのだ。あなたは、悪巧み好きの妻は、このエスリントン・パークに残ることになる。たっての望みをかなえてやろうというのだ。大切な三か月の残りの日々を、かぎりなく安らかに過ごすがよい。あなたが私に悩まされることは決してないと保証しよう」

自分はノーフォークの片田舎に置き去りにされようとしているのだと、ソフィーはようやく気づいた。ぎょっとして息を呑む。「わたしはひとりぼっちになるのですか、伯爵?」

ジュリアンは慇懃無礼にほほえんだ。「まったくのひとりだ。話し相手も、罪の意識にかられてちやほやしてくれる夫もいない。身の回りの世話をしてくれる、しつけの行き届いた使用人はべつだが。彼らの喉の痛みや肝臓病を癒やしてやって楽しんではどうかね」

「ジュリアン、お願いです、殴られてそれでおしまいにしてくださるほうがずっとましです」

「私に指示をするんじゃない」と、冷ややかに忠告する。

「でも、わたしはひとりでここに残りたくはありません。あなたがロンドンにいらっしゃるあいだ、田舎に置き去りにしないというのも、わたしたちの取り決めにあったはずです」

「自分のしたことを棚に上げて、よくもあのばかげた取り決めのことを口にできるものだな?」

「お気に触ったのなら謝ります。でも、結婚前にいくつか約束してくださったではないですか。わたしに言わせれば、あなたはその約束の一つをもう少しで破りそうになり、いまやもう一つの約束も破ろうとしていらっしゃる。名誉に……名誉に値する行為とは言えないと思います」

「名誉のことでわたしに説教をするとは、おこがましいぞ、ソフィー。女のあなたに名誉のなにがわかるというのだ」ジュリアンは声をあげた。

ソフィーは彼をにらみつけた。「わたし、覚えは早いほうですから」

ジュリアンは小声で毒づき、ナプキンをテーブルの上に放った。「そんな蔑むような目で私を見ないでくれ、マダム。約束を破るつもりはない。あなたもそのうちロンドンへ来ることになる。しかし、それはあなたが妻としての義務を果たせるようになってからの話だ」

「義務？」

「それについては、あなたの大事な三か月が過ぎて、私がこのエスリントン・パークに戻ってきてから話し合おう。それまでに、私に触れられても耐えられるようになっていると期待しているぞ。いずれにしても、マダム、私は結婚に望んでいたことは手に入れるのだ」

「跡継ぎと、問題にわずらわされない生活ですね」

ジュリアンは口をへの字に曲げた。「あなたにはもうさんざんわずらわされたぞ、ソフィー。それで満足することだ。これ以上、私の生活をかき乱すことは許さない」

翌朝、大理石の彫像がそこここに飾られた玄関の間に立ったソフィーは、内面のわびしさを隠して誇らしげに顎を突きだし、出発の準備をするジュリアンを見つめた。馬車に運び入れた荷物を召使いが確認しにいくと、ジュリアンは新妻に冷ややかなよそよそしさをこめて別れを告げた。

「この先二か月半、結婚生活を大いに楽しまれますように、マダム」

ソフィーに背中を向けようとして、ふとジュリアンは思いとどまった。彼女の髪に飾られたリボンが一つほどけているのを見て、いとわしげに毒づく。それでも、その場に足を止めたまま、もどかしげに手早くリボンを結び直してから、玄関をあとにした。彼のブーツが大理石を打つ音が、いつまでもソフィーの耳を離れなかった。

流刑とも言うべきに屈辱的な仕打ちに耐えて一週間後、ソフィーの生まれながらの気性が目覚めた。すると、もう罰は充分に受けたし、自分は結婚したばかりの夫との駆け引きで重大なまちがいを犯してしまったという気がしてならなくなった。

ジュリアンを追ってロンドンへ行こうと決めたとたん、ソフィーは世界がぱっと明るくなったような気がした。

5

所属するクラブの扉を開けてなかにはいったジュリアンは、陰気な雰囲気を感じて目をこらした。「まるで葬式会場だな」そう友だちのマイルズ・サーグッドに声をかけた。「あるいは戦場か」一瞬、考えてから言い添える。

「どんなようすだと思っていた?」マイルズが訊いた。その若々しくハンサムな顔に、クラブにいるほかの男たち同様、いかめしいしわを寄せている。それでも、鮮やかなブルーの目を見れば、そんな自分の立場をどこか面白がっているのは明らかだ。「今夜は、セント・ジェームズにかぎらず町じゅうのクラブがこの調子だ。町は憂鬱にとりつかれ、悲運を嘆いている」

「悪名高いフェザーストンが手がけた〈回想録《メモワール》〉の第一話が、きょう売り出されたのか?」

「出版社の予告どおり。一日もたがわず。一時間で売り切れたらしい」

「だれもかれも陰気な顔をしてるのから察して、名前を明かすというフェザーストン嬢の脅しは本物だったようだな」

「グラストンベリとプリンプトンも被害者だ」マイルズは部屋の奥にいる男性ふたりを顎で示した。小さなテーブルに置いた赤ワインのボトルを挟んで坐っている中年貴族ふたりは、見るからにしょげかえっている。「第二話ではもっと名前が明かされるとかなんとか、そんな噂だ」

ジュリアンは口を真一文字に結んで椅子に腰かけ、〈ガゼット〉紙を手に取った。「戦時だというのに、くだらないことで大騒ぎをするのは女どもだけでたくさんだ」大見出しだけを拾い読みして、日々伝えられる戦況と、泥沼状態におちいったかに見える半島戦争の戦死者名簿を探した。

マイルズがにやっとして言った。「フェザーストンの〈メモワール〉に関して、きみがのほほんとしていられるのも無理はない。なにしろ新妻はロンドンにいなくて、新聞を見られる心配はないのだから。グラストンベリとプリンプトンはそういう幸運には恵まれていなかった。レイディ・グラストンベリは執事に命じて、かわいそうに亭主を屋敷から閉め出したそうだ。レイディ・プリンプトンは家を揺るがすような大騒ぎを演じたらしい」

「それで、亭主ふたりはクラブでしょぼくれているのか」

「ほかにどこへ行ける？　ふたりにしてみれば、ここは最後の逃げ場だよ」

「ふたりとも愚かとしか言いようがない」ジュリアンはきっぱりと言い、戦況の至急報に目を通した。

「愚か者だって？」マイルズは椅子の背に体をあずけ、笑いと尊敬の入り交じった表情でジュリアンを見た。「怒り狂う女性をどう扱うべきか、きみならふたりに賢明な助言ができたというわけか？　田舎住まいをしてもいいと妻を納得させられるなんて、だれにもできることじゃないからな、ジュリアン」

ジュリアンは軽々しく話に乗るまいとした。マイルズをはじめとして友人たちがみな、彼がめとったばかりの新妻について知りたくてうずうずしているのはわかっていた。「グラストンベリもプリンプトンも妻が〈メモワール〉を手にしないように気をつければよかったのだ」

「どうやって？　レイディ・グラストンベリもレイディ・プリンプトンもたぶん召使いに言いつけて、ほかの客たちといっしょに出版社の前に行列させたんだろう」

「グラストンベリもプリンプトンも、そのくらいのことで妻を持て余しているなら、そういう目に遭ってもいたしかたあるまい」ジュリアンは冷ややかに言った。「男なら、家庭内に確固とした決まりを定めるべきだ」

マイルズは身を乗りだし、声をひそめて言った。「グラストンベリもプリンプトンも身を守る機会があったのに交渉がうまくいかなかったという噂だ。フェザーストン嬢はあとにつづく犠牲者たちが扱いやすくなるように、ふたりを見せしめにしたんだ」

ジュリアンは新聞から目を上げた。「いったいどういうことだ？」

「シャーロットがかつての恋人に送りつけているという手紙の話を知らないのか？」太く甘

美な声が物憂げに響いた。

ジュリアンは眉を吊り上げ、新来者が目の前の椅子にけだるそうに身を沈めるのを待った。「その手紙というのはなんだ、デレゲート？」

マイルズが顎をしゃくって言った。「手紙のこと、説明してやってくれよ」

放埒で身持ちの悪い独り身のデレゲート伯爵のたったひとりの甥で、ゆえに後継者となるギデオン・ザビエル・デレゲートが冷ややかな笑みを浮かべた。笑うと、かぎ鼻が目立ってワシにそっくりだ。冷たく光る目は灰色で、まさに猛禽類そのものだ。「つまり、フェザーストン嬢はカモになりそうな男たち全員に手紙を送りつけているのだ。どうやら、いくらか払えば〈メモワール〉に名前を載せないでやるとか、そういうことらしい」

「強請《ゆすり》か」ジュリアンが苦々しげに言った。

「いかにも」お手上げだ、と言いたげにデレゲートがつぶやいた。

「男は強請には応じないものだ。応じれば、さらにもっとと要求されるに決まっている」

「グラストンベリとプリンプトンも話し合って、そういう結論に達したにちがいない」デレゲートは言った。「その結果、シャーロットの〈メモワール〉に名前を挙げられたうえに、ぼろくそに書かれた。彼らの寝室での腕前にフェザーストン嬢がさほどよい印象を持っていないのはたしかだ」

マイルズがうなり声をあげた。「その〈メモワール〉はそんなに細かいことまで書いてあるのか？」

「残念ながら」デレゲートはさらりと言った。「女性しか覚えていないような細々としたつまらないことがびっしり書いてある。訪ねてくる前に、男が風呂にはいって清潔な下着に着替えているかどうかといったくだらないことだ。どうした、マイルズ？　きみはシャーロットの客だったことはないんだろう？」

「ないね。でも、短いあいだだがジュリアンは付き合いがあった」マイルズはにんまりした。

ジュリアンは眉をしかめた。「やめてくれ、そんな昔の話を。私のことなど、シャーロットはとっくの昔に忘れているに決まっている」

「それはどうかな」デレゲートが言った。「あの手の女性は執念深いから」

「心配するな、ジュリアン」マイルズが助け船を出した。「どっちにころんだって、きみの新妻は〈メモワール〉の噂さえ耳にすることはないんだ」

ジュリアンはフンと鼻を鳴らし、また新聞を読みはじめた。〈メモワール〉の件は絶対にソフィーの耳にはいらないように気をつけよう、と肝に銘じながら。

「そういえば、レイヴンウッド」デレゲートが物憂げに切り出した。「新しい伯爵夫人をいつ社交界にお披露目するつもりだ？　みんな、彼女に一目会いたくてじりじりしているんだ。永遠に隠しておくわけにはいくまい」

「ウェリントン将軍が作戦を繰り広げているスペインから次つぎとニュースが届き、フェザーストンの〈メモワール〉もある。いまのところ、社交界の連中がほかに関心を払う余裕はあるまい」ジュリアンは静かに言った。

それはちがう、と反論しようとしてサーグッドもデレゲートも口を開けたが、ジュリアンのよそよそしく険悪な表情を一目見て、考え直した。

マイルズが物知り顔でうなずいて言った。「田舎に新妻を残してきたのは、ほんとうに賢明だな、レイヴンウッド。じつに賢い選択だ。田舎では厄介ごとに巻き込まれようがないからな」

まさにそのことを、ロンドンに戻ってからまる一週間、ジュリアンは自分に納得させようと躍起になっていた。しかし、今夜も含めて一週間、自分の判断が正しかったと思えた夜は一度もなかった。

それどころか、彼はソフィーが恋しかった。取り返しのつかないことをしてしまったと思った。そんなふうに思う自分が不可解であり、たまらなく居心地が悪かった。しかし、事実は事実なのだ。なんと愚かな、と思えた。田舎に彼女を残してきたりして。ほかにもっといいやり方があったにちがいないのだ。

残念ながら、あのときの彼はほかのやり方に考えがおよぶほど冷静ではなかった。

その夜もかなり更けてからクラブをあとにしたジュリアンは、またそのことを思い返して動揺していた。待っていた馬車に飛び乗り、暗澹《あんたん》とした気持ちで窓の外の暗い通りを見つめていると、御者がピシッと鞭を鳴らすのが聞こえた。

夫の権利を要求しようと決めたあの運命の夜、ソフィーにまんまとだまされたことを思い出すと、いまでも激しい怒りがこみ上げるのは事実だった。

しかし、懸命になって彼女の狡猾さを思い出し、そういった傾向はつぼみのうちに摘み取っておくのが肝心だと自分に言い聞かせても、ふと気づくと、彼はソフィーのほかの面を思い出していた。彼女と楽しんだ朝の乗馬を、農地の管理をめぐる知的な会話を、夜のチェスをなつかしんでいた。

つい吸い寄せられそうになる女性らしい香りも、彼に異議を唱えようとして身構え、つんと顎を突きだすしぐさも、青緑色の目をふわりとよぎる、微妙でそこはかとないあどけなさも恋しかった。ふとした拍子に、彼女の楽しげでいたずらっぽい笑い声や、使用人や農民の健康を気遣うときの心配そうな顔を思い出していた。

この一週間、さまざまな折りに、あのときソフィーの服はどこがどう乱れていたか、思い出している自分にさえ気づいた。目を閉じて、彼女の乗馬用の帽子が傾いて目にかかったり、スカートの裾がやぶれているさまを思い描いたりもした。

ソフィーは最初の妻とはまるでちがっていた。

エリザベスは、身だしなみにも装いにも一分の隙もなかった——カールした髪は一筋も乱れず、いつも体にぴったりした襟ぐりの広い上着を、彼女の魅力を最大限に引き立てるよう巧みに着こなしていた。寝室にいるときでさえ、最初のレイヴンウッド伯爵夫人はつねに完璧な優雅さを身にまとっていた。巧妙にデザインされたネグリジェを着た彼女は欲望の女神であり、生まれながらに男の情熱をかきたて、破滅へといざなうべく形づくられた創造物だった。そんな妖婦のなめらかな蜘蛛の巣にがんじがらめになっていた自分を思うたび、ジュリアンは軽い吐き気を覚えた。

ジュリアンは決然とした思いで古い記憶を振り払った。ソフィーを妻に選んだのはエリザベスとはまったくちがう女性だからであり、新たな妻にいつまでもそのちがいを保たせようと強く心に決めていた。どんな犠牲を払っても、エリザベスが選んだようなすさまじい破滅の道にソフィーを向かわせはしない。

しかし、目標ははっきりしていても、その達成手段に自信が持てない。おそらく、ソフィーを田舎に残してきたのはまちがいだったのだろう。彼女に充分な監督の目が届かないうえ、町にいる彼もそわそわと落ち着かないのだから。

ジュリアンがロンドンに所有する堂々とした別邸の前で、馬車が止まった。ジュリアンは陰鬱な思いで正面玄関を見つめた。今夜もまたひとりきりのベッドで眠らなければならない。御者に命じて馬車を引き返させ、トレヴァー・スクエアに向かってもよかった。こんな夜更けでも、マリアン・ハーウッドが大喜びで迎えてくれるのはまちがいない。

しかし、陽気でなまめかしく見目麗しいハーウッドの姿を思い描いても、自らに課した禁欲生活を破る気にはなれなかった。ロンドンに戻って四十八時間たたないうちにジュリアンは気づいていた。自分がベッドをともにしたくてたまらない女性は妻だけだ、と。

「いま戻ったぞ、ガッピー」ジュリアンは、扉を開けた執事に言った。「遅くまで起きているんだな。私を待つことはないと言ったはずだが」

「おかえりなさいませ、旦那さま」ガッピーは聞こえよがしに咳払いをして、主人のために体を脇に寄せた。「今夜はちょっとした騒ぎがございまして。屋敷の者は全員、遅くまで起きておりました」

書斎に向かっていたジュリアンは途中で足を止め、けげんな顔で振り返った。五十五歳のガッピーはたしなみのある有能な執事で、つまらないことを大げさに報告するようなことは決してない。

「騒ぎだと？」

ガッピーはいつもと変わらず無表情だったが、その目だけは興奮を抑えきれずに輝いていた。「レイヴンウッド伯爵夫人が到着されまして、お泊まりでございます、旦那さま。差し出がましいようですが、ご来訪を前もってお知らせいただければ、私ども使用人も心構えができ、レイディ・レイヴンウッドさまもよりご気分よくご到着なされたのではないかと存じます。もちろん、粗相などはございませんでしたが」

ジュリアンはその場に凍りついた。一瞬、頭のなかが真っ白になった。ソフィーがここにいる。今夜、帰宅する馬車のなかで鬱々と考えていたことがすべて呪文となり、どこからともなく新妻を呼びだしたかのようだ。「もちろん、おまえならうまくやってくれただろう、ガッピー」ジュリアンは反射的に答えた。「おまえを初めとして、使用人たちのこともなにも心配していないぞ。それで、レイディ・レイヴンウッドはいま？」

「ついいましがた、寝室にお引き取りになりました、旦那さま。ミセス・ピーボディが奥さまをお部屋へご案内いたしました。もちろん、旦那さまのお部屋のつづき部屋のほうへ」

「わかった」最後にもう一杯、ポートワインを飲む予定はどこかへ消し飛んだ。二階《うえ》でソフィーがベッドに横たわっていると思うと、気持ちははやった。すたすたと大股で階段へ向かう。「おやすみ、ガッピー」

「おやすみなさいませ、旦那さま」ガッピーはごく控え目な笑みを浮かべて体の向きを変え、正面扉の鍵をかけにいった。

ソフィーがここにいる。興奮が血液の奔流となって全身を駆けめぐった。しかし、次の瞬間、ジュリアンはロンドンへ来ることで新妻はまた公然と自分に逆らったのだと気づき、はやる気持ちを抑えこんだ。田舎育ちの従順な妻は、ますます手に負えなくなりつつあった。怒りと、不本意ながらこみ上げてくる喜びの板挟みに翻弄されながら、ジュリアンはもったいぶった足取りで廊下を歩いていった。矛盾する感情が次つぎと胸をよぎり、めまいがしそうだった。把手をいらだたしげにひねって寝室の扉を開けると、赤いビロード張りの肘掛け椅子に召使いが足を投げだして坐り、眠りこけていた。

「おい、ナップトン。睡眠不足の解消中か？」

「旦那さま」目をさましたナップトンはもがくようにして立ち上がってぱちぱちと目をしばたたき、戸口に立って苦り切った表情を浮かべている主人を見た。「申し訳ありません、旦那さま。お帰りを待ちながら、ちょっと腰を下ろしたつもりだったんですが。どうしてしまったのか。居眠りしてしまったようで」

「気にするな」ジュリアンは言い、扉のほうを手で示した。「今夜は、おまえの手を借りなくても寝るしたくはできる」

「かしこまりました。お手伝いする必要がないのでしたら、下がらせていただきます」ナップトンは足早に扉に近づいた。

「ナップトン」

「はい、旦那さま？」召使いは戸口で立ち止まり、おそるおそる振り向いた。

「今夜、レイディ・レイヴンウッドが到着したそうだな」

ナップトンはやせた顔をうれしそうにほころばせた。「ほんの二、三時間前にお着きになりました。一時は屋敷じゅう大騒ぎでしたが、いまはもうすっかり落ち着いています。レイディ・レイヴンウッドさまは使用人を取り仕切るのがお上手です、旦那さま」

「レイディ・レイヴンウッドは相手がだれだろうと操るのが得意なのだ」ジュリアンは小声でつぶやき、ナップトンは部屋を辞して廊下に出ていった。召使いが外側の扉をぴたりと閉じるのを待って、ジュリアンはブーツと夜会服を脱ぎ、ガウンに手を伸ばした。

絹のサッシュを結び終えてもしばらく立ったまま、反抗的な妻をどう扱うのがいちばんよいのか考えていた。激しい怒りと欲望はいまだにせめぎ合い、全身の血液がたぎっている。ソフィーに怒りをぶちまけたいというどうしようもない衝動がある一方で、同じくらい強烈に、彼女と愛を交わしたくてたまらない。両方を満足させるべきだろう。そうつぶやいた。たしかなことが一つあった。今夜の到着をただ無視して、明日の朝、彼女がここにいるのがごく当たり前のように、朝食の席で顔を合わせるのだけは避けなければならない。それから、ここに突っ立って、初めての戦いを目前にしたうぶな将校のように、ぐずぐずためらっているのもすぐにやめるべきだ。ここは私の家であり、支配者はこの私なのだ。

ジュリアンは深々とため息をついて小声で毒づき、彼の化粧室とソフィーの寝室をつなぐ扉に向かった。ろうそくを掲げて、ノックをしようと手を挙げた。しかし、最後の瞬間になって気が変わった。いまさら礼儀もなにもあるものか。

向こう側から鍵がかかっているだろうと思いながら、扉の把手をつかんだ。驚いたことに、なんの抵抗もない。ソフィーの暗い寝室に通じる扉はあっけなく開いた。

部屋にはいってすぐ、薄暗い優雅な部屋にソフィーの姿は見あたらなかった。やがて、大きなベッドの中央に、丸まって眠っているソフィーの体の輪郭が見えた。ジュリアンの下半身が痛いほどこわばった。私の妻だ。彼女はようやくここに、彼女がいるべき寝室におさまっている。

ソフィーはとらえどころのない夢と現実のはざまをさまよいながら、不安な気持ちで身をくねらせた。ゆっくりと眠りの世界から抜け出て、なじみのない部屋で目を覚ます。目を開けると、闇のなかをろうそくの揺らめく炎が音もなくこちらに向かってくる。ぎくりとして身がまえたが、ろうそくを持っている人影がだれかわかって安堵の息を漏らした。ソフィーはベッドに上半身を起こし、シーツをつかんで喉元まで引き上げた。

「ジュリアン。驚いた。まるで幽霊みたいにあらわれるから」

「こんばんは、マダム」とってつけたように冷ややかに挨拶をする。ささやくような小声は、きっとなにか悪いことが起こる前兆だ。「今夜、あなたが到着したとき、留守にしていて申し訳なかった」

「どうか気になさらないでください。突然やってきて、驚かせてしまったのはよくわかっています」なんとか意識しないようにしたが、恐ろしさのあまり全身に震えが走る。エスリントン・パークを離れようと決めたときから、こうしてジュリアンと向き合わなければならないのはわかっていた。だから、何時間も馬車に揺られているあいだずっと、激怒しているジュリアンを目の前にしてなんと言おうかと考えつづけていた。

「驚かせた？　そんな生やさしいものじゃないだろう」

「皮肉をおっしゃる必要はありません。わたしに腹を立ててらっしゃるのはわかっていますから」

「これはまた、なんと鋭い」

ソフィーはごくりと唾を呑みこみ、気持ちを奮い立たせた。想像していたより厄介なことになりそうだった。ソフィーにたいするジュリアンの態度はあいかわらず頑なで、一週間前とほとんど変わらない。「話し合うのは明日の朝にしたほうがよさそうだわ」

「いま話し合うのだ。朝になればエスリントン・パークに戻る荷造りで忙しく、話し合っている暇はない」

「いやです。これだけは言っておきます、ジュリアン。追い返されるわけにはいきません」シーツを握りしめる手に力がこもる。ソフィーは絶対に泣きつきはしないと自分に誓っていた。穏やかに、理性的に話をする。いずれにしても、ジュリアンは分別のある人なのだ。たいていの場合は。「わたしたちの問題をきちんとさせたいんです。あなたとの関係で、わたしは大きな過ちを犯しました。わたしはまちがっていました。いまはそれがわかります。だから、あなたのちゃんとした妻になろうと決心して、こうしてロンドンに来たのです」

「ちゃんとした妻？　ソフィー、あなたには驚き以外のなにものでもないだろうが、ちゃんとした妻は夫にしたがうものだ。夫をあざむいて怪物のような真似をしたと思いこませたりしない。寝室で夫が満たされるべき要求を拒みもしない。田舎の本邸にいるようにはっきり命じられたにもかかわらず、突然、町の別邸にやってきたりもしない」

「ええ、それはよくわかっています。わたしは、あなたが求めている理想像にぴったりあてはまるような妻ではありませんでした。でも、どう考えても、あなたの要求は厳しすぎると思います」

「厳しすぎる？　マダム、私があなたに求めたのは、ごく当たり前の――」

「ジュリアン、お願いです。あなたと言い争いたくはありません。償いをしたいのです。わたしたちの結婚はおかしな始まり方をしました。それはほとんどわたしのせいだと認めます。ですから、せめて、わたしがもっとよい妻になろうとしていることを態度で示す機会をあたえてください」

ジュリアンは長いあいだ黙っていた。なにも言わずに立ち尽くし、ろうそくの明かりに浮かび上がるソフィーの不安げな表情をじろじろ見つめていた。手にしたろうそくの炎に照らされたジュリアンの表情は悪魔のレリーフを思わせる。ソフィーは、いま以上に悪魔に似ているジュリアンを見たことがなかった。

「われわれの結婚を正常な形にさせたいと、そう言っているのか？」

「はい、ジュリアン」

「つまり、私がベッドにおける権利を要求したら、応じる覚悟ができているということか？」

素早くうなずくと、肩にたらした髪が波打った。「はい」と、繰り返す。「じつは、ジュリアン、演繹的推理の真似ごとをしたら、あなたが正しいという結論に達してしまったんです。ふつうの夫婦になれば、わたしたちの関係はもっとずっとうまくいくかもしれません」

「言葉を換えれば、そうやって私を抱きこんで、このロンドンに残る許可をもらおうというのだな」ジュリアンは皮肉をこめて要約した。

「いいえ、それは誤解です」自分のおこないの意外な解釈に驚き、ソフィーは上掛けを跳ね上げてベッドの脇に立った。ネグリジェの生地が透けるほど薄いのに気づいたが、もう遅い。ガウンをつかんで体の前に抱えた。

ジュリアンはソフィーの手からガウンをひったくり、床に放った。「そんなものはいらないだろう、愛しい人？　いまや誘惑に応じようと覚悟したのをお忘れかな？」

ソフィーはいたたまれない思いで床のガウンを見つめた。薄いローン地のネグリジェ姿で立っている自分が、無防備でひどく弱々しい存在に感じられる。挫折感がこみ上げ、瞼が熱い。一瞬、泣いてしまうのではと不安になった。「お願いです、ジュリアン」ソフィーは静かに言った。「チャンスをください。わたしたちの結婚がうまくいくように、最大限の努力をしますから」

ジュリアンはろうそくをさらに掲げ、ソフィーの顔を見つめた。彼女には拷問とも思える長いあいだ、その顔を黙って凝視しつづけた。「知っているかね、愛しい人？」ジュリアンはようやく口を開いた。「あなたはよい妻になると、私は信じているのだ。とはいえ、その前にあなたに思い知らせなければならない。私はあなたの好き勝手に踊らせられる操り人形ではない、と」

「そんな思いであなたに接したことはありません」ジュリアンの怒りの根深さに気づき、ソフィーは唇を嚙みしめた。「エスリントン・パークでのことは、ほんとうに後悔しているんです。町に、ここにいさせてください、ジュリアン。本気でわたしたちの結婚をまともな形にする気でいることを証明しますから。妻としての務めを一生懸命果たすと誓います」

「ほんとうか？」ジュリアンは冷たく光る目でソフィーを見た。

ソフィーは、自分のなかのなにかがしぼみはじめ、やがて息絶えるのを感じた。説得すれば、二度目のチャンスをもらえるとばかり思っていた。エスリントン・パークで短い新婚休暇を過ごすうち、目の前のこの男性をずいぶん理解できたような気がしたのだ。彼が人間関係で冷たかったり理不尽な要求をしたりするのはわざとではない。その点は、妻との関係でも同じだろうと期待していた。

「わたしがまちがっていたんですね」ソフィーは言った。「土地の賃貸料がとどこおっている借地農にたいするのと同じように、わたしにも喜んで二度目のチャンスをあたえてくださると思っていました」

一瞬、ジュリアンは面食らったような顔をした。「自分を借地農と同等に考えているのか？」

「立場がそっくりだと思ったので」

「似ていると思うことじたい、ばかげている」

「いずれにしても、わたしたちの関係をふつうの形にする望みはなさそうですね」

「それはちがう、ソフィー。さっきも言ったように、私はあなたがいずれ、きちんとした妻になると信じているのだ。その言葉に嘘はない。実際、責任を持ってそうさせるつもりだ。唯一の問題は、どうやって教えるのが最善かということだ。あなたが学ぶべきことは山ほどあるぞ」

あなたにも学ぶべきことは山ほどあるわ、とソフィーは思った。その指南役として、あなたの妻以上にふさわしい人がいる？　けれども、ソフィーは今夜、ジュリアンの不意をついたことを忘れてはならなかった。男性は不意をつかれるとどうしたらいいのか途方に暮れてしまうものだ。「ここに、ロンドンにいさせてくださったら、決して面倒は引き起こさないと約束します」

「面倒を引き起こさないと？」ほんの一瞬、ジュリアンの冷ややかな目に面白がっているような輝きがよぎるのを、ろうそくの明かりが照らしだした。「ベッドに戻って休みなさい。今後どうするかは、明日の朝、話す」

安堵の気持ちがソフィーの胸に洪水のように押し寄せた。第一ラウンドに勝ったのだ。ジュリアンはもう彼女を追い払おうとはしていない。ソフィーはためらいがちにほほえんだ。

「ありがとうございます、ジュリアン」

「まだ感謝するのは早いぞ、マダム。私たちふたりのあいだには解決すべきことがいくらでもあるのだ」

「わかっています。でも、教養あるふたりがたまたまぴったり寄り添うことになったんですもの。常識を働かせて、たがいに許し合って暮らすようにならなければ。そうは思われませんか？」

「私たちの状態をそのように見ているのか、ソフィー？　ぴったり寄り添っていると？」

「あなたがロマンチックな解釈を好まれないのは知っています。わたしも、結婚というものをもっと現実的にとらえようと努力はしているんです」

「いっしょに困難を乗り越える、というのはどうだ？」

ソフィーの顔がぱっと輝いた。「そのとおりです。いっしょに荷馬車を引くことになった二頭の馬のようなものです。同じ厩舎で寝て、同じ桶から水を飲み、同じ俵の干し草を食べなければならないのです」

「ソフィー」ジュリアンがさえぎった。「これ以上、農業や馬具にたとえるのはやめてくれないか。頭が混乱する」

「そうおっしゃるなら、もうしません」

「では、明日の朝、十一時に書斎で」ジュリアンは背中を向け、ろうそくを持ったまま部屋を出ていった。

残されたソフィーは暗闇のなか、ひとりで立っていた。しかし、大きなベッドに戻ったときはもう天にも昇る心地だった。最初のハードルは越えたのだ。ジュリアンは彼女を絶対にロンドンにいさせたくないと思っているわけではなさそうだった。明日の朝、彼を怒らせずにいたら、ここにいさせてもらえるかもしれない。

わたしは彼の本質を見抜いていた、とソフィーは満足していた。いろいろな面で厳しかったり冷たかったりしても、彼は尊敬すべき人物なのだ。わたしのことも公正に対処してくれるにちがいない。


翌朝、ジュリアンとの話し合いの席になにを着ていくべきか、ソフィーはいったんこれと決めてから三度も変更を繰り返した。知らない人が見たら、夫との話し合いではなく舞踏会へ行く服を選んでいると思われたかもしれない。しかし、気分は戦場に向かう戦士に近かった。

結局、白い縁飾りのついた明るい黄色のドレスに決め、髪は小間使いに頼んでアップにして巻き毛を垂らす流行のスタイルに結ってもらった。

支度がすべてととのったときにはもう、あと五分で階段を降りて書斎へ駆けつけなければならない時刻だった。ソフィーは廊下を走り、階段を駆け降りて、息をはずませながら書斎の扉の前に立った。そのとたん、召使いが扉を開けてくれたので、晴れやかな笑みを浮かべ、勢いこんでなかに飛びこんだ。

デスクに向かっていたジュリアンがゆっくり立ち上がり、礼儀正しく頭を下げてソフィーを迎えた。「急ぐ必要はないぞ、ソフィー」

「いいんです」ソフィーは言い、さらに部屋のなかへと足早に進んだ。「あなたをお待たせしたくなかったので」

「妻は夫を待たせるものと決まっているのだ」

「まあ」そっけない指摘をどう受けとめていいのかわからない。「では、こんどからそのように努力します」あたりをうかがうと、緑色の絹の椅子が目にはいった。「今朝は、わたしの将来を左右する決定を耳にするかと思うと、不安でたまりません」

緑色の椅子に近づこうとしたとたん、ソフィーはなにかにつまずいてよろめいた。すぐに体を立て直して、いったいなにに足を取られたのだろうと視線を落とす。ジュリアンもソフィーの視線を追った。

「見たところ、上靴のリボンがほどけているようだが」ジュリアンが言った。

ソフィーはきまりの悪さに真っ赤になり、あわてて椅子に坐った。「おっしゃるとおりだわ」身をかがめて、いまいましいリボンを手早く結んだ。体を起こすと、ふたたび椅子に腰を下ろしたジュリアンがなぜかあきらめたような表情を浮かべて、ソフィーを見つめていた。「どうかなさいました？」

「いいや。なにもかも完璧にいつものとおりのようだ。さて、ロンドンに残りたいというあなたの希望についてだが」

「はい」根は公正な人だという判断は正しかっただろうかと、期待に胸をふくらませながら待つ。

ジュリアンはすぐには口を開かず、椅子に背中をあずけ、眉をひそめてじっとソフィーの顔を見つめた。「あなたの要望を受け入れることにした」

たとえようのない喜びが全身に沸き立った。ソフィーは輝くような笑みを浮かべた。その目は安堵と幸福感にあふれている。「ああ、ジュリアン、ありがとうございます。このように決断されたことをけっして後悔させないと約束します。ほんとうに寛大な方。わたしなど、あなたの広いお心に包まれるにはふさわしくないのでしょうが、あなたの妻の名に恥じないよう誠心誠意、務めさせていただきます」

「いずれにしても、お手並み拝見というところだ」

「ジュリアン、からかわないでください。わたし、ほんとうに真剣なんです」

珍しいことに、ジュリアンはかすかに笑みをもらした。「わかっている。あなたの決意は目を見ればわかる。だからこそ、もう一度チャンスをあたえる気になったのだ。前にも言ったが、あなたの目はほんとうに正直に本心を映しだすのだ」

「誓います、ジュリアン、妻の鑑になってみせます。エスリントン・パークでの、あの、あの出来事を大目に見てくださって感謝します」

「あの忌まわしい夜のことは、おたがい二度と口にするのはやめようではないか」

「すばらしい考え」ソフィーは一も二もなく同意した。

「よろしい。これで問題はすべて片づいたようだ。では、夫と妻としての仕事に取りかかるとしよう」

ソフィーは驚いて目を丸くした。急に手のひらが汗ばんでくる。ジュリアンが恥ずかしげもなくいきなり、夫婦の親密な関係を求めてくるとは思ってもいなかった。まだ朝の十一時だというのに。「ここでですか?」書斎の調度を見回しながら蚊の鳴くような声で聞いた。

「いま?」

「そのとおり、いま、ここでだ」ジュリアンはソフィーの驚きの表情に気づいていないようだった。必死になってデスクの抽斗をかき回している。「ああ、これだ」小さな封筒とカードを一つかみ取りだし、ソフィーに渡した。

「これは?」

「招待状だ。レセプション、パーティ、夜会、舞踏会。そういったたぐいの案内だ。なにかしら返事をしなければならない。私は招待状の整理がきらいだし、秘書は私が言いつけたもっと重要な用事で手一杯なのだ。あなたが面白そうだと思うものを二つ三つ選んで、それ以外には断り状を出してほしい」

ソフィーは手にした招待状の束から顔をあげた。どう受けとめていいのかわからなかった。「これが、わたしの妻としての最初の務めになるのですね？」

「そのとおり」

ソフィーは一瞬、黙りこくった。この気持ちは安堵感？　それとも失望？　安堵感にちがいない。「喜んで整理させていただきます、ジュリアン。でも、みなさんにご理解いただかなければ。わたしは社交界のことにほんとうに疎《うと》いのです」

「偶然だが、経験不足というあなたの問題を解決するよい手だてがあるのだ。社交界という荒野を生き抜いていくうえで、最後まであなたの面倒を見てくれるであろう根っからの案内人を紹介しよう」

「案内人？」

「私の伯母のレイディ・フランシス・シンクレアだ。遠慮しないでファニーと呼ぶといい。皇太子も含めて、みんながそう呼んでいる。あなたとは馬が合うと思う。フランシスも文学かぶれのようなところがあるのでね。伯母は相棒といっしょに毎週水曜日の午後、知識欲のある女性たちを集めて小さなサロンを開いているのだ。そのちっぽけなクラブの仲間入りをするように、そのうちあなたにも誘いがあるだろう」

ジュリアンの声にからかうような響きを感じて、ソフィーは穏やかにほほえんだ。「伯母さまのちっぽけなクラブというのは、男性たちが集まって夜遅くまでお酒を飲んだり、賭事をしたりして楽しむクラブと同じようなものですか?」

ジュリアンはじろりとソフィーをにらんだ。「いいや、まったくちがう」

「それはがっかり。でも、クラブのことはともかく、あなたの伯母さまのことは好きになりそうだわ」

「ほどなく、実際に会ってたしかめられるだろう」ジュリアンは書斎の時計に目をやった。「いますぐにでも、ここにあらわれるはずだ」

ソフィーはきょとんとした。「いま、ここへ?」

「そのようだ。いまからそちらへ行くと、一時間ほど前に使いの者が伝えに来た。伯母はまずまちがいなく、相棒のハリエット・ラッテンベリも連れてくるだろう。あのふたりはいつもいっしょなのだ」ジュリアンの口がかすかにへの字に曲がった。「伯母はだれよりもあなたに会いたがっている」

「でも、わたしが町にいることを、どうしてご存じなのかしら?」

「社交界についてあなたが学ぶべきことの一つがそれだ、ソフィー。都会では、噂話は風に乗ってひとりでに飛んでいくのだ。そのことをけっして忘れないように。私がなによりも耳にしたくないのが、妻の噂話なのだ。わかったかね?」

「はい、ジュリアン」

6

「遅くなってほんとうにごめんなさい。でも、みなさんきっと許してくださるわ。こうして第二話を手に入れてきたんだもの。はい、これよ。刷りたてほやほや。命と手足を失う覚悟で買ってきたわ。通りにあんなに人が出ているのを見たのは、コベントガーデンの花火大会のあとに起こった暴動以来」

金色と白を基調にしたエジプト風の応接室に集まっていたソフィーと十人の客が振り返り、たったいま、部屋に駆けこんできた赤毛の若い女性を見た。彼女は、綴じられていない薄い本を両手で握りしめ、興奮して目をきらきらさせている。

「どうぞ、おかけなさい、アン。わたくしたちみんな、好奇心がふくらみ過ぎて死にかけていたところよ」金色と白の縞模様で、小さなスフィンクスの彫刻がほどこされた長椅子に優雅に坐っていたレイディ・フランシス・シンクレアは手をひらひらさせて、近くの椅子に坐るように最後のお客をうながした。「でも、その前に紹介させてちょうだい。甥の嫁のレイディ・レイヴンウッドよ。一週間前にロンドンに来て、わたくしたちの水曜日の午後の小さなサロンにぜひ参加したいって言ってくれたの。ソフィー、こちらはミス・アン・シルバーソーン。ふたりはきっと、今夜のイェルバートンの舞踏会でも顔を合わせるわね」

紹介が終わるのを待って、ソフィーはにっこりほほえんだ。とにかく楽しくてたまらなかった。前の週にファニー・シンクレアとハリエット・ラッテンベリが彼女の人生に登場して以来、ずっと楽しさはつづいている。

伯母と相棒のハリエットは、まさにジュリアンが言っていたとおりのコンビだった。かけがえのない親友同士なのはすぐにわかるが、ふたりを見た人がまず驚くのはそのちがいであり、共通点の多さではない。

ファニー・シンクレアは長身の貴族的な風貌で、髪は黒く、目はどうやらシンクレア一族のトレードマークらしい鮮やかなエメラルド色だ。五十代初めの魅力あふれる陽気な女性で、華やかな上流社会にしっくりとなじんでいる。

ファニーは愛嬌のある楽天家でもあり、身のまわりで起こることすべてに興味を持ち、きわだって自由な考えの持ち主だった。しゃれた企みや計画を山ほど胸に秘めていて、新奇なアイデアに出くわせば、それがどんなものであれ手放しで喜び、正当に評価した。そんな彼女にエジプト風のエキゾチックな別邸はよく似合った。縁に小さなミイラとスフィンクスがびっしり並んでいる奇妙な壁紙さえ、レイディ・ファニーの背景にはふさわしく見えた。

住まいの装飾は奇抜でも、レイディ・ファニーの着るものにたいするセンスは本物だった。この一週間のうちにたびたび、ファニーはそのファッションセンスを活かしてソフィーに助言をしてくれていた。ソフィーの衣装戸棚はいまや、最新の流行を取り入れつつ彼女の魅力を最大限に引き出すデザインの衣装であふれていた。ほかにもまだ、何着かドレスを注文中だ。大胆にもソフィーが、洋服にこんなにお金を使うのはどうかと思うと言うと、ファニーは愉快そうにころころ笑い、そんなことは気にするにおよばないと軽く一蹴した。

「ジュリアンには奥さんにおしゃれをさせるくらいの金銭的余裕はあるし、わたくしがそうしなさいって言えば、素直にそうするわ。お金のことは気にしないで。あなたのお小遣いから支払いをして、足りなくなったらジュリアンに出してもらえばいいの」

ソフィーはびっくり仰天した。「お小遣い以上のお金をもらうなんて、わたしにはとてもできません。もう充分すぎるほどいただいているんですから」

「ばかばかしい。わたしの甥っ子の秘密を教えてあげましょう。あの子はもともと締まり屋でもしみったれでもないんだけれど、不幸なことに、農地の改良やヒツジや馬の飼育以外にお金を使うことにあまり興味がないの。ときどきあの子に思い出させなければだめよ。女性にはある種の必需品があるということを」

もう一つ、彼には妻がいることもたまに思い出させなければならないようだ、とソフィーは思った。このところ、夫とはめったに顔を合わさなくなっていた。

ファニーの相棒で、ハリーと呼ばれている女性は、ファニーとは同年代のようだが、外見や物腰は正反対だった。背が低く丸まる太っていて、性格は冷静沈着。なにがあっても動じそうにない。ハリーの落ち着きはなにごとにも熱狂的なファニーのよいブレーキだった。ハリーは、分厚いターバンと、黒いリボンで結んだ片眼鏡と、目の色を引き立てるという理由で紫色を好んだ。これまでにソフィーは、ハリエット・ラッテンベリが紫以外の色合いのドレスを着ているのを見たことがなかった。奇抜なファッションは、どこがどういうふうにと説明するのはむずかしかったが、とにかくハリーにはよく似合っていた。

ソフィーが一目でふたりを好きになったのは、幸運なめぐり合わせだった。ジュリアンがソフィーの相手をほとんどふたりにゆだねるようになったからだ。この一週間、ソフィーはろくに夫と顔を合わせず、彼が寝室を訪れることは一度もなかった。どういう事情なのかソフィーにはよくわからなかったが、ファニーとハリーのおかげで毎日目がまわるほど忙しく、そのことであれこれ悩む暇はなかった。

「さて」アンが小さな本のページを切り開きはじめると、ファニーは言った。「お願いだから、わたくしたちを待たせるのは必要最小限にしてちょうだいな、アン」

ソフィーはサロンの主催者を見た。「その〈メモワール〉はほんとうに、いかがわしい世界の女性が書いたのでしょうか？」

「たんなるいかがわしい世界の女性ではなくて、あの世界のある特定の女性が書いたのよ」ファニーは自信たっぷりに答えた。「この十年間、シャーロット・フェザーストンがロンドンの高級娼婦の頂点に君臨していたことは広く知られているわ。だれよりも立派な立場の殿方たちが彼女の愛人になるという名誉をかけて決闘をしたものよ。人気も影響力もピークのうちに引退を決めた彼女は、最後に〈メモワール〉で上流社会に一騒ぎ起こそうと企んだのね」

「第一話は一週間前に出版されて、わたしたちはみんな、第二話をそれは心待ちにしていたのよ」サロンに集う淑女のひとりがうれしそうに告げた。「それで、アンがわたしたちを代表して手に入れてきてくれたというわけ」

「ふだんの水曜日の午後に学んだり、話し合ったりしていることとはずいぶん毛色がちがうけれど、これはこれで興味深いのじゃない？」ハリエットが穏やかに言った。「ブレークの訳のわからない詩を苦労して読むのはちょっと退屈、という方もいるでしょうし、正直言って、わたしもコールリッジの文学的空想と阿片による幻覚のちがいがわからなくなることがあるし」

「さあ、きょうの本題にはいりましょう」ファニーが告げた。「今回、フェザーストン嬢はだれの名前を挙げているのかしら？」

アンはすでに切り開いたページに目を通していた。「モーガン卿とクランドン卿の名前があるわ。まあ、驚いた、王族侯爵についても触れている」

「王族侯爵？　そのミス・フェザーストンという方は立派な方がお好みなんですね」ソフィーは言った。興味津々だった。

「そうよ」ソフィーの隣に坐っている、いかにも真面目そうな目をした黒っぽい髪の若い女性、ジェーン・モーランドが言った。「だって、ほら、高級娼婦だから、わたしなど会いたいとあこがれることさえできないような方がたと会っているんだわ。上流社会でも最高の立場にいらっしゃる方たちとも付き合いがあるのよ」

「はっきり言ってしまえば、たんなる付き合い以上のことをしているんだけれど」片眼鏡を目にはめなおしながら、ハリエットがつぶやいた。

「でも、どういう出身の方なんですか？　経歴は？」ソフィーは勢いこんで尋ねた。

「どこにでもいる街娼の私生児にすぎないという話よ」年輩の女性が軽蔑するように言った。

「どこにでもいる街娼では、フェザーストンのようにロンドンじゅうの注目を集めることはできなかったはずだわ」ジェーンがきっぱりと言った。「彼女の崇拝者には貴族もおおぜいいるわ。並みの女性でないことはたしかね」

ソフィーはゆっくりうなずいた。「いまの立場を手に入れるまでの人生には、乗り越えなければならなかったこともいろいろあるんでしょうね」

「わたくしが思うに、いまの彼女は完全な落ち目よ」ファニーが言った。

「でも、それだけおおぜいの大物たちに好まれたのは、努力して教養やセンスを磨いたからにちがいないわ」ソフィーは指摘した。

「たしかにそうでしょうね」ジェーン・モーランドが同意した。「才能と知性だけを武器に上流社会で一目置かれるようになれるというのは、考えてみるととても興味深いことだわ。たとえば、ブランメルやバイロンの友だちのスクループ・デイヴィースのように」

「ミス・フェザーストンはずば抜けて美しい方なんでしょうね。あの、その、特別な仕事でこれだけの成功をおさめられたんですから」アンが考え深げに言った。

「じつは、すごい美人というわけではないのよ」ファニーが告げた。

ほかの女性たちは全員、驚いてファニーを見つめた。

ファニーはにっこりして言った。「ほんとうよ。何度か会ったことがあるの。もちろん、遠くから見かけただけだけれど。実際、ついこのあいだも、ハリエットとボンド・ストリートで買い物をしているときに見かけたわ、そうだったわね、ハリー？」

「そうそう、そうだったわ。あれは見ものだった」

「二頭立ての、見たこともないような黄色い二輪馬車に乗っていたわ」ファニーは、身を乗りだすようにして聞いている女性たちに説明した。「深いブルーのドレスを着て、十本の指すべてに光り輝くダイヤの指輪をはめていたわ。それはもう、目の覚めるような姿だった。金髪で、そこそこの美人で、自分の魅力を最大限に生かす見せ方を知っているけれど、彼女より美しい女性は上流階級にいくらでもいるわ、それはたしかよ」

「では、どうして上流階級の紳士たちはそれほど彼女に惹かれるんでしょう？」ソフィーは尋ねた。

「殿方はとても単純な生き物なの」ハリエットがティーカップを口に近づけながら、静かに説明した。「目新しいものやロマンチックな冒険の期待を目の前にぶら下げられると、簡単にぽーっとなってしまうのよ。わたしが思うに、フェザーストン嬢は殿方に目新しさや冒険を期待させるのがじょうずなんでしょう」

「男性をひざまずかせる秘密のテクニックを教えてもらえたら、きっと面白いでしょうねえ」紫がかった灰色のシルクのドレスを着た中年の既婚女性がため息混じりに言った。

ファニーは首を振った。「見た目は華やかだけれど、わたくしたちが上流社会に縛られているように、彼女もあちらの世界に縛られていることを忘れてはいけないわ。いまは上流社会の紳士たちのあこがれの的かもしれないけれど、永遠に関心を引きつづけることはできないし、彼女だってそれはわかっているはずだわ。それに、どんなに身分の高い男性に崇拝されようと結婚できる見こみはないし、だからといってもっと安定した世界に移り住むこともできないのよ」

「たしかにそう」ハリエットは同意し、唇を真一文字に結んだ。「どんなにちやほやしようと、どれだけ高価なネックレスを贈ろうと、まともな考え方をする貴族がいかがわしい世界の女性に結婚を申し込むわけがない。たとえ、ふと魔が差して結婚を申し込んだところで、すぐに家族にあきらめるよう説得されてしまうわ」

「おっしゃるとおりよ、ファニー」ソフィーは考え深げに言った。「ミス・フェザーストンは彼女の世界にとらえられている。そして、わたしたちも上流社会にがんじがらめにされている。でも、どん底からさまざまなテクニックや駆け引きを駆使していまの立場まではい上がってきた彼女は、きっと頭のいい女性にちがいないわ。もし彼女がこの午後のサロンに参加したら、きっととても興味深い話が聞けると思います、ファニー」

女性たちの小さなグループにショックの波紋が広がった。ファニーだけはべつで、くすくす笑い声をあげた。「とっても面白いことになりそうね、まちがいなく」

「聞いてくださいますか？」感情が高ぶり、ソフィーは黙っていられなかった。「わたし、彼女にお会いできたらいいなと思うんです」

部屋にいるソフィー以外の全員の目が、驚きと信じられないという思いをこめて彼女を見つめた。

「彼女に会う？」ジェーンが声を張り上げた。あきれているようにも、興味をそそられているようにも聞こえる。「ああいうたぐいの女性に紹介されたいの？」

アン・シルバーソーンはぎこちなくほほえんだ。「面白そうじゃない？」

「お黙りなさい、三人とも」年輩の女性のひとりが噛みつくように言った。「娼婦相手に自己紹介するっていうの？　たしなみの心はどこへいってしまったんです？　こんなばかな話はありません」

ファニーはいたずらっぽい目をソフィーに向けた。「あなたがそんなことを考えているかもしれないと疑っただけで、ジュリアンは二十四時間以内にあなたを田舎へ送り返してしまうでしょうね」

「ジュリアンは彼女に会ったことがあると思いますか？」ソフィーは訊いた。

ファニーは飲みこもうとしていた紅茶にむせ、あわててカップとソーサーを置いた。「失礼」あえぎながら言う。ハリエットが慣れた手つきで彼女の肩胛骨のあいだをトントンと叩いた。「ほんとうにごめんなさいね」

「あなた、だいじょうぶ？」さほど心配そうでもなく、ハリエットが訊いた。

「ええ、ええ、だいじょうぶよ、ありがとう、ハリー」ファニーはほがらかな笑みを浮かべ、心配そうな顔をぐるりと見渡した。「だいじょうぶよ、もうすっかり。ほんとうに失礼しました。さて、なにをしていたんだったかしら？　ああ、そうそう、あなたが本を読んでくださるところだったわね、アン。どうぞ、始めてちょうだい」

アンはさっそくびっくりするほど真に迫った一節を熱心に読みはじめ、部屋にいた女性たちは全員、夢中で耳を澄ました。シャーロット・フェザーストンの〈メモワール〉は文章が巧みで、内容も面白く、適度に不道徳なところも魅力だった。

「アシュフォード卿がフェザーストンに五千ポンドのネックレスを？」途中、グループのひとりがびっくり仰天して叫んだ。「奥さまが知ったらどうされるか、楽しみだわ。わたし、たしかに聞いて知っているんです。レイディ・アシュフォードはもう何年も前からほんとうに乏しいお金で家計をやりくりしなければならなかったんですよ。新しいドレスや宝石を買う余裕はないって、ずーっとアシュフォード卿に言われつづけていたらしいわ」

「きっとほんとうだったのよ。シャーロット・フェザーストンに気前よくプレゼントしているから、奥さんにまわすお金がなかったのよ」ファニーが言った。

「ここにもアシュフォード卿のことが書いてある」アンは言い、意地悪な笑い声をあげた。

「聞いて」

その夜、アシュフォード卿が帰られてから、わたしは小間使いに言いました。レイディ・アシュフォードはわたしに感謝するべきね、と。わたしがいなければ、アシュフォード卿がご自宅で夜を過ごされる時間はいまよりずっと長くなって、かわいそうに、あわれなほど想像力に欠けた愛の行為に付き合わされる奥さまはうんざりされていたでしょうから。わたしのおかげで、奥さまは大きな負担を逃れてこられたのです。

「たっぷりお金をもらっているんだから、文句を言うのはどうかと思うわ」ハリエットは言い、ジョージ王朝風の銀のポットから紅茶を注いだ。

「この話を聞いたら、レイディ・アシュフォードは激怒するでしょうね」だれかが言った。

「激怒して当然だわ」ソフィーは力をこめて言った。「アシュフォード卿はとても不名誉なことをなさっていたんですもの。わたしたちには面白い話でも、よく考えれば気づくはずです。アシュフォード卿は公然と奥さまを侮辱したんです。立場が逆で、レイディ・アシュフォードがそういう遊びをしたあげく、こんな本のネタにされたとしたら、アシュフォード卿はどうなさったか考えてみてください」

「核心を突いてるわ」ジェーンが言った。「妻がこんなふうに書かれたら、たいていの夫は書いた男に決闘を挑むでしょうね、当然」

ジュリアンももちろんそうするだろう。そんな醜聞をあばかれて流血騒動を起こさないわけがない、と思い、ソフィーは背筋が寒くなる一方で、頼もしさも感じないこともなかった。妻が侮辱されたとなれば、ジュリアンがすさまじい怒りを爆発させるのはまちがいなく、あの自尊心の高さからみて復讐しないわけがない。

「レイディ・アシュフォードはシャーロット・フェザーストンに決闘など挑めるわけがないわ」グループのひとりがそっけなく言った。「そういうわけだから、かわいそうに、ゴシップが忘れられるまでしばらく、田舎に引っこんでいるしかないんでしょう」

部屋の反対側にいた別の女性が物知り顔にほほえんだ。「それにしても、アシュフォード卿はベッドのなかで死ぬほど退屈なのね？　なんて興味深い」

「フェザーストンによると、たいていの男性はベッドのなかで退屈らしいわ」ファニーが言った。「いままでのところ、彼女の崇拝者でよく言われた人はひとりもいないのよ」

「もっと面白みのある崇拝者は、彼女が送りつけているらしい強請の手紙に応じてお金を払ったから、〈メモワール〉に名前を出されずにすんでいるのよ、たぶん」若い人妻が自分の考えを言った。

「あるいは、一般的に男性というのは、面白みのある恋人にはなり得ないのかもしれない」ハリエットは穏やかに言った。「お茶のお代わりはいかが？」


夜中の十二時。イェルバートン邸の前の通りには、優雅な馬車がひしめきあっていた。ジュリアンは馬車から降りて、のんびりくつろいでいる御者や馬番や下男たちのあいだを縫うようにして、イェルバートン邸の玄関につづく幅の広いステップに向かった。

今夜は、命令されてやってきたも同然だった。ファニーにぴしっと言われてしまったのだ。ソフィーが初めて列席する大がかりな舞踏会だから、ジュリアンも参加したほうがずっと印象はよくなる、と。たいていの場合、ジュリアンは好き勝手にひとりで行動していたが、ソフィーの隣に夫の存在が必要な機会もあり、今夜がその一つだった。

この一週間、必要以上に妻と顔を合わせないように、朝はとんでもない早い時間に起き、夜もかなり遅くなってからベッドにはいる日々を過ごしていたジュリアンは、とにかく舞踏会に出席するようにとファニーに厳命され、これは厄介なことになったと思った。それでもしかたなく、妻と踊ることにした。

それは自分から拷問に身をまかせるのも同然だった。ダンスフロアでソフィーを腕に抱いてほんの数分踊るだけでもどんなにつらいか、とうてい彼女にはわかるまい。

彼女と離れているあいだを不安だったと表現するなら、同じ屋根の下で過ごしたこの一週間は、地獄そのものだった。あの晩家に戻り、ソフィーが謝りにやってきてこれからも町で暮らしたいと望んでいると知ったとたん、ジュリアンはたとえようもないほどほっとしたが、しばらくして、ひょっとしたらだまされているのかもしれないという気になった。

それでも、ジュリアンはなんとか、彼女はおとなしく和解するつもりで来たのだと自分を納得させた。彼女があの侮辱的な要求を引っこめ、彼のためにきちんとした妻になろうとしているのは明らかだった。寝室で再会した晩も、彼女はみずからジュリアンに体を差しだしているのも同然だった。

あの晩、ジュリアンは持ちうるかぎりの意志の力をすべてかき集めて、寝室を出た。ソフィーはあまりに愛らしく、従順で、魅力的に見え、ジュリアンは思わず手を伸ばして、当然、自分のものであるべきものを手に入れたくてたまらなかった。しかし、ジュリアンは急に彼女が戻ってきたことで動揺していたうえ、ほんとうにそんな行動に出てよいのかどうか確信が持てなかった。考える時間が必要だった。

私の自尊心は癒やされ、ソフィーには教訓をあたえられた。それがジュリアンの結論だった。心を広く持って、彼女がロンドンにいつづけることを許そうと決めた。むずかしい決断ではなかったが、夜明けまで考え抜いてようやくたどり着いた結論だった。

眠れない夜を過ごすあいだにもう一つ、肉体的交わりを求める権利をすぐにでも主張しようと決めた。これだけ長々と待たされたのだから当然だと思った。けれども、朝になると、話はそれほど単純ではないと気づいた。この話の流れにはなにかが欠けていると思えた。

翌朝、目が覚めてから図書館でソフィーと話し合うまでずっと、慣れない自己分析や内省に没頭した結果、ジュリアンはどうしてすぐにでもソフィーをわがものにすることに引っかかりを感じるのか、ぼんやりわかった気がした。

やがてジュリアンは、ソフィーには妻としての義務感から体を差しだしてほしくないのだ、とようやく納得した。

実際、彼女がほんとうにそんな気持ちでいるかと思うと、腹立たしささえ覚えた。彼はソフィーに求められたかった。彼女の澄んだ正直な目に、まぎれもない情欲と女性らしい欲望が渦巻くのが見たかった。

やがて、ジュリアンは極度の欲求不満におちいってにっちもさっちもいかなくなった。ささいなことで癇癪を起こし、親切な友人たちが指摘してくれたように、ひどく気が短くなった。

デレゲートとサーグッドは、家でなにかあったのかと尋ねるほど愚かではなかったが、ふたりが案じているのはジュリアンにもわかった。ふたりは以前からソフィーに会う機会を待ちかねていた。今夜は、そんなふたりも含めて社交界の全員にソフィーを紹介する初めての機会だった。

夜もかなり更けたいま、自分がやってきたのを見たらさぞかしソフィーは喜ぶだろう。そう思うとジュリアンは少しだけ明るい気持ちになれた。五年前と同じように、パーティ会場でソフィーは見向きもされまい。今回は私という夫が隣にいて、心強いことだろう。感謝の気持ちがいつかは、私をもっと好意的な目で見てくれるきっかけになるかもしれない。

ジュリアンはイェルバートン邸のパーティに顔を出したことがあり、案内されなくても大広間の場所は知っていた。執事に到着を告げられるのも気が進まず、ジュリアンはさっさと階段に向かい、お客たちがひしめき合っている大広間を見下ろすバルコニーへと上っていった。

びっしりと彫刻をほどこされた手すりに両手をかけ、ジュリアンは眼下の人の群れに目をこらした。大広間は光り輝いていた。会場の一角でバンドが演奏しており、数カップルがダンスフロアで踊っている。美しい制服に身を包んだ召使いたちがトレイを片手に、優雅に着飾った男女のあいだを縫うように行き交っている。笑い声と話し声のさざめきがバルコニーまで立ち上ってくる。

　ジュリアンは大広間を見渡し、ソフィーの姿を探した。ファニーの話ではたしか、バラ色のドレスを着ているはずだ。窓のそばの壁に女性ばかりのグループがいくつか張りついているが、あのどこかに紛れているにちがいない。

「いいえ、ジュリアン、そちらじゃないわ。彼女は広間の反対側にいるわよ。背が高いほうではないから、かなり見えにくいでしょうけれど。いまみたいに男性崇拝者の群れに囲まれていると、ほんとうに、視界から消えてしまうわね」

　ジュリアンが振り向くと、伯母が回廊を歩いてこちらへやってくる。あいかわらず、いまにも笑い声をあげそうな笑みを浮かべ、銀と緑色のシルクのドレスを身にまとったレイディ・ファニーは、うっとりするほど美しい。

「こんばんは、伯母さま」ジュリアンはファニーの手を取って持ち上げ、唇に押しつけた。

「今夜もまた一段とお美しい。ハリーはどこです？」

「テラスでレモネードを飲みながら涼んでいるわ。かわいそうに、暑さに当たってしまったみたい。あんな分厚いターバンを巻いているせいだわ。彼女のところへ行こうとしていたら、あなたがこっそり階段を上ってくるのが見えたものだから。で、あなたのかわいらしい奥さまがどうしているか見にきたのね？」

「重要な命令は、耳にすればそれとわかりますからね、マダム。顔を出したのは、伯母さまに強く勧められたからです。さっきソフィーが視界から消えてしまうとおっしゃっていたのは、どういうことなんです？」

「自分の目で確かめなさいな」ファニーはバルコニーの手すりに近づき、眼下の人の群れを誇らしげに紹介するように、手を差しだしてひらひらさせた。「わたくしたちといっしょに会場に着いてからずっと、彼女はだれかしら人に取り囲まれているわ。一時間前からずっとよ」

ジュリアンは大広間の奥に視線を移し、ありとあらゆる彩りの美しいドレスのなかからバラ色のシルクのドレスを見分けようと目を細めた。そのうち、男性ばかりでひしめき合って立っているグループのひとりが移動した拍子に、人の輪の中心にいるソフィーの姿がちらりと見えた。

「あんなところでいったいなにをしているんだ？」ジュリアンは嚙みつくように言った。

「決まっているでしょう？　社交界に欠かせない存在となりつつあるのよ、ジュリアン」ファニーは満足げにほほえんだ。「ソフィーはほんとうに魅力的だし、お話もとてもじょうずだわ。病気の治療法にも詳しいから、いろいろ指示もできるし。レイディ・ビクシビーの神経性胃炎に効く薬でしょ、タントン卿の胸に張る湿布薬でしょ、レイディ・イェバートンの喉にいいというシロップもよ」

「彼女のまわりを取り囲んでいる男たちは、いまのところ治療法のアドバイスを求めているようには見えないようですが」ジュリアンはぼそぼそと言った。

「あなたの言うとおり。ちょっと前に彼女のそばを離れたとき、彼女はノーフォークのヒツジの飼育法について話を始めたところだったわ」

「ばかな、ノーフォークのヒツジの飼育法なら、すべて私の受け売りじゃないか。新婚休暇のあいだに、私がいろいろ教えたんです」

「では、あなたもうれしいでしょう。彼女がそういう知識を社交に活かしていると知って」

妻のまわりに群がっている男たちを見つめているジュリアンの目がいぶかしげに細められた。黒服に身を包んだ、背の高い金髪の男に気づいたのだ。「ウェイコットもさっそく自己紹介したらしい」

「あら、まあ。彼があのなかに?」ファニーは真顔になって身を乗りだし、ジュリアンの視線をたどった。さっきまでいたずらっぽく輝いていた目が真剣だ。「ごめんなさい、ジュリアン。今夜、彼が来ているとは知らなかったの。でも、遅かれ早かれソフィーは彼に出会ったはずよ。エリザベスのほかの元崇拝者だって同じ」

「あなたにソフィーの世話をまかせたのは、ファニー、あなたならうまく機転を働かせて彼女をあらゆる面倒ごとから遠ざけてくれると思ったからなんですよ」

「妻が面倒ごとに巻き込まれないように気をつけるのは、あなたの仕事で、わたくしの仕事じゃないわ」ファニーは突き放すように言い返した。「わたくしはソフィーの友人であり、アドバイザーなの。それ以上のものではないわ」

　この一週間、ソフィーを放ったらかしにしていたのを責められているのだと気づいたが、ジュリアンは自己弁護する気分ではなかった。たったいま、ソフィーにレモネードを手渡した、金髪のハンサムな男の姿が気になってならない。ウェイコットの顔に浮かんでいるあの表情は、五年前、彼がエリザベスに付きまといはじめたときとそっくり同じ表情だった。

　ジュリアンは脇に下げていた手を握りしめた。なんとか意志の力をかき集め、肩の力を抜く。あのときは、自分を見失うほどエリザベスに熱を上げていたせいで、愚かにも手遅れになるまで厄介ごとに見舞われていると気づかなかった。こんどこそ素早く、情け容赦ない行動に出て、厄介ごとを防がなければならない。

「失礼します、ファニー。あなたのおっしゃるとおりです。ソフィーを守るのは私の仕事ですから、すぐに務めを果たすことにします」

　ファニーはくるっと振り返り、心配そうに眉をひそめた。「ジュリアン、無茶なことはしないでちょうだい。ソフィーはエリザベスではないことを忘れないで」

「もちろんです。そして、彼女がエリザベスにならないように気をつけるつもりです」ジュリアンはすでに歩きだし、バルコニーの端の大広間につづく小さな階段に向かっていた。

　大広間に降りるなり、ジュリアンは人の波に呑みこまれた。すれ違う客のなかには、立ち止まって挨拶をしてから、結婚のお祝いを言う者もいる。ジュリアンはなんとか丁寧に会釈を返し、新たな伯爵夫人を賛辞する善意の言葉は受け入れ、たいていはそれに付随するそれとない好奇心は無視した。ジュリアンの体格は有利に働いた。大広間にいるほとんどの客より背が高く、ソフィーのまわりを取り囲んでいる男たちを油断なく見張っていられる。二、三分もしないうちに、ジュリアンはソフィーが崇拝者に愛想を振りまいている現場にたどり着いた。

ジュリアンが、ソフィーの髪に飾られた造花が垂れ下がっているのを見たのと、造花の位置を直そうとウェイコットが手を伸ばしたのは同時だった。

「このバラを手折ることをお許しくださいますか、マダム?」すらすらと慇懃な言葉を口にしながら、ウェイコットは垂れ下がっているエナメル細工の花をソフィーの髪から引き抜こうとした。

ジュリアンは、金髪の男をうらやましそうに見ていた若い男性ふたりを肩で押しのけ、進み出た。「それは私の仕事だ、ウェイコット」ジュリアンが巻き毛から造花を引き抜くと同時に、ソフィーが驚いて顔をあげた。ウェイコットは手を下ろし、声に出さない怒りをこめて淡いブルーの目をすぼめた。

「ジュリアン」ソフィーはいかにもうれしそうにほほえんだ。「今夜は、いらっしゃれなくなったのかもしれないと心配していたんです。すてきな舞踏会でしょう?」

「すてきだ」ジュリアンはしげしげとソフィーを見つめながら、強烈な所有欲が頭をもたげるのを感じた。それにしても、ファニーはうまく着飾らせたものだと思った。ソフィーのドレスは深みのあるバラ色で、ほっそりした体型をじつによく引き立てるようにデザインされている。巻き毛は高くアップに結い上げられ、優美なうなじがあらわになっている。ソフィーが装飾類をほとんどつけていないのに気づいたジュリアンは、ソフィーの首まわりにレイヴンウッド伯爵家のエメラルドはさぞよく似合っただろうと、ふと思った。残念なことに、いまは手元にないので彼女に贈ることはできない。

「今夜みたいにすてきな夜は初めてだわ」ソフィーは楽しそうにつづけた。「みなさん、とても気を使って歓迎してくださるのよ」

「女性の身で、農業や家畜の飼育についてあれだけの知識をお持ちとは、見上げたものです」中年の崇拝者が言った。「奥さまとなら何時間でもお話ができそうですな」

「ヒツジの話をさせていただいたのですが」赤ら顔の若者が告げた。「レイディ・レイヴンウッドは繁殖法について、それは興味深い考えをお持ちなんです」

「それはすばらしい」ジュリアンは言った。そして、妻に向かっておじぎをした。「どうやら私は、農業と畜産の専門家と結婚をしたようだ」

「幅広く本を読んでいたせいでしょう」ソフィーはつぶやいた。「それに最近では、あなたの書斎で好きなだけ本を読ませていただいていますから。あなたは農業経営に関する立派なご本をたくさんお持ちだわ」

「農業関係の本は片づけて、もっと高尚な本を並べたほうがよさそうだな。たとえば宗教冊子などを」ジュリアンは片手を差しだした。「ところで、みなさんとの楽しい会話を一時中断して、あなたの夫と踊っていただけないでしょうか、マダム？」

ソフィーの目がうれしそうにきらめいた。「まあ、もちろんよ、ジュリアン。みなさん、失礼してよろしいかしら？」ソフィーは丁寧に尋ねながら、夫の腕に手をからませた。

「もちろん」ウェイコットが小声で言った。「それが義務ならしかたがないでしょう、ねえみなさん？　また遊びたいという気持ちになられたら、どうぞ私たちのもとに戻ってきてください、ソフィー」

　ジュリアンは、ウェイコットのハンサムすぎる顔のど真ん中に拳をめりこませたいという衝動と戦っていた。そんな騒ぎを起こしたら、ソフィーが許してはくれないとわかっていた。レイディ・イェルバートンも許してはくれまい。しかたなく、沸き立つ怒りを隠して、唯一、進むべき道を進んだ。ウェイコットのあざけりを涼しい顔で無視して、ソフィーを導いてダンスフロアへ向かった。

「楽しんでいるようだね」ゆったりと胸に体をあずけてきたソフィーを受けとめ、ジュリアンは言った。

「それはもうとても。ああ、ジュリアン、前とはぜんぜんちがうのよ。今夜は、だれもかれもがとても感じがいいの。今夜だけで、五年前の一シーズン分をすべて合わせたよりたくさん踊ったわ」ソフィーは頬を紅潮させ、美しい目を抑えきれない喜びに輝かせている。

「あなたがレイヴンウッド伯爵夫人として初めて参加した大切な行事がこれほどうまくいって、私もうれしく思う」ジュリアンは、ソフィーの新しい肩書きを意識的に強調して言った。彼女には自分の立場も、それにともなう義務も忘れてほしくなかった。

ソフィーの笑顔が考え深げな表情に変わった。「今回、すべてがこんなにも気持ちよく進んだのは、わたしが結婚しているせいだと思うの。いまやわたしは、あらゆるタイプの男性の目に安全に映るんだわ、きっと」

ソフィーの意見に驚き、ジュリアンは眉をひそめた。「いったいどういうことだ？」

「簡単なことでしょう？　わたしはもう夫を得ようとはしていないんです。すでに夫を、言うなれば、つかまえたから。だから、男の方たちは遠慮なくわたしにお上手を言ったり、機嫌をとったりできるの。結婚を申し込まなければならなくなる心配がないからよ」

ジュリアンは思わず毒づきそうになるのをぐっとこらえた。「その理屈は的外れもいいところだ」と、歯のあいだから絞りだすように言う。「かまととぶってはいけないよ、ソフィー。既婚女性という立場だからこそ、あなたは男たちからのもっとも下劣な言い寄りの対象になり得るのだ。あなたを傷物にする心配がないから、彼らは自由にあなたを誘惑していいと思っているのだ」

「あそこにいらした男性のだれひとりとして、不作法に言い寄ったり、不埒《ふらち》なほのめかしをしたりしなかったわ。ほんとうよ」

ジュリアンはため息をついた。「問題は、ソフィー、あなたが不埒なほのめかしをそれと認識できないかもしれないということなのだ。あなたは二十三歳かもしれないが、上流社会での経験はほとんどない。この世界は狩り場も同然で、あなたのように魅力的で、うぶで、人妻という安全な立場にいる若い女性は、この上ない獲物とみなされるのだ」

ソフィーはジュリアンの腕のなかで身を硬くして、目を細めた。「見くびらないで、ジュリアン。わたし、それほどうぶじゃありません。わたしは、あなたのお友だちのだれにも誘惑されるつもりはありませんから」

「では、私の敵なら誘惑されるのかい？」

7

その夜遅く、ソフィーは寝室を行ったり来たりしていた。頭のなかでは、舞踏会での出来事がぐるぐる渦を巻いている。なにもかもがとても刺激的で、五年前にソフィーが一度だけ社交界に飛びこんだときのようすとはまるでちがっていた。

レイヴンウッド伯爵の妻という新しい立場があるからこそ、ちやほやされたのはよくわかっていたが、自分でも積極的にまわりの人たちに話しかけたのがよかったとも思えた。二十三歳のいま、十八歳だったときよりはるかに自信が持てるようになったのも一因かもしれない。それに、五年前とちがって、結婚市場に展示されているのだと痛いほど意識しないですむのもよかった。今夜、ソフィーは肩の力を抜いて楽しんでいた。なにもかもがとてもうまくいっていた。ジュリアンがやってくるまでは。

最初、ジュリアンの姿を見たときはうれしかった。彼の世界でもうまくやっていける自分を見てもらいたくてたまらなかった。ところが、最初のダンスのあと、ジュリアンは彼女が新たに見いだした社交の能力を称賛するためにわざわざイェルバートン邸の舞踏会に立ち寄ったのではない、とソフィーは気づいた。ジュリアンは上流社会の洗練されたジャングルを徘徊するどん欲な男たちにソフィーが惑わされはしないかと、それだけが心配でやってきたのだ。

それから舞踏会が終わるまでジュリアンが隣にいたのは彼の生まれながらの所有欲ゆえだと思うと、ソフィーはひどく落ちこんだ。

ふたりは一時間前に帰宅し、ソフィーは寝る準備をしにすぐに二階へ上がった。ジュリアンは彼女を引き留めなかった。型どおりにおやすみと言い、書斎にはいっていった。少し前、ソフィーは寝室の外の絨毯敷きの廊下を通りかかるジュリアンの、くぐもった足音を聞いた。

ソフィーは寝室の奥の突き当たりでくるりと回れ右をして、化粧台のほうへ歩きだした。ろうそくの明かりに照らされた小さな宝石箱が目にはいったとたん、罪悪感にはっと胸を突かれて立ち止まった。レイヴンウッド伯爵夫人としてロンドンで初めて過ごした一週間、熱に浮かされたようにはしゃいでいて、アメリアの復讐をするという目標を一時的に忘れていたのは否定しようがなかった。結婚の危機を救わなければというせっぱつまった思いが、胸にずっしりのしかかってもいた。

誓いを破って、アメリアを誘惑した者を突きとめるのをやめたわけではないわ、ソフィーは自分に言い聞かせた。ほかのことが優先順位の一番になっただけ。

でも、ジュリアンとのあいだに好ましい関係が築けたらすぐにまた、アメリアを死に追いやった男を探しはじめよう。

「かわいい妹のあなたを忘れたわけじゃないのよ」ソフィーはささやいた。

宝石箱の蓋を開けかけたとき、背後で扉が開いた。はっと息を呑んで振り返ると、ふたりの部屋をつなぐ戸口にジュリアンが立っていた。ガウンをはおっているが、それ以外はなにも身につけていないようだ。

ジュリアンは小さな宝石箱をちらりと見てからソフィーの目を見つめた。ふっと苦笑いをする。「なにも言わなくていい。気づいていたのだ。町できちんと装う場合、ちょっとした装身具も必要だというのに、あなたに贈りもしなかった。許してほしい」

「装身具をせがむなんて、そんなつもりはありませんでした」ソフィーはむっとして言った。ほんとうに、よくもこれだけ腹立たしい勘ちがいができるものだと思った。「なにか御用でしょうか？」

ジュリアンは言いよどんだ。部屋にはいってこようともしない。「そう、用があって来たのだ」と、ようやく言った。「ソフィー、私たちのあいだの未解決の問題についていろいろ考えてみたのだ」

「問題、ですか？」

ジュリアンはガウンのポケットに両手を突っこみ、ゆったりした足取りでソフィーに近づいてきた。「今夜、初めて気づいたのだ。結婚を完成させるベッドでの個人的経験がないあなたは、重大な危険にさらされることになる、と」

ソフィーは驚いて目をぱちぱちさせた。「危険？」

ジュリアンはまじめくさってうなずいた。化粧台に置いてあったクリスタルガラスの白鳥をつかみ、たわむれに手のひらでころがす。「あなたはあまりにうぶで、汚れを知らなさすぎるのだ、ソフィー。女性が身につけているべき俗な知識を身につけていないから、ある種の男たちが会話のなかでもてあそぶニュアンスや二重の意味が理解できない。実際の意味を読みとれないというごく単純な理由で、気づかないうちにそのたぐいの男たちをその気にさせる心配がある」

「あなたのおっしゃっていることが、少しずつわかってきました」ソフィーは言った。「わたしが妻の定義を満たしていないことが社交場では不利な条件になるとお考えなのでしょう？」

「まあ、そういうことだ」

「なんて見当ちがいな考えでしょう。肉用のフォークで魚を食べているようだわ」

「いや、問題はもっと深刻だと断言しよう、ソフィー。あなたがまだ独身なら、ある種のことに関していまだに無知であっても、それはあなたの身を守るほうに働く。あなたを誘惑しようとした男たちはみな、あなたと結婚しなければならなくなると気づくだろう。しかし、人妻であるあなたにとって無知は防護にはなり得ない。その種の男がたまたま、あなたはまだ夫とベッドを分かち合っていないかもしれないと感じたら、あなたを執拗に追うようになるだろう。ひどく興味をそそられ、あなたを征服せずにはいられない相手と見なすからだ」

「つまり、その男性はわたしを申し分のない獲物と見るということでしょう？」

「そのとおりだ」ジュリアンはクリスタルの白鳥を化粧台に戻し、満足そうにほほえんだ。

「状況を理解してもらえてうれしいよ」

「あら、理解していますとも」うまく息ができないのをなんとかごまかしながらソフィーは言った。「ついに夫としての権利を要求しようと決めたと、あなたはそうおっしゃっているんです」

ジュリアンは落ち着きはらって肩をすくめた。「そうすることが、あなたにとってなによりためになると思えるのだ。あなたのために、夫と妻の関係を正常な形にするのが最善だろうと決断したということだ」

ソフィーは、化粧台の椅子の背もたれをつかんでいた両手に力をこめた。「ジュリアン、わたしはあなたの完全な妻になりたいとはっきりそう言いました。でも、今夜、そうなる前に、一つだけお願いがあります」

ジュリアンは緑色の目をぎらつかせたが、表面上はあくまでも冷静を装っていた。「願いとはなんだね？」

「それは、あなたがなさろうとしていることをもっともらしく解説するのはやめていただきたい、ということです。すべてわたしのためだという確約を聞いていると、エスリントン・パークでわたしが調合した特製薬草茶と同じ効き目を感じずにはいられないんです」

しばらくなにも言わず、ジュリアンはただソフィーを見つめていた。それから、いきなり大声で笑いだし、ソフィーをびっくり仰天させた。

「いまにも眠りそうになると言うのか？」ジュリアンは出し抜けにソフィーを抱き上げてふたたび彼女を驚かせ、そのまま広々としたベッドに向かって歩きだした。「そういうことなら、解説はやめなければなるまい、もちろんだ。マダム、あなたがほかになにも考えられないほど完全にその行為に集中するように、最大限の努力をすると誓おう」

ソフィーは弱々しい笑顔でジュリアンを見上げ、その幅の広い肩にしがみついた。興奮の心地よい戦慄が体を駆け抜ける。「いまはもう、あなたのことしか考えていません」

「そうでなくては。なぜなら、私もあなたのことしか考えられなくなっているからだ」

ジュリアンはソフィーをそっとベッドに坐らせ、ガウンを脱がせた。官能的な笑みに男としての期待感があふれている。

ジュリアンがガウンを脱いで、硬く引き締まった肉体がろうそくの明かりに照らしだされ、ソフィーは彼がいまこうしているのは真の欲望に突き動かされたからにちがいないと思った。ジュリアンの体は十二分に張りつめ、欲求にはちきれんばかりだ。

「私が恐ろしいか、ソフィー？」ジュリアンはソフィーと並んでベッドに坐り、彼女を胸に抱きよせた。大きな両手でソフィーの腰をまさぐり、ネグリジェの生地越しに体の曲線を感じとる。「あなたをおびえさせたくないのだ」

「もちろん、あなたをこわがってなどいません。何度も申し上げたように、わたしは学校を出たばかりの無邪気な小娘ではありませんから」ジュリアンの手のひらの温かさが腰に伝わってきて、ソフィーはかすかに身震いをした。

「ああ、そうだった。私の田舎育ちの新妻は、繁殖と生殖に詳しいことを忘れていた」ジュリアンはソフィーの喉にキスをしてさらにほほえみ、ソフィーはふたたび身震いをした。

「思いがけずあなたの繊細な感情を損ねるのではと心配するにはおよばないのだった」

「からかってらっしゃるのね、ジュリアン」

「そうらしい」ジュリアンはそろそろとソフィーをベッドに横たえた。指先で探り当てたネグリジェのリボンを、注意深くゆっくりとほどきはじめる。胸をあらわにするあいだも、ジュリアンの視線はソフィーの顔をとらえたままだ。

「なんとやわらかく、女らしいのだ、愛らしい人」

熱っぽい視線を注がれて、ソフィーはうっとりと夢見心地だった。やがて、悩ましげでどこか面白がっているようなジュリアンの目が一瞬のうちに欲望に陰るのを、ソフィーは身を硬くして見つめた。手を持ち上げてジュリアンの頬に触れ、そっとさぐるようになでると、驚いたことに彼はびくっと反応した。

ジュリアンは低くうめいて頭を下げ、口でソフィーの口をとらえた。熱く、どん欲で、執拗なキスがジュリアンの欲望の深さをそのまま伝えている。ジュリアンはソフィーの下唇を歯ではさみ、そっと嚙んだ。ソフィーが小さくうめき声をあげた隙を逃さず、舌先を彼女の口にすべりこませると同時に、バラ色の乳首の一方を親指でかすめた。

ソフィーは鋭く反応し、さらに胸を愛撫しつづけるジュリアンの手をつかんだ。体内のざわめきが募ってどくどくと脈打ちはじめ、ソフィーは急激に抑制がきかなくなっていく自分を感じていた。

今回はいいのよ、とソフィーは自分に言い聞かせた。気をつけて、と警告するかすかな声が頭のどこかで聞こえていた。ジュリアンはわたしを愛していないかもしれないけれど、彼はわたしの夫なの。わたしを守り、慈しむと誓ってくれている。わたしが彼の結婚の目的に同意したのは、彼を信頼しているからこそ。だから、わたしは彼にふさわしい、よい妻になるのよ。

彼がわたしを愛していないのは、彼のせいではないし。

「ソフィー、ソフィー、気持ちを楽にして。すべて私にまかせて。なんと愛らしい。このやわらかさはどうだ」ジュリアンは熱烈なキスを中断し、ソフィーのネグリジェを脱がせた。ネグリジェをベッドの脇の床に無造作に放って、ろうそくの明かりにほのかに照らされたソフィーの体に視線を走らせた。むきだしのふくらはぎに触れた手をそのまま腰まで滑らせる。ソフィーが体を震わせると、ジュリアンは彼女におおいかぶさり、元気づけるようにキスをした。

ソフィーがジュリアンの髪に指先を差し入れ、強く引き寄せると、穏やかなキスはすぐに欲望を帯びて荒々しくなった。ソフィーが絶え間なく両脚を動かすので、ジュリアンは片足で一方の脚を固定した。その結果、ソフィーの体は大胆に開かれ、ジュリアンはすぐに彼女の腿のなめらかな内側を探索しはじめた。

ソフィーは枕に押しつけた頭を右へ左へところがした。肌の上にジュリアンの指が小さな円を描くのを感じて、ささやくようなあえぎ声を漏らす。肌に触れるジュリアンの大きな手の感触が心地いい。力強く、確かで、なにもかも知り尽くしているかのようだ。大事にされているのが伝わってきて、安心していられる。

「ジュリアン、ジュリアン、わたし、へんな感じなの」

「わかっているよ、すてきな人《スイートハート》。あなたの体にちゃんとあらわれている。よかった。このように感じてほしかったのだ」ジュリアンはソフィーにすり寄り、彼女の腰に自分自身を軽く押しつけて、その形を感じさせようとした。

みなぎるパワーにびくっとたじろいだものの、ジュリアンに手を握られて、そそり立つペニスに導かれてもソフィーは抵抗しなかった。最初はおそるおそるだったが、やがて、その大きさと形を確かめるように触れはじめた。

「どんなにあなたをほしがっているかわかるだろう、ソフィー？」ジュリアンの声はかすれていた。「しかし、誓おう。あなたが同じくらい私をほしがるまで、わがものにはしない」

「そうなったのをどうやって知るの？」ソフィーは尋ね、伏せたまつ毛越しにジュリアンを見上げた。

ジュリアンはちょっとほほえんでから、彼女の両脚の付け根のやわらかなふくらみをそっと手のひらで包んだ。「あなたの体が教えてくれる」

両脚のあいだがかーっと熱くなり、ソフィーはもっとしっかり触れてもらいたくて、いま一度、じれったそうに身をよじった。「いまがそのときだと思うわ」と、ささやく。ジュリアンはソフィーのやわらかな部分にそっと指をすべりこませた。そのとたん、体をこわばらせたソフィーは、両脚のあいだが潤っているのを感じた。

「じきだ」ジュリアンはいかにも満足げに請け合った。唇で胸をたどってから、さらに言う。「もうまもなくだ」ふたたび指をすべりこませ、途中まで引き抜く。

ソフィーがためらいがちに腰をくねらせると、反射的にこわばった体がジュリアンの探っているような指を締めつけた。もう一度、もっとなかへと引きこむように。

ジュリアンは欲望と喜びのうめき声をあげながらソフィーの求めに応じ、もっと奥へと指をすべりこませた。「なんと引き締まって、熱いのだろう」ジュリアンはつぶやき、ふたたびソフィーの口を口でふさいだ。「あなたは私を求めている。たまらなくほしがっている、そうだろう、スイートハート?」舌先がソフィーの唇を割って、刺激的な手の動きと同じように動きだす。

ソフィーは息を切らし、ジュリアンの肩にしがみついて引き寄せた。ジュリアンが親指の腹で、色の濃い巻き毛の茂みの奥の、とくに敏感な一点をくすぐると、思わず彼の背中に爪を立てた。

「ジュリアン」

「そうだ。ああ、いまがそうだ」

ジュリアンはソフィーにおおいかぶさり、たくましい腿の一方を彼女の両脚のあいだに滑りこませた。ジュリアンは圧倒されるほど重かった。心地よくベッドに押しつぶされる感覚を味わいながら、ジュリアンのこわいほど真剣な顔を見上げたソフィーは、これまでに経験したことのない戦慄が体を駆け抜けるのを感じた。

「膝を立てて、スイートハート」ジュリアンがうながした。「そうだ、ダーリン。体を開いて。私がほしいと言ってくれ」

「あなたがほしいわ。ああ、ジュリアン、ほしくてたまらない」ソフィーは無防備にすべてをさらけ出している自分を感じたが、奇妙なことに少しもこわくはなかった。目の前にいるのはジュリアンであり、彼に傷つけられることはぜったいにないと感じていた。ジュリアンはソフィーの敏感な部分からあふれる蜜で自分自身を湿らせ、やわらかい局部にあてがった。ソフィーは反射的に膝を伸ばして閉じようとした。

「だめだ、ダーリン。このままのほうが楽だから。さあ、私を信じて。あなたの望む以上のことは決してしない。いつでも止めてくれていいのだ」

ソフィーはジュリアンが硬く体をこわばらせ、手のひらが滑るほど背中に汗をかいていることに気づいた。彼は無理をしている。

そう思うと、すてきにみだらな気分だった。自分は女なのだとしみじみ感じられ、強くなったような気もした。影響力があって自制心の塊のような夫をこんな状態に追いこめるのかと思うと、うれしかった。少なくとも、いまのわたしたちは対等だ。

「心配はいらないわ、ジュリアン。太陽を引き留めようとしないくらい確実に、もうあなたを止めたりしない」肩で息をしながら約束した。

「それを聞いてほっとした。私を見るんだ、ソフィー。あなたの目を見ながら、あなたを名実ともに私の妻にしたい」

ソフィーは目を開け、ジュリアンが自分のなかにはいりはじめたのを感じて、鋭く息を吸いこんだ。ふたたびジュリアンの背中に爪を食いこませる。

「それでいいんだ、かわいい人」額に汗の玉を噴きだしながら、ジュリアンはさらにゆっくり押しすすんでいく。「最初は少しつらいかもしれないが、それさえ済めば、あとは順風に帆を上げるようなものだ」

「海を疾走する船のような気分じゃないわ、ジュリアン」ソフィーはやっとの思いで言いながら、彼に引き起こされている、信じられないくらいきつくて、張り裂けそうにも思える一方、満ち足りた感覚に驚いていた。ソフィーはさらに深く、爪を背中に食いこませた。

「もう少しの我慢だ」つい勢いよく突きすすみそうになるのをこらえながら、ジュリアンは振り絞るように言った。「しがみつくのだ、ソフィー」

ジュリアンの自制心をかろうじて支えていた細い糸がプツンと切れるのをソフィーは感じた。

「ジュリアン」ぐいと突き刺すような彼の動きに驚いて悲鳴をあげ、ソフィーは彼を押しのけようとするようにその肩を押した。

「だいじょうぶだ。なんということはない。あばれないで、ソフィー。すぐに終わる。力を抜いて」ジュリアンはソフィーの頰と喉元に小さなキスの雨を降らせ、彼女に締めつけられるままじっとしていた。「しばらく待つんだ、かわいい人」

「時間がたてば、あなたが少しは小さくなるの？」尋ねる口調にややとげがある。

ジュリアンはうめき声をあげ、動揺した表情を浮かべているソフィーの顔を両手ではさみつけた。「時間がたつにつれ、あなたが私に順応するのだ。きっと気に入るはずだ、ソフィー。私にはわかる。あなたはとても反応がいいし、秘めたる情熱もある。あせってはいけない」

「口で言うのは簡単よ。あなたは、この行為に望んでいたものはすべて手に入れたのでしょうね」

「ほとんどを」ジュリアンは同意し、小さくほほえんだ。「しかし、あなたにとって完璧でなければ、私にも完璧ではないのだ。少しは楽になったかい？」

ソフィーは神経を集中させ、慎重に確認した。「ええ」ようやく認めた。

「それはよかった」ジュリアンはながながとキスをしてから、彼女のなかでゆっくり動きだし、穏やかに腰を前後させながら、狭い通路を行ったり来たりしはじめた。

ソフィーは唇を嚙みしめ、その動きによってつらさが増すのではと、不安な気持ちで身がまえた。ところが、そうではなかった。それどころか、心地悪さはいつのまにか薄れている。ゆっくりだが、少し前のぞくぞくする感覚がいくらか戻りつつある。押し広げられている感覚に、体が徐々に慣れはじめていた。

この奇妙な感じを楽しめるかもしれないと思ったちょうどそのとき、ジュリアンが急にせっぱ詰まったように激しく体を動かしはじめた。

「ジュリアン、待って、もっとゆっくり動いてちょうだい」自分を突き動かしている力にすっかり身をゆだねようとしているジュリアンに気づいて、ソフィーはあわてて言った。

「悪かった、ソフィー。できるだけのことはしたのだ。しかし、もう待てない」ジュリアンは歯ぎしりをしたかと思うとくぐもった叫び声をあげて尻の筋肉を盛り上がらせ、限界までソフィーのなかに突きすすんだ。

次の瞬間、ソフィーはジュリアンの熱く濃厚なほとばしりが自分を満たし、その体が張りつめるのを感じた。先祖から受け継いだ本能にしたがって、ソフィーは両腕も両脚もジュリアンにからみつかせて引き寄せた。彼はわたしのもの。ソフィーは深い満足感とともに思った。この瞬間、そして永遠に、彼はわたしのもの。

「しっかりつかまえてくれ」ジュリアンの声はかすれていた。「つかまえてくれ、ソフィー」その体から少しずつ力が抜けて、やがてジュリアンは崩れ落ち、汗まみれの重い体がソフィーにのしかかった。

ソフィーはそのまま、ずいぶん長いあいだじっとしていた。ぼんやりとジュリアンの汗に濡れた背中を指先でなでながら、ベッドの天蓋を見上げていた。最後の行為そのものはよくわからなかったが、その前の愛撫はたしかによいものだと思った。行為のあとに抱き合っているいまの、ほのぼのとして親密な感じもとても魅力的に思えた。

ソフィーは、ほかのどんな状況でもジュリアンがこれほどまでに気を許すことは決してないと思った。それだけでも、あの行為にじっと耐えた甲斐はある。

ジュリアンは気が進まないようすでぞもぞと体を動かし、ベッドに手をついて体を浮かせた。満足げだが気だるそうにほほえみ、ソフィーが笑みを返すと、クックと含み笑いを漏らした。頭を下げて、ソフィーの鼻の頭に軽くキスをする。

「長いレースを終えた種馬みたいな気分だ。レースには勝ったかもしれないが、精も根も尽き果ててくたくただ。回復するまで二、三分待ってほしい。こんどは、あなたももっとよくなるよ、スイートハート」ジュリアンはソフィーの額にかかった髪をそっとやさしく押しあげた。

「二、三分」ソフィーは驚いて声をあげた。「今夜じゅうに、あと何回もするみたいに」

「そのつもりだが」と期待をこめて言い、自分のものだと言わんばかりに熱いてのひらをソフィーのみぞおちにのせた。「長々と待たされつづけたのだからね、マダム。楽しみそこなった夜の分をすべて、埋め合わせるつもりだ」

両脚のあいだがひりひりしていたソフィーは、ぎょっとした。「ごめんなさい」と、あわてて言う。「あなたにとってよい妻になりたいのは山々なのよ。でも、わたしはあなたほど短時間には回復しそうにないわ。いますぐにまた、というのはやめていただけないかしら？」

ジュリアンはとたんに不安そうに表情を曇らせた。「ソフィー、あなたをひどく傷つけてしまったのだろうか？」

「いいえ、そうではないの。そんなにすぐにはまだ、そういうことはしたくないだけ。部分……部分的には、とてもよかったの、ほんとうに。でも、できることなら、つぎの夜まで待っていただきたいんです」

ジュリアンは身を縮めて言った。「申し訳ない、スイートハート。責任はすべて私にある。もっとずっとゆっくりことを進めるつもりではいたのだ」ジュリアンはくるりと体を回転させてベッドの縁に寄り、床に立ち上がった。

「どちらへ？」

「すぐに戻る」

ソフィーが見ていると、ジュリアンは暗がりのなかを化粧台に近づいていって、水差しの水を洗面器に注いだ。それから、脇にかけてあったタオルを水に浸した。

ベッドに戻ってきた彼を見て、ソフィーは彼がなにをしようとしているか気づいた。あわててベッドに体を起こして、喉までシーツを引き上げた。「やめてちょうだい、ジュリアン、お願い。自分でできるから」

「やらせてくれ、ソフィー。これも夫の特権の一つだ」ジュリアンはベッドの端に坐り、そっと、しかし有無を言わせず、ソフィーがなかなか放そうとしないシーツを奪ってはがした。「仰向けになって、スイートハート。さっぱりさせてあげよう」

「ほんとうに、ジュリアン、あなたがそんなことを……」

　しかし、彼にやめる気配はない。強引にソフィーを仰向けに寝かせた。ばつの悪さのあまりソフィーは思わず罵り言葉を口にし、ジュリアンは声をあげて笑った。

「いまさら恥ずかしがってもしかたがないだろう、マイラブ。もう遅い。私はもう、あなたの愛らしい熱狂を見いだしてしまったのだから、そうだろう？　ついさっき、あなたは温かく濡れて、私を受け入れてくれた。体のすみずみまで触れることを許してくれた」ジュリアンはソフィーの体を拭い終え、汚れたタオルを片づけにいった。

「ジュリアン、あの……訊きたいことがあるの」ソフィーはそう言って急いでシーツで体をおおい、なにもなかったかのように装った。

「訊きたいこととは？」戻ってきたジュリアンは、当たり前のようにソフィーのベッドにはいってきた。

「赤ちゃんができないようにする手段があるという話をしたことがあるでしょう？　今夜は、それを使ったの？」

　一瞬、重苦しい沈黙がベッドを包んだ。ジュリアンは枕に体をあずけ、頭の下で腕を組んだ。

「いいや」ようやく、ぶっきらぼうに言った。「使わなかった」

「そう」返事を聞いて不安になったのを、ソフィーはごまかそうとした。

「私が結婚になにを望んでいるか知ったうえで、妻になることに同意したはずだろう、ソフィー」

「あなたの望みは、わたしが跡継ぎを産み、なんの問題も起こさないことよ」ついさっき、わたしたちのあいだに親密ななにかを感じたのは幻にすぎなかったのだ、とソフィーはがっかりした。たんなる幻。今夜、部屋にきたジュリアンが強くわたしを求めていたのはたしかだけれど、忘れてはいけない。彼の最終的な目的は跡継ぎに恵まれることなのだ。

暗いベッドにふたたび沈黙が訪れた。やがて、ジュリアンが穏やかに訊いた。「私のために息子を産むのが、そんなにいやなのか、ソフィー？」

「女の子が生まれたらどうなさるの？」質問にまともに答えるのを避け、ソフィーは冷ややかに訊いた。

思いがけず、ジュリアンはほほえんだ。「娘も喜ばしいではないか。母親似の娘ならなおのことだ」

お世辞をどう受けとめるべきか戸惑ったソフィーは、そのことには触れずに質問をつづけた。「でも、伯爵家には息子が必要なのでしょう？」

「では、息子が生まれるまで頑張ればいい。そうだろう？」ジュリアンは腕を伸ばしてソフィーを引き寄せ、彼女の頭を自分の肩に押しつけた。「しかし、それほど苦労することもあるまい。シンクレア家は女系家族ではないし、あなたは体力にも健康にも恵まれている。ところで、私の質問に答えていないぞ、ソフィー。今夜、赤ん坊をみごもったとしたら、問題なのかね？」

「わたしたち、まだ結婚したばかりです」ソフィーはためらいがちに指摘した。「ふたりとも、たがいについてまだまだ知らないことばかりなんです。もうしばらく待つほうが賢明だわ」あなたがわたしを愛するようになるまで、とソフィーは心のなかで言い添えた。

「先送りにしても意味はないだろう。母親になるのは、あなたのためにもいいことなのだ、ソフィー」

ソフィーはうめき声をあげた。ベッドで一つになった直後、ジュリアンはあんなにもやさしく親しげだったのに、そんなムードをつまらない質問でぶちこわしにしてしまった自分が腹立たしかった。そして、ちょっと冗談めいたことを言って、少しでもさっきの雰囲気を取り戻せたらと思った。ソフィーは体を横向きにして、からかうような笑みを浮かべてジュリアンを見下ろした。「教えて、ジュリアン。夫というのはみんな、妻のためになにが一番よいかはわかっていると、それはもう傲慢なほど確信しているの？」

「ソフィー、なんとひどいことを」ジュリアンは顔をしかめた。罪のない私をよくも傷つけられるものだ、と言いたげだ。しかし、その目には余裕があり、どことなく笑っているようでもある。「私は傲慢か？」

「そう思わざるを得ないことがたまにあります」

ジュリアンの目がまた真剣になった。「そう思われてもしかたがないのはわかっている。しかし、私はあなたのよい夫になりたいと心から思っているのだ、ソフィー」

「それはわかっています」ソフィーは穏やかに言った。「わかっているからこそ、あなたの横暴な振る舞いにも進んで耐えているんです。どんなに分別のある妻をお持ちになったか、おわかりでしょう？」

ジュリアンは半開きにした目でからかうようにソフィーを見た。「妻の鑑だ」ジュリアンは顔を上げ、ソフィーに長々とキスをしてから、純白の枕にどさりと頭を落とした。「今夜はもう一つ、話し合わなければならないことがあるのだ、妻の鑑殿」

「なんでしょう？」ソフィーはあくびを嚙み殺した。そろそろ眠くなってきた。自分のベッドにジュリアンが横たわっているのは妙な感じだったが、彼の力強さにも温かさにもある種の心地よさを感じはじめていた。ここに泊まるつもりかしら？

「さっき、私が結婚を完全なものにするべきだと言ったとき、腹を立てていたね」ジュリアンはゆっくりと切り出した。

「それはただ、それがわたしのためだと、あなたが何度もおっしゃるからです」

ジュリアンはかすかにほほえんだ。「そうか。傲慢だ、横暴だと言われる理由がよくわかるな。しかし、なにを言われようとかまわない。これだけは肝に銘じておくことだ。ウェイコットやほかの似たような連中といちゃついていると、とんでもない危険な目に遭うことになるぞ」

うとうとと夢見心地だったソフィーは、一瞬のうちに現実に引き戻された。肘枕をして、ジュリアンをにらみつけた。「子爵といちゃついてなどいません」

「いや、ソフィー、いちゃついていた。あなたは気づかなかったかもしれないが、クリームのたっぷりかかったスグリのタルトを見るように、あの男はあなたを見ていた。あなたがほほえみかけるたび、舌なめずりをしていたのだ」

「ジュリアン、大げさだわ！」

ジュリアンはソフィーに腕を伸ばし、自分の肩に引き寄せた。「いや、ソフィー、大げさではない。しかも、今夜、あなたを見てよだれを垂らしていたのはウェイコットだけではないのだ。あの手の男たちには充分気をつけるのだぞ。なによりも、その気のあるふりをしてはならない。たとえ無意識であっても」

「とくにウェイコット子爵を恐れてらっしゃるのは、どういうわけですか？」

「恐れてなどいない。しかし、あの男が女性にとって危険であり、私の妻をそのような危険に近づけたくないのはたしかだ。可能だと思った瞬間、あの男はあなたを誘惑しにかかるぞ」

「どうしてわたしを？　今夜、レイディ・イェルバートンの舞踏会にはもっとずっときれいな女性がいくらでもいらしたのに」

「チャンスを逃さず、あの男がほかのだれを置いてもあなたに近づくのは、あなたが私の妻だからだ」

「でも、なぜ？」

「あの男は私を深く憎みつづけているのだ、ソフィー。それを決して忘れるな」

突然、ソフィーはすべてを理解した。「ウェイコット子爵はエリザベスの愛人のひとりだったんですか？」考えるより先に、言葉が口をついて出ていた。

ぐっと歯を食いしばったジュリアンの表情がみるみる変化して、悪魔とあだ名されるにふさわしいいかめしく険悪な顔があらわれた。「最初の妻のことは、だれとも話をするつもりはないと言ったはずだ。ソフィー、たとえあなたでさえ」

ソフィーはジュリアンの腕のなかから逃れようとした。「ごめんなさい、ジュリアン。ついうっかりしていました」

「そのようだな」ソフィーが逃れようとしているのがわかり、ジュリアンは彼女を抱く腕に力をこめた。ソフィーはなおも弱々しくもがいたが、無視した。「しかし、あなたは妻の鑑だ。もう二度と忘れはしないな？」

ソフィーは、鎖のようにからみついているジュリアンの腕をほどこうとするのをやめた。目を細めて、まじまじと彼を見つめる。「またわたしをからかっているんですか、ジュリアン？」

「いいや、マダム、とんでもない。私はいたって真剣だ」しかし、ジュリアンはほほえんでいた。けだるそうで満足げなほほえみは、体を重ねた直後の好ましい表情そのものだ。「あっちを向いてごらん、スイートハート。確認したいことがある」ジュリアンはソフィーの顎に親指を当て、ろうそくの明かりで彼女の目がよく見えるように顔を傾けさせた。それから、ゆっくり首を振った。「恐れていたとおりだ」

「どうしたの？」ソフィーは不安そうに訊いた。

「きちんとあなたとベッドをともにしたら、あなたの目の無邪気で澄んだ輝きは薄れるにちがいないと思っていたのだが、まちがっていたようだ。あなたの目は、私とベッドをともにする前と変わらず、無邪気で透きとおっている。あなたを社交界の略奪者たちから守るのはひじょうにむずかしくなりそうだ、愛しい人。こうなれば、選ぶべき道は一つしかない」

「どんな道ですか？」ソフィーはおそるおそる訊いた。

「できるだけあなたのそばにいるようにしなければなるまい」ジュリアンは大きなあくびをした。「これから、あなたの夜の予定はすべて報告してもらおう。可能なかぎり、私が同伴する」

「ほんとうに？　では、オペラはお好き？」

「大嫌いだ」

ソフィーはにんまりした。「それは残念だわ。あなたの伯母さまとお友だちのハリエットとわたしで、明日の晩、キングス・シアターへ行く予定なの。いっしょにいらっしゃる？」

「やらなければならないことをやるのが男だ」ジュリアンは気取って言った。

8

「こんなに人がおおぜいいるところで、ファニーとハリーはわたしたちを見つけられるかしら?」キングス・シアターに近いヘイマーケットを埋め尽くしている馬車の連なりに目をこらし、ソフィーは心配そうに言った。「今夜の観客は、まちがいなく千人を超えていそう」

「三千人以上だろう」ジュリアンはソフィーの腕をしっかりつかみ、最新建築の劇場へ導いていった。「しかし、ファニーとハリーのことは心配いらない。すぐにわれわれを見つけるだろう」

「どうして?」

「ふたりが坐るボックス席は私のものなのだ」きらびやかに飾り立てた人びとをかき分けて進みながら、ジュリアンは皮肉っぽく説明した。

「まあ、そうなの。それはつごうがいいわね」

「ファニーもずっとそう考えているようだ。自分では席料を払わずにすむからな」

ソフィーはちらっとジュリアンを見た。「伯母さまが席を利用なさるのが気に入らない、というわけじゃないのでしょう？」

ジュリアンはにっこり笑った。「それはかまわないのだ。伯母さまは、長いあいだいっしょにいても気疲れしない、数少ない親戚のひとりだ」

数分後、ジュリアンはソフィーをエスコートし、豪華な内装をほどこしたボックス席へとはいっていった。個人所有の同じようなボックス席が五層に並んでいるうちの中央という、特等席だ。ソフィーは席に腰かけ、馬蹄形のすばらしい劇場をうっとりながめた。場内は宝石を飾った淑女や優雅に着飾った紳士であふれていた。一階前方の上等席では、ありとあらゆるタイプのめかし屋や伊達男がぶらついて、自分たちが好むファッションの奇抜さを見せびらかしている。彼らの滑稽なほど突飛な服装を見て、ソフィーはジュリアンが控え目で地味な仕立ての服装を好むことを、内心喜んだ。

ところが、その夜のほんとうの見ものは、階下の上等席でも舞台上でもなく、上流階級の人びとが陣取っているボックス席だと気づくのにさして時間はかからなかった。

「五層になったミニチュアの舞台を見ているようだわ」ソフィーは笑いながら声を張り上げた。「みんな、見られるために着飾って、だれがどんな宝石を身につけていて、だれがどのボックスのだれに会いにいったのか、自分以外の全員を観察するのに大忙し。オペラが退屈だとおっしゃる、あなたの気が知れないわ、ジュリアン。観客席だけでも、これだけ見るべきものがあるのに」

ビロード張りの椅子に坐っていたジュリアンは背もたれに体をあずけ、劇場内を見渡しながら一方の眉を吊り上げた。「あなたの言うとおりだ、愛しい人。下の舞台より、上のボックス席のほうが芝居じみている」

ジュリアンはそれからずいぶん長いあいだ、なにも言わずにボックス席の連なりを観察していた。ソフィーが視線を追うと、ジュリアンが一瞬、あるボックス席に目を留めたのがわかった。目の覚めるような美しいドレスを着た女性が、数人の崇拝者たちに囲まれて女王然と振る舞っている。すぐにソフィーは、あたりの注目を一身に集めているように見える魅力的な金髪女性に好奇心をかきたてられた。

「あの女性はどなたなの、ジュリアン？」

「どの女性？」すでに別のボックス席をながめていたジュリアンは、上の空で尋ねた。

「三層目のボックス席にいる緑色のドレスの女性。とても人気のある方にちがいないわ。男性に囲まれているみたい。あのボックス席には、ほかに女性の姿はないようね」

「ああ、あの女性か」ジュリアンはちらりとそちらに目をやった。「彼女のことは気にする必要はない、ソフィー。社交の場で会う機会はまずないだろう」

「それはわからないわ。そうでしょう？」

「彼女の場合はまちがいない」

「ジュリアン、謎を抱えたままでいるのは耐えられないわ。どなたなの？」

ジュリアンはため息をついた。「高級娼婦だ」こんな話題は退屈きわまりない、と言いたげな口調だった。「今夜はおおぜい来ているようだ。ボックス席は、彼女たちのいわば陳列窓なのだ」

ソフィーは目を見開いた。「本物の娼婦の方なの？　そういう方たちがキングス・シアターにボックス席をお持ちなの？」

「いま言ったように、ボックス席は彼女たちの、その、衣装を見せびらかせるのにうってつけの陳列窓なのだ」

ソフィーはびっくり仰天した。「でも、一シーズン通してボックス席を押さえるには、たいへんなお金がかかるでしょうに」

「それほどでもないが、まあ安くないのはたしかだ」ジュリアンは認めた。「高級娼婦の連中は、いわば仕事上の投資だと思っているのだろう」

ソフィーはぐいと身を乗りだした。「ほかにはどの方が娼婦なのか教えてちょうだい、ジュリアン。見た目だけでは、上流階級の女性たちと見分けがつかないんでしょうね？」

ジュリアンは面白がっているようにも困っているようにも見える目で、ちらりとソフィーを見た。「興味深い意見だ、ソフィー。残念ながら、そういう場合も多いと言わざるを得ない。しかし、数は少ないが例外もある。どんな服装をしていようと、その人の住んでいる世界のまぎれもない雰囲気を身にまとっている人も、なかにはいる」

ボックス席の観察に余念のないソフィーは、ジュリアンの食い入るような視線が自分に向けられているのに気づかなかった。「どの方が例外？　ひとりふたり、指摘してくださらない？　わたしに公爵夫人と高級娼婦が一目で見分けられるかどうか、ぜひ試してみたいわ」

「もういい、ソフィー。今夜はもう十二分にあなたのなげかわしい好奇心は満たされたはずだ。そろそろ話題を変えようではないか」

「ジュリアン、会話が飛躍的に面白くなったときにかぎって、あなたは話題を変えてしまうのよ。気がついていた？」

「私が？　それは失敬」

「あなた、マナー違反を申し訳なく思っているようにはとても見えないわ。あら、見て、アン・シルバーソーンとお祖母さまよ」ソフィーが友人に扇で合図を送ると、すぐそばのボックス席にいたアンがすぐに笑顔で応じた。「彼女に会いにいってもかまわないかしら、ジュリアン？」

「幕間のほうがいいだろう」

「きっと楽しいわ。今夜のアンはほんとうにきれいね？　黄色いドレスが赤毛によく似合っているわ」

「結婚前の若い女性にしては、ドレスの襟ぐりが少々大きすぎると言う人もいるだろう」そう言って、ジュリアンはアンのドレスにちらりと批判がましい流し目を送った。

「お洒落なドレスを着るのは結婚するまで待てというなら、彼女は永遠に待たなければならないわ。彼女、絶対に結婚はしないんですって。男性はまるで尊敬できないし、結婚制度にもぜんぜん魅力を感じないって言っていたわ」

　ジュリアンは口をへの字に曲げた。「ミス・シルバーソーンには、伯母さまの水曜日のサロンで会ったのだね？」

「ええ、じつはそうなんです」

「いまのあなたの話を聞いていると、あなたが彼女と付き合うのはいかがなものかと言わざるを得ないね、愛しい人」

「たぶん、あなたのおっしゃるとおりだわ」ソフィーはうれしそうに言った。「アンの影響力は尋常ではないもの。でも、残念ながら、影響はもう受けてしまいました。わたしたち、とても仲のよい友だちなの。そうなると、友だちは友だちを捨てるわけにはいかない、そうでしょう？」

「ソフィー――」

「あなただって、お友だちを見捨てるようなことは絶対になさらないはずだわ。不名誉なことですもの」

　ジュリアンは不安そうにソフィーを見た。「しかし、ソフィー――」

「そんなに心配しなくてもだいじょうぶです、ジュリアン。わたしのお友だちはアンだけではありませんから。もうひとり、最近お付き合いするようになったジェーン・モーランドには、あなたも好意を持たずにいられないはずよ。とても真面目な方なの。理性と節度の塊のような方なの」

「それを聞いて安心した」ジュリアンは言った。「しかし、ソフィー、男の友人を選ぶとき同様、女性の友だちを選ぶときも慎重にならなくてはいけないよ」

「ジュリアン、あなたがおっしゃるとおりに慎重にお友だちを選んでいたら、ひどく孤独な日々を送るはめになってしまうわ、きっと。あるいは、とても退屈な方がたに囲まれて、死ぬほど退屈するかどちらかね」

「そんなあなたはとても想像できないがね」

「わたしも想像できないわ」なにか面白いことはないかと、ソフィーはあたりを見回した。

「それにしても、ファニーとハリーはまだいらっしゃらないのね。なにもなければいいんだけれど」

「こんどはあなたが話題を変えた」

「あなたからコツを盗んだんです」ソフィーはふと、さっき話題にした緑色のドレスを着た目の覚めるようなブロンドの高級娼婦が、ボックス席からまっすぐ自分を見つめていることに気づいた。

あけすけな視線に好奇心をかきたてられ、ソフィーは一瞬、彼女をまともに見つめ返した。もう一度、彼女の名前をジュリアンに尋ねようとしたとき、突然、観客からわっと歓声がわき上がった。オペラの始まりだ。ソフィーは緑色のドレスの女性のことはすっかり忘れて、舞台に気持ちを集中させた。

第一幕の半ばくらいに背後のカーテンが開き、ソフィーはファニーとハリーがボックス席に駆けこんでくるのだとばかり思って振り返ったが、あらわれたのはマイルズ・サーグッドだった。ジュリアンはさりげなく手招きをして、席に坐るようにと身振りで示した。ソフィーはマイルズにほほえみかけた。

「いやいや、今夜のカタラーニはすばらしい出来ですね？」マイルズは身を乗りだし、ソフィーの耳元でささやいた。「舞台に出る直前に、一番最近の恋人と派手な喧嘩をしたらしいのです。おまるの中身を相手の頭にぶちまけたという噂です。哀れな男は第二幕に出番があるとか。それまでにちゃんときれいになっているといいのですが」

ジュリアンのとがめるような視線を無視して、ソフィーはくすくす笑った。

「そんな話で私の妻を喜ばせるにはおよばないぞ」ジュリアンはぴしゃりと言った。「この席に残りたいなら、ほかの話題を探すことだ」

「彼のことは気になさらないで」ソフィーが横から言った。「ジュリアンはある種のことに関して並外れてお堅いんです」

「ほんとうかい、ジュリアン？」マイルズは無邪気に声をあげた。「伯爵夫人がそうおっしゃるのだから、そうにちがいない。私も、最近のあなたは少々堅苦しいのではと思っていたところだ。結婚して心境が変わったのだろう」

「ちがいない」ジュリアンは冷ややかに言った。

「今夜、噂の種になっているのはカタラーニだけではないんです」マイルズはうれしそうにつづけた。「また社交界の男が二、三人、フェザーストン嬢から手紙を受け取ったとか。まったくたいした女性です。今夜も、餌食にした男たちに囲まれてオペラ観劇とは、いけ図々しい」

そのとたん、ソフィーはくるっと振り返った。「今夜、シャーロット・フェザーストンがここに？　どこ？」

「もうたくさんだ、サーグッド」ジュリアンがいらだたしげにさえぎった。

しかし、マイルズは顎を突きだして、最新流行のドレスを着た金髪の女性がいるボックス席を示した。ついさっき、ソフィーをじっと見つめていた女性だ。「あそこにいるのがそうです」

「緑色のドレスの方？」悪名高い高級娼婦の顔を見ようと、ソフィーは劇場の薄暗がりに目をこらした。

「おい、サーグッド、もうたくさんだと言っているだろう」ジュリアンが声を荒げた。

「失敬、レイヴンウッド。よけいなことを言うつもりはないのだ。しかし、フェザーストンの顔はだれでも知っている。隠すようなことじゃないだろう」

ジュリアンは険しい目をしたまま言った。「ソフィー、レモネードはいかがかな？」

「ええ、ジュリアン、ぜひいただきたいわ」

「それはよかった。マイルズが喜んでとってきてくれるらしい。そうだろう、サーグッド？」

マイルズは勢いよく立ち上がり、ソフィーに向かって流れるように優雅なお辞儀をした。

「光栄に存じます、レイディ・レイヴンウッド。すぐに戻ってまいります」回れ右をして、ボックス席の背後のカーテンへ向かおうとしたマイルズが、ふと立ち止まった。「失礼ながら、レイディ・レイヴンウッド」にっこりほほえみながら言う。「御髪《おぐし》の羽飾りがいまにも落ちてしまいそうです」

「あら、まあ」ソフィーが片手を挙げ、落ちかけていた羽飾りを髪に差しなおそうとすると、マイルズも身をかがめて手を伸ばした。

「いいからレモネードを取ってきてくれ、サーグッド」ジュリアンは命令口調で言って、自らソフィーの巻き毛に羽飾りを押しこんだ。マイルズは逃げるようにボックス席から出ていった。

「ねえ、ジュリアン、どの方がシャーロット・フェザーストンか教えたからって、彼を追い出すことはないと思うわ」そう言ってたしなめるような目を夫に向ける。「わたしだって、あの方にはとても興味を引かれていたのだし」

「その理由が私には想像もつかないが」

「わたし、〈メモワール〉を読んでいるんですもの」ソフィーは言い、もっとよく緑色のドレスの女性を見ようと、ふたたび身を乗りだした。

「なにを読んでいるって？」ジュリアンの声は半ば裏返っていた。

「水曜日の午後にファニーとハリーが開いているサロンで、フェザーストンの〈メモワール〉をお勉強しているの。ほんとうに面白い読み物。独特の視点で社交界をとらえているの。第三話が待ち遠しくてたまらないわ」

「ばかな、ソフィー。ファニーがあなたにそんなクズを読ませると知っていたら、水曜日のサロンへなどけっして行かせなかったぞ。いったいどういうことだ？　学ぶべきは文学や自然科学で、そんなふしだら女が書いた噂話だらけの走り書きではないはずだ」

「落ち着いて、ジュリアン。わたしは二十三歳の人妻で、十六歳の小娘じゃないんです」ソフィーはジュリアンにほほえみかけた。「さっき、わたしが言ったとおりね。あなたがある種のことに関して並外れてお堅い、ということ」

ジュリアンは目を細めてソフィーをにらみつけた。「今回のことにたいする私の反応は、お堅い、というような生やさしいものではないぞ、ソフィー。今後いっさい、〈メモワール〉を読むことは許さん。わかったか？」

ソフィーは、うきうきと高揚した気分が徐々に萎えていくのを感じた。言い争いをして夜を台無しにするようなことはなにより避けたかったが、ここで黙って引き下がるわけにはいかない。ゆうべ、彼女は結婚の取り決めのうち、もっとも大切な一点を放棄したのだ。もう一つとして放棄するわけにはいかない。

「ジュリアン」ソフィーは穏やかに言った。「忘れたわけではないでしょう？　結婚前にふたりで話し合って、わたしはどんな本でも好きなだけ読んでかまわないことになっていたはずよ」

「そのばかばかしい取り決めの話はもううんざりだ、ソフィー。それに、その取り決めとフェザーストンの〈メモワール〉とはまったくべつの話だ」

「あの契約はばかばかしくはないし、〈メモワール〉にもあてはまります。あなた、わたしがどんな本を読んでいいのか、どんな本は読んではいけないのか、指図してるわ。そういうことはしないと、はっきり約束したはずなのに」

「こんなことであなたと言い争いたくはないのだ」ジュリアンは歯を食いしばったまま絞り出すように言った。

「よかった」ソフィーは安堵の笑みをジュリアンに向けた。「わたしもあなたと言い争いたくはないんです。ほら？　わたしたち、こんなに簡単に意見が一致することもあるんだわ」

「誤解してもらっては困る」ジュリアンは語気も激しくつづけた。「この件について、あなたと話し合うつもりはないと言っているだけだ。あなたにはもう〈メモワール〉のつづきは読んではならないと、そうはっきり言い渡しているのだ。あなたの夫として、はっきり禁じているのだ」

ソフィーは大きく息を吸いこんだ。こんな横暴を許すわけにはいかない。「いい加減にしてください。わたしがこの件も譲歩したら、つぎはなにを要求するつもり？　わたしが受け継いだ遺産を管理してはいけないとでも？」

「あなたの遺産がなんだというんだ」ジュリアンは怒鳴りつけた。「私はあなたの金など必要ないし、それはあなたも知っているはずだ」

「いまはそう言うんだわ。でも、ほんの二、三週間前、あなたはわたしがどんな本を読もうとかまわないとおっしゃったのよ。遺産についても、あなたの気持ちが変わらないと、どうしてわかるかしら？」

「ソフィー、これでは話にならん。いったいぜんたいどうして、〈メモワール〉など読みたいのだ？」

「とても興味を引かれるからです。シャーロット・フェザーストンほど興味深い女性はいません。どんな経験をされてきたか、考えてもみて」

「数えきれない男たちとの経験を重ねてきただけだ。そんな愛人たちひとりひとりについて事細かに書かれたものを、あなたに読ませるわけにはいかない」

「〈メモワール〉に書かれている噂話について、ずいぶんよくご存じみたい。ひょっとして、あなたもお読みになっているの？　だったら、いろいろ議論ができるわ」

「読んでいないし、読むつもりもない。フェザーストンは――」

　ボックス席の出入り口の向こうからファニーの声が聞こえ、ジュリアンは口を閉ざした。

「ソフィー、ジュリアン、こんばんは。わたくしたちはもうあらわれないと思ったんじゃなくて？」カーテンのあいだから、ブロンズ色の絹のドレス姿もあでやかなファニーが滑りこんできた。すぐあとにつづいてはいってきたハリエット・ラッテンベリは、トレードマークの紫色のドレスとターバンに身を包み、まばゆいばかりの美しさだ。

「こんばんは、おふたりとも。遅れてしまって、ほんとうにごめんなさい」ハリエットはうれしそうにソフィーにほほえみかけた。「まあ、今夜のあなたはほんとうにきれい。淡いブルーがお似合いだわ。あら、むずかしいお顔をして。どうかした？」

ソフィーはあわてて愛想笑いを浮かべ、ジュリアンに握られていた手を引っこめた。「いいえ、なんでもないんです、ハリー。おふたりはどうなさったのかと、心配していただけです」

「まあ、そういうことなら、そんなお顔をするにはおよばないわ」ハリエットはなだめるように言い、椅子に腰を下ろしてほっと息をついた。「なにもかもわたしのせいよ。お昼過ぎころからリューマチの痛みがひどくなってしまったのだけれど、あいにく薬を切らしていて。そうしたら、やさしいファニーが薬を買ってくるようにお使いを頼んでくれて、そんなこんなで支度に取りかかるのが遅くなってしまったの。舞台のほうはどんな具合？ カタラーニの調子はどう？」

「第一幕の直前に、恋人の頭におまるの中身をぶちまけたそうです」ソフィーはすかさず言った。

「そういうことなら、パフォーマンスは文句なくすばらしいはずだわ」ファニーが笑いをこらえながら言った。「愛人と喧嘩をしているときの彼女は最高の声を出す、というのはみんなが知っていることよ。仕事への意欲と活力がわき起こるのね、きっと」

ジュリアンは、なにごともなかったように澄ましているソフィーの横顔を見つめた。「もっと興味深い騒ぎがこのボックス席で起こったんですよ。しかも原因は、ファニー伯母さま、あなたとハリーなんです」

「まさか、あり得ないわ」ファニーはつぶやいた。「騒ぎだなんて、わたくしたち、一度もかかわったことがないわねえ、ハリー？」

「ええ、そのとおり。騒ぎだなんて、とんでもない」

「もうたくさんです」ジュリアンはぴしゃりと言った。「たったいま知ったんですが、水曜日の午後のサロンでフェザーストンの〈メモワール〉を読んでいるそうじゃないですか。シェイクスピアやアリストテレスはどうなさったんですか？」

「ふたりとも亡くなったわ」ハリエットが指摘した。

ソフィーのくぐもった笑い声を無視して、ファニーは優雅だが気だるそうに片手を振った。「ねえ、ジュリアン、教養ある者として、あなた、利口な者の興味の範囲がどれだけ広いものか、知らないはずがないわ。そして、わたくしの小さなクラブに集う方がたはみなさん、とても聡明でいらっしゃるの。果てしなき知識の探求に足かせをはめるべきではありません」

「ファニー、そういったばかげたものをソフィーに見せてほしくないのです」

「もう遅いわ」ソフィーが横から言った。「わたし、もう読んでしまいましたから」

ジュリアンは振り返ってソフィーをにらみつけた。「そういうことなら、悪影響を最小限に食いとめなければなるまい。これから出版される〈メモワール〉は絶対に読んではならないぞ、ソフィー。私が禁じる」ジュリアンは立ち上がった。「では、こちらの淑女のみなさまには失礼をお許しいただき、マイルズがなにを手間取っているのか確かめてこようと存じます。すぐに戻ってまいりますから」

「どうぞ、行ってらっしゃいな、ジュリアン」ファニーが励ますように言った。「わたくしたちならだいじょうぶ」

「でしょうね」ジュリアンは冷ややかに言った。「シャーロット・フェザーストンをもっと間近に見ようとしてソフィーがバルコニーから落ちないように気をつけてやっていただけますか？」

ジュリアンは軽く会釈をし、最後にもう一度、無表情な目でソフィーを一瞥してから、もったいぶった足取りでボックス席から出ていった。ジュリアンの背後でカーテンが閉じ、ソフィーはため息をついた。

「その場からいなくなる前に、ジュリアンはとても洒落たことを言うと思われません？」ソフィーは言った。

「男性はみんな、立ち去る前の一言が上手なものよ」小さなビーズのハンドバッグからオペラグラスを出しながらハリエットが言った。「だって、しょっちゅう、そういう一言を口にしているから。そういえば、男の人はいつもその場からいなくなるわね。行き先は、学校だったり、戦場だったり、クラブだったり、愛人のもとだったり」

ソフィーはちょっと考えてから言った。「いまのジュリアンは立ち去るというより逃げ出したみたいに見えたわ」

「なんて観察力が鋭いの」ファニーはうれしそうに言った。「まさにあなたの言うとおりよ。わたくしたちがたったいま目撃したのは、戦略的撤退にほかならないわ。たぶん、ジュリアンがウェリントン将軍のもとで身につけた戦法だわ」

ソフィーはしかめ面をして言った。「ジュリアンは水曜日の午後にどんな本を読むべきか指図しようとしていますけれど、おふたりとも、どうぞ気になさらないでください」

「まあ、あなた、そんなつまらないことに気を使わないで」ファニーが明るく言った。「もちろん、ジュリアンのことなど気にするものですか。女性はなにをすべきだ、なにをしてはいけない、と、男性の考えは偏りすぎているわ。そうでしょう？」

「ジュリアンは世間並みにいい人だわ、ソフィー、でも、本人が気づいていない弱点があるの」ハリエットはオペラグラスを持ち上げてのぞきこみながら言った。「もちろん、最初の伯爵夫人とのたいへんな経験を思えば、責めるのはかわいそうかもしれない。それから、戦場での経験も影響しているんでしょう。ただでさえ真面目な人生観がますますお堅くなってしまったみたい。ジュリアンはことのほか責任感が強いわ、それから……あら、ほんとう。彼女、あそこにいる」

「だれ？」エリザベスや戦争が男におよぼす影響に気をとられ、ソフィーは上の空で訊いた。

「フェザーストン嬢よ。今夜は緑色のドレスなのね、なるほど。しかも、アシュフォードに贈られたダイヤモンドとルビーのネックレスをつけている」

「ほんとうに？〈メモワール〉の第二話であれほどこき下ろしたばかりだというのに、厚かましいにもほどがあるわ。レイディ・アシュフォードはかんかんでしょうね」ファニーもあわててオペラグラスを取りだしてのぞきこみ、手早く焦点を合わせた。

「オペラグラスをお借りしてもかまいません？」ソフィーはハリエットに訊いた。「買うべきだったんでしょうけれど、思いつきもしなかったんです」

「どうぞ使ってちょうだい。あなたのオペラグラスは今週中に買いに行きましょう。オペラを見るときは必需品だから」ハリエットはいつもの安らかな笑みを浮かべた。「見るべきものが山ほどあるのよ。見逃すわけにはいかないわ」

「ええ」ソフィーはオペラグラスをのぞきながら同意し、緑色のドレスのはっとするほど美しい女性に焦点を合わせた。「ほんとうに、見るべきものがいくらでもあるわ。ネックレスもそう。おっしゃるとおり、とてつもない豪華さだわ。夫が愛人に宝石を贈ったと知った妻が、愚痴を言うのも無理はないわね」

「妻がもっと安物の宝石で我慢させられていた場合はとくにそう」ソフィーの喉元を飾っているる地味なペンダントを見ながら、ファニーは思案顔で言った。「どうしてジュリアンは、まだあなたにレイヴンウッドのエメラルドを贈っていないのかしら？」

「わたし、エメラルドは必要ありませんから」なおも食い入るようにオペラグラスをのぞきながら、ソフィーは言った。シャーロット・フェザーストンのボックス席に見覚えのある金髪の男がはいってくるのが見えた。ウェイコット子爵だ。シャーロットは振り返り、指輪をはめた手を優雅に差しだしてウェイコットを迎えた。ウェイコットはきらびやかな指先を握り、優雅に腰をかがめて唇を押しつけた。

「わたしに言わせれば」ハリエットはくだけた口調でファニーに言った。「あなたの甥っ子さんには、最初の妻の胸元を飾っていたレイヴンウッドのエメラルドの印象が強すぎるんだわ」

「ああ、そうかもしれないわ、ハリー。あのエメラルドを身につけているときのエリザベスは、あの子につらい思いしかさせなかったから。ジュリアンはもう、だれだろうと女性があのエメラルドをつけている姿は二度と見たくないのかもしれない。エリザベスを思い出して胸が痛むんだわ、きっと」

ほんとうにそんな理由で自分はまだレイヴンウッド家の家宝であるエメラルドを贈られないのだろうか、とソフィーは思った。ほかにもっと喜ばしくない理由があるような気もした。

高級な宝石のなかでもことさら印象の強いエメラルドは、すらりと背丈があって落ち着きがあり、洗練された女性が身につけなければ負けてしまう。ひょっとしてジュリアンは、今度の妻にはまだレイヴンウッドの宝石を身につけるだけの存在感がないと思っているのかもしれない。あるいは、美しさが足りないと思っているのだろうか。

でも、ゆうべは、とソフィーはなつかしく思い出した。寝室でむつみ合いながら、ほんの短いあいだだったけれど、ジュリアンのおかげでわたしはとてもきれいになれたような気がしたわ。

その夜も更けてから、いっしょに帰宅したジュリアンに一、二時間クラブへ行ってくると告げられても、ソフィーは不平も言わず、説明も求めなかった。暗い夜道を進む馬車の座席に身を沈めたジュリアンは、どうしてソフィーは文句の一つも言わなかったのだろうと眉をひそめた。夜の残りの時間を私がどう過ごそうと気にしないのか。あるいは、今夜は私が寝室にはいってこないとわかって喜んでいるのか？

ジュリアンはもともと、オペラが終わってからクラブへ行くつもりなどなかった。ソフィーを家に連れ帰って、夜の残りの時間はベッドで過ごし、夫婦の交わりの喜びを教えこむつもりだった。実際にどうやって教えようかと、日中のかなりの時間を費やしてあれこれ考えてもみた。今度こそ、彼女にとって申し分のない夜にしようと自分に誓っていた。

ソフィーをゆっくり裸にして、彼女のやわらかい部分に残らずキスをしながら、彼女を完璧に準備のととのった状態にもっていく自分をありありと思い描いてもみた。今度こそ、最後の瞬間になって自制心を失い、荒々しく彼女に分け入るようなことはしない。たっぷり時間をかけて、喜びはふたりで分かち合えるのだと体で理解させるつもりだった。

ついに彼女のやわらかい体に身を沈めたときのたぎるような欲望を思い出しただけで、全身がこわばるのがわかる。ジュリアンは頭を振った。なにもかもが思っていたよりはるかに厄介で手に負えない状態に進展していた。頭がくらくらした。いったいどうして、私はこんなにもソフィーに惹かれてしまったのだ？

あれこれ分析してもなんにもならない。クラブの前で馬車が止まり、ようやくジュリアンは結論づけた。大事なのは、ソフィーに惹かれる気持ちに振り回されないことだ。それはつまり、しっかりとソフィーをコントロールすることでもある。彼女の手綱をきっちり握っているのはおたがいのためなのだ。二度目の結婚はけっして最初の結婚のようにはさせない。そして、最初の妻よりはるかに無邪気で疑うことを知らないソフィーには、私の保護が必要なのだ。

しかし、温かい安らぎの場であるクラブに足を踏み入れたジュリアンは、どこか遠くからエリザベスの嘲笑が聞こえているような気がしてならなかった。

「レイヴンウッド」暖炉のそばに坐っていたマイルズ・サーグッドが顔を上げ、うれしそうにほほえんだ。「今夜、あらわれるとは意外だな。まあ坐って、ポートワインでも傾けるといい」

「ありがとう」ジュリアンは近くの椅子に腰かけた。「オペラを最後までじっと坐って観ていた男に必要なのは、グラス一杯のポートワインだ」

「ほんの何分か前、私も同じことを言ったよ。しかし、フェザーストン嬢があらわれたせいで、今夜の劇場は見所たっぷりだった。いや、いつにも増して楽しませてもらったよ」

「思い出させてくれるな」

マイルズは含み笑いを漏らした。「もちろん、いちばん愉快だったのは、フェザーストンについて知りたくてたまらない奥方の好奇心をなんとか抑えつけようとしているきみの姿だ。奥方の関心をそらせられなかったのは残念だったな？　女性というものは、こちらが無視してほしいと思えば思うほど、それに釘付けになるものなのだ」

「よくもぬけぬけと。わざと彼女の興味をそちらへ向けたのは、きみではないか」自分のグラスにポートワインを注ぎながらジュリアンはぶつぶつと言った。

「考えてもみろ、レイヴンウッド。町は〈メモワール〉の噂で持ちきりだ。レイディ・レイヴンウッドに読むなというほうが無理だろう」

「無理なものか。妻には私の認めた本しか読ませないつもりだ」ジュリアンは冷ややかに言った。

「おいおい、正直に言ったらどうだ?」マイルズは古くからの友人らしくざっくばらんにうながした。「きみは奥方の文学的嗜好を心配しているわけじゃあるまい?　奥方がそのうち、〈メモワール〉に記された自分の名前を見るのではと恐れているだけだ」

「私とフェザーストンの関係は、妻とはなんの関係もない」

「いや、立派なご意見だ。今夜、このクラブに隠れている男たちはみんな、そう思っていることだろう」マイルズは言った。そして、急に真顔になった。「今夜、このクラブにいる者といえば――」

ジュリアンはマイルズを見つめた。「なんだ?」

マイルズは咳払いをし、声をひそめて言った。「ウェイコットがゲームルームにいるぞ」

グラスを握る手に力がこもったが、ジュリアンはあくまでも冷静に言った。「彼が?　それは興味深い。このクラブではほとんど顔を見たことはなかったが」

「たしかに。しかし、会員ではあるのだ」マイルズは身を乗りだした。「ウェイコットはまわりの人間に賭けをしないかと誘っているらしい」

「ほう、賭けを？」

マイルズはふたたび咳払いをした。「きみとレイヴンウッドのエメラルドにかかわる賭けだ」

ジュリアンははらわたを冷たい手でぎゅっと握られたような気がした。「どんな賭けだ？」

「あの男は、今年じゅうにきみがソフィーにレイヴンウッドのエメラルドを贈らないほうに賭けている。どういうことかわかるだろう、ジュリアン。新しい奥方は、きみの人生においてけっしてエリザベスの代わりにはなり得ないと言いふらしているも同然だ。レイディ・レイヴンウッドが聞いたら、どんなにか傷つくだろう」

「では、彼女がそのことを耳にしないよう気をつければいい。きみはもちろん、黙っていてくれるだろう、サーグッド」

「それはもちろんだが、噂はすぐに広まる。レイディ・レイヴンウッドが公の場でできるだけ早く、エメラルドを身につけるように取りはからえば、なにより話は簡単だ。そうすれば――」ジュリアンが立ち上がり、マイルズはぎくりとして言葉を呑みこんだ。「なにをするつもりだ？」

「今夜のゲームルームではどんな賭事が進行中か、ちょっと見てこようと思う」ゲームルームにつづく扉に向かいながら、ジュリアンは言った。

「しかし、きみはめったに賭事はやらないじゃないか。どうしてゲームルームへ？　待て！」マイルズははじかれたように立ち上がり、ジュリアンを追った。「おい、ジュリアン、今夜はそっちへは行かないほうがいい」

ジュリアンは聞く耳を持たなかった。混み合った部屋にずかずかとはいっていって仁王立ちになり、投げやりな視線をあたりにめぐらせて獲物を見つけた。ちょうどそのとき、ハザード（二個のサイコロを使う賭博の一種）で勝ったばかりのウェイコットが周囲をぐるりと見わたした。ふたりの目が合った。ウェイコットはゆっくり笑みを浮かべ、つぎの動きを待った。

部屋にいる全員が息を詰めているのがジュリアンにはわかった。マイルズもどこか近くでおろおろしているのだろう。視界の端に、デレゲートがカードをテーブルに伏せて物憂げに立ち上がるのが見えた。

「こんばんは、レイヴンウッド」ジュリアンが目の前で立ち止まるのを待って、ウェイコットは穏やかに挨拶した。「今夜のオペラは楽しんだかい？　あなたの美しい新妻を見かけたが、人ごみのなかではつい見失ってしまって。私はうっかり、レイヴンウッドのエメラルドを目印に奥方を探してしまった」

「あの手のけばけばしいものは妻にはそぐわないのだ」ジュリアンは小声で言った。「シンプルでもっと古典的なスタイルのほうが似合うと私は思っている」

「ほんとうだろうか？　花嫁も同じ意見なのかね？　女性は宝石に目がない。男ならだれでも知ってるはずだ」

「大事な問題に関して、妻はわたしの考えに全面的に従う。服装だけでなく人付き合いでも、私の判断を尊重してくれるのだ」

「最初の奥方とはちがって？」ウェイコットの目が憎々しげにぎらりと光った。「今度のレイディ・レイヴンウッドは自分の言いなりになるって、どうしてそうも自信満々でいられるのかねえ、レイヴンウッド？　ちょっと世間知らずなところはあるが、聡明な娘さんのようだ。服装も、付き合う相手も、すぐに自分の考えで決めるようになるのではないかね？　それで、あなたは最初の結婚のときと同じ立場に追いやられる。そうだろ？」

「ソフィーの考えが私以外のだれかに影響された形跡があれば、すぐに状況を改善するまでだ」

「状況を改善できると、どうしてわかる？」ウェイコットは物憂げにほほえんだ。「前はまったくできなかったようだが」

「今回はちがう」ジュリアンは穏やかに言った。

「ちがうとは？」

「今回は、妻の身に好ましくない影響があれば、すぐにどこを見て対処すればいいかわかっているからな。たちどころにひねりつぶしてやる」

ウェイコットの目に冷ややかな炎が燃えあがった。「それは私にたいする脅しか？」

「あなたの判断にまかせよう。判断力があればの話だが」ジュリアンはあざけるようにお辞儀をした。

ウェイコットは両手を拳に握りしめた。熱に浮かされたような目がさらに熱っぽさを増す。「いまいましいやつめ、レイヴンウッド」ささやくように言った。「私に決闘を申し込む理由があるなら、すぐにそうすればいい」

「しかし、その理由がない。そうでしょう？」ジュリアンはわざとおもねるように訊いた。

「エリザベスのことがあるではないか」ウェイコットは吐き捨てるように言った。落ち着かないようすで、両手の指を開いたり閉じたりしている。

「私を、なんでもかんでも名誉と結びつけて気色ばむ人間だと思っているらしい」ジュリアンは言った。「私がエリザベスのために人を殺すわけがない。しかも、わざわざ夜明けに起きてまで。彼女はそんな骨折りに値する女ではなかった」

怒りと挫折感にウェイコットの頬がまだらに赤くなった。「あなたはまた妻をめとった。こんども寝取られ男になって泣き寝入りするのか、レイヴンウッド？」

「いいや」ジュリアンは不気味なほど穏やかに言った。「エリザベスとちがって、ソフィーはもちろん、人を殺す手間に値するし、必要に迫られれば、私は一も二もなくそうするつもりだ」

「畜生。おまえこそエリザベスにふさわしくなかったのだ」

「私が？」なにかが始まる予感がジュリアンの体を突き抜けた。しかし、どちらかがつぎになにか言う前にデレゲートとサーグッドがあらわれ、ジュリアンを挟むように立った。

「ここにいたのか、レイヴンウッド」デレゲートが愛想よく言った。「サーグッドといっしょに探していたんだ。一、二番、カードに付き合ってもらおうと思ってね。失礼してかまわないかな、ウェイコット？」そう言って一瞬、どこか無慈悲であざけるような笑みを浮かべた。

痙攣するように金髪の頭をかたむかせ、ウェイコットはうなずいた。そのままかかとでくるりと回転して、すたすたと部屋から出ていく。

ウェイコットの後ろ姿を見ながら、ジュリアンは言いようのない失望感に耐えていた。

「ふたりとも、わざわざじゃまをする気が知れないぞ」そう友人たちに告げる。「遅かれ早かれ、あの男は殺さなければならないのだ」

9

優雅なライラックの封蠟《ふうろう》を施した香り付きの手紙は、翌朝、紅茶のトレイの端に載せられ、ソフィーのもとに届けられた。ソフィーはベッドに体を起こしてあくびをしながら、目の前にあらわれた予期せぬ手紙を不思議そうに見つめた。

「これはいつ届いたの、メアリ？」

「下男が言うには、三十分ほど前に男の子が持ってきたんだそうです、奥さま」メアリは部屋じゅうをせわしなく歩き回ってカーテンを引き開け、数日前にファニーとソフィーが相談して買った美しい綿のモーニングドレスを広げた。

ソフィーは紅茶を少しだけ飲み、手紙の封蠟を切った。なにげなく便箋に目を走らせたが、最初のうちはなにがなんだかわからず、思わず眉をひそめた。署名もなく、末尾にイニシャルが記されているだけだ。二度読んでようやく、手紙の重大さに気づいた。

拝啓

最初に、ご結婚なさったばかりのあなたさまに心からのお祝いの気持ちをお伝えいたしたく存じます。わたくしは、あなたさまにご紹介される名誉には浴しませんでしたが、共通の友人がいるせいでしょうか、あなたさまには少なからず親しみを感じております。わたくしたちの共通の友人は最初の結婚で犯した失敗を二度目の結婚でも繰り返すようなお人ではございませんから、あなたさまには、思いやりにあふれる思慮深い女性でいらっしゃることとご推察いたします。

思慮深いあなたさまですから、この手紙に目を通されましたなら、すぐに簡単な手続きをお取りになって、わたくしたちの共通の友人とわたくしのあいだの、なによりも好ましい関係を内密のままにとどめてくださると信じております。

奥さま、わたくしはいま、老後の平安と無事を確保するという厄介な仕事に打ち込んでおります。わたくしは、年をとってから施しを受けざるを得ない立場になることは望みません。〈メモワール〉を出版することで老後の蓄えを確保したいと考えております。第一話はすでにお読みいただけたのではないでしょうか？　あと数話分が近々世に出る予定でございます。

〈メモワール〉を執筆いたしますわたくしの目的は、どなたかに恥をかかせたり困らせたりすることではなく、ただわたくしが先行きの不確かな将来をなんとか生きてゆけるだけの資金を調達することにございます。そのために、関係者のみなさまには一定の条件のもと、みなさまのお名前が印刷され、その結果、不愉快な噂話が広まらないように保証するご用意がございます。その条件が満たされれば、わたくしも過去の人間関係における親密な詳細を明かすという手段に訴えることなく、求めております資金を調達できるかと存じます。おわかりいただけましたように、わたくしがあなたさまに差しだす提案は、わたくしを含めて関係するすべてのみなさまの利益となるのでございます。

さて、奥さま、これからが本題です。明日の午後五時までにわたくしのもとに二百ポンドをお届けくださいましたら、あなたさまのご主人がかつてわたくしにお送りくださいました何通ものすてきなお手紙はわたくしの〈メモワール〉には決して引用しないとお約束いたします。

あなたさまにとってはわずかな施していどのお金でしょう。新しいドレス代にもならないかもしれません。けれども、わたくしにとっては、まもなく隠居いたしますバースにある、バラにおおわれた居心地のよいつつましやかなコテージの基盤となるお金でございます。すぐにお返事がいただけますよう、心からお待ち申し上げております。

敬具

C・F

ソフィーはふたたび手紙を読み返した。これで三度目だ。手がぶるぶる震えていた。突然、胸の奥に噴き上がった怒りの炎の激しさに、気が遠くなりそうだった。腹が立つのは、かつてジュリアンがシャーロット・フェザーストンと親密な関係にあったせいではない。また、過去の関係の詳細を公にするという脅しはたしかに屈辱的だが、震えるほど怒るようなことでもない。

めまいがするほど腹が立つのは、新妻に簡単な愛の詩一つ走り書きしたこともないジュリアンが、以前はたっぷり時間をかけて娼婦に手紙を書いていた、と気づいたからだ。

「メアリ、モーニングドレスは片づけて、緑色の乗馬服を出してちょうだい」

メアリは驚いてソフィーを見た。「今朝は馬でお出かけになると、いまお決めになったんですか、奥さま?」

「ええ、そうよ」

「旦那さまもごいっしょですか?」さっそく指示された仕事に取りかかりながら、メアリは訊いた。

「いいえ、旦那さまはいらっしゃらないわ」ソフィーは上掛けを押しやり、ベッドを降りて床に立った。一方の手にまだシャーロット・フェザーストンからの手紙を握りしめたままだ。「アン・シルバーソーンとジェーン・モーランドは毎朝のように公園で馬に乗っているの。今朝はわたしも仲間に入れてもらおうと思って」

メアリはうなずいた。「馬と馬番を下で待たせておくように伝えます」

「そうしてちょうだい、メアリ」

まもなく、ソフィーはお仕着せを着た馬番に支えられ、美しい栗毛の雌馬にまたがった。

すぐそばには、馬番のポニーが控えている。ソフィーはすぐに公園を目指して馬を走らせ、馬番はあわててポニーに飛び乗り、女主人のあとを追った。

公園の広い散歩道をゆるい駆け足《キャンター》で馬を走らせているアンとジェーンはすぐに目についた。ふたりの馬番もそれぞれ、主人たちのじゃまにならないように適当な距離を保って馬を走らせながら、低い声でおしゃべりをしている。

朝日を受け、泡立つような赤い巻き毛を輝かせているアンは、ソフィーの姿に気づいたとたん、はつらつとした目をいっそう輝かせて喜びをあらわにした。

「ソフィー、今朝はごいっしょできて、ほんとうにうれしいわ。わたしたちも、いま始めたばかりなのよ。すてきな朝じゃなくて？」

「という方もいらっしゃるでしょうね」ソフィーはしぶしぶ認めた。「でも、そうは思えない者もいるわ。ふたりにお話があるの」

ジェーンのふだんから真剣な目が不安そうに陰った。「なにかあったの、ソフィー？」

「ええ、とても悪いことが。説明する気にもなれないほど。考え得る最悪のこと。わたし、こんなに誇りを傷つけられたのは初めて。これよ。読んでちょうだい」ソフィーがシャーロットからの手紙をジェーンに渡し、女性三人は馬の歩みを徐々にゆるめて、散歩道を歩かせはじめた。

「驚いたわ」ジェーンはささやいた。手紙を読む表情がみるみる苦しげに曇っていく。それ以上なにも言わず、ジェーンは手紙をアンに差しだした。

アンは素早く手紙に目を通し、顔を上げた。その表情にショックは隠しきれない。「レイヴンウッド伯爵からもらった手紙を活字にするっていうの？」

ソフィーは怒りにきつく口を結んだまま、うなずいた。「そうらしいわ。もちろん、わたしが二百ポンド払わなければ」

「ばかげてる」アンはきっぱりと告げた。

「予想できたことだと思うわ」ジェーンはさらりと言った。「フェザーストンは第一話に社交界の名士の名前をいくつもあげていたわ、まさに臆面もなく。王族侯爵のことまで書いていたのよ。覚えているでしょう？　レイヴンウッド伯爵が過去に彼女と関係があったなら、遅かれ早かれ、彼の順番はまわってきて当然だと思うの」

ジェーンは気の毒そうにソフィーを見た。「ソフィー、あなただってもううぶな小娘じゃないんだからわかっているはずだわ。上流階級の男性に愛人がいるのはごく当たり前のことよ。少なくとも、伯爵はいまだに自分の崇拝者だとは、彼女は言っていないわけでしょう？　それだけでも喜ばなくては」

「喜ぶ」ソフィーは満足に声も出せなかった。

「みんなで〈メモワール〉の第一話を読んだでしょう？　フェザーストンと関係があったという有名人の名前がいくつも挙げられていたけれど、彼らはほとんど、結婚していながらシャーロット・フェザーストンと関係を結んでいたのよ」

「それだけ多くの男性が二重生活を送っているということね」ソフィーは腹立たしげに首を

振った。「それでいながら、女性に名誉を重んじろだとか、きちんとした振る舞いをしろだとか、よくもお説教ができるものだわ。なんて腹立たしい」

「しかも、不公平きわまりない」アンが熱っぽく言い添えた。「人妻になったところで、聡明な女性に得るところはほとんどないとは思っていたけれど、これでまた一つ裏付けが取れたわ」

「どうして彼は、フェザーストンに恋文なんて書いたのかしら?」ソフィーは悲しげに訊いた。

「自分の思いを手紙にしたためるのは若さの証拠。そういう過ちはほんとうに若い男の子しか犯さないものよ」ジェーンが分析した。

ああ、なるほど、とソフィーは思った。若い男の子。恋文を書くのは、熱烈な恋心に胸を焦がす若者だけだ。ジュリアンのその方面の感情はすべて燃え尽きてしまったらしい。ソフィーが自分にたいして感じて、言葉にしてほしいと望んでいるジュリアンの感情は、もう何年も前にシャーロット・フェザーストンやエリザベスのような女性たちに浪費し尽くされていた。ソフィーにはなにも残されていないらしい。なんにも。

その瞬間、ソフィーは心の底からシャーロット・フェザーストンとエリザベスを憎んだ。

「フェザーストンはどうして、その手紙を伯爵本人に送らなかったのかしら?」アンが言った。

ジェーンが口をへの字に曲げた。「彼に送っても、消え失せろって言われるのが関の山だとわかっているからだと思うわ。わたしも、ソフィーのご主人が強請に応じるとは思わないわ。どうかしら？」

「わたし、彼のことはよく知らないけれど」アンが言った。「でも、いろいろな評判を聞くかぎり、フェザーストンに二百ポンドは渡さないと思う。その問題の手紙が公開されて、その結果、ソフィーが恥をかくのを阻むためだとしても、彼は強請には応じないわね」

「フェザーストンもそのあたりのことは心得ていて、伯爵ではなくソフィーを強請ろうとしているんだわ」

「わたしだって、絶対に応じないわ」ソフィーはきっぱりと言った。そのはずみに手綱をぎゅっと握りしめ、雌馬が驚いて頭を振り立てた。

「でも、ほかになにができるのかしら？」アンが穏やかに訊いた。「もちろん、手紙は公開されたくないわけでしょう？」

「考えているほどたいへんなことではないかもしれないわ」ジェーンが慰めるように言った。「ご主人とフェザーストンに関係があったのは、ソフィーと結婚するはるか前だとわかるはずだし」

「ふたりが付き合っていた時期なんて関係ない」ソフィーは物憂げに言った。「本が出たら、噂は一気に広まってみんなに知られてしまう。今回は、フェザーストンがこれまで繰り返し明かしてきたゴシップ種とは訳がちがうわ。ジュリアンが書いた手紙そのものが印刷されてしまうのよ。手紙の内容について、だれもが好き勝手にいろいろ言うわ。パーティ会場やオペラの劇場で引き合いに出されるに決まっている。わたしはそれが耐えられないの」

「ソフィーの言うとおりだわ」アンが同意した。

それからしばらく三人はなにも言わず、公園の散歩道沿いにゆっくりと馬を歩ませていた。ソフィーの頭はすっかり混乱していた。順序立てて考える、ということがどうしてもできない。考えをまとめようとするたびに、ジュリアンがほかの女性に宛てた恋文について考えている自分に気づいた。

「立場が逆だったら、どうなっていたかしら？」さらに何分か考えに考えたあげく、ソフィーは言った。

ジェーンは眉をひそめ、アンは興味深げにソフィーを見た。

「ソフィー、あまりくよくよ考えることないわ」ジェーンが気遣った。「手紙をご主人に見せて、あとのことはまかせればいいの」

「さっきあなたも言ったように、彼に手紙を見せてもフェザーストンは要求をはねつけられ、その結果、手紙は公開されてしまうわ」

「でもほかにいい解決法がないもの」アンが言った。

一瞬ためらってから、ソフィーは静かに言った。「解決法がないと言ってあきらめるのは、女性であるわたしたちが無力でいることに慣れているからだわ。でも、男性の立場で状況を見きわめたら、かならず解決法は見つかるはずよ」

ジェーンが警戒するような目つきをした。「なにを考えているの、ソフィー？」

「これは明らかに名誉の問題よ」
アンとジェーンは顔を見合わせ、それからソフィーを見た。

「そのとおりよ」アンがゆっくり言った。「でも、名誉の問題として見たからって、なにがどう変わるのか、わたしにはわからない」

ソフィーはアンを見つめた。「手紙を受け取ったのが男性だったらどう？　奥さんが過去にしでかした軽率な行為をネタに、お金を強請り取ろうとする手紙を受け取ったら、ご主人はなんのためらいもなくその強請屋に決闘を申し込むわ」

「決闘！」ジェーンはびっくり仰天した。「でも、ソフィー、状況はぜんぜんちがうわ」

「ちがうかしら？」

「ちがうわよ」ジェーンは勢いこんで言った。「ソフィー、今回の問題にかかわっているのは、あなたともうひとりの女性なの。決闘だなんて、あり得ない」

「どうして？」ソフィーは詰め寄った。「わたし、拳銃の撃ち方はお祖父さまに教わったわ」

「決闘用の拳銃をどうやって手に入れるの？」ジェーンは不安そうに訊いた。

「ジュリアンの書斎の壁に、立派な拳銃が一組、ケースに入れて飾ってあるわ」

「あきれた」ジェーンが大きく息をついた。

アンが大きく息を吸いこんだ。なにかを決意したのか、顔を真っ赤にして意気ごんでいる。「ソフィーは正しいわ、ジェーン。どうしてシャーロット・フェザーストンに決闘を申し込んではいけないの？　これはまさしく名誉の問題よ。立場が逆で、ソフィーの若気の過ちが暴露されようとしたら、ご主人はまちがいなく極端な実力行使に出たはずよ」

「介添人が必要だわ」ソフィーは言った。計画が頭のなかで具体的な形になりかけていた。

「わたしにやらせて」誠実にもアンが申し出た。「偶然だけど、わたしも拳銃の弾のこめ方は知っているの。きっとジェーンも介添人になってくれるわ、そうでしょう、ジェーン？」

ジェーンは哀れな悲鳴をあげた。「こんなの狂ってるわ。無理よ、ソフィー」

「どうして？」

「だって、まず、フェザーストンに決闘を承諾させなければならないのよ。とても受け入れるとは思えないわ」

「わたしは、彼女は拒絶しないような気がするわ」ソフィーは小声で言った。「とても個性的で大胆な女性だもの。サロンでも、みんなそう言っていたはずよ。臆病な女性だったら、とてもじゃないけれどいまのような立場にはなっていなかったでしょうし」

「でも、どうして命を危険にさらしてまで決闘を受け入れる？」

「名誉に値する女性なら、そうするわ」

「そこが問題なのよ、ソフィー。彼女は名誉に値する女性じゃないわ」ジェーンが声を張り上げた。「いかがわしい世界の女性なのよ。娼婦なのよ」

「だから名誉に値しないとは言えないわ」ソフィーは言った。「〈ヘメモワール〉を読むとなんとなく感じるの。彼女は自分なりの価値観をしっかり持っていて、それにしたがって生きている人だって」

「名誉に値する立派な人が、人を強請るわけがないわ」ジェーンが指摘した。

「そうかもしれないわね」ソフィーはしばらく黙りこくってから、また言った。「でも、立派な人もやむにやまれぬ事情があれば、そういうこともするかもしれない。フェザーストンは、かつて自分を利用した男性たちに、老後を支える年金を出してもらっても罰は当たらないと思っているんだわ。だから、その年金を集金しているくらいのつもりなのよ」

「噂によると、ちゃんと約束は守って、お金を払った人の名前は本には出していないそうよ」アンが横から言った。「それは名誉に値する行為と言えないこともないわね」

「あなた、彼女の肩を持っているの?」ジェーンは目を丸くした。

「わたしは、彼女がほかの人からいくら集めようが、そんなことはどうでもいい。でも、ジュリアンが彼女に宛てた恋文だけはなにがあっても発表させないわ」ソフィーはきっぱりと断言した。

「だったら、二百ポンド送りなさいよ」ジェーンがうながした。

「それは正しくないことだわ。強請に屈するのは、不名誉で臆病な行為よ」ソフィーは言った。「だから、わたしにはほかに選ぶ道はないの。決闘を申し込むしかないの」

「あきれた」ジェーンは力なくつぶやいた。「あなたの論理って、わたしの理解の域を超えているわ。わたし、こういうことが起こっていること自体、信じられない」

「あなたたち、わたしを助けてくださる?」ソフィーは友人ふたりを見つめた。

「まかせて」アンが言った。「ジェーンも助けてくれるわ。状況を受け入れるのにちょっと時間がかかるのよ、彼女は」

「あきれた」ジェーンはふたたび言った。

「よかった」ソフィーは言った。「じゃ、まず最初に、フェザーストンが決闘に応じてくれるかどうかたしかめなければ。きょうじゅうに使いの者にメッセージを持たせるわ」

「では、わたしは、あなたの介添人としてメッセージがちゃんと彼女に届いたかどうか確認するわね」

ジェーンはぎょっとしてアンを見た。「あなた、気はたしか？　フェザーストンみたいな女性のところに行ってはだめよ。だれかに見られるかもしれないわ。そんなことになったら、社交界でのあなたの評判は台無しよ。お義父さまの田舎の本邸に送り返されてしまうわ。それでもいいの？」

アンの顔からさっと血の気が引き、その目に一瞬、まぎれもない恐怖の影がよぎった。

「いやよ。それだけはいやだわ」

田舎へ送り返されるかもしれないと考えただけで、これほど激しく動揺した友人を目の当たりにして、ソフィーは驚かずにいられなかった。心配そうに眉をひそめて言った。「アン、わたしのために無理はしないで」

アンはすかさず首を振った。頬にはいつもの血の気が戻りつつあり、目もいきいきと輝いている。「だいじょうぶだから、気にしないで。どうすればいいか、ちゃんとわかっているから。フェザーストンのところへは変装して行く。男装すると、わたし、どこから見ても男の子にしか見えないのよ。一度、経験済みなの。あのときは楽しかったわぁ」

ジェーンは不安そうな視線をアンからソフィー、ふたたびアンへと移動させた。「狂ってるわ」

「これは、わたしに残された、唯一、名誉に値する道なの」ソフィーは真剣だった。「フェザーストンが決闘を受け入れてくれるように祈りましょう」

「わたしは、断ってくれるように祈らせてもらうわ」ジェーンはぴしゃりと言った。

三十分後、屋敷に戻ったソフィーは、書斎でジュリアンが待っていると知らされた。とっさに、気分が悪いので行けないと伝えてもらおうかと思った。いま夫と顔を合わせ、冷静でいられる自信はかけらもない。シャーロット・フェザーストンに果たし状も書かなければならない。

しかし、ジュリアンを避けるのは卑怯だ。ほかでもないきょうだけは、卑怯な真似はしたくなかった。そんな意気地のないことで、数時間後に控えている大事に立ち向かえるわけがない。

「ありがとう、ガッピー」ソフィーは執事に言った。「すぐにうかがうわ」乗馬用ブーツのかかとでくるっと方向転換して、すたすたと書斎へ向かう。

ソフィーが書斎にはいると、帳簿に見入っていたジュリアンが顔を上げた。うやうやしく立ち上がる。「おはよう、ソフィー。馬で出かけていたようだね」

「ええ、伯爵。乗馬にはおあつらえ向きの朝だったわ」そう言いながらもつい、ジュリアンの背後の壁に飾られているケース入りの決闘用拳銃に目が吸い寄せられる。

ジュリアンは、ちょっと不満そうな笑みを浮かべた。「あらかじめ知らせてくれたら、喜んでお供したのだが」

「きょうは友だちといっしょだったので」

「なるほど」心もち不服なときの癖で、ジュリアンは両方の眉をかすかに上げた。「つまり、あなたは私を友だちとは見なしていないということかね？」

ソフィーはジュリアンを見つめ、たんなる友だちの名誉をめぐって命がけで決闘をする者がいるだろうかと考えた。「ええ、伯爵。あなたはわたしの友だちではありません。夫です」

ジュリアンはきゅっと口元を引き締めた。「私はあなたの友だちでもありたいと思っているのだ、ソフィー」

「ほんとうに？」

ジュリアンは椅子に腰かけ、ゆっくりと帳簿を閉じた。「夫であり、友人でもある関係などあり得ないと言いたげだな」

「そんなことが可能でしょうか？」

「努力すればかなうだろう。今度、朝の乗馬に出かけたくなったら、ぜひ私にも声をかけてくれ」

「ありがとうございます。そうさせていただきます。あの、よろしければ、下がらせていただきます」

もうそれ以上、ジュリアンと顔を合わせていられなくなり、ソフィーは回れ右をして部屋を飛びだした。乗馬服のスカートをたくしあげて一気に階段を駆け上り、廊下を走って寝室に逃げこんだ。

そして、部屋のなかを行ったり来たりしながら、フェザーストンへの果たし状の文面を考えつづけた。やがて、何度か書きなおした末に、ようやく満足できる果たし状が書き上がった。

C・Fさま

わたくしたちの共通の友人に関する言語道断なるお手紙、今朝、拝受いたしました。あなたは、わたくしが恐喝に応じなければ、彼の若気の過ちと言うべき取るに足らない手紙を公開すると脅していらっしゃいます。わたくしは、そのような脅しに屈するつもりはありません。

そして、このような重大なる侮辱的行為を働いたあなたに決闘を申し込みます。時は、明日の夜明け。武器はもちろん、あなたに選んでいただいてかまいませんが、こちらで簡単に準備できます拳銃ではいかがでしょう?

老後の生活費に劣らず名誉を重んじられるなら、ぜひよいお返事を迅速にいただきたく存じます。

かしこ

ソフィーは書面を丁寧に吸い取り紙で押さえ、封をした。涙がこみ上げ、目の奥が痛い。ジュリアンが娼婦に恋文を書いていたという事実を、どうしても頭から振り払えなかった。恋文。レイヴンウッドからそんな愛の証をもらえるなら、魂さえ売り渡していただろうとソフィーにはわかっていた。

それなのに、厚かましくもあの男は、夫としての特権ばかりか友情までわがものにしたいと宣《のたま》ったのだ。

なんという運命の皮肉だろう、とソフィーは気づいた。明日の夜明けに、彼女を愛していない男、おそらくは愛することのできない男のために命を賭けることになるとは。

ソフィーの果たし状にたいするシャーロット・フェザーストンからの返事は、その日の午後遅くに届いた。みすぼらしい身なりで、汚い顔をした赤毛の少年が、厨房に届けにきたという。略式の簡潔な手紙だった。ソフィーは息を詰めて椅子に腰かけ、手紙を読んだ。

前略

明日の夜明けの件、拳銃の件、了解いたしました。場所は、町外れのレイトン・フィールドではいかがでしょう。その時刻なら人けもありません。

草々
C・F

いつもなら寝る時間になっても、ソフィーの気持ちは完全な混乱状態のままだった。夕食のテーブルで、むっつり黙りこくっていた彼女にジュリアンがいらだっていたのも気づいていたが、いつもと同じようにさりげない会話をするなど、とてもできない相談だった。ジュリアンが書斎に引っこむと、さっそく彼女も席を外して寝室にこもった。

そして、フェザーストンからの驚くほど短い手紙を何度も繰り返し読みながら、自分はいったいなにをしでかしてしまったのだろうと考えた。しかし、もう引き返すことはできない。彼女の命はもう、明日の運命の手にゆだねられている。

ソフィーはいつものようにベッドの支度をしたが、眠れないのはわかっていた。メアリが挨拶をして下がると、ソフィーは窓辺に立って外をながめながら、あと数時間したらジュリアンは彼女のために葬式の手配をするのだろうかと思いをめぐらせた。

けがをするだけかもしれない、とも考えた。銃創が化膿して高熱が出て、何日もたってから死ぬのかもしれない。

ひょっとしたら、死ぬのはシャーロット・フェザーストンでは？

人を殺すかもしれないと思っただけで、急に吐き気に襲われた。ソフィーは深々と息を吸いこみ、こんなことでは決闘を終える前に神経がすり切れてしまうと思った。気持ちを落ちちを着かせる薬草は、夜明けの大事なときに反応を鈍らせる心配があり、あえて煎じなかった。恐怖心が背筋をつたって下りてゆく。身の危険や死を目前にしたこの恐怖に、男の人たちはどうして耐えられるのだろう？　ソフィーはなおも部屋のなかを行ったり来たりしながら考えた。それに、彼らがこの恐怖と向き合うのは名誉をかけた決闘の前夜だけではない。戦場でも、嵐の海でも向き合わなければならないのだ。ソフィーはぶるっと身震いをした。

そして、生まれて初めて、男性が名誉を守るというのは、とてもむずかしくて、ほとんど無茶と言ってもいい、たいへんな労力を必要とするものだと感じた。しかし、少なくとも名誉を守れば、まちがいなく仲間の尊敬を得られる。いずれにしても、今回のことがすべて終わったとき、ジュリアンもある程度は、妻を尊敬せざるを得ないだろう。

ほんとうに？　男と同じやり方で名誉を守ろうとした女を、男たちは尊敬するだろうか？　それとも、滑稽きわまりないと笑いとばすだろうか？

そんなことを思いながら、ソフィーは窓辺を離れた。なにげなく化粧台に置かれた小さな宝石箱を見て、黒い指輪を思い出す。

後悔の念がさざ波のように全身に広がった。明日、死んでしまったら、アメリアの敵《かたき》は討てなくなってしまう。どちらが大事なの、とソフィーは自分に尋ねた。アメリアの敵を討つのと、ジュリアンの恋文を公開させないことでは？

くらべるまでもなかった。もうずいぶん前からソフィーは、自分のジュリアンへの思いは妹を誘惑した男を探したいという以前からの欲求を上回っていると気づいていた。

ジュリアンへの愛ゆえに、わたしは妹を裏切ろうとしているのだろうか？　考えに沈むソフィーは、ジュリアンの部屋につづく扉が背後で開いた音にも気づかなかった。

「ソフィー？」

「ジュリアン」くるっと振り返る。「いらっしゃるとは思いませんでした」

「そうらしい」うかがうような目でソフィーを見ながら、ジュリアンはゆっくり部屋にはいってきた。「どうかしたのか？　夕食のあいだ、落ち着かないようすだったが」

「あまり……気分がよくなかったので」

「頭痛かね？」

「いいえ。頭はなんともないんです」ほかにつごうのいい口実が思い浮かばず、ソフィーは眉をひそめた。そうだ、胃が……。

ジュリアンはほほえんだ。「それらしい病名をひねり出さなくてもいい。あなたはそういうことが苦手だと、たがいに知っているではないか」ジュリアンはさらに近づいてきて、ソフィーの目の前で立ち止まった。「ほんとうのことを話してくれないか？　私に腹を立てているのだろう？」

ソフィーは視線を上げてジュリアンの目を見つめた。今夜、自分がジュリアンにたいしてどんな思いでいるか考えると、万華鏡のように変化するさまざまな感情が胸をよぎった。怒り、愛、恨み、そして、なによりも恐れ。もう二度と彼に会えないかもしれない。彼の腕に抱かれ、数日前の夜に初めて味わったつかの間の親しみをもう二度と分かち合えないかもしれないと思うと、恐ろしくてたまらない。

「ええ、ジュリアン。わたし、あなたに腹を立てています」

それですべて理解できたと言いたげに、ジュリアンはうなずいた。「オペラ劇場で、ささやかな言い争いをしたせいだね？〈メモワール〉を読むのを禁じられたのが気に入らないのだろう？」

ソフィーは宝石箱の蓋をもてあそびながら肩をすくめた。「わたしが読む本についてはもう話し合いはついているはずです」

ジュリアンの視線が、ソフィーが片手でおおっている宝石箱から、そっぽを向いている横顔へと移動した。「夫としての私は、ベッドの外でもなかでも、あなたを失望させる運命にあるらしい」

ソフィーはさっと顔を上げ、大きく目を見開いた。「いいえ、そんなこと。ベッドの……ベッドのなかで失望させられたなんて、思ったこともありません。なんと言えばいいのか、あの晩のことは」いったん言葉を切り、咳払いをした。「悪くはなかったし、ときどきは心地いいことさえあったわ。ほんとうよ」

ジュリアンは人差し指の側面でソフィーの顎を支え、その目をのぞきこんだ。「ベッドのなかの私は〝悪くない〟どころじゃないと気づかせてあげよう、ソフィー」

そのとたんソフィーは気づいた。ジュリアンはまた彼女とベッドをともにしたがっているのだ。それが今夜、寝室にやってきたほんとうの目的だった。ソフィーの胸は躍り上がった。もう一度、ジュリアンを抱き寄せ、喜びにみちた親密なときを分かち合えるのだ。

「ああ、ジュリアン」ソフィーは嗚咽をこらえ、ジュリアンの胸に飛びこんだ。「今夜、しばらくでもおそばにいてくださるなら、ほかにはなにも望みません」

ジュリアンはすかさずソフィーの体を抱きしめたが、その髪に口を押しつけてささやく声には驚きと笑いがにじんでいた。「私に腹を立てるたびにこうして歓待してくれるのなら、これからはいま以上にあなたを怒らせなければ」

「今夜はからかわないで、ジュリアン。いつかの夜のように、ただ強く抱きしめて」ソフィーはジュリアンの胸に顔を埋めたままつぶやいた。

「今夜、あなたの望みはそのまま私への命令だ、かわいい人」ジュリアンはソフィーのネグリジェをそっと肩から引き下ろし、喉元のくぼみにキスをした。「今度こそ、がっかりさせはしない」

ゆっくりネグリジェを脱がされながら、ソフィーは目を閉じていた。ふたりで過ごすのは最後になるかもしれない夜の、すべてを堪能しようと決めていた。実際に結ばれる行為そのものがさほど心地よくなくてもかまわないとさえ思った。ほしいのは、そのときの不思議な親近感だ。彼女がジュリアンから得られる唯一のものかもしれない親近感だった。

「ソフィー、見つめればこのうえなく美しく、触れればこのうえなくやわらかい人」ジュリアンはささやき、ソフィーが身につけていた最後の一枚を床に落とした。むさぼるような視線がソフィーの裸体をはいまわり、その同じ道筋を両の手のひらがたどっていく。

ソフィーは身を震わせ、左右の乳房に当てられたジュリアンの手になおも体を押しつけた。反応をたしかめるようにゆっくりと、ジュリアンの左右の親指が乳首をかすめる。バラ色のつぼみが硬くなりはじめ、ジュリアンは満足そうに息をついた。

彼の両手はソフィーの脇腹を下りてウエストのくぼみをたどり、さらに背後にまわって弾力のある丸い盛り上がりを包みこんだ。

ソフィーはジュリアンの肩をつかんでいた手に思わず力をこめた。

「触ってくれ、スイートハート」ジュリアンのかすれた声が命じる。「ガウンのなかに手を入れて、私に触って」

ソフィーは素直にしたがった。シルクのガウンの襟元から両手を滑りこませ、開いた手のひらを胸に押しつけてまさぐる。「たくましくて、ほんとうに強そう」感嘆をこめてささやいた。

「そう言われると、いっそう強くなった気がする」ジュリアンが愉快そうに答える。「その一方で、自分がとんでもなく無力にも思える。あなたには私にそう感じさせるパワーがある」

ジュリアンはソフィーを抱き上げてベッドまで運び、その中央に横たえた。自分も彼女の隣に横たわり、脚に脚をからませる。そして、ソフィーの体のありとあらゆる曲線を手のひらでたどり、ありとあらゆるくぼみを指先で探索した。

なまなましく刺激的なジュリアンの言葉が、欲望の熱いかすみとなってソフィーを包みこむ。甘い期待をささやかれ、やさしく命じられ、今夜、彼女になにをするつもりか事細かに説明されるたびに、ソフィーはジュリアンにしがみついた。

これが最後かもしれない、とソフィーは自分に言い聞かせた。朝日が昇るころにはもう、自分はレイトン・フィールドの草の上で冷たくなっているかもしれない。ソフィーにとって今夜のジュリアンは生命そのものであり、彼にしがみつくのは生に執着する本能でもあった。

ジュリアンが両腿のあいだに手を滑りこませると、ソフィーは小さく叫び声をあげ、さらに彼の指先を求めて腰を浮かせた。

そんなソフィーの反応にジュリアンはえも言われぬ喜びを感じたが、今回は自分を抑えることに気持ちを集中させていた。

「いい子だ。私にすべてを差しだしておくれ。さあ、私にまかせて。もう少し、脚を開いて。そうだ、それでいい。私が望んでいたとおり、愛らしく、潤って、催促している。だいじょうぶだ、ダーリン。今度はすばらしい思いをさせてあげよう」

ジュリアンの舌先が赤みを増した乳首に触れたとたん、ソフィーは体が数百のかけらに砕けたような気がした。けれども、ジュリアンの頭が体を下がっていって、最初は指先が、やがて彼の口が脚のあいだの飛びきり敏感な一点に触れると、全身が百万の光り輝く粒となって飛び散るような衝撃をおぼえた。

ソフィーは彼の頭を抱えた。「ジュリアン、だめよ、待ってちょうだい。そんなことはやめ――」

　指先をジュリアンの黒っぽい髪に食いこませ、ソフィーはふたたび叫び声をあげた。ジュリアンはソフィーが逃げようともがくのも無視して、大きな両手で彼女の腰をつかんだ。

「ジュリアン、だめよ、それはやめて……ああ、でも、ええ、そのまま」

　がくがくと痙攣するような解放感が全身を貫く。その瞬間ソフィーは、驚くほど親密なかたちで彼女に触れている男性以外のすべてを――夜明けの決闘も、胸に秘めた恐怖心も、たったいまされている行為の違和感も――忘れた。

「そうだ、スイートハート」ジュリアンはみだらな満足感とともに告げ、素早く彼女の体をはい上がっていった。そして、ソフィーの髪に指を差し入れて顔を下げ、開きかけた唇のあいだに舌を滑りこませた。

　ジュリアンはなおもエクスタシーの余韻に震えているソフィーに深く沈みこみ、熱く湿った狭まりのなかで絶頂感に身をゆだねた。

　ジュリアンを包みこんでいるソフィーは、最後にもう一度ゆるやかに収縮し、これまでに味わったことのない恍惚感にぼーっとなり、胸のなかの思いをそのまま口にした。

「愛しているわ、ジュリアン。愛している」

10

この数年味わったおぼえのない解放感に身をゆだね、ジュリアンは、妻のほっそりしたやわらかい体にぐったりとのしかかった。すぐに起きあがるべきだとわかってはいたが、いまはただこうしてうつぶせになったまま、身に染みこんでくるような満足感をむさぼっていたかった。

ついいましがたの行為の残り香に原始的な充足感をおぼえながら、ジュリアンはソフィーの言葉を心のなかで繰り返した。愛しているわ、ジュリアン。

彼女は自分でもなにを口走っているのかよくわからなかったはずだ、と思う。女として官能のきわみに初めて到達し、エクスタシーの喜びを教えてくれた男に感謝しただけだろう。あんな状況で発せられた愛の言葉はさらりと聞き流すべきとわかっていたが、やはりその言葉は耳に心地よく、うれしくないこともない。

最初にキスをしたときから、ソフィーは経験を積むほどに反応が楽しみなタイプだと気づいていたが、彼女の反応に自分がこれほど影響されるとはジュリアンは夢にも思っていなかった。勝利の満足感に酔いしれる全能の英雄になったような気分だった。と同時に、愛らしい宝物を守りたいという焼けつくような思いがこみ上げてくる。ようやくすべてを差しだしてくれたソフィーの面倒はすべて引き受けよう。

そう思ったちょうどそのとき、ジュリアンの体の下でソフィーが身をうごめかせ、物憂げにまつ毛を持ち上げた。ジュリアンは両手で体重を支えて、焦点の合わない目をのぞきこんだ。

「ジュリアン？」

ジュリアンは軽い口づけでソフィーを安心させた。「夫と妻はあのように結ばれるものだ。あれがこれからもつづく私たち夫婦の行為なのだ。楽しめたかい、かわいい人？」

ソフィーは悲しげにほほえみ、両腕をジュリアンの首にからみつけた。「訊かなくてもわかっているはずだわ」

「わかっているが、あなたの口から直接聞きたいのだ」

「信じられないほどの喜びだったわ」ソフィーはささやいた。その目がひどく真剣だ。「わたしの知っているどんなものともちがっていた」

ジュリアンはソフィーの鼻の頭、頬、唇の端へとキスを繰り返した。「では、あなたと私は対等だ。私も信じられないほどの喜びをあたえてもらった」

「ほんとうに？」ソフィーはまじまじとジュリアンの顔を見た。

「ほんとうだ」これ以上にたしかなことは生まれてこのかた経験したことがない、とジュリアンは思った。

「うれしい。この先なにがあっても、そのことをずっと忘れないでいてくださる、ジュリアン？」

思いもよらず不安そうに尋ねられ、ジュリアンはおやと思った。しかし、ソフィーの言葉にかきたてられた不安をとりあえず振り払い、にっこりほほえんだ。「忘れようにも忘れられないだろう」

「そうだと信じたいわ」ソフィーもほほえんだが、やはりどこか不安そうだ。ソフィーの態度が腑に落ちず、ジュリアンはかすかに眉を寄せた。今夜のソフィーはなにかがちがう。初めて見る彼女のようすに、むくむくと不安が頭をもたげた。「どうかしたのか、ソフィー？」

「わからない」ソフィーはゆっくりと言った。「誘惑の行為ってとても変わっているわ、そうじゃない？」

たったいま、ふたりで分かち合ったものをたんなる誘惑の行為と言われ、ジュリアンはむっとした。そして、彼がベッドでソフィーにすることを、彼女に誘惑と呼ばれたくないと初めて気づいた。誘惑されたのは彼女の妹だ。彼が行なった愛の行為を同じ扱いにしてはほしくない。

「あれを誘惑と考えてはいけない」ジュリアンはやさしく諭した。「あなたと私は愛を交わしたのだ」

「そうなの？」ソフィーは急に目を輝かせた。「わたしを愛しているの、ジュリアン？」

ようやくソフィーの魂胆が読めたような気がして、ジュリアンがさっきからなんとなく感じていた不安は怒りに変わった。なんと愚かだったのだろう。とにかく女というのはこの手のことが得意なのだ。たんに私に反応した——愛していると言った——というだけで、私を意のままにあやつれると思ったのか？　ジュリアンは慣れ親しんだ策略の匂いを感じて、本能的に戦う姿勢をとった。

頭のなかで警報のベルが響くなか、ソフィーにのしかかったままなんと返事をしようかと考えていると、ソフィーはもの言いたげな不思議な笑みを浮かべた。

「いいの」と、ソフィーは言った。「なにもおっしゃらなくていいの。わかっているから」

「なにをわかっているのだ？　ソフィー、いいかい——」

「もうこの話は切り上げたほうがよさそうだわ。わたし、ろくに考えもしないまま、つい口を滑らせてしまったみたい」ソフィーは枕に載せた頭を居心地悪そうに右へ左へところがした。「もうずいぶん遅いんでしょうね」

ジュリアンはうめき声をあげたが、話を切り上げようという申し出には大賛成だった。

「そうだ、夜ももう更けた」ジュリアンはごろりと体を回転させてソフィーの体から降りてベッドに仰向けになり、一方の手で名残惜しそうにソフィーの腰のくびれをたどった。

「ジュリアン？」

「なんだね、ソフィー？」

「お部屋には戻らなくてもいいの？」

ジュリアンはぎょっとした。「戻るつもりはなかったが」と、ぞんざいに言う。

「わたしは戻っていただいたほうがいいの」蚊の鳴くような声で言った。

「なぜだ？」いらいらして落ち着いていられなくなり、肘枕をした。今夜はソフィーのベッドで眠るつもりだった。

「前はそうされたので」

最初の晩は、あのままそばにいたらふたたびソフィーを自分のものにしないではいられなくなるのはわかっていた。だから、すでに体がつらいと言っている彼女を思いやって、ジュリアンはベッドを離れたのだ。「前回がそうだったからといって、愛を交わすたびに私が部屋に戻るとはかぎらない」

「そう」ろうそくの明かりに照らされたソフィーの表情は妙にそわそわと落ち着きがない。

「今夜はひとりになりたいの、ジュリアン。お願い。そうしてください」

「なるほど、そういうことだな」ジュリアンは吐き捨てるように言い、上掛けをはねのけた。「ひとりになりたいと言い張るのは、ついさっき、私があなたの質問に答えなかったせいだ。思いどおりに永遠の愛を誓わせられなかった腹いせに、いかにも女らしいやり方で私を罰しようとしているのだな」

「いいえ、ジュリアン、それはちがいます」

必死にすがるようなソフィーの声をジュリアンは無視した。すたすたと大股で部屋を横切ってガウンをつかみ、隣室につづく扉を通り抜けていった。力任せに扉を閉じる音に欲求不満と不快感がありありとあらわれている。

ジュリアンはガウンを椅子の背にかけ、ベッドに仰向けになった。頭の下で両腕を組んで暗い天井を見つめながら、軽はずみなことをしてしまったとすでにソフィーが後悔していればいいと思った。あんな単純な駆け引きで夫を懲らしめられ、そのうえ機嫌もとってもらえると思ったら大きなまちがいだ。ジュリアンはもっとはるかに巧妙ではるかにこみ入った戦いを戦い抜いてきていた。

しかし、ソフィーはエリザベスではないし、決して彼女のようになりはしない。しかも、ソフィーには誘惑を恐れるに足る理由がある。今度の妻にはロマンチックな思いを胸に秘めていると思われる節もある。

ジュリアンはうめき声をあげ、両目をもみほぐした。腹立ちもいくらかおさまりかけていた。疑われてもしかたがないのかもしれない。彼女が自分への愛を誓わせようとしたのはほんとうで、彼女には愛とは呼べない熱情を恐れる正当な理由があるのもまたほんとうだ。

経験不足のソフィーには、愛でなければ、妹を妊娠させた無慈悲で心ない誘惑しかないのだ。誘惑の対象ではないという確信が必要なのは当然だろう。愛されているから妹の二の舞を踏む心配はないと安心したいのだろう。

しかし、彼女は人妻で、ベッドを分かち合っているのは正式な夫なのだぞ。そう思うと、また怒りがぶり返しそうになる。妹のように捨てられてしまうかもしれないと恐れる理由は一つもないのだ。ばかな、私は跡継ぎがほしい――いや、どうしても必要なのだ。私の子を宿した妻と離婚をするわけがないではないか。

ソフィーは法の保護の下にあり、しかも、レイヴンウッド伯爵は彼女を守り、大切にすると個人的に誓ってもいる。妹の運命に自分を重ねておびえるのは、女ならではの愚かさであり、ジュリアンはそんなものを大目に見るつもりはなかった。妹とソフィーの運命に類似はないのだとはっきり納得させなければならない。

これからもしばしば自分のベッドでひとりで眠るはめになるとは、考えたくもなかった。それからしばらく、どうやってソフィーを納得させるのが最善だろうかと、あれこれ考えていたジュリアンだが、そのうちうとうとしてしまったらしい。しかし眠りは浅く、数時間後、ソフィーの部屋の廊下側の扉がそっと閉じられる音がして、ジュリアンははっと目覚めた。

ジュリアンはもぞもぞと体を動かした。もう起きなければならない時間だろうか？　しかし、眉をしかめて片目で窓のほうをにらみつけたが、カーテンの向こうはまだ真っ暗のようだ。

ジュリアンは寝返りを打ち、もう一度眠りにつこうとした。しかし、虫が知らせたのか、妙に目がさえて眠れなかった。それにしても、とジュリアンは思った。こんなとんでもない時間にだれがソフィーの部屋の扉を開けたのだろう？

むくむくと頭をもたげる好奇心にとうとう逆らえなくなり、ジュリアンはベッドを出て、ソフィーの部屋につづく扉に近づいた。把手をつかみ、そっと開ける。

ソフィーのベッドが空っぽだと気づくのに、しばらく時間がかかった。ソフィーがいない、と思ったそのとき、窓の外の通りで、馬車の車輪のきしむ音がかすかに聞こえた。耳を澄ますと、馬車が止まったようだ。

命の縮まるような恐怖心が全身を駆け抜けた。まさか。

ジュリアンが窓に飛びつき、ちぎれんばかりの勢いでカーテンを引き開けたそのとき、男性用のズボンとシャツを着ていたが、見まごうはずもないほっそりした人影が箱形馬車に飛び乗るのが見えた。ソフィーは黄褐色の髪をきつく渦巻き状に結い上げ、ベール付きの帽子をかぶっていた。一方の腕に木のケースを抱えている。御者の、黒ずくめのやせた赤毛の少年が舌を鳴らして馬たちに合図し、馬車は通りを駆けだしていった。

「なんということだ、ソフィー」ジュリアンはつるし棒から引きちぎれるほど強くカーテンを握りしめた。「地獄へ堕ちろ、あの売女め」

愛している、愛している、愛している、愛している、愛しているわ。わたしを愛しているの、ジュリアン？

愛らしい、嘘つきの売女め。「私のものだ」ジュリアンは歯を食いしばったまま言った。

「ほかのだれかに取られるくらいなら、この手で殺してやる」

ジュリアンはカーテンから手を離して、自分の部屋に走って戻り、シャツとズボンを手早く身につけた。乗馬用のブーツをつかんで廊下に飛び出す。階段を降りきったところで立ち止まり、きついブーツをなんとかはいてから裏口へ向かった。厩舎から馬を出さなければ。しかも急がないと馬車を見失ってしまう。

最後の最後になってはっと気づいて、ジュリアンは書斎に駆けこんだ。武器が必要だ。だれだろうと、ソフィーを連れ去った者は殺すつもりだった。嘘つきの妻をどうするかは、そのあとゆっくり考える。

壁に飾ってあった拳銃がない。

そう気づいたのとほぼ同時に、通りから馬の蹄の音が聞こえた。正面玄関まで走り、体当たりするようにして扉を開けると、黒ずくめで黒いベールをかぶった女性が背の高い灰色の去勢馬から降りようとしていた。馬には横乗りではなく、またがってきたらしい。

「ああ、よかった」戸口にあらわれたジュリアンの姿にぎょっとしたものの、その女性は言った。「家じゅうのみなさんを起こさなければお会いできないのではと案じていたんです。このほうがずっと好都合です。いずれにしても、噂話にならなくてすむはずですから。あの方たちはレイトン・フィールドへ向かいました」

「レイトン・フィールド？」どういうことだ？　あんなところへ行くのは、家畜業者か決闘をする者くらいだ。

「お願いです、急いで。わたしの馬を使ってください。ご覧のとおり、婦人用の鞍は使っていませんから」

ジュリアンはすかさず灰色馬の馬勒をつかみ、鞍にまたがった。「あなたはだれなんだ？」

ジュリアンはベールの女性に詰め寄った。「男の妻か?」

「いいえ。いまはご理解できないでしょうが、すぐにおわかりになるはずです。いまはとにかくお急ぎください」

「屋敷にはいるんだ」小躍りする灰色馬を御しながらジュリアンは命じた。「なかで待っていろ。使用人に見られたら、私に待つように言われたとだけ言うのだ」

ジュリアンは返事も待たず、大きな馬を一気に疾走させた。いったいなにがどうなって、ソフィーと愛人はレイトン・フィールドへ逃げたのだ? 疑問が猛烈な勢いで渦巻き、頭が破裂しそうだ。しかし、ジュリアンはすぐに自問するのをやめ、ソフィーを連れ去って殺される運命を選んだのは、社交界のどの男だろうと考えはじめた。


夜明け前の薄暗いレイトン・フィールドは肌寒く、じめじめと湿っていた。まだ暗い空の下、一か所に陰気にうずくまっているように見える木々の、湿気でたわんだ枝からぽたぽた滴《しずく》が垂れている。地面から立ち上る蒸気が、膝の深さの濃い灰色の靄となってよどんでいる。アンの二頭立ての黄色い小さな箱形馬車も馬たちも、空中に浮かんでいるように見える。

ソフィーが馬車から降りて地面に立つと、膝から下が靄の帯に吸いこまれた。ソフィーは、馬たちをなだめているアンを見た。みごとな変装だった。相手がだれだか知らなければソフィーも、薄汚れた顔の赤毛の人物は若い男と信じて疑わなかっただろう。

「ソフィー、ほんとうにやるのね？」ソフィーに近づきながら、アンは心配そうに尋ねた。

ソフィーは振り返り、数ヤード先に止まっているもう一台の箱形馬車を見た。ベールをつけた黒ずくめの人影が見えたが、まだ馬車から降りてくる気配はない。シャーロット・フェザーストンはひとりでやってきたようだ。「ほかにどうしようもないもの、アン」

「ジェーンはどうしたのかしら？　彼女、言っていたのよ。あなたがあくまでも愚か者に徹するなら見守るしかないだろう、って」

「気が変わったんでしょう」

アンは首を振った。「彼女にかぎってあり得ないわ」

「とにかく」ソフィーは言い、背筋をぴんと伸ばした。「さっさと取りかかりましょう。すぐに夜が明けるわ。こういうことは夜明けにするものと決まっているのよ」ソフィーは靄に包まれた馬車に近づいていった。

黒のりりしい乗馬服に身を包んだシャーロット・フェザーストンが馬車から降りてきた。ベールをつけていても、決闘の場にふさわしく髪をきつく結い上げているのがわかる。耳には美しい真珠のイヤリングをつけている。

「ねえ、マダム」シャーロットが声をかけてきた。ベールを持ち上げ、冷ややかな笑みをソフィーに向けている。「これほどの早起きをする難儀に値する男性なんて、どこにもいなくてよ」

「では、どうしてわざわざいらっしゃったの？」ソフィーは切り返した。挑まれているような気がして、彼女もベールを持ち上げた。

「自分でもよくわからないの」シャーロットは認めた。「たぶん、物珍しかったんだわ」

「あなたのように変化の多いお仕事をされた方は、めったなことでは物珍しさは感じられないんでしょうね」

シャーロットの視線はソフィーの顔をとらえて揺らぎもしない。その声からはさっきまでのからかうような調子は薄れ、真剣そのものだ。「伯爵夫人から名誉を賭けた決闘の相手に選ばれるようなことは、もちろんめったにあることではありませんわね。ご存じのように、社交界でもあなたほどの立場の女性は、わたくしのような女には尊敬の念を示されるどころか、話しかけさえなさいませんもの」

ソフィーはかすかに首をかしげ、決闘の相手をまじまじと見つめた。「わたし、あなたを心から尊敬しているんです、ミス・フェザーストン、ほんとうに。あなたが書かれた〈メモワール〉を読んで、あなたがいまの立場に上りつめられるまでに経験されたご苦労がかいま見えたような気がするんです」

「まあ、ほんとうに？」シャーロットは小声で言った。「たいした想像力をお持ちでいらっしゃるのね？」

ソフィーはきゅっと口元を引き締めた。「あなたが〈メモワール〉を書こうとされたお気持ちもわかるつもりです。過去の恋人たちに、お金と引き替えに名前を本に出さない取り引きを持ちかけた趣旨さえ理解できます。でも、つぎの餌食にわたしの夫を選ばれたのはやりすぎでした。そんな恋文が発表されて世間の物笑いの種になるのを、許すわけにはいきません」

「そういうことなら、こんな面倒なことをするよりわたくしにお金を払われたほうがずっと簡単でしたのに、マダム」

「それはできません。強請に応じるのは、卑劣で不名誉な行為です。そんなみっともない真似はしないわ。だから、今朝、こういう形で決着をつけることにしたんです」

シャーロットはあきれたように首を振った。「お気の毒なレイヴンウッド。どんな奥さまをもらわれたか、あの方はもう気づいていらっしゃるのかしら？　エリザベスのつぎにあなたのような方があらわれて、毎日が驚きの連続なのではないかしら？」

「こうしてお会いしたのは、わたしの夫や、彼の前の奥さんについて話し合うためじゃないわ」ソフィーは歯を食いしばって言った。夜明けの大気は冷たかったが、突然、体が汗ばんでいることに気づいた。神経はもうぎりぎりまで張りつめている。いい加減、すべてを終わらせてほしい。

「そうね、こうしてお会いしたのは、あなたの自尊心を満足させるため。それから、名誉に関してわたくしがあなたと同じ考えを持っているとあなたが判断したせい。興味深い展開だわ。ところで、マダム、今朝、わたくしたちが守ろうとしている名誉は、男性たちが定義づけして重んじている名誉なのかしら？」

「尊敬に値する名誉は、それ以外にあるとは思えませんから」ソフィーは言った。

シャーロットの目がきらりと光った。「なるほど」ささやくように言う。「つまり、あなたは結果にかかわらずレイヴンウッド伯爵の尊敬を得ることができる。そういうことでしょう、マダム？」

「申し上げたでしょう。ここでお会いしたのは夫の話をするためではないと」ソフィーは言った。

「尊敬も結構だけれど、マダム」シャーロットは思いやりをこめてつづけた。「忠告させていただけるなら、伯爵に愛されようと努力するのはほどほどにされたほうがよろしくてよ。エリザベスとのことがあって、彼がもう二度と愛するという危険を冒さなくなったのはだれでも知っているわ。それから、こんな早起きをしてまで名誉を守るのに値する男性がいないのと同じように、大きな危険を覚悟で愛する価値のある男性だって、どこにもいやしないんです」

「わたしたち、男性の名誉や愛をどうのこうのしようとして、ここにいるわけじゃないわ」ソフィーはぴしゃりと言った。

「そうね。ここで問題なのは、あなたの名誉とあなたの愛だったわ」シャーロットはかすかにほほえんだ。「それなら、取るに足らないこととは言えないわね。ちょっぴり血を流す価値はあるかもしれない」

「では、始めましょうか？」ソフィーは全身を貫く恐怖に耐えながら、ケースごと決闘用の拳銃を抱えているアンを見た。「準備はいいわ。もうこれ以上ぐずぐずしていてもなんにもならない」

アンはソフィーからシャーロットへと視線を動かした。「決闘についてちょっと調べてみたの。拳銃に弾をこめる前に、いくつか踏まなければならないステップがあるのよ。まず、わたしには、実際に決闘をする代わりに選びうるもう一つの名誉ある道があることを伝える義務があるの。そして、ふたりにそれを検討してもらうのよ」

ソフィーは眉をひそめた。「決闘の代わりになるものって？」

「あなた、レイディ・レイヴンウッドは決闘を申し込みました。しかし、あなたに決闘を決意させた行動について、ミス・フェザーストンが謝罪をすれば、拳銃を発射するまでもなく、すべては解決します」

ソフィーは目をぱちくりさせた。「ただ謝るだけで、すべてに片が付いてしまうの？」

「もう一つの道を選んだからといって、おふたりのいずれにとっても不名誉になることはまったくありません」アンはシャーロット・フェザーストンを見た。

「まあすてき」シャーロットはつぶやいた。「考えてもみてちょうだい。ふたりとも、ドレスに血のしみ一つつけることなく、すべてを終わらせられるのよ。でも、わたくし、だからといってどうしても謝りたいかというと、そうでもないわ」

「もちろん、すべてはあなた次第よ」ソフィーはきっぱりと言った。

「でも、そういう激しいスポーツをするには、まだ朝早すぎると思われません？　わたくし、可能であるなら、分別ある道を選ぶタイプなんです」シャーロットはゆっくりとソフィーにほほえみかけた。「わたくしが謝るだけでもあなたの自尊心は満足すると、そうはっきりおっしゃれますか？」

「恋文を公開しないと約束されるのなら」ソフィーはすかさず言った。シャーロットが答える前に、霧の向こうから蹄の音が聞こえた。

「ジェーンにちがいないわ」アンがほっとしたように言った。

ソフィーが視線をそちらに向けると、木立にまとわりつく霧をかき分け、いきなり大きな灰色の馬があらわれた。蹄の音を轟かせ、足元の靄を巻き上げて疾走してくる姿は亡霊そのものだ。馬の亡霊だわ、とソフィーは思った。背中に悪魔を乗せている。

「ジュリアン」ソフィーはつぶやいた。

「思ったとおりと言うべきかしら」シャーロットが言った。「ますます面白くなりそうだわ」

「ジェーンの馬よ。どういうこと？」アンが怒ったように言った。

大きな灰色馬は頭を振り立て、ぶるっと全身を震わせてから三人の女性の前で止まった。ジュリアンのぎらつく目が、まずソフィーをとらえ、シャーロット、アンへと移動した。ジュリアンは、アンが抱えている拳銃の箱に気づいた。

「いったいなにごとだ？」

ソフィーは、いますぐその場から逃げだしたいという強烈な衝動を抑えこんだ。「わたし個人の問題ですから、ご心配にはおよびません」

頭がどうかしてしまったのかと言いたげに、ジュリアンはソフィーを見つめた。脚を大きく振り上げて馬から降りて、アンをめがけて手綱を放り投げる。アンは、空いているほうの手で反射的に手綱を受けとめた。

「個人の問題だと、マダム？ よくもそんな言い方ができるな？」怒りを抑えつけているこわばった表情が仮面のようだ。「あなたは私の妻だぞ。このざまはいったいどういうことだ？」

「言わなくてもわかるでしょう、レイヴンウッド伯爵？」三人の女性のなかで、とりたてておびえていないのはシャーロットだけだった。美しい目が皮肉と笑いをたたえ、これまで以上に輝いている。「あなたの奥さまが名誉を賭けてわたくしに決闘を申し込まれたの」そう言って、拳銃のケースのほうに手を振る。「ご覧のとおり、伝統にのっとった名誉ある殿方のやり方で、問題を解決するところだったのよ」

「信じられん」ジュリアンはくるりと振り返ってソフィーを見た。「シャーロットに決闘を申し込んだのか？」

返事をしたくなくて、ソフィーは黙ってうなずいた。

「なぜだ？」

シャーロットは冷ややかな笑みを浮かべて言った。「訊かなくてもわかるはずだわ、伯爵」ジュリアンはシャーロットに向かって一歩足を踏みだした。「ちくしょう。妻に強請の手紙を送りつけたんだな？」

「わたくしは強請だとは思っていないわ」シャーロットは落ち着き払って言った。「たんなる取り引きのお知らせよ。でも、あなたの奥さまもわたくしのちょっとしたお願いをそうは理解されなかった。わたくしにお金を渡すのは不名誉だと思われたの。その一方で、あなたのお名前がわたくしの回想録に出るのも耐えられないと。だから、名誉ある女性に残された唯一の道を選ばれたんだわ。夜明けの決闘よ。武器は拳銃」

「夜明けの決闘」ジュリアンは繰り返し、さらに一歩シャーロットに近づいた。「消え失せろ。いますぐだ。町に戻っても、このことは絶対に口外するな。今朝のことについて、どんなにささいなものでも噂話が耳にはいったら、前によく話していたバースのつつましいコテージを手に入れられなくしてやる。タウンハウスの借家権も失わせてやる。債権者をたきつけて、町にいられなくしてやるから覚悟しろ。わかったか、シャーロット？」

「ジュリアン、そこまでしなくても」ソフィーが横から気色ばんで言った。

シャーロットは背筋をぴんと伸ばしたが、その表情から冷ややかにからかうような余裕は消えていた。かといっておびえているわけでもなく、たんにあきらめているような顔つきだ。「あなたがどういう人かよくわかっているわ、伯爵。昔から、口にしたことはかならずやる人だった。でも、わたくしを脅すにはおよばないわ。今朝のことは、他人に漏らすつもりはまったくありませんから」シャーロットはソフィーに体を向けた。「これはあなたの奥さまとわたくしだけの、名誉にかかわる個人的な問題だから。ほかの方にはいっさい関係のないことだわ」

「おっしゃるとおりよ」ソフィーが力強く言った。

「お伝えしておきますわ、マダム」シャーロットが穏やかな声で言った。「拳銃が火を噴くことはなかったけれど、わたくしのなかではすべてに決着がついています。〈メモワール〉についてはなにも心配されませんように」

ソフィーは深々と息をついた。「ありがとう」

シャーロットはかすかにほほえみ、ソフィーに向かって優雅にお辞儀をした。「いいえ、マダム、感謝すべきはわたくしのほうです。今朝のように楽しい思いをしたのは初めてです。わたくしのような仕事をしていると、付き合う相手はあなたと同じ上流社会の男性ばかりで、みなさん、口を開けば名誉、名誉とそればかり。でも、名誉にたいする考え方がひどく偏っているんです。女性や、自分より弱い立場の相手には名誉に値する態度をとろうとなさらないんですから。名誉の意味を真に理解してらっしゃる方にようやくお会いできて、わたくし、こんなにうれしいことはございません。そのすばらしく聡明な方が女性だとわかっても、とくに驚きはしませんわ。では、ごきげんよう《アデュー》」

「さようなら」ソフィーは言い、同じく優雅なお辞儀を返した。

シャーロットは軽やかに馬車に乗りこんで手綱をつかみ、馬に合図を送った。やがて、小さな馬車は霧に吸いこまれて見えなくなった。

シャーロットがいなくなるのを見届けてから、ジュリアンは振り返ってアンをにらみつけた。彼女が持っていた拳銃のケースをひったくる。「おまえはなにものだ、小僧?」

アンは咳払いをして、帽子をぐいと目が隠れるほど引き下げた。手の甲で鼻をこすり上げて鼻水をすする。「朝早く、レイディから馬と馬車をまわしてほしいって言われたんだ。だから、父ちゃんの老いぼれ馬を借りて、わかってもらえると思うけど、小遣いでももらえたらいいなと思って」

「今朝あったことをだれにも話さないと約束したら、たっぷり小遣いをやろう。しかし、今朝のことがちょっとでも噂になったら、馬だろうと馬車だろうとおまえの父親が一切合切を失うようにしてしまうぞ。それだけじゃない。そうなったのはおまえのせいだと知らせてやる。わかったか、小僧？」

「えっと、はい、わかりました。よくわかりました」

「よろしい。その馬車で私の妻を屋敷まで送り届けてくれ。私はあとからついていく。屋敷に着いたら、そこで待っている女性を乗せて、言われた場所まで送っていくんだ。そして、もう二度と私の目の前にあらわれるな」

「わかりました」

「ねえ、ジュリアン」ソフィーがすがるように言った。「だれかれかまわず脅すのはどうかと思うわ」

ジュリアンは凍りつくような視線でソフィーをとらえた。「黙るんだ、マダム。私はまだこの件について、あなたと冷静に話し合える自信が持てないのだ」ジュリアンは馬車に近づいて扉を開けた。「乗りなさい」

ソフィーはそれ以上なにも言わず、馬車に乗りこんだ。そのはずみで、ベール付きの帽子が傾いて一方の耳が隠れてしまった。ソフィーが座席に坐ると、ジュリアンは上半身だけ馬車に突っこんで、いらだたしげな手つきで彼女の帽子をまっすぐに直した。拳銃のケースをソフィーの膝に押しつけ、そのまま一言も口をきかず、馬車から体を引いて扉を閉めた。

まちがいなく、これまでの人生でいちばん長い帰り道になりそう。ガタガタと揺れる馬車の座席に身をあずけたソフィーは、暗い気持ちで思った。

アンが正面扉の前に馬車を止めたのは、ようやく屋敷の使用人が起き出したころだった。まだ黒いベールで顔を隠したままのジェーンが心配そうに待っている書斎に、ジュリアンはずかずかとはいっていった。すぐあとにソフィーがつづく。ジェーンはすばやくソフィーと目を合わせた。

「だいじょうぶ？」ささやき声で尋ねる。

「ご覧のとおり、元気よ。じつを言うと、みんな元気なの。でも、あなたが予定を狂わせなければ、もっとうまくいったはず」

「ごめんなさい、ソフィー、でも、わたし、どうしても――」

「もうたくさんだ」ジュリアンがさえぎったちょうどそのとき、階段の後ろの扉から執事のガッピーがあわてて上着に手を通しながら、あらわれた。ズボン姿のソフィーを見て、まごついた表情を浮かべる。

「なにかございましたのでしょうか、旦那さま？」

「今朝、実行されるはずだったある計画が、突然、中止になったのだが、ガッピー、私がすべてを取り仕切るから、おまえは安心して下がっていなさい」

「かしこまりました、旦那さま」ガッピーは厳かに言った。

夜明けの玄関ホールで目の当たりにした奇妙な光景についてなにか一言でも発すれば、即座に首が飛んでしまうとガッピーはわかっていた。主人が危険きわまりない静かな怒りを抱えているのは明らかだった。ちらりと心配そうにソフィーを見てから、ガッピーは慎み深く厨房に消えていった。

ジュリアンはジェーンと向き合った。

「私はあなたがどなたか存じません、マダム。ベールをつけていらっしゃるのは身元を明かすことを望まれないからなのでしょう。しかし、どなたであろうと、ご恩は一生忘れません。今回の件で常識を働かせられたのはあなただけです」

「常識が服を着て歩いているようだと言われますわ」ジェーンは寂しそうに言った。「残念なことに、それで退屈だと言われることもしばしばです」

「常識ある友人なら、そんなあなたを大切にするはずです。では、ごきげんよう、マダム。外に少年と馬車を待たせてありますから、ご自宅までお供させてください。あなたの馬は馬車につなぎました」

ジェーンがおそるおそる見ると、ソフィーはかすかに肩をすくめただけだった。「ありがとうございます。これですべてが丸くおさまることをお祈りしています」

ジュリアンはジェーンを戸口まで送っていき、彼女が小さな馬車に乗りこむのを見守った。玄関ホールに戻ったジュリアンは、しばらく黙ってソフィーを見つめていた。

ソフィーは息を詰め、運命の一瞬を待った。

「階上《うえ》に行って、着替えなさい、マダム。きょうはもう男ごっこはたくさんだろう。今朝の件は十時から書斎で話し合おう」

「話し合うことはなにもありません」ソフィーは即座に言った。「あなたはもう、なにもかもご存じです」

ジュリアンのエメラルド色の目が怒りと、もう一つべつの感情をたたえて光り輝いていた。それが安堵の気持ちだと気づいて、ソフィーははっとした。

「それはちがう、マダム。話し合うことは山ほどある。十時ちょうどにあなたがあらわれなければ、こちらから迎えにいく」

11

「さてと」そのときの状況を考えると意外とも思える落ち着き払った声でジュリアンは切り出した。「今回のことについて、最初からすべて説明してもらえるだろうか？」

その言葉が、数分前にソフィーがびくびくしながら扉を通り抜けて以来、書斎を支配していた不吉な静寂を打ち破った。ジュリアンはどっしりした大きなデスクに向かってぴくりとも動かず、もっとも不愉快にちがいない話し合いに取りかかる前に、いつもと同じ計り知れない表情で長々とソフィーを見つめていた。

ソフィーは大きく息を吸いこみ、顎を突きだした。「どういうことだったかは、もうご存じのはずでしょう」

「フェザーストンから強請の手紙を受け取ったということだったな。その手紙をすぐに私に見せなかった理由が聞きたい」

「彼女はわたしを脅そうとしたんです。あなたではなく。わたしが答えることが名誉ある行為だと思いました」

ジュリアンはいぶかしげに目を細めた。「名誉?」

「立場が逆だったら、あなたはわたしがやったように対処されたはずです。それはあなたも否定できないでしょう」

「立場が逆だったら?」ジュリアンはぼんやりと繰り返した。「なにを訳のわからないことを言っているのだ?」

「訳がわからないはずがないでしょう」ソフィーはわっと泣きだしたいのか、一気に怒りをぶちまけたいのか、自分でもよくわからなかった。どちらでもあまり変わらないような気もした。「だれかに、わたしの過……過去の軽率な行為をばらしてやると脅されたら、あなたはその相手に決闘を申し込むに決まっています。今朝のわたしとまったく同じことをしたはずです」

「ソフィー、ばかを言うんじゃない」ジュリアンは嚙みつくように言った。「立場がまったくちがうではないか。今朝のあなたの非難されるべき行為と、同じ状況で私がやったであろうとあなたが想像する行為をいっしょにしてもらっては困る」

「どうしてですか? わたしが女だから、名誉に値する道を選ぶのは許されないとおっしゃるんですか?」

「そうじゃない。話をわき道にそらさないでくれ。私に求められる名誉があなたにも求められるとはかぎらないと言っているんだ」

「女のわたしには、名誉に値するやり方でものごとを解決することは許されないのですか？」

「ソフィー、必要な場合、あなたに代わって敵《かたき》をとるのは夫である私の義務だ。しかし、立場が逆になることはあり得ない。想像すらできないことだ」

「ぜひ想像していただきたいわ。だって、今朝起こったのは、まさにそういうことだったんですから。わたしは問題を突きつけられ、名誉あるやり方で解決しようとした。それでどうして責められなければならないのか、わたしにはわからないわ、ジュリアン」

「ソフィー、あなたは不埒でみっともないことをしたのだ。向こう見ずで、はなはだしく危険なことをしたのだ。責められて当然ではないか？　ソフィー、あの拳銃は玩具ではないんだ」

「そんなことは百も承知です」

「殺されていたかもしれないんだぞ」ジュリアンはいきなり立ち上がり、デスクをまわって前に出てきた。そのままデスクに寄りかかって、ブーツをはいた一方の足をもう一方に交差させた。凶暴と言っていいくらいいかめしい表情を浮かべて言う。「それを考えたか、ソフィー？　自分が向き合おうとしている危険について考えたのか？　いまごろは死んでいたかもしれないと、ちらりとでも思ったか？　人殺しになっていたかもしれないとは？　知っているだろうが、決闘は法律で禁じられている。それとも、あなたにはすべてがゲームだったとでも？」

「ゲームなんかじゃありません。わたしは――」あとがつづけられなくなった。恐怖の記憶がよみがえってきて、息がうまく吸えない。ソフィーは、ジュリアンの刺すような視線を避けてそっぽを向いた。「正直言って、ほんとうに恐ろしかったわ」

ジュリアンは小声で毒づいた。「醜聞のことはどうなんだ、ソフィー？ 世間の噂になるとは思わなかったのか？」

ソフィーは目をそらしたまま言った。「醜聞にならないためにやったことです」

「なるほど。それで、銃創について、どう言い訳するつもりだったのだ？ レイトン・フィールドで発見された売春婦の射殺体は？」

「ジュリアン、もうたくさんです」

「たくさんだと？」ジュリアンの声が突然、危険な穏やかさを帯びた。「ソフィー、冗談じゃない。私はまだ始めたばかりだぞ」

「この問題にたいするあなたのお説教はもう聞きたくありません」ソフィーは勢いよく立ち上がり、まつ毛を濡らしかけている涙をまばたきをして押し戻した。「あなたにはとうてい理解してもらえませんから。ハリーの言うとおりだわ。男性は、女性にとって大事なことがらを理解する能力に欠けているのよ」

「私がなにを理解していないというのだ？ なによりも耐えがたいのはあなたの醜聞を耳にすることだと念を押したにもかかわらず、あなたがあきれ果てた行為に走ったことか？」

「醜聞にはなりません」

「それはあなたの考えだ。今朝、私はできるかぎりのことをしてフェザーストンを脅したが、彼女が口をつぐんでいるという保証はどこにもない」

「あの方はだれにもしゃべりません。そうはっきりおっしゃいましたから」

「ばかな、ソフィー。あなたは、売春婦の言葉をまともに信じるほど単純ではあるまい？　それに、たとえフェザーストンが口外しなかったとして、あなたをレイトン・フィールドまで送っていった少年は？　黒いベールの女性は？　あのふたりがだれにもしゃべらないと、どうしてわかる？」

「あのふたりならだいじょうぶです。ふたりともわたしの介添人ですから。しゃべるわけがありません」

「ばかな。ふたりともあなたの知り合いだということか？」

「はい」

「赤毛の小僧もか？　ああいう階層の若い男と知り合って、頼みごとをするくらい親しくなるというのは、いったい――」ジュリアンは急に言葉を途切れさせ、ふたたび毒づいた。

「やっとわかったぞ。馬車を御していたのは少年ではないのだな？　男に変装した若い女性にちがいない。あきれ果てた。女性という女性がやりたい放題じゃないか」

「女性がたまに羽目を外すのは、そうせざるをえない状況を男性が作るからだわ」

「それで、ふたりはだれなのだ、ソフィー？」

ソフィーは、てのひらに爪がくいこむくらい強く手を握りしめた。「言えません」

「またしても、名誉にかけて言えない、か？」ジュリアンは苦々しげに口を歪めた。

「笑わないで、ジュリアン。あなたのそういうところが耐えがたいというんです。今朝、わたしは、あなたのために殺されていたかもしれないんです。せめて、あざ笑わないくらいの心遣いをしてくれてもいいはずだわ」

「私が笑っていると思うのか？」ジュリアンはデスクから離れ、窓辺に寄った。ソフィーに背中を向けて片手で窓枠をつかみ、外の小さな庭園を見つめる。「この厄介ごとのどこにも、笑うべきところはないぞ。この数時間、私はあなたをどうするべきか考えていたのだ、ソフィー」

「根《こん》を詰めて考えてばかりいると、肝臓にさわります」

「たしかに、消化には悪いようだ。本来なら、あなたはもうレイヴンウッドかエスリントン・パークに送り返されているはずだが、そうしないのは、急にあなたがいなくなっても噂の種になるだけだと判断したからだ。なにもなかったように振る舞うのだ。それができるなら、これからもロンドンにいさせてやろう。しかし、私か伯母の付き添いがないかぎり、屋敷を出ることは許さん。介添人とやらについては、二度と会うことを禁じる。あなたが友人を選ぶ目はたしかとは言いがたいようだからな」

友人に会うのを禁じられ、ソフィーの怒りは爆発した。もう我慢ならないと思った。情熱的な夜を過ごしたあと、恐ろしさに一睡もできないまま、夜明けにシャーロット・フェザーストンと会ったあげく、こうして傲慢きわまりないジュリアンに責め立てられているのだ。

すべてはソフィーに耐えられる限界を超えていた。大人になって初めて、ソフィーは前後の見境もなく癇癪玉を破裂させた。

「冗談じゃないわ、レイヴンウッド、やりすぎよ。だれと会ってよくて、だれと会ってはいけないか、そんなこと、あなたに言わせない」

ジュリアンは肩越しにソフィーを振り返り、その全身に超然と視線を走らせた。「そうなのかい、マダム？」

「言わせるもんですか」満たされない思いと怒りに胸を煮え立たせながら、ソフィーは堂々とジュリアンに立ち向かった。「わたし、あなたの捕虜になりたくて結婚したわけじゃないわ」

「そうだったのか？」突き放すように言う。「では、どうして私と結婚したのだ、マダム？」

「結婚したのは、あなたを愛しているからよ」ソフィーは思いをこめて声を張り上げた。

「わたし、十八歳のときからあなたを愛していたの。ばかみたい」

「ソフィー、いったいなにを言っているんだ？」

ますます募る怒りに、ソフィーは完全に自分を見失っていた。分別も理屈もありはしない。「それに、今朝のことであなたがわたしを罰するのは、どう考えたっておかしいわ。元はと言えば、すべてあなたのせいなんだから」

「私のせいだと？」無理をして冷静を装っていたのも忘れ、ジュリアンは怒鳴り声をあげた。

らなかったのよ」
「あなたがシャーロット・フェザーストンに恋文さえ書いていなければ、こんなことにはな

「なんの恋文だ？」さらに嚙みつくように訊く。

「彼女と付き合いがあったときに、あなたが書いた恋文よ。彼女が〈メモワール〉に掲載すると言って脅した恋文。わたしにはどうしても耐えられなかったわ、ジュリアン。わかる？あなたが愛人に贈ったすてきな恋文が世間のみんなの目に触れるなんて我慢できない。このわたしは、あなたから買い物リスト一つ渡された覚えがないっていうのに。あなたにとってはお笑いぐさでしょうけれど、わたしにだって自尊心はあるのよ」

ジュリアンはまじまじとソフィーを見つめていた。「そう言ってフェザーストンはあなたを脅したのか？　私が書いた古い恋文を発表すると？」

「そうよ。あなたは愛人には恋文を贈るのに、妻のわたしには愛情のちっぽけな印さえ贈ってはくれない。でも、当然といえば当然よね。あなたはわたしに愛情のかけらも持っていないんだもの」

「待ってくれ、ソフィー、初めてシャーロット・フェザーストンに会ったころ、私はまだほんの子供だった。ちょっとした走り書きの一つや二つ、書きつけたかもしれないし、そんなことはなかったかもしれない。正直言って、どんな付き合いをしたかもよくは覚えていないのだ。いずれにしても、若い男というのは思いつきで妄想じみたことを、それも書かないでいるほうがよっぽどいいようなことを、書いたりするものなのだ。そうやって気まぐれで書

いたものに意味などまったくない」

「もちろん、そうにちがいありませんわ、伯爵さま」

「ソフィー、ふつうなら私は、フェザーストンのような女についてあなたと話し合うようなことは決してしない。しかし、こういった異常な状況に追い込まれてしまったからには、あることについていささか赤裸々に説明することを許してもらいたい。男がフェザーストンのような女性と関係を持つ場合、どちらの側にも深い愛情のようなものは存在しないのだ。女性にとっては取り引きであり、男にとっては便利なだけの関係なのだ」

「それでは、結婚とまるで同じね。もちろん、身を売る世界で働いている女性のように自分で商売を切り盛りする優越感は、妻は持ちようがないけれど」

「ばかな、ソフィー、あなたとフェザーストンの立場には天地ほどのちがいがあるはずだ」

ジュリアンがいまにもすり切れそうな自制心に必死ですがっているのは明らかだった。

「そうかしら？　そういえば、あなたが財産を食いつぶさないかぎり、わたしにはシャーロットのように老後の生活費の心配をする必要はないかもしれない。でも、それ以外はシャーロットより恵まれているとも思えないわ」

「頭がどうかしているのだ、ソフィー。分別のかけらも失いつつある」

「そして、あなたは救いようのない分からず屋よ」ソフィーの怒りの炎は燃え尽きつつあった。急に、どっと疲労感が襲ってくる。「あなたみたいに傲慢な人とやり合っても無駄だわ」

「私が傲慢だと？　今朝、あなたが馬車に乗り込むのを窓から見てしまったときの私を見たら、とてもそんなふうには言えまい」

ジュリアンの声にさっきまでとはちがう無骨な響きを感じて、ソフィーはおやと思った。一瞬、腹を立てているのを忘れたほどだ。「屋敷を出るところを見られていたなんて、知らなかったわ」

「馬車に乗るあなたを見て、私がなにを考えたかわかるか？」エメラルド色の目が食い入るようにソフィーの目をのぞきこむ。

「どこへ行くのか、と？」

「ばかな、ソフィー、あなたが愛人と駆け落ちをするつもりだと思ったのだ」

ソフィーはぽかんとしてジュリアンを見つめた。「愛人？　なんの愛人？　やめてちょうだい、ジュリアン。あまりに突拍子もない憶測だわ」

「そうだろうか？」

「当たり前でしょう？　いったいぜんたいどうして、このわたしがほかの男性を求めるでしょう？　ひとりでさえうまく付き合えないようなのに」そう言ってくるりと身をひるがえし、扉へ向かった。

「ソフィー、待つんだ。どこへ行くつもりだ？　まだ話は終わっていないぞ」

「でも、わたしはもうあなたにお話しすることはありませんから。名誉に値することをして叱りつけられるのはもううんざり。あなたに愛してもらおうと頑張るのももううんざり。夫と妻が尊敬し合い愛し合う関係のうえに成り立つ結婚生活を求めるのももううんざり」

「なにを言っているんだ、ソフィー」

「心配にはおよびません。経験して学びましたから。これからは、あなたが望んでらっしゃる結婚生活が始まるんです。わたしは、できるかぎりあなたのおじゃまにならないように努力します。ほかのもっと大切なことに――最初から、こちらにかかりきりになればよかったんだわ――熱中しますから」

「ほんとうだな？」脅すように尋ねる。「それで、あなたが私に抱いていると言った恋心はどうなるんだ？」

「心配してもらわなくても結構です。もう二度と口にしませんから。そんなことをしても、あなたにばつの悪い思いをさせ、それ以上にわたしが恥をかくだけだと思い知りました。ほんとうに、あなたにはもう一生分、自尊心を傷つけられたわ」

ジュリアンの表情がかすかにやわらいだ。「ソフィー、戻ってきて坐ってくれ。話したいことが山ほどあるのだ」

「あなたの退屈なお説教はもう聞きたくありません。言わせていただくけれど、あなたがた男性の名誉ある行為のルールって、ほんとうにばかばかしいわ。薄ら寒い夜明けに二十歩離れて向き合って拳銃を撃ち合って、それで意見の食い違いに決着をつけるなんて、愚かにもほどがあるわ」

「それについては、私も同意見だ、マダム」

「どうだか。あなただって当事者になれば、なんの疑問も抱かずほかの男性たちと同じようにしたはずだわ。でも、シャーロットとわたしはじっくり話し合ったのよ」

「あそこに突っ立って、話し合っていたというのか？」ジュリアンは驚いて尋ねた。

「もちろんよ。わたしたちは女性ですもの。だから、そういった問題に関する知的討論が男性よりはるかに得意なの。そして、必要もないのに拳銃を撃ったりしなくても、謝罪するだけですべてが名誉に値するかたちで解決すると知ったちょうどそのとき、あなたが突然、地鳴りとともにあらわれて、あなたにはなんの関係もない問題に横やりを入れたんだわ」

ジュリアンはうめくように言った。「信じられん。フェザーストンがあなたに謝ろうとしていた？」

「ええ、わたしはそう信じているわ。名誉に値する女性である彼女は、わたしに謝るべきだと気づいたのよ。それから、もう一つ。銃弾に貫かれる覚悟で、しかもあんなとんでもない時間に起きても報われるほど価値のある男性なんてどこにもいないとシャーロットは言っていたけれど、そのとおりだわ」

ソフィーは書斎を出て、そっと後ろ手に扉を閉めた。ジュリアンの目の前から消える直前に決め台詞が言えたのは、満足だった。今回のみじめな騒動の全体を通して、満足できるのはそれだけになりそうだ。

目の奥がかーっと熱くなって涙がこみ上げてきた。ソフィーは階段を駆け上り、自分の部屋へ向かった。ひとりで泣きたかった。

ずいぶん時間がたってから、ソフィーは突っ伏していた両腕から頭を上げた。立ち上がって洗面器に水を満たして顔を洗い、書き物用テーブルに向かった。ペンを手にして、目の前に便せんを置き、ふたたびシャーロット・フェザーストンに手紙を書いた。

親愛なるC・Fさま

二百ポンドを同封いたしましたのでご確認ください。お金をお渡しするのは、あの手紙を公開しないと約束していただいたからではありません。あなたのおおぜいの崇拝者たちはご自分の妻にたいするのと同じように、あなたにも心遣いをするべきだと思ったからです。いずれにしても、あの方たちは結婚相手と結ぶべき関係をあなたとも楽しんだのです。ですから、あの方たちにはあなたに年金を支払う義務があります。同封したのは、あなたに支払われるべき年金のうち、わたしたちの共通の友人の負担分です。バースのコテージで楽しまれますように。

かしこ

S

ソフィーは手紙を読み返し、封をした。アンに渡して届けてもらうつもりだった。彼女ならうまくやってくれるだろう。

それで今回の大失敗に終止符が打てる。そう思ってソフィーは椅子の背に体をあずけた。ジュリアンに伝えたのは本心だった。今朝は貴重な教訓を学んだ。男性と同じやり方で名誉を守っても夫の尊敬は得られない、ということだ。

それから、夫の愛を勝ち得る可能性がほとんどないこともわかった。

つまり、結婚生活をなんとかしようとこれ以上時間を費やしても無駄ということだろう。ジュリアンが結婚生活に定めた決まりを変えようと頑張っても、報われる可能性は皆無に等しい。ベルベットの牢屋に捕らえられてしまったからには、その利点を最大限に利用して我慢するしかないだろう。これからは、自分なりの人生を自分らしく生きていくつもりだった。ジュリアンとはたまにパーティや舞踏会や寝室で会うだけだ。

彼が跡継ぎに恵まれるように努力し、その見返りにきれいに着飾り、おいしいものを食べ、居心地のいい家に住めるように面倒をみてもらう。それほど悪い取り引きでもないだろう、とソフィーは思った。とても寂しく、空しい人生にはちがいないけれど。

でも、わたしにはほかに、ここロンドンでやるべきことがある。そう自分に言い聞かせながらソフィーは立ち上がった。ジュリアンの愛や好意を得ようとして、ずいぶん時間を無駄にしてしまった。愛も好意も持たない人とも知らず。

ジュリアンに言ったように、ソフィーにはほかに熱中すべき計画があった。ほかのすべてを忘れて熱中していた時期もある、妹を誘惑した男を探す、という計画。

そちらの計画に打ちこもうと心を決めて、ソフィーは衣装戸棚に近づいた。その夜、レイディ・マスグローヴの仮面舞踏会に着ていこうと決めていたジプシーの衣装に目をこらす。色鮮やかなドレスとスカーフと仮面をしばらくながめてから、小さな宝石箱に視線を移した。

黒い指輪についてなにか知っているかもしれない人をおびき出すには、なにか行動を起こさなければならない。

そのとき、突然、頭にひらめいた。真実を求める旅の第一歩を踏みだすのに、だれにも身元が知れない仮面舞踏会にこの指輪をはめていく以上にふさわしいことがあるだろうか？　指輪に気づいて、なにか話しかけてくる人がいるかもしれない。そうなれば、前の持ち主につながる手がかりもつかめるだろう。

しかし、舞踏会までにはまだ数時間あり、ソフィーは夜明け前からずっと起きつづけていることに気づいた。身も心もくたくただった。ちょっと昼寝をしよう。そう思ってベッドに横たわったとたん、深い眠りに落ちていった。

階下の書斎でジュリアンはぼんやり立ちつくし、火のついていない炉床を見つめていた。わざわざ夜明けに起きて、銃弾に貫かれる危険に身をさらしに出かけるような、そんな骨折りに見合う男はどこにもいない、というソフィーの言葉が耳に焼きついていた。エリザベスをめぐって最後に決闘をしたあとに、ジュリアンも同じようなことを口にした覚えがあった。

しかし、今朝、ソフィーがやったのは、まさにそれだった。名高い娼婦に決闘を挑み、名誉のために命を捨てる覚悟で夜明け前に目を覚ましたのだ。

しかも、ジュリアンを愛し、彼がほかの女性に宛てた恋文が世間の目にさらされるのは耐えがたいという理由で。

夜明けの決闘にシャーロットが身につけていたイヤリングは数年前にジュリアンから贈られたものだと、彼女がソフィーに伝えなかったのはありがたいというほかなかった。ジュリアンはイヤリングを一目見てそれとわかった。ソフィーが知っていたら、怒りは二倍にふくれ上がっていただろう。イヤリングのことをしゃべって愚弄しなかったのは、決闘を挑んできた年下の相手にフェザーストンが敬意を払っているなによりの証拠だった。

ソフィーが腹を立てるのは当然だ、とジュリアンはうんざりしながら思った。彼女がいくらでも金を使えるように手配する一方で、女性が夫に期待するようなプレゼントは一度も贈ったことがないのだから。娼婦が真珠のイヤリングに値するなら、愛らしく情熱的でやさしく、誠実な妻にはなにを贈るのがふさわしい？

しかし、ジュリアンはソフィーに宝石を贈るのはあまり気が進まなかった。心のどこかでまだ、エメラルドを取り戻すことにこだわっているせいだとわかっていた。その可能性はほとんどゼロに等しいと思えるいまとなっても、レイヴンウッド伯爵夫人が一家に代々伝わる家宝のエメラルド以外の宝石を身につけている姿はどうしても思い浮かばない。

だからといってそれは、ソフィーに女性としての自尊心を満足させられるような、高価な宝石を贈らない理由にはならない。午後になったらすぐ宝石屋へ行ってなにか求めよう、とジュリアンは心に留めた。

そして、書斎を出てゆっくりと階段を上るあいだに考えた。ゆうべ、ソフィーがこの腕のなかで震えながら言ったことは本心にちがいない。本気で私を愛していると信じているのだ。

彼女が自分の感情をはっきり識別できないのも無理はないと思った。愛欲と愛はときとして区別がむずかしい。身をもって体験したジュリアンはいやというほどわかっていた。

しかし、私を愛していると思いこんだところでソフィーに不都合はなにもないだろう、とジュリアンは思った。彼自身、そんなロマンチックな幻想に浸るのも悪くないと思えた。

すると、なんとしてでもシャーロット・フェザーストンに立ち向かわなければならないと感じた理由をもう一度ソフィーの口から聞きたいという衝動が急にわきあがってきて、ジュリアンはソフィーの寝室につづく扉を開けた。ベッドに横たわっている彼女の姿が見えて、いまにも口から飛び出しそうだった質問を呑みこんだ。

ソフィーは体を丸めてぐっすり眠りこんでいた。ジュリアンはベッドに近づき、しばらく彼女を見下ろしていた。なんと愛らしく無邪気な姿だろう。ほんの数時間前、自分の正しさを主張して怒り狂っていた同じ女性とはとても思えない。愛欲の熱い絶頂感に貫かれ、身を震わせる姿も、いまではとても想像できない。さまざまな興味深い一面をうちに秘めた女性なのだ。

ジュリアンは、視界の端のジブラ材の書き物用テーブルに、可憐な刺繍をほどこしたハンカチーフが何枚か、丸めてあるのに気づいた。小さな四角い布が、痛々しいくらいくしゃくしゃになっている理由は考えるまでもない。

エリザベスはいつも私の目の前で泣いていた、とジュリアンは思い返した。必要となれば、あっというまに美しい泣き顔を見せることができた。しかし、ソフィーはわざわざ自分の部屋に退いてひとりで泣いていたのだ。罪悪感にそっくりの妙な感情がこみ上げ、ジュリアンはぎくりとした。が、すぐにそんな思いを振り払った。きょうのソフィーは責められて当然なのだ。あんな危ない真似をして、命を失っていたかもしれないのだから。

そんなことになったら、この私はどうしていただろう？

ソフィーは疲れているにちがいない。起こすのはかわいそうだと思い、ジュリアンはしぶしぶ回れ右をして部屋に戻ろうとした。そのとき、戸を開けたままの衣装戸棚に、色鮮やかな柄のジプシーの衣装が吊ってあるのが見え、その夜、ソフィーがマスグローヴ家の仮面舞踏会に出かけると言っていたのを思い出した。

もちろん、ジュリアンはオペラにも増して仮面舞踏会には興味がない。今夜、ソフィーのエスコート役は伯母にまかせるつもりだった。しかし、あとでレイディ・マスグローヴ邸に寄ってみるのも悪くないかもしれない、と急に思いついた。

そして、元愛人を思っていたより、いまソフィーに寄せる思いのほうがずっと強いのだと身をもって示すのも大事だと思えた。いまから急げば、ソフィーが目覚める前に宝石店に寄って戻ってこられるかもしれない。

「ソフィー、心配していたのよ。だいじょうぶ？　ご主人に殴られた？　一か月は外に出してもらえないんじゃないかと思っていたけれど」赤と白のフード付きマントを着《ドミノ》て、銀色に輝く仮面で顔の上半分を隠したアンが心配そうに上体を傾け、ソフィーの耳元でささやいた。

広い舞踏場は仮装した男女でごったがえしていた。頭上には色とりどりのランプが吊られ、何十もの大きな鉢植え植物がたくみに配置されて、屋外の庭園にいるような錯覚さえおぼえる。

アンの声だと気づいて、ソフィーは仮面で覆った顔をしかめた。「もちろん、殴られなかったし、ご覧のとおり外出禁止にもならなかったわ。でも、彼はなにもわかってくれなかったわ、アン」

「あなたがああせざるを得なかった理由も？」

「まるで」

アンは重々しくうなずいた。「そうじゃないかと思っていたわ。残念だけれど、まさにハリエットの言うとおりね。男性は自分たちと同じ名誉を重んじる気持ちを女性が主張するのさえ許さない、って」

「ジェーンはどこ？」

「来てるわよ」アンは混み合った舞踏場を見回した。「濃いブルーのサテンのドミノを着ているわ。今朝、あんなことをして、もう一生あなたに口もきいてもらえないんじゃないかって心配しているわ」

「まさか、そんなことをするわけないわ。彼女は、自分で一番いいと思うことをしただけだもの」

いつのまにか、濃いブルーのドミノを着た女性がソフィーの間近に立っていた。「ありがとう、ソフィー」ジェーンが身を縮めながら言った。「あなたには申し訳なかったけれど、わたし、あんなことであなたが命を落とすかもしれないと思ったらじっとしていられなくて。今朝、あんなふうにじゃまをしてしまったこと、許してくださる？」

「もう終わったことよ、ジェーン。どうぞ忘れてちょうだい。いずれにしても、あなたの助けがなくてもレイヴンウッドは決闘を止めにきたにちがいないわ。今朝、わたしが屋敷を出るところを見ていたんですって」

「あなたを見ていた？　驚いた。馬車に乗りこむのを見ながら、どんな気持ちだったんでしょう？」

ソフィーは肩をすくめた。「わたしがほかの男性と逃げようとしていると思ったんですって」

「だから、お屋敷に着いたわたしのために扉を開けてくれたとき、あんな目をしていたんだわ」ジェーンが声をひそめて言った。「伯爵が悪魔と呼ばれる理由がわかったと思ったもの」

「あなたが最初の奥さまと同じことをするんじゃないかと思ったのよ」アンが言った。「伯爵は彼女の不貞を知って殺してしまったという噂もあるし」

「ばかばかしい」ソフィーは言った。そんな話は信じたことはなかったし、信じたいとも思わなかったが、ほんとうに心の底から腹を立てたとき、ジュリアンはどこまで自分を見失うのだろうと思うとたしかに恐ろしかった。アンの言うとおりだ。そう思ってソフィーはぞっとした。書斎にいたとき、彼の緑色の目から悪魔がにらみつけているような気がした瞬間が何度かあった。

「わたしも経験から学んだから、ふたりとも、もう心配はいらないわ。これからは、夫が期待する妻になることにしたの。彼の人生に干渉はしない。その代わり、わたしも彼に干渉されることなく、自分だけの人生を歩んでいくつもりよ」

アンが心配そうに下唇を噛みしめた。「口で言うほど簡単ではないと思うわ、ソフィー」

「きっとそうしてみせるわ」ソフィーはきっぱり言った。「でも、その前に、もう一つお願いがあるの、アン。もう一通、手紙をシャーロット・フェザーストンに届けてくださらない？」

「ソフィー、お願い」ジェーンが心配そうに言った。「もう彼女にはかかわらないで」

「心配しないで、ジェーン。これで最後だから。お願いできるかしら、アン？」

アンはうなずいた。「だいじょうぶよ。手紙でなにを伝えるの？　待って、当てさせてちょうだい。彼女に二百ポンド届けるつもりじゃない？」

「まさにそうするつもりなの。ジュリアンにはそのくらいのことをする義理があるのよ」

「あなたたちって信じられないわ」ジェーンがつぶやいた。

「やきもきしないで、ジェーン。言ったでしょう、これでもうすべて終わりにするんだから。それに、わたし、やらなければならないもっと大切なことがあるの。ずっとつづけていなければならないことなのに、結婚生活に気をとられてないがしろにしていたなんて、自分でも信じられないわ」

ジェーンの仮面の下の目が、つかのま、きらりとうれしそうに輝いた。「結婚って、最初はほかのものが目にはいらないくらい楽しいものみたいね、ソフィー」

「彼女は男性の行動パターンを変えさせようとしても無駄だと気づいたのよ」アンが分析した。「そもそも結婚するという失敗を犯してしまったら、できるだけ夫のことは無視して、もっと面白いことに熱中するのが一番なのよ」

「あなた、結婚の専門家なの?」ジェーンが訊いた。

「ソフィーを観察していて学んだのよ。さあ、あなたの言うもっと大切なことについて話してちょうだい、ソフィー」

ソフィーは口ごもった。指にはめている黒い指輪について、友人たちにどこまで話せばいいだろう? 決めかねているあいだに、フードのついた黒いケープに黒い仮面をつけた長身の男が音もなく近づいてきて、ソフィーに深々とお辞儀をした。ランプのほの暗い明かりの下では相手の目の色もよくわからない。

「恐れ入りますが、私と踊っていただけますでしょうか、レイディ・ジプシー」

暗く陰った目をのぞきこんだソフィーは、なぜか寒気を感じた。反射的に断ろうとして、ふと指輪のことを思い出した。いずれにしても手がかりは探しはじめなければならず、必要な情報をだれがもたらしてくれるかわからない。ソフィーは膝を曲げてお辞儀をした。「お誘いくださって、ありがとうございます。喜んでお相手いたしますわ」

黒いケープと仮面の男は、なにも言わずにソフィーをダンスフロアまで導いていった。黒い手袋をはめている、とソフィーは気づいた。男に手を取られて引き寄せられたとたん、いやな感じがした。男のダンスは優雅で非の打ちどころがなかったが、ソフィーはなぜか脅されているような気がした。

「占いはなさるのですか、レイディ・ジプシー？」男が低くしゃがれた声で訊いた。どこかばかにしてからかっているような響きがある。

「ときどき」

「私もそうなんです。たまに占うことがあります」

ソフィーはびっくりした。「そうなんですか？　わたしの運勢もお読みになれます？」

黒い手袋をはめた指先がソフィーの手にはめられた黒い指輪をたどった。「じつに興味深い運勢をお持ちですよ、レイディ。じつに興味深い。しかし、その運勢は大胆にもこの指輪をはめて人前に出る若い女性だけのものです」

12

　ソフィーは息を呑んだ。自分の足につまずいてころびそうになったが、一瞬、相手の男が腕をつかむ手に痛いほど力をこめたので、ことなきを得た。「この指輪をご存じなんですか？」なんとか明るい声で訊いた。

「ええ」

「まあ、驚いた。そんなによく知られた指輪とは知りませんでした」

「ひじょうに珍しい指輪です、マダム。それとわかる者は数えるほどしかいないでしょう」

「そうですか」

「どんな事情で手に入れられたのか、お尋ねしてもかまわないでしょうか？」フードをかぶった男が静かに訊いた。

　ソフィーはあらかじめ用意していた話をした。「友人からの形見の品です」

「そのお友だちはあなたに忠告するべきでしたね。それはとても危険な指輪だ、と。すぐにはずして、もう二度とはめないことです」一瞬の間をおいてから、見知らぬ男は穏やかに締めくくった。「あなたがひどく冒険好きな女性なら話はべつですが」

心臓がどきどきと高鳴っていたが、ソフィーは顔半分を隠している仮面の下で無理をしてほほえんだ。「この指輪をご覧になって、どうしてそんなに心配されるのかわからないわ。なぜ危険だと思われるのかしら？」

「どうして危険なのか、それは私からはお伝えできません、レイディ。その指輪をつけている方が自分で見きわめなければならないのです。しかし、気の弱い方には向いていない、とお伝えするのが、せめてもの私の義務でしょう」

「からかっていらっしゃるのね。でも、正直言ってわたしには、この指輪はちょっと珍しいアクセサリー以上のものには見えないわ。いずれにしても、わたしは臆病者ではないからだいじょうぶよ」

「では、その指輪をなさったまま、たぐいまれなる興奮を味わわれることでしょう」

ソフィーはぶるっと身震いしながらも、かろうじて笑顔を保った。このときばかりは仮面をつけていてほんとうによかったと思った。「今夜のわたしの衣装を見て、ちょっとからかってやろうという気になられたのね。人の背筋をぞくぞくさせるのが仕事の哀れな占い師の背筋をぞくぞくさせて、さぞお楽しいでしょうね？」

「私のせいで、背筋がぞくぞくしましたか、マダム？」

「少し」

「その感覚が心地よいですか?」

「とくにそうは思えません」

「そのうちきっと、その感覚が心地よくなります。ちょっと練習をすれば、ある種のタイプの女性はかならず」

「それがわたしの運命でしょうか?」ソフィーは尋ねた。今朝、シャーロット・フェザーストンに立ち向かったときに劣らず、手のひらがじっとりと汗ばんでいるのがわかる。

「将来をのぞき見させて、期待するという楽しみを奪うつもりはありません。そのうち、あなた自身に運命の本質を見いだしていただくほうがはるかに興味深いのです。では、ごきげんよう、レイディ・ジプシー。きっとまたお会いすることでしょう」黒いケープの男は突然、ソフィーから離れ、指輪をはめた彼女の手を握って深々とお辞儀をすると、人ごみにまぎれて見えなくなった。

ソフィーは男の背中が人ごみに消えていくのを見ながら、庭に出れば仮面をはずした男に会えるかもしれないと思った。レイディ・マスグローヴの美しい庭園には、舞踏場で踊り疲れた人たちがおおぜい涼みに出ていた。

ソフィーはスカートを持ち上げ、庭に向かって歩きだした。しかし、せいぜい十フィート進んだところで、男性の手にがっちりと腕をつかまれたのを感じた。ぎょっとして振り向き、さっきのダンスのパートナーと同じ、黒いケープと仮面を身につけた長身の男性を見上げた。唯一、フードをかぶっていないので漆黒の髪が見えているところだけがちがう。男は軽く会釈をした。

「失礼ながら、あなたのような方にぜひ助けていただきたいのです、マダム・ジプシー。踊りながら、私を占ってはいただけませんか？　近ごろ、愛情運に恵まれていないのですが、今後、その運勢が変わるかどうか、それが知りたいのです」

ソフィーは男の腕につづく大きな手を見下ろし、すぐに気づいた。ジュリアンだ。ただでさえ低い声をより低くしてしゃがれさせているけれど、まちがいない。彼がそばにいるときはいつも感じ、いっしょに住むようになっていっそう強く感じるようになった、いつものあの気配もある。

ジュリアンはわたしに気づいているのだろうか？　そう思うと胃のあたりが妙にざわつく感じだ。気づいているなら、彼はわたしに腹を立てているにちがいない。昼寝から目覚めて、隣の枕にブレスレットが置いてあるのに気づいたあと、あんなことをしてしまったのだから。ソフィーはおそるおそる彼を見上げた。

「運勢を変えたいのですか？」

「ええ」ジュリアンは言い、ソフィーを引き寄せて踊りはじめた。「なんとしてでも変えたいのです」

「運……運が悪いとおっしゃるのは、どういう理由があってのことでしょう？」ソフィーは慎重に尋ねた。

「私は、新妻を喜ばせるのがどうも苦手なようなのです」

「奥さまは、ちょっとやそっとのことでは喜ばない方でしょうか?」

「ええ、残念ながら。だれよりも注文の多い女性です」ジュリアンの声がさらにしゃがれたように聞こえた。「たとえば、きょうも、私には気持ちを伝えるプレゼントの一つも贈ろうという気がないと言って腹を立てていました」

ソフィーは唇を嚙みしめ、ジュリアンの肩の向こうに視線を漂わせた。「結婚されてどのくらいなんです?」

「数週間です」

「そのあいだ、そういった贈り物の一つもされなかったんですか?」

「贈り物のことなど、思いつきさえしませんでした。怠慢にもほどがある。しかし、そんなふうに欠点を指摘された私は、きょう、さっそく事態の修復に取りかかりました。妻のためにとてもすてきなブレスレットを買ってきて、彼女の枕の上に置いたのです」

ソフィーは心のなかで身をすくめた。「とても高価なブレスレットですか?」

「とても。しかし、妻を満足させるほどではなかったらしい」ジュリアンがソフィーの腰にまわした手にかすかに力がこもった。「夕方、出かける前に着替えをしようと部屋に行ったら、私の枕の上にブレスレットが置いてあったのです。こんな意味のないものをもらってもうれしくない、というメモが添えてありました」

ソフィーはジュリアンを見上げた。彼は腹を立てているのか、それともブレスレットを突き返された理由がとにかく知りたいだけなのか、なんとか見きわめようとした。自分の正体がばれているのかさえ、まだよくわからなかった。「あなたは奥さまの不満を誤解されているように思います」

「誤解を？」ステップ一つまちがえずに、ジュリアンはソフィーの肩からずり落ちそうになっている色鮮やかな柄のスカーフを引き上げた。「彼女は宝石が好きではないと？」

「ほかの女性と同じように、奥さまも宝石はお好きにちがいありませんが、おそらく、物を贈ってなだめようとするあなたの思いつきが気に入らなかったのでしょう」

「なだめる？」ジュリアンはいぶかしげに繰り返した。「どういう意味です？」

ソフィーは咳払いをした。「ひょっとして、最近、奥さまと喧嘩をされませんでしたか？」

「ああ、ええ。妻がひどく無謀なことをしたものですから。命を失ってもおかしくないようなことをしたのです。もちろん、私は腹を立てました。怒りをぶつけたら、彼女はすっかり不機嫌になってしまって」

「彼女がなぜそんなことをしたのか、それをあなたが理解しなかったから、奥さまは傷ついたのではないでしょうか？」

「あんな危険な真似をされて黙っているわけにはいきません」ジュリアンは穏やかに言った。「彼女がそれを名誉にかかわる問題だと信じていたとしても。軽々しく命を危険にさらすのを許すわけにはいかないのです」

「そして、あなたは彼女が求めているような理解を示すのではなく、ブレスレットを贈ったのですね？」

仮面の縁のすぐ下で、ジュリアンの口元がこわばった。「彼女はそんなふうにとらえていたと?」

「奥さまは、喧嘩のあとにあなたが、まるで愛人の機嫌をとるようなやり方でなだめようとしたのが気に入らなかったのでしょう」

「興味深い仮説です。しかも、的外れとも言いがたい」

「そういうやり方は、たいていうまくいくのですか? つまり、相手が愛人の場合、ということですが?」

ジュリアンはステップをまちがえたが、すぐにうまくとりつくろった。「ええ、そうですね。たいていは」

「愛人とはなんと浅ましいのでしょう」

「私の妻はまるでちがいます。たとえば、自尊心がとても強いのです」

「それはあなたも同じでしょう」

ジュリアンの大きな手がソフィーの指先をそっと包みこんだ。「おっしゃるとおりです」

「いずれにしても、あなたと奥さまには共通点もあるようです。それを基盤にして理解し合えるでしょう」

「それで、マダム・ジプシー? 私のつらい現実はお話ししました。私の将来の運勢はどうなるでしょうか?」

「ほんとうに運を変えたいのなら、まず奥さまに伝えることです。彼女の自尊心と名誉を重んじる気持ちを、男性のそれと同じように尊重している、と」

「どのようにして伝えるのですか？」ジュリアンは尋ねた。

ソフィーは大きく息を吸いこんでから言った。「第一に、ブレスレットより価値のあるものを奥さまに差し上げなければなりません」ジュリアンの手のひらがいきなり、ソフィーの指先を強く握りしめた。

「それはどんなものでしょう、マダム・ジプシー？」暗く、脅すような声で訊く。「イヤリング？　ネックレスですか？」

ソフィーはジュリアンに痛いほど強く握られている指先を振りほどこうとしたが、うまくいかない。「あなたがご自分で摘んだバラや、恋文や、あなたの気持ちを伝えるささやかな詩のほうが、奥さまは宝石よりずっと喜ばれるような気がします」

ジュリアンの指先からふっと力が抜けた。「なるほど、根はロマンチックな女性だと？　私もそうではないかと思いはじめていたところです」

「奥さまはただ、高価な宝石を贈る行為が男性の心のやましさを精算する安易な手段だとご存じなだけだと思いますけれど」

「妻は、私を愛でがんじがらめにしないかぎり満足しないんでしょう」ジュリアンは冷ややかに言った。

「それがそんなにいけないことでしょうか？」

「私はそういった感情にたいして鈍感なのです。妻がそれを理解してくれればいちばんいいのですが」

「おそらく奥さまは、そういった現実を目の当たりにしてつらい思いをなさっているのだと思います」

「そう思われますか？」

「でも、奥さまは聡明な方ですから、手に入れられないものを追うようなことは、そのうちやめられるでしょう」

「それで、なにをするんです？」

「あなたの望みどおりの結婚生活を送ろうと努力されるはずです。愛もたがいへの理解もどうでもいい結婚です。あなたに愛されようと努力して時間やエネルギーを無駄遣いするのはやめられるでしょう。ほかに熱中することを見つけて、ご自分なりの人生を歩まれるはずです」

ジュリアンはふたたびソフィーの指先を強く握りしめ、仮面の下の目をぎらつかせた。

「つまり、ほかに愛人を作るということか？」

「ちがいます、そうではありません。奥さまは愛する相手に思いをはねつけられたからといって、ほかに対象を求めるタイプではありません。思いは大切に胸にしまって顧みず、ほかのことに熱中されるでしょう」

「私は、妻の恋心という贈り物をはねつけるとは言っていません。まったく逆です。そのような大切な思いを喜んで受け入れることを身をもって示すつもりです。妻も、妻の愛も大切にします」

「わかりました」ソフィーは言った。「自分がされるのはごめんだけれど、奥さまのことは愛でがんじがらめにして、自分は安全な距離を置いてながめているだけ。そうやって奥さまを支配するつもりですか？」

「勝手な解釈はやめてください、レイディ・ジプシー。彼女は私の妻なのです」ジュリアンはきっぱり言った。「妻であり、しかも私を愛していれば、だれにとっても好都合ではないですか。私はただ、安心して私を愛していいのだと彼女にわかってもらえればいいのです」

「そうやって、彼女の愛を利用して支配するつもりなんでしょう？」

「占い師は、そのように相談者の言葉をいちいち無遠慮に解釈するものなのか？　私の将来の運勢はどうなのか、さっさと教えてはもらえないだろうか？」ジュリアンはうながした。

「あなたが積極的にやり方を変えなければ、お望みどおりの結婚生活を手に入れられます。奥さまは奥さまなりの生活を、あなたはあなたなりの生活を楽しまれるでしょう。跡取りに恵まれる程度に寝室でお会いになる以外、奥さまはあなたのじゃまにならないよう努力されるはずです」

「ほかはともかく、結婚生活に関して妻は一生ふくれっ面でいるようではないか」ジュリアンは冷ややかに言った。「ぞっとしないな」ジュリアンはまた、床にずり落ちそうなソフィーのスカーフを引き上げ、そのとき目についた彼女の黒い金属の指輪に指先をすべらせた。

「これはまた変わった指輪だ、マダム・ジプシー。占い師はみんな、このような指輪をはめているのですか？」

「いいえ。これは形見にもらったんです」急に不安が体を駆け抜け、ソフィーは口ごもった。「見覚えがおありですか？」

「いいえ。それにしてもなんと見苦しい。どなたの形見ですか？」

「妹です」ソフィーは慎重に言った。ジュリアンは好奇心にかられて訊いているだけだ、と自分に言い聞かせる。「こうしてときどき指にはめて、妹の運命を思い出すことにしているんです」

「どんな運命だったのですか？」

「愚かにも、どんなに愛しても愛してはくれない男性を愛してしまったんです」ソフィーは声をひそめて言った。「あなたと同じで、その男性もそういった感情にうとかったんでしょうが、妹がとても感じやすいことをまるで気にかけてもくれなかった。妹はその人を愛し抜いて、燃え尽きてしまったんです」

「あなたは妹さんの悲しい運命から妙な教訓を得てしまったようだ」ジュリアンは穏やかに言った。

「わたしは自殺する気など毛頭ありませんから」ソフィーは言い返した。「でも、価値も認められない人に大切な贈り物を差しだすつもりもありません。失礼、友だちが窓の近くに立っているのが見えたような気がするので。話をしなければならないので、これで失礼します」ソフィーはジュリアンの腕から逃れようとした。

「私の運命は？」スカーフの両端をつかんだまま、ジュリアンは詰め寄った。
「あなたの運命はあなた次第ですわ」ソフィーは巧みに頭を下げてスカーフをすり抜け、人ごみのなかに逃げこんだ。

ジュリアンはダンスフロアの真ん中にひとり取り残されていた。きつく握りしめた指先のあいだから、派手な色合いのスカーフがこぼれ落ちるように垂れ下がっている。ジュリアンは長々とスカーフを見つめてから、たたんでマントの内ポケットにしまった。その表情にはじわじわと笑みが広がっている。あとで、どこへ行けばさっきのジプシーに会えるかはわかっていた。

なおもひとりほくそ笑みながら、ジュリアンは外に出て馬車を呼んだ。ソフィーのことは予定どおり、伯母のファニーとハリエットが家まで安全に送り届けてくれるだろう。そうなれば、クラブで一、二時間過ごしてから帰るくらいがちょうどいい。

ジュリアンは数時間前よりはるかに機嫌がよくなっていた。理由はわかっている。ソフィーがまだ彼に腹を立てているのも、反抗心をむき出しにしているのも、彼が今朝の彼女の行動を許さなかったので傷ついているのもたしかだった。しかし、ジプシー姿のソフィーがいつもと同じようにほんとうのことしか語らず、しかも彼を愛していると断言したことでジュリアンは満足していた。

彼女に愛されていることはきょうの午後、枕の上にブレスレットが放りだしてあるのを見て、ほぼ確信はしていた。だからこそ、そのまま彼女の寝室に押しかけていってその手首に無理やりブレスレットをはめなかったのだ。こんな高価な贈り物を突き返し、愛の詩を要求するのは、恋をしている女性以外にいない。

愛の詩など書けるとは思えなかったが、短くてもいいからとにかくそれらしいものをひねり出して、今度ソフィーにブレスレットを渡す機会があればいっしょに添えるつもりだった。

その後のエメラルドの運命を知りたいというジュリアンの思いは募るいっぽうだった。新しいレイヴンウッド伯爵夫人にはきっとよく似合うはずだ。ジュリアンは彼女がエメラルドだけを身につけている姿を思い描いた。

ジュリアンは、夫にたいする思いを大切に胸にしまって顧みない、というソフィーのさっきの言葉をさほど気にかけていなかった。ソフィーについてだんだんわかってくるにつれ、これだけはたしかだと思えることがあるなら、それは彼女の全身にはやさしくて素直な感情がいきいきとめぐっていて、そんな否定的で頑な思いを長いあいだ持ちつづけていることはできない、ということだった。

自らの放埒な愛欲の犠牲になったエリザベスとちがって、ソフィーは深い愛情に支配されている。しかし、彼女は女性であり、そのやさしい性格につけこもうとする相手から自分を守るだけの力がない。だから、私が彼女を守って面倒をみなければならないのだ、とジュリアンは思った。

これからは、私は彼女にとって必要な存在であるだけでなく、安心して愛せる相手だとわからせなければ。

そして、黒い指輪のことを思い出し、薄暗い馬車のなかで眉をひそめた。ソフィーが妹の形見を身につけていると思っただけでいやな気がした。指輪は、彼女に言ったように見苦しい。しかも、あれを身につけることでソフィーは、愛しても愛してくれない男性に思いを寄せるのは賢明ではないと自分に納得させているのだ。

ジュリアンがクラブにはいり、ポートワインのボトルのかたわらに腰かけたちょうどそのとき、カードゲーム専用の部屋からデレゲートが出てきた。友人を見るなり、デレゲートはうれしそうにきらっと目を輝かせた。その顔を一目見てジュリアンは、レイトン・フィールドの出来事がすでに噂になっているのだと気づいた。

「お、あらわれたな、レイヴンウッド」デレゲートはジュリアンの肩をぽんと叩き、すぐ近くの椅子に坐った。「心配していたんだ、わが友。決闘の仲裁とは危険きわまりない。きみが撃たれていたかもしれないんだぞ。女性と拳銃はお世辞にもいい取り合わせとは言えないからな」

平静をよそおってデレゲートを見つめようとしたが、思ったとおり、うまくできなかった。「どこでそんなばかな話を？」

「おや、では本当なんだな」デレゲートは満足げに言った。「そうだと思った。きみの元気な奥方ならそのくらいのことはやりかねないし、変わり者のフェザーストンはまちがいなく受けて立つだろうからな」

ジュリアンはなおも穏やかにデレゲートを見つめた。「その話をどこで耳にしたかと訊いているんだ」

デレゲートは自分用にグラスにポートワインを注いだ。「たまたま耳にはいったんだ。心配するな。知っている者はごくかぎられているし、これ以上、ほかに漏れる心配はない。私も又聞きなのだ。きょうの午後、うちの召使いのひとりがフェザーストンの馬の世話をしている男とボクシングの試合を観に出かけた。それで、その男から、今朝は日の出前に馬車の準備をさせられたと聞かされたそうだ」

「その馬番は、その後のことをどうやって知ったのだ?」

「なんでも、彼はフェザーストンの小間使いのひとりといい仲で、その彼女から、さる高貴なご婦人がフェザーストンから強請の手紙を受け取って激怒していたと聞いたというんだ。名前は一切口にされていないから、心配は無用だ。明らかにこの一件の関係者たちはみな、分別を持ち合わせているようだ。しかし、話を聞いた私はすぐに、その腹を立てたご婦人はソフィーにちがいないと思った。ほかにそんな大それたことをする度胸のある女性は思いつかないからな」

ジュリアンは小声で毒づいた。「その話を一言でもほかに漏らしたら、命はないと思え、デレゲート」

「おいおい、ジュリアン、そうかっかするな」デレゲートは一瞬だが心のこもった笑みを浮かべた。「たんなる使用人同士の噂話だ。すぐに忘れられる。さっきも言ったが、名前は一切出ていないんだ。それにしても、私がきみならうれしいなんてものじゃないだろうね。愛人に決闘を申し込むほど奥方に惚れこまれている男など、きみのほかに思い浮かばないぞ」

「元愛人だ」ジュリアンはぼそっと言った。「忘れないでほしいね。それをソフィーに説明するのにどれだけ骨を折ったことか」

デレゲートは含み笑いを漏らした。「で、納得してもらえたのか、レイヴンウッド？ そういう問題になると、奥方というのはいささか頭が固くなるからな」

「どうしてわかる？ 結婚したこともないくせに」

「観察して学べるんだ、私は」デレゲートはさらりと言った。

ジュリアンはからかうように両の眉を上げた。「叔父上がいまのままの生き方をつづけるなら、きみが観察して学んだことを活かせる日もそう遠くはないだろう。叔父上が嫉妬に狂った夫に殺されたり、飲み過ぎて体をこわして死んでしまう可能性はかなり高い」

「どっちにしても、叔父が死ぬころにはもう伯爵家を立て直せる可能性はほとんどない」デレゲートは吐き捨てるように言った。

ジュリアンがなにか言おうとしていると、マイルズ・サーグッドがぶらぶらやってきて近くの椅子に坐った。デレゲートの話を聞いていたらしい。

「叔父上の爵位を継いで家を立て直すにあたって、解決法は考えるまでもないだろう」マイルズが訳知り顔で言った。「金持ちの女相続人と結婚すればそれでいい。そういえば、ソフィーのあの赤毛の友だちは、義父が亡くなれば相当の金持ちになるらしいぞ」

「アン・シルバーソーンか？」デレゲートは顔をしかめた。「彼女は結婚する気がないと聞いているぞ」

「ソフィーも同じように考えていたのだ」ジュリアンはぶつぶつと言った。今朝、少年の格好をして拳銃のケースを抱えていた若い女性を思い浮かべ、帽子の下に赤毛をたくしこんでいたのを思い出して眉をひそめた。「言っておくが、あのふたりの頭の構造はそっくりだ。とすれば、彼女はやめておいたほうがいいぞ、デレゲート。いまのソフィーに劣らず、厄介ごとを引き起こすに決まっている」

デレゲートは横目でからかうようにジュリアンを見た。「覚えておくよ。爵位を継いだら伯爵家を立て直すのに目が回るほど忙しくなるはずだ。ソフィーのように奔放で身勝手な妻に振り回される余裕はない」

「私の妻は奔放でも身勝手でもないぞ」ジュリアンはきっぱりと言った。

デレゲートは感心したようにジュリアンを見た。「きみの言うとおりだ。エリザベスは奔放で身勝手だった。ソフィーは元気がいいだけだ。最初の伯爵夫人とは似ても似つかない、そうだろう？」

「そうだ、似ても似つかない」ジュリアンは自分のグラスにポートワインを注いだ。「そろそろ話題を変えようじゃないか。そういえば、ふたりに訊きたいことがあるのだ。ついては、私が尋ねたことも、それにたいする答えも一切口外しないでほしい。わかってもらえるだろうか？」

「もちろんだ」デレゲートは穏やかに言った。

マイルズも真顔になってうなずいた。「いいとも」

ジュリアンはマイルズからデレゲートへと視線を動かした。ふたりとも信頼のおける男だった。「黒い金属製で、三角形の盛り上がりになにか動物のような頭像が彫ってある指輪を見たり、その話を聞いたりしたことはあるか？」

デレゲートとサーグッドは顔を見合わせてからジュリアンを見つめた。ほぼ同時に首を横に振る。

「覚えはないなあ」マイルズが言った。

「なにか重要なことなのか？」デレゲートが訊いた。

「おそらく」ジュリアンは静かに言った。「あるいはそうではないかもしれない。しかし、私は以前、あるクラブかなにかのメンバーだけが身につけるという、そんな指輪にまつわる噂を耳にしたような気がするのだ」

デレゲートは記憶をたぐり寄せるように眉をひそめた。「そう言われてみると、私もそんな噂を聞いたおぼえがある。どこかの大学で組織されたクラブではなかったか？　なにからなにまで秘密主義で、クラブの目的とやらも聞いたおぼえはないな。急にどうしてそんな指輪の話を？」

「ソフィーがそんな指輪を持っているのだ。彼女の――」ジュリアンは口ごもった。ソフィーの妹のアメリアについてすべてを語る立場にはないと思えた。「ハンプシャーにいる女友だちからもらったそうだ。一目見て、なにか噂があったのを思い出したら、気になってならなくなった」

「いまはもうなんの意味もない思い出の品なんだろう」マイルズがあっさりと言った。

「見た目も気持ちの悪い指輪なのだ」ジュリアンは言った。

「きみがちゃんとした宝石を贈れば、奥方だって古びたスクールリングをしないですむさ」デレゲートが無遠慮に言った。

「いつか金のために結婚しようとしている人間に言われたくないね。ソフィーの宝石コレクションについてはご心配なきよう、デレゲート。きちんとしたものを優雅に身につけられるように、私がちゃんと手配する」

「もっと早く気づくべきだったぞ。それにしても、エメラルドのことは気の毒だったな。永遠に失われてしまったことはいつ発表するつもりだ？」デレゲートが訊いた。

マイルズが目をむいた。「なくなったのか？」

ジュリアンは顔をしかめた。「盗まれたのだ。そのうち盗んだだれかが我慢しきれなくなって質屋に持っていき、どこかの宝石屋に飾られるのだろう」

「すぐにでもなにか説明をしないと、世間の人たちはウェイコットの言い分を信じて、きみがソフィーにエメラルドを贈らないのはエリザベス以外の女性が身につけているのを見るのに耐えられないからだと思われてしまうぞ」

マイルズもすかさずうなずいた。「エメラルドがなくなったことは、ソフィーにはもう話したのか？　ウェイコットのばかな言い分がソフィーの耳にはいったら、それこそかわいそうだぞ」

「必要になれば、ソフィーにはきちんと話をする」ジュリアンははねつけるように言った。

「さっきの黒い指輪のことだが」と、声が急に穏やかになった。

「指輪がどうした？」デレゲートがジュリアンを見た。「ソフィーが身につけるのが心配なのか？」

「レイヴンウッドは妻にろくな宝石も買ってやらないしみったれだと世間に思われるほかに、心配するようなことはなにもないと思うが」とマイルズ。

ジュリアンは椅子の肘掛けを指先でコツコツ叩きながら言った。「その大学の古いクラブについてもう少し詳しいことが知りたいのだ。しかし、私が調べていることはだれにも知られたくない」

デレゲートは椅子の背に背中をあずけ、左右の足首を交差させた。「私はほかにやらなければならないこともない。きみのために密やかな調査に乗りだすとするか」

ジュリアンはうなずいた。「感謝するぞ、デレゲート。なにか少しでもわかったら、知らせてくれ」

「そうするよ、レイヴンウッド。気晴らしにちょうどいい。賭事ばかりやっていると退屈でたまらなくなるんだ」

「まさか」サーグッドが不服そうに言った。「きみのように勝ってばかりいる者が退屈するわけがない」

その夜も更けてから、ジュリアンは寝室で待っていた召使いのナップトンを下がらせ、寝る準備をととのえた。執事のガッピーによると、ソフィーはもうだいぶ前に戻っているらしい。いまごろはぐっすり眠っているだろう。

ジュリアンは肩をすくめるようにしてガウンをはおり、ダイヤモンドのブレスレットと、ブレスレットを突き返されたあと、午後遅くなってから買い求めたもう一つの贈り物を手にした。苦心して書いた手紙も添えて、隣室につづく扉に向かった。

ドアの把手に手を伸ばしかけて思い出した。ジプシーのスカーフだ。ジュリアンはほほえみながら衣装戸棚まで引き返し、黒いマントのポケットからスカーフを出した。

ソフィーの暗い寝室にはいっていって、ブレスレットと、もう一つの包みと、手紙と、スカーフをベッド脇のテーブルに置いた。それから、ガウンを脱いでベッドにはいり、眠っている妻の隣に横たわった。

胸に触れると、妻は寝返りを打ってこちらを向き、眠りながら小さくため息をついて身をすり寄せてきた。ジュリアンは長々と濃厚なキスをして徐々に妻を目覚めさせ、やがて、肉体のたしかな反応も引き出していった。彼女との二度の経験で知ったすべてを、ここぞとばかりに試してみる。ソフィーはジュリアンの期待どおりに反応した。ふるえるまつ毛を持ち上げたときにはもうジュリアンの肩にしがみついて、彼を求めて両脚を開いていた。

「ほかにだれが？」ジュリアンはかすれた声でささやき、彼女の温かく湿った場所に深く沈んでいった。「今夜、運勢を変えたがっている男を抱きしめてくれるかい？」

「ああ、ジュリアン」

「きみの愛を語ってくれ、スイートハート」ジュリアンが誘い、彼のわざとじらすような動きに合わせようとソフィーが腰を突き上げる。なんと心地よいのだ、とジュリアンは思った。私だけのために作られたかのように完璧だ。「どれだけ私を愛しているか、言ってくれ、ソフィー。もう一度、愛の言葉を聞かせてくれ」

けれども、ソフィーはすでにジュリアンの体の下で身をわななかせ、その口から漏れるのは意味のある言葉ではなく、オーガズムに引き起こされた細く震える叫び声だけだった。

ジュリアンはぶるっと身を震わせ、彼女のなかに押し寄せ、満たして、われを忘れた。

ずいぶん時間がたってから、ジュリアンがようやく頭を上げると、ソフィーはまた深い眠りに落ちていた。

こんどはきっと、と眠りの世界に引きずりこまれながらジュリアンは自分に誓った。こんどはきっと、彼女の口から愛の言葉を引き出してみせる。

13

翌朝、目を覚ましたソフィーが最初に見たのは、隣の枕にふわりと掛けてあるジプシーのスカーフだった。きのう、ジュリアンがくれたダイヤモンドのブレスレットがスカーフの上に置いてあり、びっしりと何列も並んでいるシルバーホワイトの貴石が早朝の日の光を受けて輝いている。その下に大きめの紙包みがあり、ブレスレットとスカーフのあいだに便箋が挟んであった。

枕の上のプレゼントを見つめたまま、ゆっくり上半身を起こした。やはり、ゆうべの仮面舞踏会で、ジュリアンは占い師がわたしだと知っていたのだ、と思った。

手を伸ばして、枕の上から便箋だけ引っ張りだした。折ってあるのを開いて、短いメッセージに目を通す。

最愛の妻へ

ゆうべ、信頼できるある人から、私の運勢は私次第だと言われました。しかし、必ずしもそうとはかぎりません。本人が望む望まないにかかわらず、男の運も名誉も妻に左右されることはままあります。私の場合、運や名誉といった尊い財産はあなたにまかせていれば安心だと確信しています。私には詩や美文を書く才能はありませんが、このブレスレットを私からあなたへの敬意のしるしとして、折に触れて身につけていただければと思います。それから、もう一つのつまらない贈り物ですが、目を通しながら私のことを思い出していただけたら幸甚です。

真っ白な美しい便箋の下部に、ジュリアンのイニシャルが力強く書きつけてあった。ソフィーは便箋をたたみ、光り輝くダイヤモンドのブレスレットを見た。敬意は愛とは少しちがうけれど、ある程度の愛情を含んでいないこともない。

ゆうべ、暗いベッドでジュリアンの熱く力強い体に抱きすくめられた記憶がまざまざとよみがえる。彼に引き起こされる愛欲にだまされてはいけない。そうソフィーは自分に言い聞かせた。アメリアが命と引き替えに思い知ったように、愛欲は愛ではないのだから。

でも、この手紙に書いてあることをそのまま信じれば、ジュリアンはわたしにたいして愛欲以上のものを感じている。そう思うと、たちまちにふくれ上がる期待を抑えきれなかった。敬意とは尊敬する気持ちだ。きのうの夜明けの一件には腹を立てていても、ジュリアンはある意味でわたしを尊敬していると伝えてくれているのだ。

ソフィーはベッドを出て、ブレスレットを宝石箱のアメリアの黒い指輪の隣にそっとしまった。

宝石箱の蓋を閉めて振り返りながら、ベッドに置いたままのもう一つの包みのことを思い出した。いったいなんだろう？　好奇心に胸をはずませて部屋を横切ってベッドに戻り、贈り物を手に取った。ずいぶん重い。本のようだ、と思ったら、ブレスレットのときとはくらべようもなく胸が高鳴った。はやる気持ちを抑え、茶色の包み紙を開く。

どっしりした革装丁の本の著者名を見たとたん、喜びがこみ上げた。信じられなかった。ジュリアンがニコラス・カルペパーのかのすばらしい薬用植物誌『イングリッシュ・フィジシャン』を贈ってくれるなんて。いますぐにでもオールド・ベスに見せたくてたまらない。それはイギリスに自生する有益な薬草や植物に関するすべてを網羅する参考書だった。

ソフィーは呼び鈴を鳴らしてメアリを呼んだ。数分後、部屋にやってきたメアリは、女主人がすでに半分着替えを終えているのを見て息を呑んだ。

「まあ、奥さま、なにをお急ぎなんでしょう？　お手伝いしますから。あらまあ、お気をつけください、ドレスの縫い目が破けてしまいます」メアリは着替えの主導権を握ってかいがいしく動き回った。「なにか悪いことでも？」

「いいえ、そうじゃないの、メアリ、悪いことなんてなんにもないわ。ご主人さまはまだお屋敷にいらっしゃるかしら？」ソフィーは前かがみになり、やわらかい革の室内履きをはいた。

「はい、奥さま、書斎にいらっしゃるかと。奥さまがお会いになりたいと、だれかに伝えさせましょうか？」

「直接、会いに行くからいいわ、メアリ。さあ、これで支度はよし。下がっていいわ」

メアリは目をむいて女主人を見た。「とんでもない。そんなふうに髪を垂らしたままでは、このお部屋から一歩も出ていただくわけにはいきません、奥さま。もう少しだけお坐りになってください。結ってさしあげますから」

ソフィーは言われたとおりにしたが、メアリが銀の髪飾りふたつと、数個のピンを要所要所に刺して髪を結い上げるあいだずっと、もどかしげにぶつぶつ文句を言いつづけていた。最後の巻き毛のひと房がおさめられると、ソフィーは化粧台の椅子からはじかれたように立ち上がり、大事な植物誌をつかんで文字どおり部屋から飛び出し、廊下を走り、階段を駆け降りていった。

息を切らして書斎の扉の前まで来ると、一度ノックしただけで、返事も待たずになかに飛び込んでいった。

「ジュリアン、ありがとう。ほんとうにどうもありがとう。とても思いやりがあるのね。感謝の気持ちをどう伝えていいのかわからないわ。こんなにすばらしい贈り物をいただいたのは初めてよ。イギリスじゅうでいちばん寛大な旦那さまだわ。いいえ、世界じゅうでいちばん心の広い旦那さまよ」

ジュリアンは目を通していた帳簿をゆっくりと閉じ、静かに立ち上がった。当惑した目でソフィーのなにもはめていない手首を、それから胸にしっかり抱えている本を見た。「ブレスレットは見えないから、大騒ぎの原因はカルペパーらしい」

「ええ、そうよ、ジュリアン。すばらしいご本だわ。あなたもすばらしい方。どうやってお礼をしたらいい？」ソフィーはいきなり部屋を横切り、ジュリアンの目の前で背伸びをした。胸にしっかり本を抱えたまま、夫にすばやく控え目なキスをして後ずさった。「どうもありがとう。一生の宝物にします。それから、あなたの望みどおりの妻になると約束します。厄介ごとを起こしてあなたにご迷惑はおかけしません。もう二度と」

最後にとっておきの笑みを浮かべ、ソフィーはくるっと身をひるがえして部屋から駆けだしていった。髪からはずれた銀の髪飾りが、絨毯に落ちたのも気づかず。

ソフィーが後ろ手に扉を閉じるのを見届けたジュリアンは、彼女にキスをされた頬にそっと触れて、じっと考えこむような表情を浮かべた。彼女が自分からキスをしてきたのは初めてだった。ジュリアンは部屋の中央に進んで、銀の髪飾りを拾い上げた。そして、かすかに笑みを浮かべてデスクに戻り、仕事をしながら眺められるように髪飾りを手元に置いた。

カルペパーは大成功だった、とジュリアンは心の底から満足していた。勧めてくれたファニーのおかげだ。あとでお礼を言わなければ、と心に留めた。


上機嫌のソフィーは、その日の午後、すぐに会いたいというメッセージをアンとジェーンに送った。ふたりは三時ごろやってきた。黄色がかったピンク色のドレスを着て光り輝くようなアンは、いつもどおり元気いっぱいに客間にはいってきた。その後ろに、やや地味なドレスを着たジェーンがつづく。ふたりはボンネットの紐をほどきながら椅子に坐り、期待をこめてソフィーを見つめた。

「ゆうべはすばらしい夜だったわね？」お茶が出され、アンがうれしそうに言った。「仮面舞踏会って、口で言えないほど楽しいわ」

「それはあなたが人をだますのが大好きだからよ」ジェーンが指摘した。「とくに男性を。そのうち、とんでもない目に遭うわよ」

「ばかばかしい。気にしなくていいわよ、ソフィー。この人、人にお説教をしたくてしょうがないんだから。さあ、わたしたちを急に呼びだした理由を聞かせてちょうだい。なにかわくわくするようなことだといいんだけれど」

「個人的には」カップとソーサーを手にして、ジェーンが言った。「しばらくはのんびり静かに過ごしたいわ」

「じつは、とても真面目な話をあなたたちに聞いてもらいたいと思って。そんなふうに身構えないで、ジェーン。また騒ぎを起こそうと思ってるわけじゃないの。ちょっとした答えを求めているだけ」ソフィーは黒い指輪を包んだモスリンのハンカチを取り出し、結び目をほどいて中身を見せた。

ジェーンが不思議そうに身を乗りだした。「変わったデザインの指輪ね」

アンは手を伸ばして、彫り物がしてある表面に触れた。「すごく奇妙な指輪だわ。それに気味が悪い。まさか、ご主人からいただいたわけじゃないんでしょう？　レイヴンウッド伯爵はもっと趣味がよかったはずよ」

「妹の指輪だったの」ソフィーは手のひらの指輪を見下ろした。「妹はある男性からもらったのよ。その男性を捜すのがわたしの目標なの。わたしに言わせれば、その男は人殺しよ」

ソフィーは簡潔かつ明解な言葉ですべてを語った。

話を終えたソフィーを、アンとジェーンは黙ってしばらく見つめていた。最初に口をきいたのは、やはりジェーンだった。

「あなたの話がほんとうなら、あなたの妹さんに指輪を渡した男性はとんでもない極悪人だけれど、たとえその人を特定できたとしてあなたになにができるのか、わたしにはよくわからないわ。残念だけれど、社交界にはそういう悪事を働きながらなんの咎《とが》も受けない極悪人がうようよいるのよ」

ソフィーは顎を突きだした。「わたし、その男に会って、あなたはこういう悪事を働いたんだってはっきり言ってやりたいの。その男がだれで、なにをしたのか、わたしはちゃんと知っているって知らせてやりたいの」

「とても危険だわ」ジェーンが言った。「それに、ばつの悪い思いをするのも避けられないわ。だって、なんの証拠もないんだもの。非難しても、鼻であざ笑われるのがおちよ」

「男のことは、エリザベスの愛人のひとりだった可能性が高い、ということしかわかっていないのよ」ソフィーは言った。

ジェーンはため息をついた。「噂によると、彼女の愛人もおおぜいいたみたいだし」

「この指輪をしていた男、ということになればかなり絞れるわ」と、ソフィー。

「でも、まず最初に指輪そのものについて調べなければ。どうすればいいかしら？」アンが訊いた。ソフィーが持ちかけた計画に急速に興味を引かれているようすだ。

「待って、ふたりとも」ジェーンがあわてて引き止めた。「つぎの冒険に飛びつく前に、少しは考えてちょうだい。ソフィー、あなたはレイヴンウッド伯爵の怒りを目の当たりにしたばかりなのよ。わたしに言わせれば、あなた、立ち直るのが早すぎるわ。そんなに伯爵を怒らせたくてたまらないの？」

「これは伯爵とはまったく関係のないことなの」ソフィーは意識してはっきりと言った。そして、植物誌のことを思い出して笑みを浮かべた。「それに、きのうの朝の一件も、彼は許してくれたのよ」

ジェーンは目を丸くした。「ほんとうに？　そうだとしたら、世間の評判よりはるかに寛大な方ね」

「わたしの夫はみんなが考えているような悪魔じゃないわ」ソフィーはさらりと言った。「指輪の持ち主を捜す話に戻るけれど、わたし、この件には伯爵を巻きこみたくないの。この使命を自分に課したのは、彼との結婚を承諾する前だったのよ」

アンもジェーンも真剣な顔でソフィーを見つめていた。

「本気なのね？」ようやくジェーンが口を開いた。

「いま、わたしの人生でいちばん大切な仕事は指輪の持ち主を捜すことよ」ソフィーは友人ふたりを見つめた。「今回は、あなたたちのどちらにも、わたしがなにをしようとしているか伯爵に教えなければと思ってもらっては困るの。百パーセントわたしの考えを支持できないなら、いまのうちにそう言って計画から降りてちょうだい」

「こんな人捜しをあなたひとりにやらせるなんて、とてもじゃないけれどできないわ」アンがきっぱり言った。

「ジェーン？」ソフィーは穏やかにほほえんだ。「あなたが仲間に加わるべきじゃないと考えたとしても、わたし、理解できるわ」

ジェーンは真一文字に口を結んでから言った。「あなたがわたしの忠誠心を疑う理由はわかっているわ。疑うのは当然とも思う。でも、わたし、あなたのほんとうの友だちだっていうことを証明したいの。喜んでお手伝いするわ」

「よかった。では、これで決まりね」ソフィーは片手を差しだした。「握手で思いを確認しましょう」

三人は真面目くさって一つに手を握り、黙って思いを確認し合った。それから、そろって椅子の背に体をあずけて指輪を見つめた。

「どこから始めましょうか？」じっと考えこんでから、ようやくアンが切り出した。

「じつは、犯人捜しはゆうべから始まっているの」ソフィーは言い、黒いフード付きのケープと仮面をつけた男の話をした。

ジェーンは驚いて目を丸くした。「その人、指輪に気づいたのね？　指輪のことであなたに忠告したのね？　信じられないわ、ソフィー、どうして話してくれなかったのよ？」

「この計画に協力することをきちんと約束してもらえたら、話すつもりだったの」

「ソフィー、つまり、その指輪には暴くべき謎が隠されているのよ」アンは指輪をつまんで持ち上げ、まじまじと見つめた。「そのいっしょに踊った男性はほかになにも言わなかったの？　指輪をはめている者はたぐいまれなる興奮を味わうって言っただけ？」

「またお会いすることになるでしょう、って言って離れていったわ」

「あなた、仮装していてほんとうによかったわ」ジェーンが心からほっとしたように言った。「その指輪にはなにか因縁があるってわかったのだから、もう人前で身につけてはだめよ」

「そうね」ソフィーはしぶしぶ同意した。「こんど指輪をはめるときはかならず、前もってあなたたちふたりに伝えるわ。では、これまでのことをおさらいして、わかっていることを確認しておきましょう」

「黒いケープの男によると、指輪を見てそれとわかる人物は複数いるのよね」アンがゆっくり言った。「ということは、なにかのクラブやグループと関係があるみたい」

「指輪も複数あるような話だったわ」男の言葉を正確に思い出しながら、ソフィーは言った。「たぶん、秘密の集まりのシンボルなんだわ」

「指輪に刻まれているシンボルの意味がわかれば、どんな秘密の集まりがこのたぐいの装飾品を使うか予想がつくわね」ソフィーは親指と人差し指で指輪をつまんで目の前にかざし、三角形と動物の頭をまじまじと見た。「でも、どうしたらシンボルの意味がわかるかしら？」

長い沈黙のあと、ジェーンがしかたなさそうに言った。「調査を始めるのにちょうどいい場所が一か所、思い当たるわ」

ソフィーは驚いてジェーンを見た。「どこなの？」

「レイディ・ファニーの図書室よ」

三日後、片手にボンネットを、もう片方に小さなハンドバッグをつかんで、ソフィーは飛ぶように階段を降りていった。玄関ホールを横切り、下男が急いで開けようと身がまえている扉の手前まできたちょうどそのとき、ジュリアンが書斎の戸口にあらわれた。ソフィーは彼の目の思いつめたような表情を見たとたん、なにか話があるのだとわかった。そこで、うめき声をあげそうになるのをこらえて立ち止まり、明るい笑顔を向けた。

「こんにちは。きょうもお忙しそうね」よどみなく言う。

ジュリアンは腕組みをして、一方の肩で戸口の柱に寄りかかった。「また出かけるのか、ソフィー？」

「ええ」ソフィーはボンネットを頭にかぶり、リボンを結びはじめた。「きょうの午後三時に、レイディ・ファニーとハリエットを訪ねる約束なんです」

「今週は毎日、あのふたりに会いに行っているじゃないか」

「都会の生活は、ほんとうに目が回るほど忙しくて」

「田舎暮らしとは大ちがい、だろう？」

ソフィーは油断なくジュリアンの顔色をうかがった。なにが言いたいのだろう？ それでも、とにかく早く出発したかった。馬車を待たせてあるのだ。

「なにか御用でしょうか？」

「ちょっと時間をもらえるだろうか？」ジュリアンが遠慮気味に訊いた。

 ソフィーはボンネットのリボンを結んだがうまくできず、結び目がゆがんでしまった。

「ごめんなさい。あなたの伯母さまに、三時にうかがうと約束してしまったので」

ジュリアンは肩越しに振り返って書斎の時計を見た。「ほんの数分のことだ、かまわないだろう。しばらく馬を歩かせているように、馬番に言いつけたらどうだ？ どうしてもあなたに助言してもらいたいことがあるのだ」

「助言？」なんだろう、とソフィーは思った。エスリントン・パークを出て以来、ジュリアンに助言を求められるのは初めてだ。

「レイヴンウッドの本邸にかかわる問題だ」

「まあ」正直、どう反応していいのかわからなかった。「長くかかりそうでしょうか？」

「いいや。長くはかからないだろう」ジュリアンは背筋をすっと伸ばし、さっと優雅に腕を伸ばして、ソフィーを書斎のなかに導いた。それから、振り返って下男に言いつけた。「レイディ・レイヴンウッドの出発が少し遅れると馬番に伝えてくれ」

ソフィーはジュリアンのデスクを挟んで手前に坐り、ボンネットのリボンの結び目を解こうと必死になっていた。

「失礼」書斎の扉を閉めて近づいてきたジュリアンが、結び目に手をかけた。

「ほんとうに、ボンネットの紐には悩まされどおしだわ」ジュリアンを間近に感じてかすかに頬を染めながら、ソフィーは愚痴を言った。「いつだって、きちんと結ばれたがっているようには思えないの」

「そんな些細なことで思い悩むにはおよばない。夫が得意な雑用の一つくらいに思えばいいんだ」ジュリアンはさらに身をかがめ、大きな手で器用に結び目をほどいた。つぎに、巻き毛の頭からボンネットをはずしてソフィーに手渡し、軽く会釈をする。

「ありがとう」ソフィーはボンネットを膝に置き、しゃちほこ張って坐っていた。「どんな助言が必要なんでしょう?」

ジュリアンはデスクの向こう側にまわって、さりげなく椅子に腰かけた。「ついいましがた、レイヴンウッドの財産管理人から報告書が届いたのだ。それによると、メイド頭《がしら》が体を悪くして、復帰はむずかしいかもしれないらしい」

「かわいそうなミセス・ボイル」ソフィーはすかさず言い、長年にわたってレイヴンウッド伯爵家の家事を切り盛りしてきた丸まる太った専制君主を思った。「報告書には、オールド・ベスに看てもらったかどうか書いてありませんか?」

ジュリアンは目の前の手紙に目を落とした。「ああ、数日前にベスが屋敷にやってきて、ミセス・ボイルは心臓が悪いと言ったらしい。運よく回復しても、もうメイド頭の仕事は無理だそうだ。静かに余生を暮らすしかないということだ」

ソフィーは首を振り、不安そうに眉を寄せた。「お気の毒に」

「すぐに新しいメイド頭を指名しなければなるまい」

「おっしゃるとおりだわ。そうしなければ、レイヴンウッドはすぐに混乱状態におちいってしまう」

ジュリアンは椅子の背に体をあずけた。「メイド頭をだれにするかは、非常に大事な問題だ。しかし、その手のことは私の専門外でよくわからないのだ」

ソフィーはつい笑みを漏らした。「驚いた。あなたに専門外のことがあるなんて考えもしなかったわ」

ジュリアンは一瞬にんまりした。「救いようのない傲慢さとやらをあなたにいびられるのは、ほんとうに久しぶりだ、ソフィー。こうして久々に耳にすると、私はあなたのちょっとした嫌味を恋しく思っていたような気がする」

ソフィーの遊び心はあっという間にしぼんでしまった。「いびるのをとがめられないなんて、初めてだわ」

「そのとおりだ。しかし、私は私たちの関係を変えようと思っているんだ」

ソフィーは首をかしげた。「どうしてですか？」

「あなたのいびりのほかにも、私は、あなたがベッドにお茶をこぼす前にわれわれがエスリントン・パークで築きかけていた打ち解けた関係がなつかしいのだ」

ソフィーは頬がピンク色に染まるのがわかった。目を伏せて、膝のボンネットを見つめる。「わたしにとってはそれほど気楽な関係ではなかったわ。たしかに、わたしたちはいまよりもよくおしゃべりをしたし、共通の関心事について議論もしました。でも、わたしはいつも、あなたが真にわたしに求めているのは跡継ぎだけだ、ということが忘れられなかった。それがある種の重圧になっていたのよ、ジュリアン」

「いま、そう言われると、どういうことかよくわかる。あるジプシーの女性と話をしたせいだ。あなたの奥さんは本来、ロマンチックな人なのだと言われた。そういうことをまるで考えずに奥さんと付き合っていたあなたが悪いと言われたよ。だから、私のやり方のまずかったところは直したいのだ」

ソフィーは反射的に顔を上げ、困ったように眉をひそめた。「無理をなさらないで。ロマンチックな行為は、ほんとうにロマンチックな思いに引き出されたものでなければなんの意味もないわ」

「しかし、私があなたを喜ばせようと努力していることは、認めてくれるね?」ジュリアンはかすかにほほえんだ。「カルペパーの植物誌は気に入ってくれたんだろう?」

ソフィーは罪悪感に襲われた。「あんなにうれしかったことは思いつかないくらい」

「ブレスレットはどうだね?」ジュリアンは訊いた。

「とてもきれいだわ」

ジュリアンは顔をしかめた。「とてもきれい。なるほど。では、近いうちに身につけているところを見せてもらえるのを楽しみにしていよう」

ソフィーはぱっと顔を輝かせた。好意的な返事をできるのがうれしかった。「今夜、身につけるつもりなんです。レイディ・セントジョンのお宅のパーティにうかがうので」

「今夜、あなたになにも予定がないことを望むのは、望みすぎだろうか？」

「まあ、夜は今週も来週もずっと予定がはいっているんです。都会の夜は、いつもどこかでにぎやかな集まりがあって。そうでしょう？」

「そうだな」ジュリアンはつっけんどんに言った。「たしかに。しかし、招待状をもらったからといってすべての催しに足を運ぶことはないのだ。たまには屋敷で、ふたりきりで静かな夜を過ごすのも悪くないだろう」

ソフィーは明るい笑顔をつくった。ジュリアンはわたしにやさしくなろうとしている、と思った。でも、たんなるやさしさなんて、わたしはいらない。「わたしの気まぐれをかなえようと、ロマンチックなそぶりをなさっているのね？ご親切には感謝しますけれど、無理はなさらないで。わたし、ひとりでも楽しめますから。しばらく都会で暮らすうちに、社交界の夫と妻はどうやって毎日を過ごすものなのか、よくわかってきたし。ほんとうに、もう行かなくては。伯母さまが心配なさいます」

膝にボンネットを置いているのも忘れて、ソフィーはさっと立ち上がった。帽子が床に滑り落ちた。

「ソフィー、あなたは勘ちがいをしている」ジュリアンも立ち上がった。デスクの向こうから出てきて、床のボンネットを拾い上げる。「私はただ、ふたりで静かな夜を過ごせたら楽しいだろうと思っただけだ」ボンネットをソフィーの頭にかぶせ、顎の下でリボンをきれいな蝶結びにした。

ソフィーはジュリアンを見上げ、彼の本心が読めたらどんなにいいだろうと思った。「そんなふうに言ってくださって感謝します。でも、あなたのお付き合いのじゃまをする気はありませんから。家にいても、あなたはきっと退屈されるわ。では、ごきげんよう」

「ソフィー」

扉の把手に手をかけたとたん、有無を言わさぬ調子で呼ばれ、ソフィーは立ち止まった。

「はい？」

「新しいメイド頭の件はどうすればいい？」

「モリー・アシュケトルと面談するように財産管理人に伝えてください。彼女ならもう何年もレイヴンウッドで働いていますし、かわいそうなミセス・ボイルの後継者として申し分ないと思います」そう言って扉をすり抜け、外に飛びだした。

十五分後、ソフィーは召使いに案内されてレイディ・ファニーの図書室にはいっていった。ハリエットもジェーンもアンもすでにそろっていて、テーブルに所狭しと置かれた本を食い入るように読んでいた。

「遅れてしまってごめんなさい」ソフィーが息せき切って謝ると、三人が本から顔を上げた。「新しいメイド頭をだれにするべきか、夫に相談を持ちかけられてしまって」

「あら珍しい」小さな梯子のてっぺんに乗って、書棚の最上段の本を調べていたファニーが言った。「レイヴンウッドが使用人の雇用に首を突っこむことは、まずないのに。財産管理人か執事にまかせっきりのはずよ。それはともかくとして、ソフィー、あなたのささやかなプロジェクトに大きな進展があったわよ」

「そうなの」本を閉じ、またべつの本を開きながらアンが言った。「少し前、ハリエットが指輪に彫ってある動物の頭に関する記述を見つけたの。古い自然哲学の本に書いてあったんだけれど、架空の動物なんですって」

「残念ながら、あまり愉快な内容じゃないの」ハリエットは言い、眼鏡の縁越しにソフィーを見上げた。「古代のみだらなカルト集団みたいなものと関連があるのよ」

「わたしは、数学に関する古い本に片っ端から目をとおして、三角形についてなにか書かれていないか調べているところよ」ジェーンが言った。「なんだかもうすぐ答えが見つかりそうな予感がするわ」

「わたくしもよ」梯子を降りながらレイディ・ファニーが言った。「でも、その見つかるかもしれない答えについて、ちょっと嫌な胸騒ぎも感じはじめているの」

「どうしてですか？」ソフィーは椅子に坐り、テーブルの上の大きな学術書を手にした。

ハリエットがソフィーを見た。「ゆうべ、ベッドにはいる直前に、ファニーはすごくおぼろげなんだけれど、あることを思い出したの」

「どんなことを思い出したんですか？」ソフィーは勢いこんで尋ねた。

「無軌道な若い道楽者たちの秘密クラブだったと思うの」ファニーはゆっくりと記憶をたどりながら言った。「耳にしたのは二、三年前だったかしら。詳しいことは知らないけれど、そのクラブのメンバーはおたがいがメンバーだとわかるように指輪をはめているとか、そんなことを聞いたような気がするの。もともとはケンブリッジ大学の学生の集まりで、なかには卒業してからもクラブのメンバーとして活動をつづけていた者もいたらしいのよ。少なくともしばらくのあいだは」

ソフィーは最初にアンを、それからジェーンを視線でとらえ、ほとんどわからないくらいかすかに首を振った。黒い指輪の秘密を探りたいほんとうの理由をファニーとハリエットに話して心配させるにはおよばない、と三人の意見は一致していた。つまり、年輩の女性ふたりは、ソフィーがたまたま受け継いだ古い指輪のいわれを知りたがっているだけだと思いこんでいた。

「この指輪は妹さんの形見だったわね？」ページをゆっくり繰りながらハリエットが訊いた。

「そうです」

「妹さんはどなたから受け継いだかご存じ？」

ソフィーは言葉に詰まった。嘘をつこうとすると頭のなかが真っ白になるのはいつものことだった。

アンが助け船を出して、すらすらと言った。「ずっと前に亡くなった大伯母さまからいただいたって、そう言っていなかったかしら、ソフィー？」

「そうよ」ソフィーがまごまごしていると、横からジェーンが言った。「たしか、そう言っていたはずよ、ソフィー」

「ええ。そうだったわ。遠い親戚にあたる伯母なんです。わたしは、ことによると会ったことがないかもしれないわ」ソフィーは早口で言った。

「そう。その伯母さまは、どんないきさつで指輪を手に入れたのかしらねえ」

「それはちょっとわからないでしょうね」アンは決めつけるように言い、後ろめたそうにしているソフィーをなだめるような目で見た。

本のページを繰りながらハリーが訊いた。「指輪は伯爵には見せたの、ソフィー？」

「指輪は見ています」ようやくほんとうのことをしゃべることができて、ほっとしていた。

「でも、見覚えはないようでした」

「そういうことなら、わたくしたちで頑張って謎を解かなければならないわね」ファニーはまたべつの本を書棚から引っぱり出した。「パズル解きってたまらないわ、そうじゃない、ハリー？」

ハリエットはいかにも幸せそうにほほえんだ。「ほんとうに。なによりもわたしは、謎を解いているときが幸せなの」

四日後、ジェーンといっしょに数学に関する古い学術書を調べていたソフィーは、指輪の奇妙な三角形の由来を見つけた。

「これだわ」ソフィーが声を張り上げ、残りの全員が古い学術書を取りかこんだ。「見て。指輪の三角形とそっくりよ。それぞれの角に奇妙な輪が描かれているところまで同じ」

「ほんとうだわ」アンが言った。「それで、どういう三角形だって書いてあるの？」

ソフィーは眉をひそめてラテン語を訳しながら読んだ。「ある種のいかがわしい儀式に使われて、女性の悪魔と――」文章のきわどさに気づいて、思わず口をつぐんだ。「まあ、いやだわ」

「どうしたの？」ファニーがソフィーの肩越しにのぞいて先を訳した。「ああ、そういうことね。〝女性の悪魔《サッカバス》と情交しつつ、言いなりにさせるのにたいへん有効な形である〟。まあ、面白い。眠っていて体の自由がきかない哀れな男性にみだらなことをする女性の悪魔の心配は、殿方におまかせしましょう」

ハリエットは穏やかにほほえんだ。「ほんとうに、面白いこと。悪魔の娼婦とみだらな行為をしながら、言いなりにできるだなんて。あなたの言うとおりよ、ファニー。男性の頭でつくり上げた妄想にちがいないわ」

「男性の妄想がここにもう一つあるわ」ずっと調べていた架空の動物の絵を指さし、アンが言った。「三角形のなかに彫られている獣は、並外れたパワーの象徴のようね。途切れることなく何時間でも情交していられるそうよ」

ファニーがうめいた。「ソフィーが先祖から受け継いだ指輪は、男性のものにまちがいなさそうだわ。男性の寝室での能力や技能の高さの象徴として、とくにデザインされたもののようね。その方面に幸運をもたらす指輪と考えられていたのかもしれない。いずれにしても、レイヴンウッドが公の場で妻に身につけてほしくない指輪にはちがいないわ」

ハリエットがくすりと笑って言った。「わたしがあなたなら、ソフィー、指輪のデザインの意味は夫には黙っているわ。そして、そんなものはどこかにしまって、レイヴンウッドに家宝のエメラルドをおねだりする」

「そうするのがいちばんだと思います」ソフィーは静かに言ったが、レイヴンウッド伯爵家のエメラルドをねだるくらいなら死んだほうがましだと思っていた。「おふたりとも、指輪の謎を突きとめるのに協力してくださってほんとうにありがとうございました」

「どういたしまして」ハリエットは言い、満面に笑みを浮かべた。「とても楽しかったわ、そうじゃない、ファニー?」

「ほんとうに、勉強になったわ」

「さあ、そろそろおいとましなければ」だれからともなく本を片づけはじめると、アンが言った。「今夜は、お祖母さまのお付き合いをする約束なの。お友だちを招いてカードをするんですって」

「わたしは、レイディ・セントジョンのパーティにうかがうのよ」ぽんぽんと手をはたきながらソフィーは言った。

ジェーンはなにも言わずにふたりを見ていたが、三人でソフィーの馬車に乗りこみ、レイディ・ファニーとハリエットに聞かれる心配がなくなると、おもむろに口を開いた。「それで？　気をもませないでちょうだい。これで終わりじゃないはずよ。わかっているんだから。これからどうするつもりなの、ソフィー？」

馬車の窓の外をじっと見つめていたソフィーは、しばらく考えこんでから言った。「指輪については はっきりしていることが二つあると思うの。一つは、指輪の持ち主は、おそらくケンブリッジの学生だったときに加わった秘密の集団のメンバーだったということ。二つ目は、その集団はいかがわしい性の営みにかかわっているということ」

「そのとおりだと思うわ」アンは同意した。

「それで、どうするつもりなの？」ジェーンが訊いた。

ソフィーは窓の外の通りから視線を引き離し、友人ふたりを見た。「そんな指輪をしている男性を知っているかもしれない人は、ひとりしかいないはず」

ジェーンが大きく目を見開いた。「まさか――」

「そのとおりよ」アンが勢いこんで言った。「どうしていままで気づかなかったのかしら？　すぐにシャーロット・フェザーストンに連絡して、指輪や指輪をしていた男性について知っているかどうか確かめるべきよ。ソフィー、きょうの午後、彼女に手紙を書いて。わたし、すぐに変装して届けるから」

「彼女、返事をしない道を選ぶかもしれないわ」ジェーンが期待をこめて言った。

「そうかもしれないけれど、ほかに方法がないんだもの。そうじゃなければ、公の場に指輪をしていってだれかが近づいてくるのを待つしかない」

「そんなの危険すぎるわ」アンはすかさず言った。「その指輪の意味を知っている男性は、あなたが指輪をはめているのを見たら、そのいかがわしいカルト集団の一員だと思うかもしれない」

フード付きの黒いケープと仮面の男を思い出して、ソフィーは身震いをした。たぐいまれな、な、な、な、な、な、る興奮を味わわれるでしょう。だめよ。もう二度と、指輪をしているところを見られてはいけない。

手紙を届けて数時間のうちに、シャーロット・フェザーストンから返事が届いた。アンはすぐに手紙をソフィーに届けた。ソフィーは不安と期待の入り交じった気持ちで封筒を開けた。

誇り高き女性から、もうひとりの誇り高き女性へ

〝仕事上の情報〟を求めていただき、うれしく思います。ご一家に伝わる指輪について調べていらっしゃるうちに、このわたくしがお力になれるやもしれぬことがあったとのこと。わずかばかりですが、知っていることをお伝えできて、これにまさる喜びはございません。しかし、失礼とは存じますが、その指輪をお持ちだったご先祖さまをわたくしはどうしてもご尊敬申し上げられません。どなたであれ、好ましくない傾向をお持ち

の方だったように思われます。

　あなたがお手紙に書いていらっしゃるような指輪を身につけていた方は、記憶にあるかぎりでは五人います。ふたりはすでに亡くなりましたが、はっきり申し上げて、世の中のためにはそのほうがよかったと思っています。あとは、アタリッジ卿、ヴァーリー卿、オーミストン卿の三人です。あなたがこれからどうなさるおつもりかは存じませんが、どうぞお気をつけください。社交界での地位にかかわらず、どんな女性にとっても三人は付き合うのにふさわしくない方がたです。差し出がましいのを承知で言わせていただけるなら、この件については、あなたなりの調査をつづける前に、まずご主人さまと話し合われるべきだと存じます。


　手紙には、フェザーストンの頭文字のCとFが美しく書き添えてあった。

　ソフィーの脈は速まった。とうとう名前がわかったのよ。そう自分に言ってみる。三人のうちのだれかが、アメリアを死に追いやったにちがいない。「どうにかして、この三人に会わなければ」ソフィーは穏やかにアンに言った。

「アタリッジに、ヴァーリーに、オーミストン」アンは感慨深げに繰り返した。「どの名前も聞き覚えがあるわ。社交界を自由に飛び回っているけれど、けっして評判のいい人たちではない。あなたのコネと、わたしのお祖母さまのコネを利用すれば、その三人と顔を合わせられるかもしれないパーティや夜会に招かれるのもそうむずかしいことじゃないはずよ」

ソフィーはうなずき、フェザーストンの手紙をたたんだ。「わたしの予定表はますます真っ黒になりそうだわ」

14

ウェイコットにまとわりつかれるのは、このときが初めてではなかった。ソフィーはますます彼がわずらわしくなっていた。アタリッジ卿にダンスフロアに導かれながら、彼の肩越しにかすかに眉をひそめてようすをうかがい、ウェイコットが庭園に向かうのがわかってほっと胸をなで下ろした。

やっとわたしを解放してくれる気になったらしい、と思った。ソフィーはようやく紹介を受けて、リストの最初の人物――かつてはハンサムだったが、いまでは見るからにすさんだ風貌のアタリッジ――と踊るところまでこぎつけたが、ここへ至るまでが一苦労だった。パーティ会場に着いた瞬間からウェイコットにつきまとわれたのだ。しかもそれはこの二週間では珍しいことではなかった。

今夜、アタリッジがこのパーティに出席する予定だと突きとめるのは並大抵の苦労ではなかった――ソフィーやアンやジェーンが考えていたよりはるかに厄介だった。それなのに、ウェイコットにじゃまされるなんて冗談じゃない、という思いだった。アンが、その夜のパーティにアタリッジが来るらしいという情報を得たのは、ほんとうに運がよかったのだ。

アタリッジ卿に関して手にはいる情報はごくかぎられていた。

「財産のほとんどを博打で失ってしまって、裕福な花嫁候補探しを始めたそうよ」その日の午後の早い時間に、アンはソフィーに伝えた。「いまはコーデリア・ビドルの気を引こうとしていて、その彼女が今夜、ダリモア家のパーティに出席する予定なの」

「レイディ・ファニーにお願いすれば、きっとそのパーティにもぐりこめるわ」ソフィーはそう言ったが、まさにそのとおりだった。ソフィーを招くようにと、ファニーはダリモア夫人に頼んでくれたのだ。

「なんの問題もなかったわ、簡単なものよ」あとでファニーはソフィーに言った。「最近ではあなたがパーティに行きたがっていると言えば、どこの女主人だって大喜びだもの」

「ジュリアンの爵位のおかげだと思います」ソフィーはさらりと言った。

「それはそうね」読んでいた本から顔を上げて、ハリエットが言った「でも、あなたも気づいているでしょうけれど、あなたの人気は伯爵夫人という肩書きのせいばかりではないわ」

ソフィーは一瞬きょとんとしたが、すぐににっこりほほえんだ。「その先はおっしゃらないで。自分でもよくわかっているんです。みなさんがわたしに好意を持ってくださるのは、上流社会の人たちでも頭痛や消化不良やさまざまな肝臓の問題に苦しんでいるからだわ。パーティに参加するたびにわたし、まるで薬剤師みたいに何枚も処方箋を書くことになるんです」

計画はうまく運び、その夜ソフィーは、パーティに新たなレイヴンウッド伯爵夫人を迎えられるとは夢にも思っていなかった女主人に温かく迎えられた。その先、パーティ会場でアタリッジ卿を見つけるのは訳もなかった。ウェイコットから踊ってほしいとしつこく言い寄られなければ、すべてはもっと順調に進んでいたはずだった。

「失礼ながら、レイヴンウッド伯爵は最初の奥さまとあなたとのあまりのちがいに驚いていらっしゃるのでしょうね」アタリッジが甘ったるい声でささやいた。

まさにこんな話のきっかけを求めていたソフィーは、愛想のいい笑みを浮かべた。「前の奥さまのことは、よくご存じなんですか？」

アタリッジは気持ちの悪い笑みを浮かべた。「そうですね、何度か親しくお話しさせていただきましたよ。あれほど魅力的な方はいらっしゃいませんでしたね。ほんとうにもう、うっとりするほどでした。魅惑的で、謎めいていて、人の心をとらえて離さない。にっこりほほえまれただけで、男は何日もなにも手につかなくなってしまう。そんなふうに、危険な方でもあったと思いますね」

「夫と前の奥さまを訪ねて、レイヴンウッドへもよくいらっしゃったんですか？」できるだけさりげなく訊く。

アタリッジは乾いた笑い声をあげた。「伯爵が奥方といっしょにお客を迎えることはめったにありませんでした。少なくとも、結婚して数か月以降はまったくありませんでした。とはいえ、その最初の数か月を、当事者以外のわれわれはたっぷり楽しませてもらいましたよ」

「楽しんだ？」ソフィーはうなじのあたりがかすかにぞくっとするのを感じた。

「ええ、それはもう」アタリッジはうれしそうに言った。「最初の一年は人前で喧嘩をされることもしょっちゅうでしたからね、それを見て社交界の者は大いに楽しんでいたんです。しかし、一年が過ぎるころから、伯爵と奥方は別行動をとるようになった。奥方が亡くなったのは、伯爵が離婚訴訟を起こそうとしていた矢先だったという噂もあります」

ジュリアンは人前で騒ぎを起こす恥ずかしさが身に染みているのだろう。新しい妻が醜聞の種になるのを徹底的に避けようとするのも無理はない。ソフィーは最初の質問に話を戻そうとした。「レイヴンウッドのアビーへは？」

「二度うかがったと記憶しています」アタリッジはさりげなく言った。「エリザベスの存在は魅力的でしたが、いずれのときも長居はしませんでした。田舎暮らしはどうも性に合わないのです。都会にいるほうがずっと居心地がいい」

「そうですか」ソフィーはアタリッジの声としゃべるときのリズムに注意深く耳を傾け、仮面舞踏会の夜、指輪のことで彼女に忠告をした黒い仮面の男と同一人物だろうかと考えた。そうは思えなかった。

アタリッジがほんとうのことをしゃべっているなら、アメリアを誘惑した人物でもなさそうだった。レイヴンウッドに足を運んだのが二度だけでは少なすぎる。アメリアは三か月のあいだに、その恋人に会いに数回は出かけていた。

アメリアを誘惑した人物を特定するのは並大抵のことではなさそうだと、ソフィーはあらためて思った。

「教えてください、マダム。あなたは前任者の足跡をたどるおつもりですか？　そうであるなら、ぜひ私も仲間に加えてくださいませ。女主人自らもてなしてくださるというなら、またハンプシャーまで足を伸ばすのにやぶさかではありません」アタリッジが危険なほど耳に心地よい声で言う。

あからさまに侮辱されて、ソフィーははっと現実に引き戻された。ダンスフロアの中央でステップを踏むのをやめ、怒りをこめて顎を突きだした。「いったいなにをおっしゃっているんですか？」

「いやいや、なんでもありません、ほんとうに。好奇心を抑えきれず、つい口が滑っただけです。あなたが前の伯爵夫人の行動にとても興味をお持ちのようだったので、なんと申しますか、彼女が好んだ無鉄砲な人生に、その、あこがれていらっしゃるのかと思っただけなのです」

「まさか」ソフィーはぴしゃりと言った。「どうしてそんなふうに思われたのか、想像もつかないわ」

「どうか、落ち着いてください、マダム。侮辱するつもりはなかったんです。二、三、噂を耳にして、好奇心に駆られたのは認めざるを得ませんが」

「どんな噂ですか？」急に不安になって、ソフィーは訊いた。シャーロット・フェザーストンに決闘を申し込んだことが噂になっているとしたら、ジュリアンは激怒するだろう。

「たいしたことではないのです、ほんとうに」アタリッジはちょっと気取ってほほえみ、ソフィーの髪から垂れ下がっていた造花をなにげなく押し上げた。「レイヴンウッド伯爵家のエメラルドのことで、ちょっと」

「ああ、そのこと」ソフィーは安堵の息を呑みこんだ。「エメラルドがどうか？」

「あなたが公の場でおつけにならないのはどうしてかと、不思議に思っている者がいるだけです」アタリッジの声は絹のなめらかさだが、目つきは刺すように鋭い。

「おかしな話だわ」ソフィーは言った。「そんな些細なことにあれこれ気をもむ方がいらっしゃるなんて。さあ、そろそろ音楽が終わりそうです」

「では、私はこれで失礼いたします」音楽が終わると同時に、アタリッジはそっけないお辞儀をした。「このつぎの曲ではまたごいっしょしてくださいますよう」

「もちろんですわ」ソフィーもつっけんどんに頭を下げ、アタリッジが人ごみをかき分け、淡いブルーのドレスを着た青い目の金髪女性に近づくのを見ていた。

「コーデリア・ビドルです」突然、ソフィーの背後にあらわれたウェイコットが言った。

「頭のなかは空っぽですが、それを補ってあまりある遺産を相続したとか」

「頭のいい女性を好む男性には、いまだ出会ったことがありませんけれど」

「たしかに、女性のそういった長所を評価するだけの脳みそのない男もいます」ウェイコットは食い入るようにソフィーの目をのぞきこんだ。「思い切って言わせていただけるなら、レイヴンウッドもそういった暗愚《あんぐ》な男のひとりです」

「あなたはまちがっているわ」ソフィーははねつけるように言った。

「では、お詫びしましょう」ウェイコットは言った。「私はただ、レイヴンウッドが魅力的な新妻の価値を認めているしるしがほとんど見えないので、よけいな気をまわしてしまうだけなんです」

「では、彼はどんなことをするべきなのかしら？　毎朝、わたしのために正面玄関にバラの花びらをまくとか？」

「バラの花びら？」ウェイコットは眉をつり上げた。「それはちがうでしょう。レイヴンウッドはそんなロマンチックなまねのできる男ではありません。しかし、伯爵家に代々伝わるエメラルドを贈るくらいのことはするべきでしょう」

「どうしてそんなふうに思われるのかわからないわ」語気を強めて言う。「わたしの髪や目の色はエメラルドには似合わないのに。ダイヤモンドのほうがくらべものにならないほど似合うはずだわ。そうじゃありません？」ジュリアンに贈られたブレスレットがよく見えるように、ソフィーは手を動かした。手首を飾っているダイヤモンドがきらきらと輝く。

「そうは思えませんね、ソフィー」ウェイコットが言った。「あなたはエメラルドもよく似合うはずなのです。でも、レイヴンウッドはほかの女性があれを身につけるのに耐えられるだろうか？　あの宝石には彼にとってはつらい思い出がぎっしりつまっているだろうからね」

「わたし、失礼させていただくわ。窓のそばにレイディ・フランプトンがいらっしゃるのが見えたので。消化にいい薬草が効いたか、どうしてもうかがいたいの」

ソフィーは足早にその場を去った。もうあの子爵は顔を見るのもいやだと思った。最近になってウェイコットは、ソフィーが顔を出す社交行事のほぼすべてに足を運んでいるようだった。

人ごみをかき分けて進みながらソフィーはふと、あんなにあっさりアタリッジから離れるのではなかったと思いついた。捜していた男性ではなかったとしても、彼はエリザベスのことをよく知っていて訊けばなんでも喜んで話してくれるはずだ。それに、シャーロットのリストにあったほかのふたりについて重要な情報を聞き出せるかもしれない。

舞踏場の向こうで、つづけてつぎの曲でも踊ろうとしているアタリッジにコーデリア・ビドルが断っているのが見えた。しかたなくアタリッジは庭園に出ていこうとしている。ソフィーは同じ方向にむかって歩きだした。

「アタリッジはやめたほうがいい」すぐ背後でウェイコットの物憂げな声がした。「あなたはあんな男にはもったいない。エリザベスだって彼には目もくれなかったのです」

ソフィーはさっと振り返り、怒りに目を細めた。ウェイコットはソフィーのあとをつけているにちがいない。「なにをおっしゃっているのかわからないわ。いずれにしても、わたしがかかわる相手についてあれこれ想像するのはやめてください」

「なぜです？　レイヴンウッドの耳にはいったら、エリザベスみたいに池に沈められてしまうからですか？」

ソフィーはショックのあまりまじまじとウェイコットを見つめた。やがて、彼に背中を向け、開け放たれた戸口からひんやりと涼しい庭園に出た。

「こんど、このろくでもない博打場に私を無理やり引っ張ってくるときは、せめて勝てるチャンスがあるのを確認する心の広さを見せてほしいものだ」ジュリアンは不機嫌そうに低い声でうなり、デレゲートにつづいてゲーム用テーブルを離れた。

残った男たちはなにげなさを装って一歩テーブルににじり寄ったが、熱に浮かされたような目がゲームにたいする必死さを物語っている。サイコロがカチリと小さく鳴って、ハザードのつぎのゲームが始まった。

「文句を言うな」デレゲートがからかうように言った。「言ったはずだろう。不機嫌な敗者より、有頂天の勝者からのほうが情報は引き出しやすいと。望んでいたものは手にはいったんじゃないか、そうだろう？」

「まあな。しかし、千五百ポンドの出費だぞ」

「今夜、クランドンとマスグローヴが失う金額にくらべたら、わずかなもんだ。きみの問題はだな、レイヴンウッド、領地のために直接使う以外の金を出し惜しみすることだ」

「叔父上の爵位と、それにもれなくついてくる領地を受け継いだら、きみの賭事にたいする態度だってころりと変わるだろう。私より賭事に縁遠くなるかもしれない」ふたりで並んでひんやりした夜気に足を踏みだしながら、ジュリアンは彼を待っていた馬車に合図をした。もう夜中の十二時近い。

やがて、目の前で止まった馬車にデレゲートが先に乗りこんだ。

ジュリアンもあとにつづき、デレゲートと向き合って座席に坐った。「さて、千五百ポンド負けた見返りになにが得られたか、復習だ」

「そういう方面にはなぜか詳しいエッガースによれば、あの黒い指輪をはめている男は、少なくともあと三、四人いる、ということだ」デレゲートが言った。

「しかし、聞き出せたのはふたりの名前だけだ。アタリッジとヴァーリー」たったいま、賭けで千五百ドル負けた相手の顔が思い出された。勝負で勝てば勝つほど、エッガースの口はなめらかになって、デレゲートとジュリアン相手につぎからつぎへと噂話を披露した。「ふたりのうちのどちらかが、ソフィーの友だちに指輪を渡したのだろうか。たしか、アタリッジはアビーに来たことがある。ヴァーリーもおそらく来ている」エリザベスと関係した男たちが数え切れないほどいたことを思い出して、ジュリアンは拳を握りしめた。

デレゲートはそんなジュリアンの反応に気づかないふりをして、さらにつづけた。「少なくとも出発点には立てたんだ。アタリッジかヴァーリーがきみの奥方の友だちに指輪を渡した可能性はある」

「くそ。とんでもない話だぞ、これは。とにかく、ソフィーにはもう二度とあの指輪ははめさせない。いますぐ叩きつぶしたっていいんだ」そんなことをすれば、ソフィーと彼の関係はいっそうむずかしくなるだろう。ジュリアンは内心、身をすくめた。彼女があの黒い指輪に愛着を持っているのは疑いようがないのだ。

「その点については、私も全面的に賛成だ。あの指輪の意味がわかったからには、彼女はあれを身につけるべきではない。しかし、彼女はまだあの指輪がなにを意味しているのか知らないんだ、レイヴンウッド。彼女にとってはたんなる記念の品だ。ほんとうのことを伝えるつもりか？」

ジュリアンはきっぱりと首を振った。「もともとの指輪の持ち主は秘密クラブのメンバーで、だれが社交界でもっとも地位の高い男の妻を寝取れるか、メンバー同士で賭けをしていたと？　言えるものか。彼女の男性一般にたいする評価はもう充分に低いのだ」

「そうなのか？」デレゲートが愉快そうに訊いた。「だとすれば、きみと奥方はお似合いの夫婦だな、レイヴンウッド？　きみの女性にたいする評価もけっして高いとは言えない。きちんと言い返してくれる女性と結婚したとは、いい気味だ」

「いい加減にしろ、デレゲート。今夜は、女性にたいする考え方が私とさしてちがわない男と口論している暇はないんだ。いずれにしても、ソフィーはふつうの女性とはちがうぞ」

デレゲートはジュリアンを見つめ、薄暗い馬車のなかでかすかにほほえんだ。「ああ、わかっている。じつは、きみはそれに気づいていないんじゃないかと、疑いかけていたところだった。彼女をしっかり守ってやれ、レイヴンウッド。われわれの世界には、彼女のような女性をひどい目に遭わせて喜ぶオオカミみたいなやつらがいるからな」

「それは私がいちばんよく知っている」ジュリアンは馬車の窓の外に視線を移した。「今夜はどこまで乗せていけばいい？」

デレゲートは肩をすくめた。「ブルックスの店かな。きょうみたいな情けない経験をしたあとは、お上品な店で軽く一杯、という気分だ。きみはどこへ行くんだ？」

「ソフィーを迎えにいく。今夜はレイディ・ダリモアのパーティに顔を出しているんだ」

デレゲートはにやりとした。「で、みんなの注目を集めているのはまちがいない。きみの奥方はいままさに人気急上昇中だ。最近ではボンド・ストリートを歩いていても、どこかの邸宅の応接間をのぞいても、若い女性の半分はいい具合に服を着くずしている。リボンを垂らしていたり、帽子を斜めにかぶったり、ショールを床までずり落としたり。それぞれ愛嬌があっていいんだが、ソフィーのようにみごとに自分のものにしている者は皆無だ」

ジュリアンは思わず口元をほころばせた。「それは、わざと着くずしていないからだ。彼女の場合、放っておいても自然にあのスタイルになるんだよ」

十五分後、ジュリアンはレイディ・ダリモアの舞踏場を埋め尽くしているお客をかき分け、ソフィーを探していた。デレゲートが言っていたとおり、若い女性のほとんどがさりげなく服を着くずしている。

「こんばんは、レイヴンウッド、伯爵夫人をお探しかな？」

ジュリアンは肩越しに振り返った。たまに戦況について議論を戦わせる相手の、中年の男爵だった。「こんばんは、サープ。お察しのとおり、レイディ・レイヴンウッドを探しているところです。見かけませんでしたか？」

「ついさっきおしゃべりをしたところだ。消化にいいという薬草茶のレシピをいただいた。彼女のような女性と結婚できて、あなたはほんとうにお幸せだ。あの奥方がそばにいてくれたら、さぞ長生きできるだろう。しかも、一ダースの息子に恵まれるのも夢じゃない」

ソフィーがまだしばらくは子供はほしくないと言っているのを思い出し、ジュリアンはきゅっと唇を結んだ。「最後に見かけたとき、妻はどこにいましたか？」

「アタリッジと踊っていたようだ」サープは温厚そうな眉を突然、曇らせた。「それなんだが、はっきり言って感心しないな。アタリッジがどういう男か、きみも知っているだろう。根っからの放蕩者だ。私がきみなら、妻があんな男と付き合うのを許しはしない」

ジュリアンは胃のあたりが冷え冷えとするのを感じた。いったいどうやってアタリッジはソフィーに近づいたのだろう？　もっと問題なのは、なぜ近づいたかということだ。「すぐに妻に話をします。ありがとう、サープ」

「どういたしまして」男爵の表情が明るくなった。「薬草茶のレシピをありがとうと、くれぐれも伯爵夫人によろしく伝えてくれ。すぐにでも試したくてたまらんよ。実際、ジャガイモとパンだけの食事にはもううんざりなのだ。以前のようにまた、牛肉の分厚いステーキにかぶりつきたいものだ」

「かならず伝えます」ジュリアンは体の向きを変え、アタリッジを探して舞踏場を見回した。目当ての男は見あたらなかったが、ソフィーの姿が見えた。庭園に出ていくところだ。そのすぐあとをウェイコットがついていこうとしている。

近い将来、ウェイコットには目にもの見せてやる、とジュリアンは心に誓った。


すばらしい庭園だった。ダリモア卿の自慢の種だとソフィーも聞いたことがある。ほかの機会だったら、月明かりに照らされた美しいながめを心ゆくまで楽しめただろう。丁寧に刈り込まれた生け垣も花壇もよく手入れが行き届いている。

しかし、今夜にかぎって、複雑に配された樹木はアタリッジ卿を探しているソフィーのじゃまになるだけだ。背の高い垣根の角を曲がるたび、行き止まりに行き当たってしまう。屋敷から離れれば離れるほど、闇は濃くなって人の姿も見分けづらい。ソフィーは二度、ふたりきりになろうと舞踏場をあとにしたにちがいないカップルに出くわしていた。

ああいう性格のアタリッジのことだから、庭園の目につかない一角を利用して逢い引きをしているにちがいない、とソフィーは思った。おそらくいまこの瞬間にも、耳に心地よい彼の媚びへつらいを聞きながら、恋に落ちてしまったと錯覚してるかわいそうな若い娘がいるかもしれない。彼がアメリアを誘惑した男なら、コーデリア・ビドルやほかの世間知らずの女性相続人と結婚できないようにどんなことでもしよう、とソフィーは堅く決意した。

ソフィーはスカートを持ち上げ、花壇の中央で跳ねている小さな牧神像のまわりをぐるりと回ろうとした。

「こんなところでひとりでふらふらしているのは感心しませんね」暗がりからウェイコットの声がした。「女性の場合、こういう庭園は迷いやすいから」

ソフィーがはっとして振り返ると、ほんの数歩先から子爵がこちらを見つめている。驚きはすぐに怒りに変わった。「ほんとうに、人をつけまわすのはやめていただけませんか?」

「ふたりきりであなたと話をするには、そうするしかほかにないようなので」ウェイコットは一歩、二歩とソフィーに近づいた。月明かりの下、淡い金髪がほとんど銀色に見える。いつも好んで身につけている黒い服とあいまって、ふと生身の人間ではないような錯覚におちいる。

「ふたりきりで話をすることなど、なにもありません」ソフィーは言い、扇をきつく握りしめた。ウェイコットとふたりきりになりたくはなかった。あの男には近づくな、というジュリアンの警告が、すでに頭のなかで大きく響いている。

「それはちがう、ソフィー。話し合うことはたくさんある。レイヴンウッドやエリザベスについて、あなたにはほんとうのことを知ってほしいんだ」

「必要なことはすべて知っているわ」ソフィーは穏やかに言った。

ウェイコットは首を振った。薄暗がりのなか、目だけがぎらぎら光を放っている。「ほんとうの話はだれも知らないのだ。知っていたら、あなたはあの男とは結婚していない。かわいらしくてやさしいあなたが、レイヴンウッドのような極悪人に自ら身を差しだすわけがない」

「やめられるわけがないだろう」ウェイコットの声が突然、耳障りなしゃがれ声に変わった。「考えずにはいられないんだ。彼女のことを。すべてのことを。頭から離れないんだ、ソフィー。自分ではどうにもならない。助けられたのに、彼女はそうはさせてくれなかった」

ソフィーは初めて、ウェイコットのエリザベスへの思いがどんなものであれ、見せかけだけでも一時的なものでもないと気づきはじめていた。この人は心から苦しんでいるのだと思った。だれにたいしてもつい同情してしまう生まれつきの本能が目覚め、ソフィーは一歩足を踏みだしてウェイコットの腕に手を置いた。

「シーッ」と、ささやく。「自分を責めてはいけないわ。エリザベスはとても神経が過敏で、自分を見失いがちだったの。すべてはもう終わったことよ。もうこれ以上、自分の気持ちをかき乱してはいけないわ」

「あの男がエリザベスを破滅させたんだ」聞き取れないほど弱々しい声だった。「彼女があんなふうになったのは、あいつのせいだ。エリザベスはあの男とは結婚したくなかったんだ。家族に無理やり結婚させられた。彼女の両親は、レイヴンウッドの肩書きと財産だけが目当てだった。娘の気持ちなど考えもしなかった。生まれつき繊細な心に気づきさえしなかったんだ」

「もうやめましょう。あなたのためによくないわ」

「あいつが彼女を殺したんだ」ウェイコットは声を張り上げた。「最初はちょっとした冷酷さを小出しにして、徐々に彼女を追いつめていった。そのうち、はっきりと残酷な振る舞いをするようになった。何度か乗馬用の鞭で殴られたとも言っていた——馬を殴るみたいに殴られたと」

ソフィーは激しく首を振った。「彼女自身、たびたびジュリアンを激怒させていたが、暴力をふるわれたことは一度もない。「いいえ、そんな話は信じないわ」

「ほんとうなんだ。あなたは以前の彼女を知らない。あの男と結婚してからどんなに変わったか、見ていない。あいつはいつも彼女の自由な精神を縛りつけ、内面の炎を吹き消そうとしていた。彼女は、自分にできる唯一のやり方、つまり無視することで抵抗した。しかし、自由になろうと必死であがくうちに、彼女はだんだん大胆になっていった」

「大胆という表現では足りないと思っている人もいるわ」ソフィーはそっと言った。「正気を失っていたと言う人もいる。ほんとうにそうだとしたら、とても悲しいことだわ」

「彼女があんなふうになったのは、あの男のせいだ」

「いいえ。彼女の心の病をレイヴンウッドのせいにすることはできないわ」

「できるとも」ウェイコットはふたたび声を荒げた。「彼女が死んだのはレイヴンウッドのせいだ。あの男がいなければ、いまも彼女は生きていた。あいつは罪の報いを受けるべきなんだ」

「その理屈はどう考えてもおかしいわ」ソフィーは冷ややかに言った。「エリザベスが亡くなったのは事故だったんだもの。そんな非難は言いがかりもいいところだわ」

頭のなかから濃い霧を払うように、ウェイコットは強く首を振った。あんなにぎらついていた目がやや輝きを失っている。片手で淡い金髪を手でかき上げて言った。「思いつくままべらべらしゃべってしまって、お恥ずかしい」

ウェイコットがわれを忘れてジュリアンを非難した理由がわかったような気がして、ソフィーは彼が気の毒になった。「彼女を心から愛してらしたのね」

「愛しすぎるほど。自分の命以上に」疲れ切った声だった。

「お気の毒だわ。なんと言っていいのかわからないくらい」

子爵は悲しげにほほえんだ。「やさしい人だ、ソフィー。やさしすぎるのかもしれない。あなたは、なにもかもよくわかっていらっしゃる。私はあなたのやさしさに値しない人間です」

「そうだ、ウェイコット、おまえほど彼女のやさしさに値しない人間はいないだろう」その声でナイフのように闇を切り裂きながら、暗がりからジュリアンがあらわれた。彼は手を伸ばし、ウェイコットの袖に触れているソフィーの手を引き寄せた。手首のダイヤモンドのブレスレットがきらきらと輝く。さらにその手を大事そうに自分の腕で挟みつけた。

「ジュリアン、お願い」彼がいまにも癇癪を起こしそうなのがわかって、ソフィーは不安そうに言った。

ジュリアンはソフィーを見もせず、全神経をウェイコットに集中させていた。「私の妻は苦しんでいる者に甘すぎるという欠点がある。その欠点につけこむ人間は、この私が許さない。とりわけおまえはな、ウェイコット。私が言っていることがわかったか？」

「了解。では、さようなら、マダム。感謝しています」ウェイコットはソフィーに向かって優雅にお辞儀をしてから、庭園の暗闇に吸いこまれていった。

ソフィーはため息をついた。「ああ、ジュリアン。あんなふうに脅さなくてもいいのに」

ジュリアンは小声で毒づき、ソフィーを引っ張るようにして、屋敷に向かう小道を足早に歩いていった。「脅さなくてもいいだと？　ソフィー、今夜、私はもう少しで堪忍袋の緒が切れるところだったのだぞ。わかっているのか？　なにがあろうと、ウェイコットには会うなとはっきり言ったはずだ」

「彼が勝手に庭園までつけてきたんです。どうしようもないでしょう？」

「そもそも、どうしてひとりで庭園に出ていったりしたのだ？」ジュリアンは言い返した。

ソフィーは思わず言葉を失った。情報を聞き出すため、アタリッジ卿を探していたとは言えるはずもない。「舞踏室にいたら暑くてたまらなくなって」見え透いた嘘を見破られて恥をかきたくなかったので、慎重にほんとうのことだけ言った。

「ひとりで庭園に出ていくなど、どうかしているぞ。あなたには常識というものがないのか、ソフィー？　ここはひとりでふらふらほっつき歩けるハンプシャーとはちがうのだ」

「ええ、ジュリアン」

ジュリアンはうめき声をあげた。「そういう声を出すな。うんざりされているのは百も承知だ。ソフィー、私がなにかというとあなたに説教ばかりしているのはわかっているが、原因はすべてそちらにあるのだぞ。どうしていつもいつも厄介ごとばかり起こすのだ？　私には妻を管理できないと証明するためか？」

「管理などしなくていいんです」ソフィーは突き放すように言った。「でも、どんなにそう言ってもあなたには理解できないのかもしれないと、そんな気がしてきました。あなたが妻を管理しなければならないと思うのは、最初の奥さまとのことがあったからにちがいありません。でも、あなたがどんなに管理したところで、彼女はやはり自滅したに決まっています。だから、彼女を救えなかったことで自分を責めることはないんです」

ジュリアンはソフィーの指先をきつく握りしめた。「やめろ。エリザベスのことはだれとも話すつもりはないと言ったが、これだけは言っておく。私は彼女を救えなかったが、あなたの言うとおり、ほかのどんな男でも彼女を救うのは無理だっただろう。しかし、私はあなただけはなにがあっても守りとおす。あなたには保護が必要なのだ、ソフィー。ある意味で、信じられないほど危なっかしいのだ、あなたは」

「そんなことないわ。自分で自分の面倒くらいみられます」

「そんなに自信満々なのに、どうしてウェイコットのお涙ちょうだいの演技にだまされていた？」ジュリアンは苛立たしげに尋ねた。

「彼は嘘はついていないわ。深くエリザベスを愛していたのよ。わたしにはよくわかる。人の奥さんを愛するのはいけないことかもしれないけれど、彼の思いはほんものよ」

「今夜のあの男の振る舞いは、あなたの同情を引こうとしてのことだ」

「そのことのどこがいけないの？　だれだってたまには人に同情してもらいたいものよ」

「ウェイコットにとっては、その同情心が不実な底なし沼への第一歩なのだ。あの男の目的は、あなたを誘惑して自分のものにし、その事実を私に突きつけることなのだ。それでわからないと言うなら、もっとあからさまに説明してやろう。どうだ？」

ソフィーは怒りにまかせて言った。「いいえ、けっこうです。おっしゃっていることはよーくわかります。でも、あなたは子爵の気持ちを誤解しているとしか思えない。いずれにしても、わたしは彼にも、ほかのだれにも誘惑されないと心から誓うわ。でも、わたしはもうあなたに貞節を誓っているのよ。どうして信じてくれないの？」

ジュリアンはもどかしさのあまり大声をあげそうになるのをぐっとこらえた。「ソフィー、私はなにもあなたが進んであの男の計略に引っかかるとは言っていないのだ」

ジュリアンが必死でなだめようとするのもかまわず、ソフィーはつづけた。「せめてわたしの誓いを心から受けとめるとおっしゃって」

「ばかな、ソフィー、言っているだろう、私は――」

「もうたくさん」ソフィーは小道で急に立ち止まり、腕を組んでいるジュリアンを引き止めた。それから、断固たる決意をこめて彼を見上げた。「ウェイコットにもほかのだれにも誘惑されないというわたしの誓いを信じると、あなたも誓ってください。誓ってくれるまで、ここから一歩も動かないわ」

ジュリアンは両手でソフィーの顔を挟みつけた。「名誉をないがしろにされたと思ったとたん、つかみかかってくる。まるで獰猛な小動物だ」

「名誉に疑いを差し挟まれたのがあなたなら、わたしなどとはくらべものにならないほど獰猛になるはずだわ。あの手紙に書いていたように、わたしに敬意を払ってくださるなら、お願いですから、その証拠を見せてください」

ジュリアンはソフィーを見下ろしたまま、しばらく黙りこくっていた。「注文が多すぎるぞ、ソフィー」

「あなたほどじゃありません」

ジュリアンはゆっくりうなずき、しぶしぶながらソフィーの言い分を受け入れた。「そうだな、あなたの言うとおりだ」ジュリアンは静かに言った。「それにしても、あなたのようにむきになって名誉の問題を論じる女性は見たことがないぞ。それどころか、自分の名誉に関心を持っている女性さえ私は知らない」

「それはたぶん、女性の不名誉な行動によって自分の名誉が傷つけられそうになるまで、女性が名誉についてどう感じているのか注意を払おうともしないからだわ」

「頼むからそのくらいにしてくれ。降参だ」それ以上の言い争いを避けようと、ジュリアンは片手を上げてひらひらと振った。「いいだろう、マダム、あなたの女性としての貞節を心から信じ、最大限の敬意を払うと心から誓おう」

ソフィーは、体のなかで小さく凝り固まっていたものが、すーっとほぐれていくのを感じた。「ありがとう、ジュリアン」衝動的に背伸びをして、ジュリアンの口に軽く唇で触れる。

「わたし、決してあなたを裏切らないわ」

「そういうことなら、私とあなたのあいだがうまくいかないはずがない」ジュリアンは乱暴なくらい力をこめてソフィーを抱き寄せた。そして、頭を下げてソフィーの口に口を重ね、濃厚で妙に執拗なキスをした。

しばらくして、ようやくソフィーから顔を上げたジュリアンの目にはいつもの期待感が躍っていた。

「ジュリアン？」

「だれよりも誠実な奥方さま、そろそろうちに戻る時間かと存じますが。今夜はこれから、ふたりきりで楽しみたいことがございます」

「そうなの？」

「それはもう、まちがいなく」ジュリアンはふたたびソフィーの腕を取り、舞踏室に向かって歩きだした。「すぐに女主人にいとまを告げよう」

ところが、それからしばらくして、屋敷に戻ったふたりが正面玄関に足を踏み入れると、珍しいことにひどく心配そうな顔をしたガッピーが待ちかまえていた。

「お帰りなさいませ。旦那さまを探しに、クラブに使いを出そうと思っていたところでした。伯母さまのレイディ・シンクレアがひどく体調を崩されたそうで、奥さまに助けていただきたいとミス・ラッテンベリから二度も伝言が届きましてございます」

15

ジュリアンはいらいらと自分の寝室のなかを歩きまわっていた。眠れないのは隣の寝室にソフィーがいないとわかっているせいだ。すでにくしゃくしゃの髪をかき上げ、あらためて考える。正確にいうと、私はいつ、どんなふうに、ソフィーがそばにいないとぐっすり眠れなくなったのだろう？

ジュリアンは、数年前、チッペンデールに注文して作った椅子にどしんと坐りこんだ。あのころは彼もチッペンデールも新古典主義《ネオクラシシズム》にのめりこんでいた。この椅子は若かりしころの私の理想主義の象徴だな。ジュリアンは珍しく物思いにふけった。

いまではもうずいぶん昔のことに思えたが、同じころ、ジュリアンはギリシャ語やラテン語の古典について夜遅くまで議論を戦わせることで知られ、急進的な自由主義の改革派トーリー党の政治活動にもかかわり、エリザベスの名誉を傷つけた不埒な男たちふたりは肩に弾丸でもぶちこんでやらなければ気がすまないと血気にはやっていた。

この二、三年で多くのことが変わってしまった、とジュリアンは思った。最近では暇な時間もなくなり、古典について議論したいという気も起きない。ホイッグ党のリベラルな連中でさえトーリー党に劣らず腐敗している、という結論にも達した。エリザベスに名誉があると考えること自体、お笑いぐさだと気づいたのはもうずいぶん前のことだ。

ジュリアンは、見事に仕上げられたマホガニー材の肘掛けになにげなく手のひらをすべらせた。体のどこかがまだ、デザインの純粋な古典的モチーフに反応するのがわかり、はっとする。

しかし、それだけではなかった。現実的で冷めた人生観を持とうと懸命に努めてきたにもかかわらず、今夜、ジュリアンは若いころの理想主義がまだ心のどこかに生きつづけていることの、もっとはるかに気がかりな徴候を感じていた。わたしが名誉を重んじる思いを尊重するなら、その証拠を見せてほしいと迫るソフィーに、ジュリアンは感動を覚えていたのだ。

彼女をファニーとハリエットのところに泊まらせるべきではなかったかもしれない、とジュリアンはぼんやり思った。しかし、止めたところでソフィーは聞き入れはしなかっただろう、と冷笑を浮かべる。ガッピーから伝言を聞いたとたん、ソフィーはすぐにファニーのベッドに駆けつけようと決めていたのだから。

そのことに文句を言うつもりはなかった。ジュリアンも心から伯母の体調を気遣っていた。風変わりで、なにをしでかすかわからないし、感心できない点もままあるけれど、ジュリアンはファニーが大好きだった。年老いた両親が亡くなってから、レイヴンウッドの一族でほんとうに心から愛しているのはファニーだけだ。

伝言を受けたソフィーは、すぐに着替えをして小間使いを起こした。そして、メアリが身の回りの必要なものを鞄に詰めているあいだ、薬草用の保存箱と大事なカルペパーの植物誌をすぐに運べるように準備した。

馬車でファニーの邸宅に駆けつけたソフィーとジュリアンを玄関で迎えたのは、すっかり取り乱したハリエットだった。ふだんは落ち着き払っている彼女のそんな姿を見て、ジュリアンは伯母の容態の深刻さを充分に理解した。

「よかった、来てくださったのね、ソフィー。わたし、もう心配で心配で。ドクター・ヒグスに往診していただこうとも思ったんだけれど、ファニーがいやだと言うのよ。あんな偽医者をうちに入れるわけにはいかない、って。無理もないの。あの人の患者は、よくなるより死ぬ人のほうが多いから。それで、あなたを呼ぶことしかほかに思いつかなくて。ご迷惑じゃなかった?」

「迷惑だなんてとんでもない。すぐに伯母さまのところへ行くわ、ハリー」ソフィーはジュリアンへの別れの挨拶もそこそこに、階段を駆け上っていった。そのあとを薬草用の保存箱を抱えた召使いがあわてて追っていく。

ハリエットは、まだ玄関ホールに立っているジュリアンを振り返り、心配そうに見つめた。「こんな遅い時間に彼女をよこしてくれて感謝しているわ」

「止めたとしても、彼女は聞き入れなかったでしょう」ジュリアンは言った。「それに、ご存じのように私はファニーが大好きですから。伯母には最善の処置を受けてほしい。ドクターの件では私も彼女の言うとおりだと思います。治療法といっても、ヒグスは瀉血《しゃけつ》と下剤をかけることしか知らない」

ハリエットはため息をついた。「残念だけれど、わたしも同感よ。瀉血の効果はあまり信じていないし、それに、かわいそうなファニーにはもう下剤なんて必要ないもの。そうなると、頼りになるのはソフィーと薬草だけなの」

「ソフィーはほんとうによく薬草について知っています」ジュリアンは励ますように言った。「それは私が身をもって証明できます。この社交シーズン、うちの使用人たちはロンドンじゅうでもっとも健康で、元気にあふれていますからね」

「ええ、そうでしょうね。ソフィーがいろいろアドバイスしてくれるから、うちの使用人たちもとても調子がよさそうよ。ソフィーに言われたとおりに薬草を飲みはじめたら、わたしのリューマチもずいぶん楽になったのよ。彼女がいなくなったら、わたしたち、どうなってしまうのかしらねえ？」

急にハリエットに尋ねられ、ジュリアンはどきりとした。「わかりません」

二十分後、ソフィーが階段の最上段にあらわれ、ファニーの病気の原因は夕食に食べた魚と思われ、手当をしたあとも数時間は容体を見守る必要があると告げた。「わたし、今夜はこちらに泊めていただくわ、ジュリアン」

いっしょにとどまってもできることはなにもないとわかっていたので、ジュリアンはしぶしぶ馬車で自宅に戻った。

召使いのナップトンを下がらせて寝る支度をととのえ、あとはベッドにもぐりこむだけになっても、ジュリアンはそわそわと落ち着かなかった。

階下の書斎に行って退屈な本でも持ってこようか、と思ったとたん、黒い指輪のことを思い出した。庭園でウェイコットといっしょにいるソフィーを見つけて不安にさいなまれ、ファニーが病気と聞いてあわてているあいだに、忌まわしい指輪のことはすっかり忘れていた。

あんなものはすぐに捨ててしまうべきだ、とジュリアンは思った。いますぐソフィーの宝石箱から指輪をつまみ出そう。彼女がそれを持っていると思うだけで、気が気ではなかった。ソフィーがつい衝動にかられて指輪をはめてしまわないともかぎらない。

ジュリアンはろうそくを手にして、隣の部屋につづく扉を通り抜けていった。ソフィーのいない寝室はがらんとして、もの悲しささえ感じられる。悪くなった魚を売る行商人すべてを呪わずにはいられなかった。ファニーの具合が悪くならなければ、いまごろは強情でやさしくて情熱的で、なにもまして名誉ある妻とベッドをともにしていられたというのに。

化粧台に近づき、宝石箱の蓋を開けた。そして、しばらく、ソフィーの質素な貴金属類を見下ろしていた。それなりに値打ちがありそうなのは、ジュリアンが贈ったダイヤモンドのブレスレットだけだ。それはいかにも大切そうに、赤いベルベットの敷き布の上に置いてあった。

ブレスレットとそろいのイヤリングが必要だな、とジュリアンは心に留めた。

黒い指輪は宝石箱の隅にあった。折りたたんだ小さな紙片の上に置いてある。指輪を見ただけでも胸にじわじわと怒りがこみ上げてくる。

ジュリアンは宝石箱に手を入れて、黒い指輪をつまんだ。そのとき、指先が折りたたんだ紙片にも触れた。ふといやな予感がして、紙もいっしょに取りだして、開いてみる。

紙には三人の名前が書かれていた。アタリッジ、ヴァーリー、オーミストン。

ジュリアンの静かな怒りの燃えさしが、白い憤怒の炎となって燃え上がった。

「彼女、ほんとうにだいじょうぶかしら?」ハリエットはファニーのベッド脇に立ち、友人の青ざめた顔をまじまじと見つめた。数時間にわたって断続的な嘔吐を繰り返し、腸の痛みに耐えつづけたファニーは、精も根も尽き果ててようやく深い眠りについていた。

「だいじょうぶだと信じています」ソフィーは言い、コップの水にもうひとつまみ、薬草を加えて混ぜた。「胃にあった悪いものはほとんど吐いてしまいましたし、ご覧のように、もう痛みもほとんどないようですから。わたし、朝まで見守っています。もう峠は越したとは思うんですけれど、万が一ということもありますから」

「わたしもここにいさせてちょうだい」

「それにはおよびません、ハリー。どうかすこしでも眠ってください。ファニーに劣らずお疲れなんですから」

ハリエットはさっと手をひと振りして、ソフィーの忠告を聞き流した。「いいのよ、そんなことは。ファニーがまだすっかりよくなっていないと知りながら、眠れるわけもないし」

よくわかった、と言うようにソフィーはほほえんだ。「ほんとうにいいお友だちなんですね、ハリー。あなたのようなお友だちがいて、ファニーはほんとうに幸せだわ」

ハリエットはベッドの横の椅子に腰かけ、なにげなく紫色のスカートをととのえた。「そうじゃないわ、ソフィー。それは逆。ファニーのような掛け替えのない友人を得て、わたしが幸せなの。彼女はわたしのたったひとりの人生の喜びそのものよ——どんなにばかなことでも真剣なことでも話せる世界でたったひとりの相手。ほんとうにつまらない噂話でも、なんでも話せる重大ニュースでも分かち合える唯一の人よ。大声で泣いたり、お腹を抱えて笑ったり、ちょっとはめをはずしてシェリーで酔っぱらったり、そんなことができるのも彼女といるときだけだわ」

ソフィーはベッドの反対側の椅子に坐り、急になにかわかったような気がしてハリエットを見つめた。「いっしょにいて自由になれる、この世で唯一の人なんですね」

ハリエットは満面に笑みを浮かべた。「そうよ。そのとおり。いっしょにいて自由になれる唯一の人よ」

「おふたりはほんとうに運がいいわ、ハリー」ソフィーは穏やかに言った。「夫婦でも、あなたとファニーが分かち合っているような絆で結ばれている人たちってそれほどいないと思いますもの」

「わかるわ。残念ではあるけれど、理解できないことじゃないわね。男と女がファニーとわたしのように理解し合えるわけがない。そうでしょう？」ハリエットは無邪気に言った。

ソフィーは膝の上で両手の指を組み合わせた。「たぶん」と、言葉を選びながらゆっくりと言う。「たぶん、真の愛情と、たがいを尊敬する気持ちと、進んで寛大になろうとする思いがあれば、完全に理解し合う必要はないんだわ」

ハリエットはじっとソフィーを見てから、やさしく尋ねた。「そんな関係をレイヴンウッドと築きたいのね？」

「ええ」

「前にも言ったように、彼は世間並みに言えばいい人だけれど、あなたが望んでいるものをあたえられるかどうかは疑問だわ。ファニーとわたしは、あなたが求めている彼の温かい部分がほとんど、エリザベスのせいで燃え尽きていくのをなす術《すべ》もなく見ていたの」

「彼はわたしの夫で、わたしは彼を愛しています。たしかに傲慢で頑固で、耐えがたいほどむずかしいところもあるけれど、あなたがおっしゃるように、彼はいい人です。尊敬に値する人です」数時間前の、庭園でのジュリアンとのやりとりを思い出し、ソフィーはかすかにほほえんだ。「もうわたしたちはだめ、どうしようもない、と思うときにかぎって、ジュリアンは一条の希望の光を見せてくれて、わたしはまた頑張って結婚という冒険にとりくもうと前向きになれるんです」

夜が明けてすぐ、ファニーがもぞもぞと体を動かしてから目を開けた。最初に、ベッドのそばの椅子に坐って軽くいびきをかいているハリエットを見て、疲れ切っているけれど深い愛情のにじむ笑みを浮かべた。それから首をまわして、大きなあくびをしているソフィーを見た。

「守護天使たちが手厚く看病してくれたのね」弱々しいほかはふだんとほとんど変わらない口調でファニーは言った。「ふたりとも、ゆうべはたいへんな思いをさせてしまったわね。ごめんなさい」

ソフィーは満足そうに含み笑いをして、立ち上がって伸びをした。「ずいぶん楽になられたようですね？」

「ええ、もうすっかり」ファニーは上半身を起こして手を伸ばし、ソフィーの手を握った。「あなたにはどんなに感謝しても感謝しきれないわ。あんなに不愉快な病状に付き合って、面倒をみてくださったんだもの」

ベッドを挟んでもう一つの椅子から聞こえる小さないびきが突然、止まった。「ああ、わたしの大事なファニー」はっと目覚めると同時に、ハリエットは言った。身を乗りだしてファニーの手を握る。「気分はどう？　ほんとうに心配したわ。もう二度とこんな思いはさせないで」

「二度とこんなことにはならないようにするわ」ファニーは約束した。

ソフィーはふたりの女性の表情ににじむむき出しの感情を見て、感動すら覚えた。そして、ファニーとハリエットを結びつけている愛情は友情以上のものだと一瞬のうちに悟った。

ソフィーは立ち上がり、薬草を保存箱にしまいはじめた。

「あなたの馬車を玄関にまわしてほしいと、執事にお願いしてかまわないかしら?」ソフィーはファニーに尋ねた。

「あら、ソフィー、朝食くらい召し上がっていって」ハリエットがすかさず言った。「ゆうべは一睡もしていないのに、なんの栄養もつけずにこの家から出すわけにはいかないわ」

ソフィーは部屋の隅にある背の高い置き時計を見て、首を振った。「急げば、ジュリアンといっしょに朝食のテーブルにつけそうですから」

三十分後、ソフィーは自分の寝室にはいってふたたびあくびをした。いまは朝食よりベッドのほうがはるかに魅力的だった。生まれてからこれまで、こんなに疲れ果てたのは初めてだ。手伝いはいらないからと言ってメアリを下がらせ、化粧台に向かった。

乱れた髪をとかそうと銀のブラシに手を伸ばしたら、ダイヤモンドがきらりと光るのが見えた。ソフィーは眉をひそめ、宝石箱の蓋を開けっ放しにしていたことに気づいて驚いた。ゆうべはほんとうに急いでいたから、と思った。パーティから戻ってダイヤモンドのブレスレットをしまったあと、蓋を閉めるのを忘れたにちがいない。

蓋を閉めようとして、黒い指輪と三人の名前を記した紙片がなくなっているのに気づいてぎょっとした。

「これを探しているのか、ソフィー？」

冷ややかに尋ねるジュリアンの声がして、ソフィーはあわてて立ち上がって振り向いた。ふたりの寝室を隔てる扉が開いていて、その戸口にジュリアンが立っていた。膝丈のズボンにお気に入りのつややかなヘシアンブーツをはいて、片手に黒い金属製の指輪を持っている。もう一方の手でつまんでいるのは、あの見慣れた紙片だ。

ソフィーは最初に指輪を見てから、ジュリアンの宝石のような目を見つめた。恐怖心で身がすくんだ。「どうして指輪を宝石箱から出したのですか？」しっかりと落ち着いた声で言ったが、気持ちはまるで逆だった。ジュリアンが名前のリストを見つけたことの重大さに気づいて、膝に力がはいらなくなった。

「どうして指輪を出したのかは、話しだせば長くなる。その前に聞かせてもらおう。ファニーの具合はどうなのだ？」

ソフィーは大きく息を吸いこんで言った。「ずいぶんよくなりました」

ジュリアンはうなずき、ソフィーの寝室にはいってきて、窓辺の椅子に腰かけた。指輪と紙片をかたわらのテーブルに置く。朝の日射しを受けて、黒い金属が鈍く光った。

「それはよかった。あなたはだれよりも有能な看護婦だ、マダム。さて、心配事がなくなったところで、この名前のリストを手に入れてどうするつもりだったのか話してもらおう」

ソフィーは化粧台の椅子に力なく坐りこんで膝の上で指を組み合わせ、予想もしなかった事態をどう切り抜けようかと考えた。しかし、ゆうべは一睡もしていないので頭のなかには濃い霧がたちこめているようだ。「またわたしに腹を立てていらっしゃるんですね？」

「また？」からかうように眉をつり上げる。「私がいつもあなたに腹を立ててばかりだと言いたいのかね？」

「そのように思えます」ソフィーは不満そうに言った。「ふたりの関係がうまくいきはじめたと思うたびに、なにかが起こってすべては台無しになるんだわ」

「それはだれのせいなんだ、ソフィー？」

「すべてわたしのせいとは言えないはずだわ」きっぱりと言った。もうそろそろ我慢も限界だとわかっていた。なにもかもうんざりだった。「理解してもらえるかどうかわからないけれど、とりあえず、言っておくわ。わたしは長くてつらい夜を過ごしてきたの。ほとんど寝ていないから、あれこれ訊かれても答えられそうにないわ。つづきは昼寝のあとにしてもらえないかしら？」

「だめだ、ソフィー。話し合いを一分として先送りにするわけにはいかない。それに、言わせてもらえば、私もゆうべはほとんど寝ていないのだ。あなたがどこでどうやってこの名前のリストを手に入れたのか、どうして指輪と関係があると考えたのかと、あれこれ思いをめぐらせていた。いったいあなたはなにをしているんだ？　この男たちのことをどれだけ知っていて、その情報をどう利用するつもりだったのだ？」

ソフィーはいぶかしげにジュリアンを見た。いまの尋ね方から、ジュリアンは彼女と同じくらい指輪と名前のリストについて情報を握っているような気がした。

「リストはどうやって手に入れたんだ？」ジュリアンは詰め寄った。

ソフィーは下唇を嚙んだ。「それを言えば、あなたはいまよりもっと腹を立てるに決まっています」

「答えるよりほかに道はないんだ。さあ、その名前のリストをどこで手に入れた？」

「名前はシャーロット・フェザーストンに教えてもらったんです」この期におよんで嘘をついてもしかたがない。

「フェザーストン。くそ、そういうことか。気づくべきだった。そういういかがわしい人物と付き合っているのが知れたら、世間になんと言われるかわかっているのか？それとも、醜聞が広まっても気にしないというのか？」

ソフィーは自分の手を見下ろした。「直接、話をしたわけじゃないわ。友だちに伝言を届けてもらったんです。ミス・フェザーストンは人に知れないように慎重に返事をよこしてくれたわ。ほんとうによく気のつく人だわ、ジュリアン」

「どんな伝言を届けたんだ？」

「指輪のことを説明して、こういう指輪を見たことがあるか、あるとしたらだれが身につけていたか知りたい、と」ソフィーは挑むようにジュリアンの目を見た。「すべては、前にお話しした計画のためなんです」

「計画とはなんだ？」

「そもそも、あなたはわたしの話をろくに聞いてらっしゃらないんでしょう？　これからあなたのじゃまにならないために専念すると言った計画です。わたしが、まさにあなたの望んでいるような妻になると言ったのを覚えてますか？　あなたのじゃまにならないように気をつけ、厄介も引き起こさないと言ったのは？　あなたがわたしの愛にも好意にも興味はないと、そうはっきりおっしゃったあと、わたし、そう誓ったんです」

「ばかな、ソフィー、私はそんなことは一言も言っていないぞ。あなたはわざとまちがって解釈しているのだ」

「いいえ、解釈を誤ってはいません」

ジュリアンは毒づきそうになるのをぐっとこらえた。「いずれにしても、いま私が知りたいのは、あなたが指輪についてなにを知ったかということだけだ」

「レイディ・ファニーの図書室で調べているうちに、指輪はある種の秘密の集まりのメンバーが身につけていたものらしいとわかったわ」

「どんな秘密の集まりだ、ソフィー？」

「あなたはもうご存じなのでしょう？　女性の敵と言っていい人たちの集まりよ。そこまで突きとめてから、そういう集まりのメンバーならシャーロット・フェザーストンが知っているかもしれないと思って問い合わせたの。彼女は三人知っていたわ。一、二度、その指輪をしているところを見たんですって」

ジュリアンは目を細めた。「そうか、わかったぞ。あなたはアメリアの恋人だった男を突きとめようとしているのだな？　気づくべきだった。それで、その男がだれかわかったら、どうするつもりだったんだ？」

「社会的に抹殺するのよ」

ジュリアンはぽかんとしてソフィーを見つめた。「なんだって？」

ソフィーは椅子に坐ったまま居心地悪そうにもじもじした。「その男は、あなたがわたしに気をつけるように言った口のうまいオオカミにちがいないわ、ジュリアン。社交界の一員で、若い女性につぎつぎとちょっかいを出す男性よ。そういう男性はなによりも社会的立場を大事にするでしょう？　社会的地位がなくなってしまったら、社交界の女性たちとの接点を失ってしまうからよ。だから、わたしは、だれであれあの指輪をつけていた人物と社交界の結びつきをすべて断ってしまうつもりなの、できればの話だけれど」

「薬草だとか、そういうむずかしいことの知識は驚くほど豊富なのに、問題が自分の評判や、ましてや命が危機にさらされるかもしれないということになると、あなたはどうしてそんなにも愚かなのだ？」

「ジュリアン、危険なことは一つもないのよ、ほんとうに」ソフィーは身を乗りだし、熱をこめて言った。どうしてもジュリアンに理解してほしかった。「わたし、細心の注意を払うつもりだから。そして、なんとか三人の男性それぞれに会って、質問をするつもり」

「質問をする。なんと、質問をする」

「もちろん、それとなくよ」

ジュリアンは信じられないと言いたげに首を振った。「リストに名前が挙がっている三人は根っからのろくでなしだ——最低の放蕩者なのだ。カードでいかさまはする、女性には手当たり次第に手を出す。あの男たちの節操のなさといったら、雑種犬以下だ。あなたはそんな三人に質問をすると言っているのか？　気づく前にぼろぼろにされてしまうのが落ちだ。痛い目に遭わせる前に痛い目に遭わされるに決まっている」ジュリアンの声は怒りにうわずっていた。

ソフィーはつんと顎を突きだした。「わたしが気をつけていれば、絶対にそんなことにはならないわ」

「神よ、力をあたえたまえ」ジュリアンは歯のあいだから絞り出すように言った。「私は狂った女を説得しなければならないのです」

かろうじて残っていたソフィーの自制心がぱちんとはじけた。飛び上がるようにして立ち上がり、なにか固いものをつかもうと手探りをした。そして、化粧台の上にあったクリスタルガラス製の白鳥を握りしめた。

「ばか言わないで、ジュリアン。わたしは狂った女じゃないわ。エリザベスは狂っていたけれど、わたしはちがう。あなたの感覚ではわたしは思慮分別がなくて、愚かで世間知らずかもしれない。でも、少なくとも狂ってはいないわ。お願いだから、わたしを最初の奥さまとごっちゃにするのはやめて」

ソフィーはジュリアンめがけて力まかせに白鳥の飾りものを投げつけた。彼女が怒りの演説を始めたときから腰を浮かしていたジュリアンはひょいと頭を下げ、かろうじて小さなミサイルをかわした。白鳥は彼の肩をかすめて背後の壁にガシャンとぶつかった。ジュリアンは壁を振り返りもせず、大股で三歩あるいて部屋を横切った。「少しは恐れを知れ、マダム」嚙みつくように言いながら、ソフィーを抱き上げる。「あなたをエリザベスとまちがえたりはしない。まちがえるわけがない。あなたは、ソフィー、どこからどう見てもあなたそのものだ。さまざまな矛盾に満ちて、解説不能だ。そして、あなたの言うとおり、あなたは狂っていない。いまにも精神病院の世話になりそうなのは、この私だ」

ジュリアンはベッドまで歩いていって、上掛けのうえにソフィーをぞんざいに降ろした。そして、ベッドの端に坐って荒々しくブーツを脱ぎはじめた。

ソフィーはかーっとして言った。「なにをしているつもり?」

「なにをしているように見える? 私の苦痛を癒やしてくれる唯一の方法を試すのだ」ジュリアンは立ち上がり、膝丈のズボンを脱ぎはじめた。

ジュリアンのたくましい男性自身が解き放たれるのを、ソフィーはぎょっとして見つめた。彼はもう充分に、雄々しく、準備がととのっていた。ソフィーははっとわれに返り、ベッドの向こう側にはっていって逃げようとした。

ジュリアンはさりげなく腕を伸ばして、大きな手でソフィーの手首をつかんで引き止めた。「だめだ、マダム、まだ行かせない」

「まさか……まさか、いま、わたしとベッドをともにするつもりじゃないでしょう、ジュリアン」ソフィーは怒りをこめて言った。「わたしたち、口論しているまっ最中なのよ」

「これ以上、あなたと口論しても意味はない。理屈が通用しないのだから。それはいまの私も同じかもしれない。だから、この不愉快な口論を終わらせるべつの方法を試してみるつもりだ。うまくいかないにせよ、少なくとも一時的な仲直りのようなことはできるかもしれない」

16

愛と激しい怒りのどちらに身をゆだねるべきか悩みながら、ソフィーはジュリアンが身につけていた最後の一枚を床に落とすのを見つめた。片手でソフィーを引き止め、片手で服を脱ぎ終えたジュリアンは、彼女をベッドに仰向けにした。

裸の体でソフィーにおおいかぶさり、彼女の顔の左右にしっかりとたくましい両手をつく。

「もう一度言う。これで最後だ」ソフィーの服を脱がせながら言った。「私はあなたをエリザベスとまちがえたことはない。狂った女と言ったのはたんなる言葉のあやだ。侮辱する気はまったくなかった。それからもう一つ、なにがあろうとあなたに妹さんの敵討ちをさせるわけにはいかない」

「わたしを引き止めるのは無理よ」

「引き止められるよ、ソフィー」ジュリアンはささやき、ドレスを引っ張って脱がせた。

「引き止められるし、なにがあってもそうする。そして、どんなことをしてでもあなたを守ると誓う」そう言って、薄いレースの胸飾りを留めているひもをほどいた。

「あなたに守ってもらわなくてもいいんです。もうよくわかりましたから。上流社会の夫と妻はそれぞれべつの道を歩むものだ、と」

「たとえ望んだとしても、あなたを無視などできない」ジュリアンはソフィーの体をおおっていた最後の一枚をはぎ取り、その全身に熱いまなざしを注いだ。「それに、かわいいソフィー、私はあなたを無視したくないのだ」

ソフィーはジュリアンの激しい欲望と、それにすでに反応している自分を感じた。彼の言うとおりだった。少なくともベッドのなかでは、ふたりともたがいを無視などできない。しかし、ジュリアンの手が腿の曲線をたどるのを感じながら、ソフィーはふと不安になった。

「あなた、わたしを殴らないでしょう?」ゆっくりと尋ねた。

「いけないか?」からかうような一瞬の笑みは、体をまさぐる手の動きに劣らず官能的だ。

「それも面白いかもしれない」ジュリアンはソフィーの尻を手のひらで包みこみ、そっとつかんだ。

下半身がほてりはじめるのを感じながら、ソフィーはきっぱりと首を振った。「あなたは殴らないわ。気持ちの高ぶりを抑えきれなくなって女性に暴力をふるうようなタイプじゃない。わたし、そう言ったわ。あなたが最初の奥さまを殴ったってウェイコット卿に言われたときに」

ジュリアンの魅力的な笑みが消えた。「ソフィー、いまはウェイコットのことも前の妻のことも話す気はないぞ」そう言って頭を下げ、ソフィーの硬くなった乳首にそっと歯を当てた。指先は、なだらかな腹のふくらみの下の黄褐色の茂みをかすめる。

「鞭で殴られないのはたしかだけれど」その指にやさしく体を開かれ、ソフィーは息を切らしながら言った。「ほかの方法で、言いつけを守ら……守らせるのかもしれない」

「かもしれない」ジュリアンは認め、ソフィーの喉元、肩の曲線、そして口にキスをした。長々とキスをつづけるうちに、ソフィーは小さくうめき声をあげてジュリアンの体にしがみついた。ジュリアンはかすかに顔を上げて、ソフィーの目を見つめた。「どんなやり方で言うことをきかされるか、こわいのか、かわいい人？」

ソフィーはジュリアンをにらみつけ、なんとか頭をはっきりさせようとしたが、つい体が彼の両手に引き起こされる快感に溺れそうになる。「こんなやり方でわたしを言いなりにできると思わないで」

「どんなやり方で？」ジュリアンは二本の指をソフィーのなかに深く差し入れ、その指をゆっくり開いた。

ソフィーは息を呑んだ。体が快感にわななき、ジュリアンの指を締めつけている。「こういうやり方で」

「まさか。私はあなたに主義信条を捨てさせられるほどのテクニシャンではないぞ」ジュリアンは信じられないほどゆっくりと、ソフィーのなかから指を抜いた。「ああ、かわいい人。

まるで温かい蜂蜜があふれるようだ」

「ジュリアン？」

「私を見るんだ」ジュリアンはささやいた。「あなたのためにどんなに硬く準備がととのっているか、見てごらん。あなたの匂いが鼻をかすめただけでこんなふうになってしまうと知っていたかい？　さあ、触って」

ジュリアンの刺激的な誘いに耐え切れず、ソフィーは思わず息をついた。たくましいこわばりにそっと指をからませたとたん、ジュリアンがびくんと脈打つのがわかった。ソフィーはジュリアンの胸に頬ずりをした。「意見の食い違いをこんな形であやふやにするのは、やはりよくないわ」

ジュリアンは体を起こして、ソフィーのウエストを両手で挟みつけた。「おしゃべりはもうおしまいだ、ソフィー。あとにしよう」そのままソフィーを持ち上げ、彼と向き合うようにひざまずかせる。「脚を広げて、私にまたがるんだ、スイートハート。私という馬を乗りこなして、たがいの熱情を燃えたたせてごらん」

ソフィーはジュリアンの肩にしがみつき、大きく目を見開いて、初めての体位を試した。坐っている彼をまたいで両脚をふんばると、内腿のやわらかい部分に男性自身が触れた。いい感じだ、とソフィーは思った。上になるのは刺激的だ。「いいわ、ジュリアン。ああ、そう、そのまま」

「あなたの好きにしていいぞ。深く、浅く、素早く、ゆっくり。私はあなたの思いのままだ」

ソフィーはジュリアンの硬いこわばりをとらえ、そろそろと体を沈めながらゆるやかな挿入感を味わった。ジュリアンが低くくぐもった欲望のうめき声をあげ、ソフィーは彼の肩をさらにきつくつかんだ。

「ジュリアン」

「情熱に身をまかせているあなたはほんとうにすてきだ」張りつめた声で言う。「やわらかくて、生気にみちて、進んですべてを差しだしてくれる」ジュリアンはソフィーの喉元に熱く湿ったキスを繰り返し、そのあいだも彼女はさらに体を沈めて完全に彼をとらえた。そして、ゆっくり体を動かしはじめた。

「そうだ、私のスイートレディ。ああ、そう、そうだ」

体のなかでジュリアンがふくれあがり、自分自身が耐えがたいほど押し広げられるのがわかる。ソフィーはさらに指先に力をこめ、ジュリアンの肩に引っかき傷をつくった。ぞくぞくする緊張感に思わず目を閉じる。いまはもう、天にも舞うような激しい解放感につながる完璧なリズムを見つけることしか考えられない。ジュリアンを喜ばせながら快感を得る喜び以外のことは、どうでもいいと思えた。

「愛していると言ってくれ、スイートハート。言葉にして言ってほしい」穏やかで、甘く、すがるような声でジュリアンがささやく。「言ってほしいのだ。もうずいぶん長いあいだ聞いていない。あなたは寛大な人だから、聞かせてくれるだろう？　あの簡潔な言葉を。言ってくれたら、永遠の宝物にして大切にしよう」

じわじわと熱く締めつける感覚が次第にほどけていく。理屈も思考もすでにソフィーの頭のなかから消えていた。あるのは感情だけだ。ジュリアンの求めていた言葉がもう喉元までせり上がっている。

「愛してる」ソフィーはささやいた。「心からあなたを愛しているわ。ジュリアン」

ソフィーはかすかに身をよじった。クライマックスの小さな振動が波紋のように広がって、黄金の潮流が彼女を乗せて運び去る。遠くでジュリアンのうめき声が聞こえ、つかんでいた肩の筋肉がこわばって、やがて、彼が勢いよくほとばしる振動が伝わってきた。

一瞬、ふたりは時間を超越した世界に浮遊して、だれにもじゃまされない結びつきの親密さを堪能した。低く満足げなうめき声をあげて、ジュリアンはソフィーを胸に抱いたままぐったりと枕に背中をあずけた。

「私があなたとエリザベスを混同するなどと、二度と思ってはいけないぞ」目を閉じたままジュリアンは言った。「彼女とはなにをしても、心の平安も、満足感も、喜びも得られなかった。彼女は私になにもあたえてくれなかった。私からすべてを奪い、さらにもっとと要求しつづけた。しかし、あなたは私にすべてを差しだしてくれる。こんなにうっとりできることはほかにないのだ。あなたの寛大さを受けとめる側にいるのがどんなに気持ちがいいか、あなたには想像もつかないだろう」

ジュリアンが最初の妻についてこれだけ多くを語ったのは初めてだった。もうこれ以上は聞きたくない、というのがソフィーの本音だった。ジュリアンはもうわたしのものだ、と彼女は思った。わたしたちは一つなのだ。そして、一週間ほど前から疑っていることがたしかなら、わたしは彼の一部を宿してさえいる。

ソフィーはもぞもぞと体を動かし、ジュリアンの胸の上で腕組みをして、彼を見下ろした。「白鳥を投げつけたりして、ごめんなさい」

ジュリアンは片目だけ開けてにやりとした。「これが最後ではないと覚悟しているよ」

ソフィーは無邪気に目を見張った。「つねに緊張感を失わないように気をつけてさしあげるわ」

「そんな心配にはおよばないね」ジュリアンは指先をソフィーの髪に差し入れ、顔を引き寄せた。短く荒々しいキスをしてから手を離す。その目が急に真剣になった。「さて、マダム、私の予想どおり、おたがいに冷静になれたところで、少し前に始めた議論に結論を出そうではないか」

気だるい心地よさに身をまかせていたソフィーは、一瞬のうちに現実に引き戻された。

「ジュリアン、その件についてもう話すことはなにもないわ。わたしは調査をつづけなければならないの」

「だめだ」とても穏やかな声だった。「許すわけにはいかない。あまりに危険すぎる」

「わたしを止めるのは無理よ」

「止められるし、なにがあっても止める。もう決めたのだ。明日、レイヴンウッドに帰りなさい」

「レイヴンウッドになんか帰らないわ」ショックと怒りのあまり、ソフィーはジュリアンの体を突くようにして起きあがり、服を取りにベッドの端まではっていった。ドレスを両手で握りしめ、おずおずとジュリアンに向き合う。「ベッドであんなことをしたから、わたしが命令にしたがうと思っているの？」

「いいや。そうであれば話はもっと簡単なのだが」

さっきのジュリアンの怒りにみちた声よりも、いまの冷静な声のほうがはるかに迫力があった。ソフィーはふと思い出した。ジュリアンは癇癪を起こしているときよりも、こんなふうに穏やかな顔をしているときのほうがずっと危険なのだ。ソフィーはドレスで体をおおい、不安そうにジュリアンを見た。「名誉にかけて最後まで調査をやらなければならないの。わたし、アメリアを殺した男を見つけて、罰するつもりよ。あなたならわかってくれると思っていたのに。名誉を重んじるわたしの気持ちを汲んでくれると思っていたのに」

「あなたの気持ちはわかるが、あなたが名誉を重んじる気持ちと、私が名誉を重んじる気持ちは矛盾するのだ。私は、名誉にかけてあなたを守らなければならないのだ」

「わたしは、あなたに守ってもらう必要はないの」

「そう信じているなら、あなたは私が思っていた以上の、救いがたい世間知らずだ。ソフィー、あなたがやっていることはきわめて危険で、つづけさせるわけにはいかない。話はそれだけだ。小間使いに言って、すぐに荷物をまとめさせなさい。私も、こちらの仕事が終わり次第、できるだけ早くレイヴンウッド・アビーに戻る。そろそろあちらに戻る潮時なのだ。私はロンドンにはもううんざりだ」

「でも、わたしはまだ調査を始めたばかりなのよ。それに、ロンドンにうんざりするなんてとんでもない。それどころか、都会暮らしが楽しくなりかけたばかりなのに」

ジュリアンはほほえんだ。「それはそうだろう。どこの舞踏会でも夜会でも、あなたの影響力はたいへんなものだ、マダム。ファッション・リーダーさながらだな。社交界デビューの年にさんざんな思いをした女性にしては上出来ではないか」

「ジュリアン、お世辞を言ってはぐらかさないで。わたしにとってこれ以上に大切なことはないのよ」

「わかっている。だからこそ、あなたのためとはいえ、あなたに嫌われるようなこんな決断をあえて下したのだ。私とて、またずっしり重い置き物を頭めがけて投げつけられたくはないぞ」

「わたし、ハンプシャーへは戻らないし、これ以上、あなたと話し合うつもりもないわ」揺るぎない決意をこめて、ソフィーはジュリアンを見つめた。

ジュリアンはため息をついた。「では、私はすぐにでもレイトン・フィールドでだれかと待ち合わせることになるだろう」

ソフィーは一瞬、言葉を失った。「なにをおっしゃっているの、ジュリアン？」

「あなたが町に残るなら、私がこのあいだのあなたと同じやり方であなたの名誉を守ることになるのは時間の問題だ」

ソフィーは激しく首を振って否定した。「いいえ、そんなことは絶対にないわ。どうしてそんなことが？　わたしは、あなたがだれかに決闘を申し込まざるを得なくなるようなことは決してしません」

「あなたはなにもわかっていない。あなたを疑っているわけではないのだ、ソフィー。あなたが侮辱され、それにたいして報復をしなければならなくなると言っているのだ。アタリッジやヴァーリーやオーミストンのような男たちに危険なゲームをしかければ、すぐに無礼なことをされるに決まっている」

「させるもんですか。そんな可能性を口にするのさえやめて。あなたが決闘するだなんて、考えるだけでも耐えられないわ」

「あなたが三人それぞれに会って質問を終えるころにはもう、夜明けの決闘の予定で私の予定表は真っ黒だろう」

ソフィーは困惑しきってジュリアンを見つめた。自分の名誉を守ろうと彼が命がけで決闘にのぞむと思うだけで、恐ろしさに体が震えてくる。「約束するわ。そんなことにはならないように細心の注意を払います」弱々しく言ったが、もうなにを言っても無駄とわかっていた。

「とにかく危険きわまりないのだ。いま、取り得るべき唯一、理にかなった行動は、あなたを町から遠ざけることだ。あなたには危険にさらされる心配のない田舎で、友だちや家族に囲まれて過ごしてほしい」

とうとうソフィーはあきらめた。涙がこみあげて、目の奥がじんじん痛い。「わかったわ、ジュリアン。ほかに道がないとあなたが考えるなら、わたし、町を去ります。銃弾を浴びるかもしれない危険にあなたをさらすなんて、わたしにはできません」

ジュリアンの目がふとやわらかくなった。「ありがとう、ソフィー」そう言って手を伸ばし、彼女の頰をつたう涙の粒を指先ですくった。「名誉について私と同じように真剣に考えている女性にとって、むごい注文だとはわかっている。妹さんのために復讐をしたいという気持ちもよくわかっているのだ」

ソフィーはいらだたしげに手の甲で涙をぬぐった。「こんな不公平なことってないわ。結婚を承諾したときに期待したことで、ほんとうにそうなったことって一つもないわ。まるで一つも。わたしの計画も夢も、望んでいたことも、ふたりのあいだで取り決めたことも、なに一つ実現していない。まったくのゼロよ」

ジュリアンは沈鬱な表情でながながとソフィーを見つめた。「そんなにひどいことになっていると思うのか、ソフィー？」

「ええ、そうよ。そのうえ、わたし、妊娠しているかもしれないのよ」ソフィーはジュリアンを振り返りもせず、部屋の奥にある衝立に突進した。

「ソフィー！」ジュリアンはベッドから飛び降り、彼女を追いかけた。「いま、なんと言った？」

ソフィーはなおもしゃくり上げながら衝立の向こうに立ち、ガウンを身につけた。「聞こえたはずよ」

押しのけた衝立が絨毯の上に倒れたが、ジュリアンは気にも留めなかった。その視線は、意地になってそっぽを向いているソフィーに釘付けだ。「子どもができたのか？」

「その可能性は高いということ。今週になって、月のものがかなり遅れていることに気づいたから。もうしばらくしないとはっきりしたことはわからないけれど、たぶん、あなたの子を妊娠しているんだと思うわ。そうだとしたら、あなたはほんとうに満足でしょうね。わたしは妊娠し、これ以上あなたの人生をじゃまできない田舎へと去るんだもの。この結婚に望んでいたものはすべて手に入れられたんだわ。跡継ぎと、厄介ごとのない暮らし。さぞ満足でしょうね」

「ソフィー、なんと言っていいのかわからないが」ジュリアンは髪をかき上げた。「あなたの推察どおりなら、たしかに私にとってこれほどうれしいことはない。しかし、私が思うに……その、あなたに――」ジュリアンはばつが悪そうに言いよどんだ。「なにもかも、もっとあなたのつごうのいいようにできればよかったんだが」ようやく苦しそうに言った。

「もういいから、出ていってください、ジュリアン。わたし、お風呂にはいって休みたいの」また新たな涙がこみあげてくる。「あした、ハンプシャーに送り返されるなら、やらなければならないこともたくさんあるし」

「ソフィー」ジュリアンは寝室から出ていこうとせず、その場に立ちつくしていた。いつになく困りきった表情でソフィーを見つめるばかりだ。「ソフィー、お願いだから泣かないでくれ」そう言って、両腕を広げる。

ソフィーは涙に濡れた目でジュリアンをじろりとにらみつけた。感情を抑えられない自分がいやでたまらない。それから、嗚咽をこらえてまっすぐジュリアンの胸に飛びこんでいった。彼の両腕にしっかり抱きしめられながら、彼の裸の胸を涙で濡らした。

ジュリアンは感情の嵐がおさまるまでソフィーを抱いていた。元気づけようとも、慰めようとも、小言を言おうともしなかった。聞いていて胸が痛くなるような嗚咽が消えるまで、ただひたすらきつく抱きしめていた。

ほっと安心できるようなジュリアンの温かい胸の感触を意識しながら、ソフィーは少しずつ落ち着きを取り戻していった。キスやセックスをするときを除いて、ジュリアンに抱きしめられるのも、愛欲以外のものをあたえられるのも初めてだった。ソフィーは長いこと動かず、ジュリアンの大きな手のひらがなだめるように背筋を上下する感覚を味わっていた。

やがて、そうしたくない気持ちは山々だったが、ソフィーはジュリアンの胸を押すようにして離れた。「ごめんなさい。最近、自分でも自分がよくわからなくて。ほんとうに、めったに泣いたりしなかったのに」ジュリアンから目をそらしたまま、後ずさった。「あんなふうにめそめそされて、さぞ気が滅入ったでしょうね。ほんとうに、わたし、どうかしているわ。さあ、わたし、ほんとうにお風呂にはいらなければ。やらなければならないことはいくらでもあるし、失礼させていただくわ」

「わかった、ソフィー」ジュリアンはため息をついた。「こんなことになってしまって、いつかあなたに許してもらえるように祈るのみだ」ジュリアンは服を抱え、それ以上なにも言わずに寝室から出ていった。

その日も更けてから、ジュリアンはひとり、長々と脚を投げだして書斎の椅子に坐っていた。かたわらのテーブルには赤ワインのボトルが置いてある。気分は最悪だった。屋敷のなかは数時間ぶりの静寂に包まれていた。ついいましがたまで、ソフィーの旅の支度をする物音でにぎやかだったのだが。そのにぎやかさがジュリアンの気持ちを沈ませた。彼女がいなくなったらどんなにか寂しいだろう。

ジュリアンは空になったグラスにもう一杯赤ワインを注ぎ、考えた。ソフィーはもう泣きながら眠ってしまっただろうか。今朝は心を鬼にして彼女をレイヴンウッド・アビーに送り返すと告げたが、ほかにどうしようもなかったのだ。彼女がなにをしているのか知ってしまったからには、町から追い出す以外に選ぶべき道はなかった。泳ぎ方も知らないのに危険な水域にどんどんはいっていこうとしているのも同然なのだから。

ジュリアンは口いっぱいに赤ワインを含み、ぼんやりと思った。けさ、ソフィーの気持ちを操ったことにやましさを感じるべきなのだろうか？　気持ちを高ぶらせたソフィーに理屈は通用しないとわかったが、だからといって力ずくで言うことをきかせるわけにもいかない。

だから、効果のほどは未知数だったが、ほかに思いついた唯一のやり方に頼ったのだ。ソフィーの彼への思いを利用して、思いどおりに動かしたというわけだ。

なにがあっても自分の意見を通そうとしていたソフィーが、彼女の行動次第では決闘を申し込んで命を危険にさらすことになってもしかたがないと告げられたとたん、がらりと態度を変えたのは衝撃だった。ソフィーはほんとうに私を愛しているにちがいない。彼女が名誉を重んじる揺るぎない気持ちをしのぐ感情は、ほかに考えられない。私のためにソフィーは復讐の旅をあきらめたのだ。

ソフィーの自分にたいする思いの強さを知って、ジュリアンは恐縮すると同時に言いようのないうれしさを感じた。

しかし、いまの彼女は不幸で、しかも原因は自分だと知ってしまったいま、気持ちは沈むばかりだ。こんな不公平なことってないわ。結婚を承諾したときに期待したことで、ほんとうにそうなったことって一つもないのよ。

そのうえ、ソフィーは妊娠しているらしい。彼女からの願いごとの一つに、まだしばらくは子どもを作らないでほしいというのがあったのを思い出し、ジュリアンは身を縮めた。

そして、さらに深く椅子に身を沈め、自分にはソフィーに見直してもらえる可能性はあるだろうかと考えた。いまのところ、なにもかも最初からやり方をまちがってしまったとしか思えなかった。自分は妻の愛に値する夫だと、どうやって妻を説得すればいい？　ジュリアンは自問した。こんな問題に頭を悩ませるはめになるとは思ってもいなかったし、これまでのソフィーとのかかわり合いを振り返れば、問題をうまく解決できるとはとても思えなかった。

背後で扉が開いた。ジュリアンは振り向きもせず言った。「もう休みなさい、ガッピー。ほかの使用人たちにも部屋に引き上げるように言ってくれ。私はもうしばらくここにいるが、だれも起きて待っているにはおよばない。ろうそくの火の始末も私がする」

「ガッピーにも、ほかの使用人にも、もう部屋に引き取るように伝えました」ソフィーは言い、そっと扉を閉めた。

その声に、ジュリアンはぎくりと体をこわばらせた。それから、ゆっくりとグラスを置いて立ち上がり、ソフィーと向き合った。ウエストの切り替えの高いピンク色のガウン姿のソフィーは、とてもほっそりとしてはかなげだった。妊娠しているかもしれないとはとても思えない。髪はアップにしてリボンで留めているが、そのリボンが早くもほどけかけている。ソフィーは穏やかな笑みを浮かべていた。

「いまごろはもう、ベッドにはいっていると思っていた」ジュリアンはぶっきらぼうに言った。機嫌は直ったのだろうか？　いずれにしても、泣いてはいないようだし、文句を言ったり、つっかかったり、懇願したりするそぶりもない。「あすに備えて、もう休んだほうがいいのではないか」

「さようならを言いにきたんです、ジュリアン」ソフィーはジュリアンの目の前まで来て立ち止まり、すっきりした明るい目で彼を見た。

　ジュリアンは心からほっとした。さっきはあんなに動揺していたソフィーが、いまはもうすっかり落ち着き払っている。「私もすぐあちらへ戻るつもりだ」ジュリアンは約束した。

「よかった。あなたと離れるのは寂しいわ」ソフィーはきちんと折られたクラヴァットの折り目に触れた。「おたがいに悪い感情を持ったまま別れたくなかったの」

「もちろん、悪い感情などない。少なくとも私はそうだ。私はあなたにとって最善の道を選びたいと思っているだけなのだ。信じてくれるね、ソフィー」

「わかっています。あなたはたまにすごく鈍感だったり、頑固だったり、傲慢だったりするけれど、それはすべてわたしを守ろうとしてのことなんだわ。でも、わたしにとってもっと大事なのは、わたしのためにあなたの命を危険にさらすわけにはいかない、ということなの」

「ソフィー？　なにをしているのだ？」雪のように白いクラヴァットをはずしはじめたソフィーを、ジュリアンは驚きの目で見つめた。「ソフィー、誓って言うが、あなたがアビーに戻るのは考え得る最善の行動なのだ。それに、そんなに悪いことばかりではないぞ、愛しい人。お祖父さまやお祖母さまにも会えるし、友だちを招くこともできるではないか」

「そうね、ジュリアン」クラヴァットをはずし終えたソフィーは、こんどは上着のボタンをはずしはじめた。

「ほんとうに妊娠していれば、都会より田舎のきれいな空気のほうがはるかに体にもいいだろう」

「おっしゃるとおりよ。ロンドンの空気は、いつも茶色く濁って見えません？」ソフィーはジュリアンの白いシャツのボタンをはずしはじめた。

「私がまちがったことを言うわけがない」ソフィーに服を脱がされるというこれまでにない経験に、ジュリアンは感覚という感覚が刺激されていた。おかげで物がしっかり考えられない。股間がこわばって、ズボンが急に窮屈に感じられる。

「男の人って、いつも自分は正しいって自信満々ね。まちがっているときでさえ、そう」

「ソフィー？」指先でむき出しの胸をまさぐられ、ジュリアンは大きく息を吸いこんだ。

「ソフィー、あなたがたまに私を傲慢だと感じているのは知っているが、それは――」

「お願い、もうおしゃべりはやめて、ジュリアン。わたしがアビーに戻るべき正当な理由について話し合うのも、傲慢というあなたの不幸な性格について話し合うのもいやよ」ソフィーは背伸びをして、かすかに開いた唇を突きだした。「キスして」

「ああ、まいったな、ソフィー」思いがけない幸運にうっとりしながら、ジュリアンはソフィーのやわらかな口をむさぼった。いま、ジュリアンが味わっているソフィーは、さっきまでの彼女とまるで雰囲気がちがっていた。

ソフィーがさらにぴったり体を押しつけてくる。ジュリアンはありったけの自制心をかき集め、やっとの思いで言った。「ソフィー、ダーリン、階上《うえ》に行こう。さあ、早く」

「どうして？」ソフィーはジュリアンの喉元に鼻を押しつけた。「どうして？」と繰

ジュリアンはくしゃくしゃになったソフィーの巻き毛を見下ろした。

り返す。「この期におよんで理由を訊くのかい？　ソフィー、あなたがほしくてたまらないのだ」

「使用人はみんなベッドのなかよ。起きているのはわたしたちだけ。だれもじゃましないわ」

彼女はこの書斎でセックスする気なのだと、ようやくジュリアンは気づいた。「そうか、ソフィー」半分笑い、半分うめきながら、ジュリアンは言った。「あなたという人には、ほんとうに驚かされどおしだ」そう言って、ソフィーのほどけかけたリボンを引っ張った。

「離ればなれでいるあいだも、わたしのことをはっきり覚えていてほしいの」

「あなたを忘れさせるものなど、この世にあり得ないぞ、私のかわいい妻よ」ジュリアンはソフィーを抱き上げ、ソファまで運んでいった。

数分たって、どうしても窮屈な感じが身になじまず、ジュリアンはごろりとソファから絨毯にころがり降りて、ソフィーを導いた。むきだしの胸と喉元をほんのりピンク色に染めて、ソフィーはうれしそうにあとにつづいた。ジュリアンは絨毯に仰向けになって、妻のなめらかな裸体を受けとめた。そして、できるだけ早くレイヴンウッド・アビーの書斎でも、いまと同じことをやってみようと心に決めた。

17

ジュリアンの言うとおりだわ。レイヴンウッドに戻って三日後、ソフィーは思った。もちろん、彼の前で認めるつもりはなかったが、田舎暮らしは思っていたほど悪くはなかった。ソフィーにとってなにより問題なのは、ほかでもないジュリアンがそばにいないことだった。

それでも、夫の不在を寂しがっている暇もないほど、やるべきことが山積していた。壮大な本邸の内装は、すぐにでも手を入れなければならない状態だった。ジュリアンの使用人は有能で働き者だが、エリザベスが亡くなって以来、具体的な指示のないまま場当たり的な家事をつづけてきた結果らしい。

助言したとおり、財産管理人がミセス・アシュケトルを新しいメイド頭に抜擢していたのがわかってソフィーはうれしかった。ミセス・アシュケトルもよく知っている女主人が戻ってきて家事の監督をしてくれると知って大喜びだった。ふたりは進んで陣頭指揮に当たって、掃除や修復など、屋敷全体を若返らせる作業に没頭した。戻ってきて三日目の夕食には祖父母を招いて、食卓の主人役をつとめる喜びにも目覚めた。

この三日間にソフィーが成し遂げた魔法を見て、祖母はうれしそうに感嘆の声をあげた。「信じられない変わりようだわ。このあいだ、こちらにおじゃましたときには、なにもかもが暗くて陰気に見えたものよ。ちょっと磨いたり、埃を払ったり、カーテンを新しくしたりするだけで、驚くほど変わるものなのねぇ」

「食事も悪くないぞ」ドリング卿は言い、ソーセージのお代わりに手を伸ばした。「立派な伯爵夫人になったな、ソフィー。赤ワインをもう少々いただこうかな。レイヴンウッドのセラーにはすばらしいワインが眠っているそうじゃないか。それで、ご主人さまはいつお戻りなのだ？」

「まもなくのはずよ。町で終わらせなければならない仕事がおありなの。でも、いまはこちらにいらっしゃらなくてかえってよかったみたい。この三日間の騒がしさといったら並大抵じゃなかったもの。あの方がいらしたら、きっと眉をひそめていたわ」ソフィーは召使いにほほえみかけ、赤ワインをもう一本持ってくるように合図した。「まだ手を入れなければならない部屋が二、三あるのよ」かつてのレイヴンウッド伯爵夫人の寝室も含めて、とソフィーは心のなかでつぶやいた。

その寝室に鍵がかかっていたのは驚きだった。ミセス・アシュケトルはミセス・ボイルから引き継いだ鍵の束を出して、順番に鍵穴に差しこんでから、困惑しきって首を振った。

「どの鍵もちがうようです、奥さま。どういうことでしょう？　鍵がなくなってしまったんですかねえ。ミセス・ボイルはこの部屋に近づかないように言われていたというんで、わたしもそのようにしていたんですよ。でも、こうして戻られたんだから、奥さまはこの部屋にはいられたいでしょう。まあ、心配にはおよびませんって、奥さま。使用人のだれかに言って、すぐになんとかさせますから」

しかし、ソフィーがたまたま書斎のデスクの抽斗の奥に鍵があるのを見つけて、問題はあっさり解決した。もしかしたらと直感して試してみたところ、寝室の扉はみごとに開いたのだ。ソフィーはエリザベスのかつての寝室を興味津々で見てまわった。

一歩足を踏み入れたとたん、徹底的に掃除をして完全に空気を入れ替えるまで、ここに移るのはいやだと思った。そのままの状態ではとても使う気になれない。部屋はエリザベスが亡くなったときの状態のまま、いっさい手を入れられていないように思えた。

食事を終えたドリング卿夫妻がようやく帰っていくと、ソフィーは急にぐったりと疲労感を覚えた。体を引きずるようにして、階上《うえ》のこれまで使っていた部屋に戻り、小間使いにベッドの用意をするように言いつけた。

「ありがとう、メアリ」ソフィーは指先でトントンと口を叩いてあくびをごまかした。「今夜はなんだか、とても疲れてしまって」

「無理もありませんよ、奥さま。一日じゅう、働きづめに働いてらっしゃるんだから。こんなことを言ってさしでがましいようですけど、どうかもっとのんびりなさってください。旦那さまもお喜びにはなりませんよ。お腹に赤ちゃんがいらっしゃるのに、そんなにくたくたになるまで動きまわられては」

ソフィーは目をむいた。「赤ちゃんのこと、どうして知っているの？」

メアリは晴れやかにほほえんだ。「隠せるわけありませんって。あたしは奥さまにお仕えしてもうずいぶんになりますから、あるものが予定どおりに来なければわかります。おめでとうございます、と申し上げてよろしいですか？　旦那さまにはもうおめでたいニュースはお伝えになったんですか？　それはそれはお喜びでしょうね？」

ソフィーはため息をついた。「ええ、メアリ、旦那さまはもうご存じよ」

「だから、奥さまとあたしをこちらへお帰しになったんですね。妊娠してらっしゃる奥さまをロンドンの汚い空気のなかに置いておかれたくなかったんだわ。旦那さまはほんとうに奥さま思いでらっしゃいますね」

「ええ、そのとおりよ。さあ、もうおやすみなさい、メアリ。わたしはもう少し、本を読みたいから」

「承知しました、奥さま。そういえば、奥さまがあとで料理人に渡すと約束してらした、手にいいとかいう軟膏をおあずかりしましょうか？」

「軟膏。ああ、そう、忘れるところだったわ」ソフィーは足早に薬草用保存箱に近づいた。

「あした、忘れずにオールド・ベスのところへ行って、新鮮な薬草を補充しておかなくては。

ロンドンの薬局で売っている薬草は、なんだか古いような気がして」

「おっしゃるとおりです、奥さま。では、おやすみなさい」ソフィーが差しだした軟膏の容器を受け取り、メアリは言った。「料理人も喜びます」

「おやすみなさい、メアリ」

小間使いが出ていって扉が閉まると、ソフィーは本を並べてある棚にそわそわと近づいていった。体はくたくたに疲れていたが、あとはベッドにはいるだけ、という状態になると、なぜかおとなしく寝る気になれない。

かといって本を読むような気分でもない。バイロンの最新作〈邪宗徒〉のページをパラパラとめくりながらソフィーは思った。どうしても読みたくてたまらず、ジュリアンに田舎に送り返される数日前に買い求めた本だというのに。

ソフィーの視線は本を離れ、化粧台の上の宝石箱に引き寄せられた。黒い指輪はもうはいっていなかったが、宝石箱を見るたびについ指輪のことを思い出して、アメリアを誘惑した男を見つける計画を断念せざるを得なかったことをあれこれ考えてしまう。

やがて、ソフィーはまだ平らなお腹に手のひらをすべらせ、ぶるっと身震いをした。いまとなっては、探偵の真似事などできるはずもない。復讐したいという私欲からジュリアンの命を危険にさらすなどもってのほかだ。彼はこのお腹の子どもの父親で、わたしはもうどうしようもなく彼を愛しているのだから。

わたしはジュリアンの子どもを宿している。

いまでもちょっと信じがたいが、日ごとに実感が増してくるような気もしないではない。ジュリアンはこの赤ちゃんをほしがっている。そう自分に言い聞かせると、なんだか希望がわいてきて明るい気持ちになれた。たまに、ふたりのあいだに育ちつつあるように思える絆が、赤ちゃんによって強くなるかもしれない。

いつになく落ち着かない気持ちはおさまらず、ソフィーは部屋のなかをうろうろ歩きまわった。ちらりともう一度ベッドを見て、さっさとあそこで眠りなさい、と自分に言ったあと、ふと、廊下の先の部屋のことを考えた。できるだけ早く移り住もうとしている、あの部屋だ。

気づいたときにはもうろうそくを手にして扉を開け、暗い廊下を歩いて、かつてエリザベスのものだった寝室に向かっていた。これまでに一、二度、足を踏み入れたことはあったが、よい印象は持っていなかった。これでもかというほど官能的な飾りつけは、ソフィーの感覚では下品に思えた。

ろうそくを掲げ、もう一方の手で扉を開ける。心構えはしていたものの、部屋の印象は前と変わらず、とても好きになれそうにない。分厚いベルベットのカーテンはすべての明かりをさえぎり、月明かりさえはいりこむ隙はない。

黒と緑色の漆塗りの家具にはめこまれた玉虫色の図案は、エキゾチックな龍をあらわしているようだが、ソフィーには身をくねらせているへビにしか見えない。何段ものひだ飾りをあしらった寝台は大きな鉤爪のある脚付きで、ところ狭しと枕が並べてあるようすもどことなく不気味だ。壁は黒っぽい壁紙でおおわれている。

官能的な通俗劇に目のないバイロン卿のような男性には、こういう部屋は刺激的かもしれない、とソフィーは思った。でも、ジュリアンは落ち着けないだろうし、場ちがいな思いはぬぐいきれなかっただろう。

背の高い漆塗りのタンスの横を通ると、ろうそくの明かりを受けて龍が口を開けて吠えたように見えた。すぐそばのテーブルは、毒々しくて邪悪そうな花模様でおおわれている。おお、いやだ。嫌悪感に身震いをしたソフィーは、自分の好みに合わせて模様替えをしたあとの部屋を思い浮かべた。とにかくまず真っ先に、あの家具と分厚いカーテンを始末しよう。倉庫には、趣味のいい家具がいくつかしまってあったはずだ。

そうよ、ジュリアンはこの部屋が大嫌いだったにきまっている。ぜんぜん彼の趣味じゃないもの。わたしが知っているかぎりでは、彼は清潔で、優雅で、古典的なデザインが好きなはず。

でも、ここはジュリアンの部屋ではない、とソフィーは思い出した。ここはエリザベスの欲情の殿堂であり、彼女が絹のような蜘蛛の巣を張って、男たちを誘いこんでいた場所なのだ。

病的なほど強烈な好奇心に引きずられるように、ソフィーは抽斗や衣装戸棚の扉を一つ一つ開けながら、寝室じゅうを歩きまわった。かつての持ち主を髣髴《ほうふつ》とさせるようなものはなに一つ残っていなかった。ジュリアンは、エリザベスの持ち物をすべて運びだしてから部屋に錠を下ろさせたにちがいない。

ところが、漆塗りのチェストにいくつか並んでいる小さな抽斗の、最後の一つをなにげなく開けたソフィーは、小さな本のようなものがはいっているのに気づいた。不安な気持ちでまじまじと眺めてから表紙を開くと、なんとエリザベスの日記だ。

ソフィーはほかにどうすることもできなかった。テーブルにろうそくを置いて小さな日記帳を手に取り、読みはじめた。

二時間後、エリザベスが亡くなった夜に池のそばにいた理由をソフィーは知った。


「あの晩、彼女はあなたのところへ来たんでしょう、ベス？」老婆の草葺き屋根の小屋の外にある小さなベンチに腰かけたソフィーは、顔も上げずに生の薬草と乾燥させた薬草を分けていた。

ベスは深々とため息をついた。その目を、しわだらけの顔に埋もれた切れ込みのように細めている。「知っているんだね？　そうだよ、お嬢ちゃん。あの哀れな女性はあたしのところへ来た。あの晩のあの人は、すっかり取り乱していた。ここへ来たことが、どうしてわかったんだい？」

「ゆうべ、あの人の部屋で日記を見つけたの」

「ふん。ばかな女だよ」ベスはうんざりしたように首を振った。「上流階級のご婦人がたは、なんだって日記に書きつけたがるけど、あれは危険だよ。あんたはそんなことはしてないだろうね」

「していないわ」ソフィーはほほえんだ。

「あたしは何年も前から言いつづけているんだ。だれもかれもが読んだり書いたりできるようになったって、いいことなんかなにもない、ってね」ベスはきっぱり言った。「ほんとうに大事なことは本からは得られない。身のまわりや自分たち、それからここによーく注意を払っていればわかるものなんだよ」そう言って豊かな胸の心臓のあたりをポンポンと叩いた。

「そうかもしれないけれど、残念ながら、みんながみんな、あなたみたいに勘が鋭いわけじゃないわ、ベス。たいていはあなたより記憶力も劣っているし。そんなわたしたちにとって、読み書きは唯一の解決策なの」

「でも、最初の伯爵夫人にとってはいい解決策じゃなかったわけだろう？　小さな帳面に書きつけた秘密を、あんたに読まれてしまったんだから」

「エリザベスが秘密を書きつけたのは、いつかだれかに読んでほしかったからだと思うの」ソフィーは考え深げに言った。「不道徳な振る舞いを得意がるようなところもあったのかもしれない」

ベスは首を振った。「そうじゃなくて、あの哀れな女性は行儀の悪いことをしないではいられなかったのさ。日記を書くのは、たまに血のなかの毒素を抜くようなもんだったんだろう」

「たしかに彼女の血管には、ある種の毒がめぐっていたわ」日記の書き込みを思い出しながらソフィーは言った。そこにはエリザベスの情事が、ときに得意げに、ときにみだらに、ときに執念深く、ときに哀れに記されていた。「ほんとうのところはだれにもわからないでしょうけど」ソフィーはそれからしばらく黙りこくり、小さな袋に薬草を詰めつづけた。

「ということは、知っているんだろうね」沈黙を破ったのはベスだった。

「彼女があなたに会いにきたのは、お腹の赤ちゃんを始末するためだということ？　ええ、知っているわ。それで、あの晩、なにがあったの？」

ベスは目を閉じ、太陽に顔を向けた。「あたしがあの人を殺したんだ」

ソフィーはもう少しで、手のひらいっぱいの乾燥メリロートの花を落としてしまうところだった。茫然としてベスを見つめる。「ばかなこと言わないで。信じないわよ。なにを言っているの？」

ベスは目を閉じたまま言った。「あの晩、彼女がほしがったものをあたしはやらなかった。赤ん坊を堕ろす薬草なんか持っていないって嘘をついた。彼女が望んでいるような助けに手を貸したくなかったからね。信用できる相手じゃないと思ったんだ」

ソフィーははっとしてうなずいた。「あなたの勘は正しいわ、ベス。彼女の言うとおりにしていたら、あなた、彼女につきまとわれたわ、きっと。あとであなたを脅していたかもしれない。そのくらいのことはする人よ。また望まない子どもができたときにやってくるだけじゃなくて、刺激を求めて使っていた特殊な植物をねだられたかもしれない」

「彼女がそういう目的で薬草を使っていたことも知っているのかい？」

「阿片を飲んだあとの日記の書きこみもたくさんあったから。意味のない言葉の羅列や、とりとめのない空想話ばかりだったけれど。彼女が異常とも思える行動をとるようになったのは、たぶん、阿片を乱用していたせいなんだわ」

「それはちがう」ベスは静かに言った。「あれは阿片のせいじゃない。あの哀れな人は治る見込みのない精神の病に冒されていたんだ。そして、やむことのない苦悩から逃れたくて阿片やほかの薬草を使っていたんだろうよ。阿片は肉体的苦痛にはよく効くけれど、彼女が苦しんでいるような痛み、つまり心からくる痛みには効きやしないって、わからせようともしたんだけどねえ。彼女は聞く耳を持たなかった」

「どうして彼女を殺したなんて言うの、ベス？」

「さっき言っただろう。あの晩、彼女が求めている薬草を渡さないで追い返したからさ。そのあと、彼女はまっすぐ池に行って身を沈めたんだ、かわいそうに」

ソフィーはじっと考えこんだ。「そうは思えないわ」しばらくしてようやく言った。「彼女は心を病んでいた。それはたしかよ。でも、前に少なくとも一度は堕胎の経験があるんだから、ほかにどうすればいいか知っていたはずだわ。あなたに助けを拒まれたあと、すぐにほかのだれかのところへ行ったのかもしれない」

ベスは目を細めてソフィーを見た。「ほかにも赤ん坊を始末していたのかい？」

「ええ」ソフィーはかばうように下腹に触れたが、自分では意識していなかった。「伯爵との新婚休暇から戻ったころ、妊娠しているのに気づいたそうよ。ロンドンで中絶したらしいわ」

「賭けてもいい。池に沈んだ晩、彼女が始末しようとしていた赤ん坊の父親はレイヴンウッドじゃないよ」ベスが眉をひそめて言った。

「ええ、愛人のひとりの子よ」日記に名前は書かれていなかった、とソフィーは思い返した。そして、最後の薬草を袋に詰めながら、小さくぶるっと身震いをした。「ずいぶん遅くなってしまったわ、ベス。それに、ちょっと寒くもなってきたみたいだし。そろそろアビーに戻ることにするわ」

「しばらくは不自由しないだけ、薬草も花も充分に持ったかい？」

ソフィーは小さな薬草の袋を乗馬服のポケットに詰めこんだ。「ええ、持ったわ。春になったら、アビーにも薬草畑を作ろうかと思っているの。そのときにはまた、アドバイスをお願いね、ベス」

ベスは小屋の前のベンチから動こうとしなかったが、年老いた目はあくまでも鋭かった。

「はいよ、まだ生きていれば手伝うよ。でも、春になったらあんたは、薬草畑づくりじゃないことで忙しくなりそうな気がするねえ、どういうわけだが」

「あなたにはなにも隠せないわ」

「妊娠してる、ってことかい？　ちゃんとした目があれば、だれだってわかるさ。レイヴンウッドがあんたを田舎に帰したのは、赤ん坊のためなんだね？」

「それもあるわ」ソフィーは苦笑いをした。「でも、残念ながらもっと大きな理由があるの。彼がわたしを田舎に追っ払ったのは、都会でいっしょにいるとじゃまでしょうがないからよ」

ベスは心配そうに眉をひそめた。「どういうことだい？　あんたは伯爵のいい奥さんなんじゃないのかい？」

「もちろんよ。最高の妻だわ。わたしという妻を持ってレイヴンウッドはとてつもなく運がいいのに、どうやら、彼は自分の運のよさをたまに忘れてしまうみたい」ソフィーは馬の手綱をつかんだ。

「ふん。またあたしをからかってるね。さあ、寒くなる前にさっさとお帰り。たっぷり食べるんだよ。これからうんと体力が必要になるんだから」

「心配しないで、ベス」鞍に飛び乗りながらソフィーは言った。「最近のわたしの食欲ときたら、これまでに経験したことがないくらいすごいの。淑女らしからざる食欲よ」

ソフィーは乗馬服のスカートの裾をととのえ、薬草の袋がきちんとしまわれているのを確認してから、馬を歩かせた。

背後ではベスがベンチに坐ったまま、馬と乗り手が木立の向こうに消えていくのを見守っていた。

しばらくして、木々のあいだから運命の池が見え隠れするあたりまで来ると、ソフィーは視線を上げて池を見つめた。そして、ふと思いついて、馬を止めた。そのままあたりの風景に目をこらす。

ベスにも言ったように、ソフィーはエリザベスが自殺したとは思っていなかった。日記には、最初のレイヴンウッド伯爵夫人は泳ぐことができたという興味深い事実も記されていた。もちろん、重い乗馬服や、同じように素材のぶ厚い服を着て深い池に落ちたら、どんなに泳ぎがじょうずでも溺れていたかもしれない。

「エリザベスの死についてしみじみ考えたりして、わたしったらなにをしているんだろう？」ソフィーは馬に訊いた。「退屈してるとか、アビーではもうやることがなにもないとか、そういうことでもないのに。ジュリアンがいたら、一も二もなく、ばからしいって言われてしまうわね」

雌馬は知らん顔をして、背の高い草をもぐもぐと食《は》んでいる。一瞬ためらってから、ソフィーは鞍から滑り降りた。手綱を握って、池のほとりまで歩いていって立ち止まる。この池には謎があり、それは妹の死の謎とも無関係ではない、とぴんとくるものがあった。

べつの馬が近づいてきたらしく、背後の雌馬がうれしそうに小さくいなないた。レイヴンウッド領のこんな辺鄙《へんぴ》なところを、だれが馬で通りかかったのだろう？　ソフィーはびっくりして振り返ろうとした。

しかし、反応が遅すぎた。馬の乗り手はすでに鞍から降りて、すぐ背後まで迫っていた。黒い仮面をつけた顔と、風を受けて大波のようにうねる黒いマントがちらりと見えた。ソフィーは悲鳴をあげかけたが、いきなり頭からマントをかぶせられて目の前が真っ暗になった。

手綱から手が離れ、雌馬が驚いて鼻を鳴らした。そして、地面を蹴る蹄の音。やがて蹄の音は遠ざかっていき、ソフィーを捕まえた男が聞くに耐えない呪いの言葉を吐いた。

ソフィーはマントから逃れようと力のかぎりもがいたが、すぐに胴と脚を縄でぐるぐる巻きにされてしまった。腕と足首も縛られた。

そのまま投げ上げられ、鞍の前の出っ張りの上にうつぶせにされて、ソフィーは息ができなくなった。


「五年近く前のことを蒸し返して、私を殺そうというのかね、レイヴンウッド?」アタリッジ卿はあきれ果てたようにため息をついた。「この手のことに関して、あなたがこれほどのんびりしているとは思ってもいなかったが」

ジュリアンは、レイディ・サリスベリのきらびやかな舞踏場の奥にある小部屋で、アタリッジと向き合っていた。「ばかを言うな、アタリッジ。五年前のことになど興味はない。いまの話をしているんだ」

「勘弁してくれないか、おい、私はこんどの伯爵夫人とは踊っただけだぞ、しかも、一度だけだ。そんなささいな理由で決闘を申し込めるわけがない」

「なるほど、妻のいる男とは、さりげない世間話をするのさえ不安というわけか。あなたの評判を聞けば、それもうなずけるが」ジュリアンは冷ややかにほほえんだ。「しかし、きょうはあなたに答えてもらいたいことがあって声をかけたのだ、アタリッジ。夜明けの決闘を申し込むのではなく」

アタリッジはいぶかしげにジュリアンを見た。「五年前のことについてか？　この期におよんで？　いいか、あなたがオーミストンとヴァーリーの肩を撃ち抜いてから、私はエリザベスのことはきれいさっぱり忘れたんだ。さすがの私もそれほどのばかじゃない」

ジュリアンはいらだたしげに肩をすくめた。「五年前のことはどうでもいいのだ。さっきも言っただろう。私は指輪について知りたいのだ」

アタリッジは凍りついたように動かなくなり、警戒心をむき出しにした。「なんの指輪だ？」

ジュリアンは拳を開き、浮き彫り模様の黒い指輪をあらわにした。「こんな指輪だ」

アタリッジは食い入るように指輪を見つめた。「こんなものを、どこで手に入れたのだ？」

「あなたの知ったことではない」

アタリッジは指輪からのろのろと目を上げ、ジュリアンの無表情な顔を見た。「これは私のじゃない。誓ってもいい」

「あなたのものだとは言っていない。しかし、同じような指輪を持っているだろう？」

「まさか。どうしてそんな見るからにつまらないものを？」

ジュリアンは指輪を見下ろした。「たしかに醜い指輪だ、そうだろう？　と同時に、醜いゲームの象徴でもあるのだ。さあ、言うんだ、アタリッジ、あなたやヴァーリーやオーミストンはまだ、そんなゲームをつづけているのか？」

「しつこいぞ、あなたの奥方とはダンスフロアで二言三言交わしただけだ。それ以上のことはなにもしていない。それでも文句があるのか？　それならそれではっきり言ってくれ。回りくどい言い方はうんざりだ、レイヴンウッド」

「文句など言っていない。少なくとも、あなたにはなにも。とにかく、答えてくれたら私はおとなしくいなくなる」

「答えなかったら？」

「となれば」ジュリアンはさらりと言った。「ちょっと前にあなたが言った、夜明けの約束について話し合わなければなるまい」

「答えないというだけの理由で、決闘を申し込むのか？」アタリッジは面食らっていた。

「レイヴンウッド、私は天地神明に誓って、こんどの奥方には指一本触れていない」

「信じよう。触れていたら、オーミストンやヴァーリーのように肩を撃ち抜かれるくらいではすまなかったぞ。あの世行きだ」

アタリッジはじっとジュリアンを見た。「ああ、そうなっても少しも不思議はない。エリザベスの名誉を守るために人は殺さなかったかもしれないが、新しい伯爵夫人のためなら平気でそのくらいやりそうだ。しかし、どうしてその指輪について知りたいのだ、レイヴンウッド？」

「ある人に代わって報復しなければならないから、とだけ言っておこう」

アタリッジは小さく鼻でせせら笑った。「妻を寝取られた友だちの代理か？」

ジュリアンは首を振った。「妊娠中に亡くなった若い女性の知り合いに頼まれた」

アタリッジはせせら笑いをやめて、真顔になった。「人殺しがからんでいるのか？」

「見方によってはそういうことになるかもしれない。わたしに報復を依頼した人は、指輪の持ち主を人殺しと信じている」

「さっき言った、妊娠中に亡くなった若い女性を殺したと？」アタリッジはしつこく訊いた。

「自殺したのは彼のせいだと」

「頭の悪い若い娘が勝手に誘惑されたあげくにっちもさっちもいかなくなって自殺した。その敵《かたき》をとるって？　冗談だろう、レイヴンウッド。あなたは世事に通じた人だ。そういう話は世間にごまんとあると知っているはずだ」

「私に報復を依頼した人は、男に情状酌量の余地はないと信じている」ジュリアンは小声で言った。「だから、私もその知り合いに劣らず事態を重く受けとめなければならないのだ」

「私に近づいてきたからには、指輪についてすでにいろいろ知っているのだろう」

「あなたとヴァーリーとオーミストンがはめていたことはわかっている」

「ほかにもいるぞ」

「もう亡くなっているはずだ」レイヴンウッドは言った。「そのふたりのことは調べた」

アタリッジは横目でジュリアンを見た。「しかし、あなたがまだ名前を挙げていない、しかもまだ生きている男がもうひとりいる」

「その男の名を教えてくれ」

「もちろんだ。あの男の肩を持つ義理はなに一つないし、私が教えなくても、あなたはオーミストンかヴァーリーから聞き出すに決まっている。喜んで教えよう、レイヴンウッド。ただし、それでなにもかも終わりだと保証してくれるなら。どんな理由であれ、夜明けに起きるのはごめんだ。どうも早起きは体質に合わん」

「名前を言ってくれ、アタリッジ」

三十分後、ジュリアンは馬車から飛び降り、屋敷のステップを上っていった。頭のなかには、アタリッジを脅してしゃべらせた情報が渦巻いていた。ガッピーが扉を開け、ジュリアンは挨拶代わりに軽くうなずいてから玄関ホールにはいっていった。

「一、二時間、書斎で過ごすぞ、ガッピー。使用人にはもう休むように伝えてくれ」

ガッピーは咳払いをした。「旦那さま、お客さまがお見えです。ついいましがた、デレゲートさまがご到着され、書斎でお待ちでございます」

ジュリアンはうなずき、書斎へ向かった。デレゲートは椅子に腰かけ、そのへんの書棚から引き抜いたらしい本を読んでいた。片手にしっかりポートワインのグラスを握って。

「まだ十二時前だぞ、デレゲート。こんな時間に大好きな博打場から抜け出てくるとは、いったいなにごとだ?」ジュリアンは部屋を横切り、自分用にグラスにポートワインを注いだ。

デレゲートは本を置いた。「指輪の調査をつづけると言っていたから、どんな具合かと思って寄ってみた。今夜はアタリッジに会ったのだろう？」

ジュリアンも椅子に腰かけ、ごくりと一口、ポートワインを飲んだ。「では、調査の結果を発表するか。不道徳な女たらしグループのうち、いまも生きているメンバーは四人いる」

「なるほど」デレゲートはグラスのなかをのぞいた。「アタリッジと、オーミストンと、ヴァーリーと、もうひとりは……？」

「ウェイコットだ」

デレゲートの反応は予想外だった。いつもの物憂げな無関心さは消え去り、これまでに見たこともないような険しい顔をしている。「なんということだ。それはたしかか？」

「これ以上たしかなことはない」ジュリアンは内面の怒りを隠して、そっとグラスを置いた。「アタリッジから聞き出した」

「アタリッジの言葉などあてにならないぞ」

「嘘をついたら決闘を申し込むと言ってやった」

「しかし、それがほんとうなら、レイヴンウッド、たいへんだぞ」

「そうでもないだろう。何週間も前からウェイコットがソフィーにまとわりついて同情を引こうとしていたのはたしかだが、あの男のいい加減さはしっかり彼女に言い聞かせてある」

「ソフィーはきみに言い聞かせられたことを鵜呑みにするようなタイプじゃないだろう、レイヴンウッド」

ジュリアンはかすかにほほえんだ。「たしかに。しかし、彼女の友だちを誘惑したのはウェイコットだと言えば、さすがの彼女もあの男には背を向けるだろう」

「しかし、たいへんなことになったぞ」デレゲートが吐きだすように言った。

いつになくデレゲートの声が真剣なのに気づき、ジュリアンは眉をひそめて彼を見た。

「なにが言いたいのだ?」

「さっき聞いたのだ。きのう、ウェイコットがロンドンを離れたと。だれもあの男がどこへ行ったのか知らないらしいが、こういう状況ではハンプシャーへ向かった可能性も考えねばなるまい」

18

「エリザベスと同じ理由でおいぼれ魔法使いのところへ行ったんだろう？　女があの婆さんを訪ねる理由は一つしかないのだから」ウェイコットは不気味なほど親しげに話しかけながら、ソフィーを馬から降ろして地面に立たせ、顔だけがあらわになるようにマントを引き下げた。異常なくらいきらきら輝く目でソフィーを見つめたまま、自分も黒い仮面をゆっくりはずす。「ほんとうにうれしいんだ。これでレイヴンウッドにとどめの一撃を食らわせられる。こんどの伯爵夫人も最初の伯爵夫人と同じで、おまえの跡継ぎを始末するつもりだった、と伝えられる」

「こんばんは、ウェイコット子爵」ロンドンのどこかの客間でたまたま顔を合わせたかのように、ソフィーは優雅にお辞儀をした。首から下はまだマントですっぽりおおわれていたが、気づいていないかのように振る舞った。この数週間、なんとか伯爵夫人らしく振る舞おうと必死に努力してきたのだ。そのくらいのことはできる。「こんなところでお会いするなんて、意外じゃありません？　ここは絵のように美しいところだと、前から思っていたんです」

ソフィーは石造りの小部屋のなかを見回し、恐ろしさに体が震えそうになるのをこらえた。体が拒絶反応を起こしている。連れてこられた古いノルマン様式の城の廃墟は、妹が逢い引きに使っていたと知るまで、ソフィーが好んでスケッチをしていた場所だった。

いまにも崩れ落ちそうな古い城は、以前はうっとりするほど魅力的だったのに、いまは悪夢のなかから抜け出てきたようにしか見えない。午後も遅くなって外は薄暗いうえ、細長い窓からほとんど明かりは差し込まない。天井や壁に積み上げられたむきだしの石は、大きな暖炉から漏れる煙にいぶされて黒っぽい。耐えがたいほど湿っぽくて陰気な部屋だ。

暖炉にはすぐにでも火が入れられるように薪が置かれ、そばにはやかんと、食料がはいったバスケットも置いてあった。部屋のなかでなにより不気味なのは、壁の一方に押しつけてある藁布団だ。

「私のささやかな逢い引き場所を知っていたのかい？　それはいい。将来、定期的に夫を裏切るようになったら、とても便利な場所だとわかるはずだよ。エリザベスはたまにここに来るのが好きだった。いい気分転換になると言っていたな」

ふと暗い予感がソフィーの胸をよぎった。「ここへ連れてきたのは、彼女だけだったんですか？」

ウェイコットの表情がとたんに硬くなった。「いや、そうじゃなくて、エリザベスがおかしな妄想にとりつかれているときは、村の娘を連れてきて楽しんでいたよ」

　怒りが一気にこみ上げた。「それはどなたなんですか？　名前は？」

「だから、村の尻軽娘だよ。どうでもいい相手。さっきも言ったが、エリザベスがふさぎこんだときのスペアみたいなものだ。エリザベスの不機嫌も長くはつづかないけれど、いったんそうなってしまうと、彼女は彼女でなくなってしまったから。ほかに……ほかに男を作ることもある。彼女がほかの男たちに色目を使ったり、寝室に誘ったりするのを見ているのは耐えがたかった。あなたもいっしょにと誘われたこともあったが、あれだけは我慢できなかった」

「では、あなたはここにいらしたのね。村の無邪気な娘さんといっしょに」怒りで頭がくらくらしたが、そんなようすは見せまいと必死だった。わたしの運命は、感情をしっかり抑制できるかどうかにかかっている、とソフィーは感じていた。

　ウェイコットはくすりと思い出し笑いをした。「ベッドのなかではすぐに無邪気ではなくなったが。きっときみもそうだろうね」突然、ウェイコットは目を細めた。「そういえば、いつかの指輪はどうやって手に入れたんだい？」

「ああ、あの指輪。子爵さまは、いつ、どこでなくされたんですか？」

「よくわからないのだ」ウェイコットは眉を寄せた。「あの村娘に盗まれたのかもしれない。あの娘は、下級貴族の出だと自分では言っていたが、私は嘘だとにらんでいる。せいぜい村の商人の娘だろう。指輪は、私が寝ているあいだにあの娘が盗んだのかもしれない。いつも私にしつこくつきまとって、愛の証がほしいなどと言っていたから。愚かな娘だ。それにしても、あの指輪はどういういきさつであなたの手に？」

「仮面舞踏会の夜にお話ししたとおりですわ。でも、わたしがジプシーの仮装をしていることをどうしてご存じだったんでしょう？」

「なんだって？　ああ、そのこと。簡単な話だ。召使いに命じて、レイディ・レイヴンウッドは今夜、なにをお召しになる予定かと、あなたの小間使いのひとりに尋ねさせた。人ごみに紛れていても、すぐにあなたとわかったよ。しかし、指輪には驚いた。いま思い出したが、指輪は友だちからもらったと言っていたね」ウェイコットは不満そうに唇をすぼめた。

「でも、あなたのように身分の高い方が、なぜ商人の娘などと親しくなったんです？」

「どういうわけかたまたま」ソフィーは意識して深く、ゆっくり息をしながら言った。「とても親しく付き合っていたんです、わたしたち」

「でも、彼女から私のことは聞いていなかったんだろう？　ロンドンで初めて会ったとき、あなたは私を知らないようすだった」

「ええ、彼女は恋人の名前を決して明かしませんでしたから」ソフィーはまっすぐウェイコットを見つめた。「亡くなったんです、彼女。お腹のなかのあなたの子どもといっしょに。阿片チンキを大量に飲んで」

「ばかな娘だ」ウェイコットは優雅に肩をすくめて話を打ち切った。「悪いが、あの指輪は返してもらいたい。あなたにとって、とくに大事なものでもないんだろう？」

「指輪はもう持っていないんです」ソフィーは穏やかに言った。「二、三日前、レイヴンウッドに渡してしまいました」

ウェイコットの目がかっと怒りに燃えた。「どうしてあいつに渡したりするんだ？　なんとしてでも返してもらうからな。すぐにレイヴンウッドから返してもらってくれ」

「本人が手放そうと決めないかぎり、夫からなにかを取り上げるのはたいへんです」

「そんなことはない」ウェイコットは自信満々に言った。「私はレイヴンウッドの持ち物を前に奪ったことがあるし、また奪うつもりだ」

「エリザベスのことをおっしゃっているんですね？」

「エリザベスがあいつのものだったことは一度もない。私が言っているのはこのことだ」ウェイコットは部屋を横切り、暖炉のそばに置いてあるバスケットの上にかがみこんだ。上半身を起こした彼の手のひらには、緑色の炎が燃え盛っていた。「あなたが喜ぶと思って、持ってきたのだ。レイヴンウッドはこれをあなたに贈れない。でも、私は贈れる」

「エメラルド」心底びっくりして、ソフィーはかろうじてささやいた。緑色に輝く小さな滝のような貴石の連なりに目をこらしてから、ウェイコットの熱に浮かされたような目を見上げた。「ずっとそれを？」

「私の美しいエリザベスが亡くなった夜からずっと持っている。もちろん、レイヴンウッドはそんなこととは夢にも思っていない。屋敷のなかを虱《しらみ》つぶしに探してから、ロンドンの宝石店すべてに、このエメラルドを手に入れた店があれば、買い取り価格の二倍の値段で引き取ると伝えたという。その報酬を当て込んで、不謹慎な宝石屋が偽物を作ったという噂も、一、二、あったが、レイヴンウッドはだまされなかったらしい。残念な話だ。こんな皮肉な話はなかったのに、そうだろう？　見せかけの妻をふたりも持ったうえに、偽物のエメラルドまでつかまされたとなれば目も当てられない」

ソフィーはぐっと肩を怒らせた。黙っているべきだとわかっていたが、夫をさんざん愚弄されて我慢できなかった。「わたしはレイヴンウッドのほんとうの妻ですし、彼を裏切りもしません」

「いいや、あなたは裏切るのだ。しかも、このエメラルドを身につけながら」ウェイコットはいっぽうの手のひらからもう一方の手のひらへとネックレスをすべらせた。光り輝く緑色の小さな滝に魅入られ、催眠術にかかっているかのようだ。

「そうでしょうか？」ソフィーの手のひらはじっとりと汗ばんでいた。刺激するようなことはもう一言も言ってはいけない、と自分に言い聞かせる。わたしは彼の無力な餌食だと、反抗する気力もないおとなしいウサギだと思いこませなくては。

「あとで楽しもう、ソフィー。あとでゆっくり見せてあげるよ。レイヴンウッドの見せかけの新妻の肌の上で、このレイヴンウッドのエメラルドがどんなに美しく光を放つか」

ソフィーはウェイコットの異常なほど輝く目から顔をそむけ、バスケットを見た。「長い夜になりそうだわ。お茶といっしょになにかいただいてもかまわないかしら？　なんだか体に力がはいらなくて」

「もちろんだ」ウェイコットはバスケットのほうに手を振った。「ご覧のとおり、あなたが居心地よく過ごせるように、準備万端ととのえてある。食べ物も近くの宿屋で調達してきた。エリザベスともしょっちゅう、ここでピクニックのように食事をしてから愛を交わしたものさ。なにもかも彼女とやったようにやりたいんだ。なにもかも」

「そうですか」

この人はエリザベスと同じように狂っているのだろうか、とソフィーは思った。それとも、嫉妬と、恋人を失った悲しさに自分を見失っているだけ？　どちらにしても、少しでもこの人を興奮させたり警戒させたりしたら、わたしが助かる望みはなくなってしまう。

「あなたは彼女ほどきれいじゃないな」じろじろとソフィーを見てから、ウェイコットが言った。

「ええ、知っています。彼女はとてもきれいな方だったそうですね」

「でも、エメラルドで飾ればもう少し彼女に近づくだろう」ウェイコットはネックレスをバスケットのなかに落とした。それから、開いている扉の隙間から外をうかがった。「ずいぶん暗くなったな？」

「ええ、とても」

「暖炉に火を入れよう」そう思いついた自分に満足したように、ウェイコットはにっこりした。

「すばらしい考えだわ。夜になるとこのへんは一気に冷えこみますから。縄をほどいてマントを脱がせてもらえたら、わたしも食事の用意ができるんですけれど」

「縄をほどく？　それはどうかな」

「お願いします」ソフィーは目を伏せ、できるだけ意気消沈して疲れ果てて見えるように演技した。「お茶を淹れて、パンとチーズを並べるだけですから」

「それもいいな」

ウェイコットが近づいてきたので、ソフィーは緊張に身をこわばらせた。じっと立ちつくしていると縄が解かれ、体からマントがはがされていく。ようやく体の自由を取り戻したソフィーは、思わず安堵の息を漏らしそうになるのをぐっとこらえた。

「ありがとうございます」いかにも気弱そうに言い、開いている戸口をうかがいながら暖炉に向かって一歩足を踏みだす。

「ちょっと待って」ウェイコットはひざまずき、ソフィーの乗馬服の分厚いスカートの裾に手を入れて足首をつかんだ。縄の一方の端を、半長靴の足首に素早くくくりつける。ウェイコットはもう一方の縄の先をつかんで立ち上がった。「では、レイヴンウッドの女房にお茶を淹れてもらうとするか」

ウェイコットは暖炉に火を入れてから藁布団に腰を下ろし、縄の一方を握ったまま頬杖をついた。

ソフィーは、ウェイコットの視線を感じながらバスケットになにがはいっているのか確認した。息を詰めてやかんを持ち上げ、水が満たされているのがわかって、ふーっと息をついた。

扉の隙間から見える外の闇はますます濃くなっていた。ひんやりした夜気が部屋にも流れこんでくる。ソフィーは手のひらでスカートをなでおろし、必要な薬草はどのポケットにしまっただろうかと記憶をたぐった。そのとき、足首に縛ってある縄がぐいと引かれ、飛び上がるほどびっくりした。

「そろそろ扉を閉めなければ」ウェイコットは藁布団から立ち上がって歩きだした。「あなたが凍えてはたいへんだ」

「ええ」自由への逃げ道だった扉がバタンと閉じられ、ソフィーはいまにも恐怖心に飲みこまれそうになるのを必死でこらえた。目を閉じて、おびえた表情を見られないように顔をそむける。この男は妹を殺したのよ、と自分に言い聞かせる。恐怖に身をすくませていてはだめ。まずは逃げるのよ。どうやって復讐するか考えるのは、そのあとでいい。

ソフィーはウェイコットに背中を向けたまま、バスケットから紅茶の葉の小さな包みを取りだした。そして、ごわごわかさばる乗馬服で手元を隠しながらポケットから薬草の小袋を引っぱり出した。

「どうしてエメラルドを売らなかったんですか?」ウェイコットの関心を自分からそらしたくてソフィーは訊いた。

「売るのは無理だろう。さっきも言ったように、ロンドンの高級宝石店は市場にあのネックレスが出るのを手ぐすね引いて待っていたから。ばらばらにして宝石として売るのも危険だった。とても個性的なカットがほどこされていたから、すぐにそれとわかってしまっただろう。しかし、売りたくなかったというのが本心だ」

「わかります。見るたびに、レイヴンウッド伯爵から奪ったのだと確認できるのがいいのでしょう」ソフィーはおぼつかない手つきで薬草の袋を開け、中身を紅茶の葉と混ぜた。それから、手早くやかんとティーポットを準備した。

「あなたはほんとうに鋭い人だ、ソフィー。妙な話だが、真に私を理解してくれているのは、あなただけではないかとたまに思うことがあるのだ。あなたにレイヴンウッドはもったいない。エリザベスがそうだったように」

ソフィーは沸騰した湯をポットに注ぎ、催眠作用のある薬草の量が充分足りているようにと祈った。お茶は苦くなるかもしれないから、味をごまかすものが必要だ。

「チーズとパンも忘れないでくれよ、ソフィー」ウェイコットが声をあげた。

「ええ、もちろん」ソフィーはバスケットに手を入れて、皮のぱりぱりしたパンの塊を取りだした。そのとき、砂糖の小さな容器が見えた。震える指でつまんで持ち上げたら、指先がきらきら輝くエメラルドに触れた。「パン用のナイフがないようですけれど」

「あなたに刃物を持たせるほどばかじゃないぞ。パンは手でちぎるんだ」

ソフィーは身をかがめ、言われたとおりにした。ちぎったパンと、匂いのきついチーズを丁寧に皿に並べる。

「ここがレイヴンウッド・アビーの客間だと思って」ウェイコットが言った。「あなたの優雅なホステスぶりを見せてくれ」

　可能なかぎり冷静さを装って、ソフィーは皿とカップを運んでいった。ウェイコットに直接、カップを手渡しながら言う。「お茶にお砂糖を入れすぎてしまったかもしれません。甘すぎなければよいのですけれど」

「お茶はうんと甘くして飲むほうが好きだ」目の前に皿を置くソフィーを、ウェイコットは期待をこめて見つめた。「さあ、あなたも坐って、いっしょに食べよう。あとでたっぷり体力を使うのだからね。ふたりでせいぜい楽しもうじゃないか」

　ウェイコットとのあいだにできるだけ距離を置いて、ソフィーもゆっくりと藁布団に坐った。「それにしても、わたしを辱めたと知ってレイヴンウッドがどんな行動に出るか、恐ろしくはないんですか？」

「あいつはなにもしないだろう。まともな頭をした人間で、カードゲームや仕事のうえでレイヴンウッドを怒らせる者はどこにもいないが、あいつがもう二度と女性のために命を賭けたりしないことはだれだって知っている。あいつはそうはっきり言ったのだ」ウェイコットはチーズをかじり、紅茶を飲んだ。そのとたん、顔をしかめる。「これはちょっと濃すぎるぞ」

　ソフィーは一瞬、目を閉じた。「夫のお茶は、いつもそのくらい濃くしているので」

「そうなのか？　そういうことなら、このままでかまわない」

「どうして、夫はあなたに決闘を申し込まないと思われるのですか？　エリザベスのためには戦ったはずでしょう？」

「二度戦ったらしい。しかし、どちらもまだ結婚して間もないころだ。そのうちあいつは、エリザベスの心を入れ替えさせることも、国じゅうの男を脅すのも無理だと気づいて、女性にかかわることで名誉を傷つけられても放っておくことにしたのだ」

「だから、わたしが辱められてもあなたに決闘を申し込みはしないと？」

ウェイコットは暖炉の火を見つめながら、もう一口、紅茶を飲んだ。「あの男はエリザベスの名誉を守るために私に決闘を申し込まなかった。それなのにどうして、あなたの名誉のために決闘を申し込む？」

ソフィーは、ウェイコットの声にかすかににじむ不安を感じとった。ジュリアンを恐れるにはおよばないことを、ソフィーだけではなく自分にも納得させようとしているようだ。

「面白い質問だわ」ソフィーは静かに言った。「どうして夫は、わたしのために決闘を申し込まないのでしょう？」

「エリザベスの半分も美しくないからだ」

「それはさっきもうかがって、わたしもそのとおりだと申し上げました」ウェイコットがさらに一口、紅茶を飲むのを見て、ソフィーは緊張感に胃をひきつらせた。しかし、ウェイコットは過去に思いをはせたまま、機械的にカップを口に運んでいる。

「センスでも魅力でも彼女のほうが上だ」

「おっしゃるとおりよ」

「あいつは、エリザベスほどはあなたを求めていないにちがいない。だから、あなたのために私に決闘を申し込んだりしない」カップの縁を口に近づけたまま、ウェイコットはにんまりした。「でも、彼女を殺したみたいにあなたを殺す可能性は高い。そうだ、きょう、ここでなにがあったか知ったら、あいつはきっとそうするだろう」

ウェイコットが紅茶を飲み干すのを、ソフィーは黙って見つめていた。自分のお茶にはまだいっさい口をつけていない。両手でしっかりカップを挟みつけて、待っていた。

「とてもおいしいお茶だった。では、パンとチーズをいただこうか。給仕をしてくれ」

「はい」ソフィーは立ち上がった。

「でも、その前に」ウェイコットは気取ってゆったりと言った。「服を脱いで、エメラルドのネックレスだけを身につけるんだ。エリザベスがいつもやっていたように」

ソフィーは凍りついたように体の動きを止め、薬草の効き目があらわれた徴候はないかとウェイコットの目を見つめた。「あなたの前で服を脱ぐつもりはありません」

「でも、そうしてもらう」どこに隠していたのか、ウェイコットは手のひらにすっぽり隠れるくらいの小型の拳銃を取りだした。「言ったとおりにするんだ」まぶしいほど美しい笑みを浮かべる。「そうすればエリザベスがやっていたとおりにできる。全部細かく教えてあげよう。私のためにどうやって脚を開くかも教えてあげるよ」

「あなた、彼女と同じよ。狂ってる」ソフィーはささやき、一歩、二歩と後ずさった。もうちょっとで暖炉、というところまできたとき、なにげなく、けれども荒々しく、ウェイコットはソフィーの足首を縛った縄を引っ張った。

ソフィーははっと息を呑むと同時に、ぶざまに倒れこみ、石造りの固い床にしたたかに体をぶつけた。すぐには立ち上がらず、気持ちを落ち着かせながらおそるおそるウェイコットの顔をうかがう。まだ笑みを浮かべているものの、やや目がとろんとして見える。

「言われたとおりにしないと、ソフィー、痛い目に遭うぞ」

ソフィーは用心して上半身だけ起こした。「あの晩、池のほとりでエリザベスを傷つけたように？　レイヴンウッドは彼女を殺していない、そうでしょう？　あなたが殺したんだわ。美しくて不実なエリザベスを殺したように、わたしも殺すつもり？」

「なんの話をしているんだ？　彼女はレイヴンウッドに殺されたんだ」

「いいえ、そうじゃない。あなたはこれまでずっと、エリザベスを殺したのはレイヴンウッドだと思いこもうとしてきたのよ。なぜなら、愛している女性を殺したと認めたくないから。でも、あなたは殺したのよ。あの晩、あなたはオールド・ベスを訪ねていった彼女のあとをつけていた。戻ってくる彼女を池のほとりで待ち伏せした。そして、彼女がなんのためにどこへ行ったのか知って腹を立てた。いままでにないほど逆上したのよ」

ウェイコットはよろよろと立ち上がり、ハンサムな顔を恐ろしいほど歪めて言った。「彼女があのおいぼれ魔女に会いにいったのは、赤ん坊を始末する薬をもらうためだった。きょうのあなたと同じようにね」

「お腹の子の父親はあなただったのね？」

「そうだ、私の子だ。それなのに、エリザベスは私をあざけった。レイヴンウッドの子どもがほしくないのと同じように、私の子どももほしくないと言った」ウェイコットはおぼつかない足取りで二歩、ソフィーに近づいた。手にした小型の拳銃をゆらゆら揺らしながら。「でも、彼女はいつも、私を愛しているって言っていたんだ。愛しているのに、どうして子どもを始末したがるんだ？」

「エリザベスは人を愛するということができなかったんだわ。レイヴンウッドと結婚したのも、高い地位とお金のため」ソフィーはよつんばいになり、横へ横へと進んでいった。また縄を引っ張られるのではと思うとこわくて、立ち上がれなかった。「あなたと付き合っていたのは気晴らしのため。それ以上のものではないわ」

「嘘を言うんじゃない、ちくしょう。ベッドのなかではだれよりもじょうずだって言ってくれたんだ。彼女がそう言ったんだ」ウェイコットの体ががくんと一方にかしいだ。縄を床に落として、手のひらの手首に近いところでごしごしと目をこする。「どうしたんだ、私は？なにかおかしい」ウェイコットはだらりと両腕を下げ、ソフィーの顔に目の焦点を合わせようとした。「私になにをした、この性悪女？」

「なにもしていません」

「毒を盛ったな。紅茶になにか入れたんだろう？　ちくしょう、殺してやる」

ウェイコットがいきなり突進してきたので、ソフィーはあわてて立ち上がって脇によけた。ウェイコットは暖炉のそばの石造りの壁に激突し、その拍子に手からこぼれた拳銃がバスケットのなかにガサッと落ちた。

振り返ったウェイコットがソフィーの姿を探している目には、怒りと、紛れもない薬草の効果があらわれていた。

「殺してやる。エリザベスを殺したように。彼女もおまえも、殺されて当然なんだ。ああ、エリザベス」ウェイコットは石の壁に背中を押しつけ、頭をはっきりさせようと首を振ったが、いくらやっても無駄だった。「エリザベス、どうしてあんなことをしたんだ？　私を愛していたのに」泣きじゃくるウェイコットの背中がずるずると壁をすべり落ちていく。「愛しているって、いつも言っていたのに」

ソフィーはぞっとしながらもまじまじと、泣きながら深い眠りに落ちていくウェイコットを見つめていた。

「人殺し」ソフィーはささやいた。怒りで脈が速まっている。「あなたは妹を殺した。拳銃であの子を撃ち抜いたも同然よ」

苦しげな嗚咽を漏らしながら、ソフィーはバスケットを見下ろした。拳銃は、光り輝くエメラルドの上に引っかかっていた。身をかがめて、小さな武器を取り上げる。

両手で拳銃を握りしめてくるりと振り返り、人事不省のウェイコットに狙いを定めた。

「あなたなんか、殺されて当然なのよ」ソフィーは声に出して言い、撃鉄を上げた。「あなたを殺すわ、ウェイコット。当然の報いを受けなさい」

永遠にも思えるあいだ、ソフィーは引き金を引こう引こうと思いつづけていた。しかし、うまくいかない。実際に引き金を引く、その最後の勇気がわいてこない。絶望のあまり悲痛な泣き声をあげながら、ソフィーは拳銃を下げ、撃鉄を元の位置に戻した。「ああ、神さま、どうしてわたしはこんなに意気地なしなのですか？」

バスケットに拳銃を戻して片膝をつき、震える指先でようやく足首の縄をほどいた。それでも、エメラルドも拳銃もレイヴンウッドには持ち帰れない。どうしてそんなものを手に入れたのか、説明するわけにはいかない。

そのまま一度も振り返らずに扉を開け、ソフィーは夜の闇に飛びだした。彼女が近づいてくるのを感じて、ウェイコットの馬がかすかにいなないた。

「いい子ね、仲良くしましょう。鞍をつけている暇はないの」ソフィーはささやきながら、去勢馬に馬勒をつけた。「急がなければ。アビーではきっと大騒ぎしているわ」

ソフィーが背中にまたがると、去勢馬は鼻を鳴らして脚を踏みならしたものの、すぐにソフィーという見慣れない存在を受け入れてくれた。

緩い駆け足でアビーを目指しながら、ソフィーは必死で考えた。心配して待っていてくれる使用人たちにうまく説明をしなければならない。ウェイコットに誘拐されたとき、ソフィーは雌馬の蹄の音が遠ざかっていくのを聞いている。ということは、雌馬はまっすぐアビーに戻っているにちがいない。

乗り手のいない馬が戻ってきたとなれば、馬番たちが考えるのはただ一つ。ソフィーは落馬してけがをしている、ということだ。午後いっぱい、そして夜になってからも、使用人たちはいくつかのグループに分かれて森のなかやアビーの地所内を探しつづけただろう。

落馬したことにするのがいちばんいい。ウェイコットの馬で池のほとりを駆け抜けながら、ソフィーは思った。ウェイコット子爵にさらわれて監禁されたなどとは、だれにも言えはしない。

ジュリアンにさえほんとうの話をするつもりはなかった。彼がもう二度と女性の名誉を賭けて決闘はしない、というウェイコットの判断はまちがっているとソフィーはわかっていた。子爵がなにをしたか知ったら最後、ジュリアンは決闘を挑むにちがいない。

ああ、失敗した、とソフィーは思った。チャンスを逃さず、わたしがこの手でウェイコットを殺すべきだった。そうしていれば、ジュリアンに嘘をつかずにすんだものを。

わたしくらい嘘をつくのがへたな人間はいないというのに。でも、少なくとも作り話をでっちあげて、それを頭にたたきこむ時間はある。ジュリアンはまだロンドンにいるのだから。

木立のあいだからアビーの明かりが見えはじめてようやく、ソフィーはウェイコットの去勢馬を乗り捨てなければならないと気づいた。落馬して、やっとの思いで歩いて戻ってきたと主張するつもりなら、見知らぬ馬にまたがって帰るわけにはいかない。

ああ、困った。作り話をするには、考えなければならないことが山ほどある。なにか一つ決めると、つぎからつぎへと決めなければならなくなっていく。

まだしばらく歩かなければならないとわかっていたが、ソフィーはしぶしぶ馬を降りて回れ右をさせた。ぽんと尻を叩くと、去勢馬は駆け足でもと来た道を引き返していった。

乗馬服のスカートを持ち上げ、足早にレイヴンウッド・アビーを目指していく。一歩足を踏みだすごとに知恵を絞り、自分を待っている使用人たちに信じてもらえそうな話を練り上げようとした。

ところが、壮大な屋敷を取り囲んでいる森を抜けたソフィーは、予想していたよりはるかに困難な問題が待ち受けていることに気づいた。

正面玄関の扉が開け放たれ、屋敷から明かりが漏れている。召使いと馬番たちがたいまつの準備をしながら右へ左へと動きまわり、月明かりの下、鞍をつけた馬が数頭、厩舎から引き出されてくる。

黒い髪の見慣れた人影が、乗馬用のブーツに泥だらけの乗馬ズボンという格好で、屋敷のステップの半ばに立っている。ジュリアンはよく通る冷静な声を響かせ、まわりの使用人たちに指示をあたえていた。いま到着したばかりに見えるということは、夜明け前にロンドンを出発したにちがいない。

その瞬間、ソフィーはほんとうのパニックとはこういうものだと思い知った。彼女の言葉を鵜呑みにするしかない使用人たちにさえ、どう説明しようかとさんざん頭を悩ませていたというのに。夫を相手にまともな作り話などできるはずがない。

しかも、ジュリアンはふだんから、ソフィーが心にもないことを言おうとしているときはすぐにわかると言っているのだ。

とにかくやってみるしかない。ソフィーは自分に発破《はっぱ》をかけ、ふたたび足を踏みだした。わたしの名誉を守るために決闘を申し込んで命を危険にさらすような、そんな恐ろしいことをジュリアンにさせるわけにはいかない。

「あそこに奥さまが、旦那さま」

「ほんに、ありがたい、ご無事だぞ」

「旦那さま、旦那さま、ご覧ください、ほれ、森のきわを。奥さまですよ。ご無事です」

心からほっとした叫び声が聞こえ、表に出ていた全員が屋敷の前面に集まってきた。レイヴンウッド伯爵はすぐに森に視線を移した。月明かりの下、ソフィーがこちらに向かってくる。ジュリアンは無言のまま大股でステップを降り、小石を敷きつめた前庭を横切っていって、荒々しくソフィーを腕に抱き留めた。

「ソフィー、ああ、心配のあまり死ぬかと思ったぞ。いったいどこにいたのだ？　だいじょうぶなのか？　けがはないのか？　よくぞこれだけ心配させてくれたものだ。いったいなにがあった？」

すぐにつらい試練に立ち向かわなければならないとわかっていても、安堵の思いが大波のように押し寄せてくる。ジュリアンがそばにいて、わたしは無事だった。いまはただそれだけでいい。ソフィーは反射的に身を縮めてジュリアンの力強い抱擁に身をまかせ、彼の肩に頭を押しつけた。両腕をジュリアンのウエストにまわして、力いっぱい締めつける。

「おそろしかったわ、ジュリアン」

「屋敷に戻ったとたん、午後遅くにあなたを乗せずに馬だけが戻ったと聞かされた。それからずっと、召使いたちはあなたを探していたらしい。どこにいたのだ?」

「わたしの……すべてわたしのせいなんです、ジュリアン。オールド・ベスの小屋から戻る途中でした。馬が木立のなかのなにかに驚いて、わたしもついぼんやりしていたものだから。たぶん、振り落とされたんだわ。わたしはなにかに頭をぶつけて、しばらく気を失っていたみたい。そのあたりのことは、なんだかよく覚えていなくて」わたしったら、べらべらしゃべりまくっている。しかも、早口すぎる。落ち着かなければ。

「頭はまだ痛むのか?」ジュリアンはソフィーの乱れた巻き毛にそっと指先を差し入れ、傷やこぶはないかとさぐった。「ほかにけがは?」

「あ、いえ、いいえ、ジュリアン、だいじょうぶ。ちょっと頭痛がするけれど、心配するようなことじゃないわ。それから……それから、赤ちゃんも無事ですから」けがらしいけがをしていないことからジュリアンの気をそらそうとして、ソフィーはすかさず言い添えた。

「ああ、そうか。赤ん坊か。なにごともないと聞いて安心した。妊娠中はもう馬には乗らないことだな、ソフィー」ジュリアンは一歩あとずさり、月明かりに照らされたソフィーの顔をしげしげと見た。「ほんとうにだいじょうぶなんだね?」

ジュリアンを安心させようと作り笑いを浮かべたが、唇が震えるのがわかってぎょっとした。ソフィーはせわしなくまばたきをした。「ほんとうに、だいじょうぶですから。でも、あなたはここでなにをなさっているの?　まだ数日はロンドンにいらっしゃる予定ではなかった？　こんなに早く戻られるとは聞いていませんでした」

ジュリアンはなおもまじまじとソフィーの顔を見つめてから彼女の手を取り、心配そうに固まって待っている使用人たちのほうに向かって歩きだした。「予定が変わったのだ。さあ、行こう、ソフィー。小間使いに風呂にいれてもらって、なにか食べなさい。落ち着いたら、話をしよう」

「なんの話でしょう？」

「きょう、あなたの身になにがあったのか、ほんとうの話を聞かせてくれ、ソフィー」

19

「あたしたちみんな、それはもう心配していたんですよ。奥さまの身になにかあったらどうしようかと思うだけで、もう死ぬほど恐ろしくて。馬が奥さまを乗せずに戻ってきたのを見て、馬番たちはすぐにあちこち探しまわったらしいですよ。オールド・ベスの小屋まで探しに行った者もいて、あの人もそれはもう心配なさっていたという話です」

「ほんとうに、心配をかけてごめんなさいね、メアリ」その日の午後、馬だけが戻ってきたあとの屋敷のようすをメアリは詳しく話してくれたが、ソフィーは半分も聞いていなかった。いまはもう、目前に迫っているジュリアンとの話し合いのことしか考えられない。ジュリアンはわたしの話を信じていなかった。とすれば、こんどはなにを話せばいい？　ソフィーは藁にもすがる思いで必死に考えていた。

「そうしたら、馬番頭がね、あの人はいつも最悪の予言をしてみんなにいやがられているんですけどね。こうやって首を振りながら、池をさらったほうがいいって言ったんですよ。もう、それを聞いてあたしは腰が抜けそうになりました。でも、そんな騒ぎも、急に戻っていらした旦那さまの反応にくらべたら、どうってことはないんです。最初の伯爵夫人がいらしたときからアビーで働いていた使用人たちさえ、旦那さまのあれほどの剣幕は見たことがないって言っていました」

ドアをノックする音がして、メアリの独演会は中断した。メアリがドアを開けると、べつの小間使いがお茶のトレイを持って立っていた。「いいよ、あたしがやるから。あんたはもう下がっていいよ。奥さまはお疲れなんだから」メアリはドアを閉め、テーブルにトレイを置いた。「まあ、ご覧ください。料理人がケーキを切ってくれていますよ。どうぞ、お茶といっしょに召し上がってください、奥さま。力がわいてきます」

ティーポットを見たとたん、ソフィーはかすかに吐き気を催した。「ありがとう、メアリ。お茶はあとでいただくわ。お腹はあまりすいていないから」

ふたたびドアが開いて、まだ乗馬服のままのジュリアンがノックもせずにずかずかと部屋にはいってきた。

びっくり仰天したメアリはあわてて膝を曲げてお辞儀をして、じりじりとドアのほうへあとずさっていった。

「もう下がっていいぞ、メアリ」

メアリは逃げるように部屋を飛びだしていった。

ドアが閉まると、ソフィーは膝の上で両手をきつく組み合わせた。咳払いをして、いきなりしゃべり出す。「この数年のあいだに、あの道は何十回も往復しているんです。馬番をいっしょに連れていくつもりは最初からありませんでした。ここは都会ではなく、田舎なんですから」

「しかし、オールド・ベスの小屋から屋敷までの道をさんざん探したのに、失神して倒れている哀れなあなたの姿はだれにも発見されなかった、そうだろう？」ジュリアンは窓のそばの椅子に腰かけ、部屋のなかをぐるりと見渡した。「ここもそうだが、屋敷のあちこちに手を入れたようだな」

急に話題を変えられて、ソフィーは狼狽した。「お気に障らなければいいのですけど」押し殺した声で言う。ジュリアンは人の気持ちを翻弄して神経を参らせ、なにもかも白状せずにいられなくする作戦に出たのでは、といういやな予感がした。

「とんでもない、ソフィー。気に障るものか。この屋敷にいい思いを持てなくなってもうずいぶんたつ」ジュリアンは不安げなソフィーの顔を見つめた。「レイヴンウッド・アビーに関するかぎり、どんな変化も大歓迎だ。気分はどうだね？」

「ずいぶんよくなったわ、ありがとう」返事が危うく喉につかえそうになる。

「それを聞いてほっとした」ジュリアンはブーツをはいた足を投げ出して椅子の背に体をあずけ、胸の前で大きな手を軽く組み合わせた。「きょうはほんとうに心配させられたぞ」

「申し訳ありませんでした」ソフィーはいったん息をつき、慎重に練り上げた作り話の細部を思い起こした。「馬は小動物に驚いたんだわ。たぶんリスでしょう。ふだんならなんの問題もなかったはずなの。ご存じのように、わたしの乗馬は決してへたなほうではないから」

「あなたの乗馬の腕前にはいつも感心させられているよ」ジュリアンが穏やかに同意した。

ソフィーは顔が熱くなるのを感じた。「でも、きょうはたまたまオールド・ベスにたくさん薬草を譲っていただいた帰りで、スカートのポケットに小さな袋がいくつも詰まっていて、それが落ちはしないかと気が気ではなくて」

「なるほど」

ソフィーは吸い寄せられるようにジュリアンを見つめた。いつまでも待っているからゆっくり話しなさいと言いたげな穏やかな目の表情に思わずうっとりしてしまう。全身から立ち上る安らかで辛抱強い雰囲気は、しかし、狩人の我慢強さだとソフィーはわかっていた。

「だから……だから、馬のことにはほとんど神経を使っていなくて、そのうち、乾燥したダイオウの袋を落としかけて……ちょうどそのとき、急に馬があとずさりをして、バランスを崩してしまったんです、わたし」

「その場で馬から落ちて、頭を打ったのか？」

通り道で倒れているところを発見されなかったのだから、どこかべつの場所で倒れていたことにしなければならない。「いいえ、そうじゃないの。そこで鞍から滑り落ちかけたんだけれど、でも、あの、そのまま馬が勝手に森のなかにはいっていってしまって、そのあとで振り落とされたの」

「私もいま、オールド・ベスの小屋まで行って戻ってきたばかりだと言ったら、話はもっとわかりやすくなるだろうか？」

ソフィーは不安そうにジュリアンを見た。「小屋まで行ってらしたの？」

「そうだ、ソフィー」ジュリアンは静かに言った。「行ってきた。たいまつを持ってよく調べてきたんだが、池のそばで興味深い足跡を見つけた。きょうはあの道を、もう一頭の馬と、もうひとりの人間が通ったようだ」

ソフィーは勢いよく立ち上がった。「ああ、ジュリアン、今夜はもうなにも訊かないで。わたし、これ以上お話しできないわ。気が動転してしまって。ずいぶんよくなったと言ったのは本心じゃないの。ほんとうはひどい気分なの」

「しかし、それは頭をぶつけたせいではないんだろう？」ジュリアンの声はさっきよりますます穏やかで、いたわるような響きさえ感じられる。「心配のあまり、気分が悪くなったんだね。だいじょうぶだ、もう心配する必要はない」

ジュリアンの声がどうしてそんなにやさしげなのか、ソフィーには理解できなかったし、だまされはしないと身構えてもいた。「おっしゃっていることがよくわからないわ」

「こちらへ来て、気持ちが落ち着くまで私といっしょにここに坐らないか？」ジュリアンは片手を差しだした。

ソフィーは切ない目をしてジュリアンの手を、そして顔を見た。それでも、彼が差しだしている誘惑には決して屈しまいと心に誓った。強くならなければ。「でも……でも、椅子はふたりでは坐れないわ、ジュリアン」

「だいじょうぶだから。こっちにおいで、ソフィー」

彼のもとへ行くのは大きな過ちだ、とソフィーは自分に言った。いま甘えてしまったら、このわたしが持っている意志の力はすべてなきものになってしまう。けれども、ソフィーはもう一度あの腕にしっかり抱きしめられたくてたまらず、結局、疲れ果てて弱気になった気持ちは、差しだされたジュリアンの手の魅力に勝てなかった。

「しばらく横になったほうがいいのかもしれないけれど」ジュリアンに向かって一歩、足を踏みだしながら言う。

二歩、三歩とさらに進むあいだも、ジュリアンは限りない忍耐強さの微妙なオーラを発して待ちつづけていた。

「ジュリアン、こうしてはいけないってわかっているのよ」ため息混じりに言うソフィーの手を、ジュリアンの指先が包みこんだ。

「私はあなたの夫だ、スイートハート」ジュリアンはソフィーを膝に坐らせ、赤ん坊のように肩に抱き寄せた。「きょう、ほんとうはなにがあったか、私以外のだれに話せるのだ？」

その言葉を聞いて、ソフィーの気持ちにかろうじて残っていた強い部分が消え去った。きょうはあまりにいろいろなことがありすぎた。誘拐され、肉体関係を強要されかかり、間一髪で危機を切り抜け、小型拳銃を手にしたのにどうしてもウェイコットを撃てなかったこと——そのすべてがいっしょくたになってソフィーを弱気にさせていた。

ジュリアンが怒鳴りつけたり、怒りにまかせて冷たい態度をとったりすれば、ソフィーも抵抗できたかもしれなかったが、やさしく慰めるような口調の威力は絶大だった。ソフィーはジュリアンの肩のくぼみに顔を押しつけて目を閉じた。ジュリアンの両腕がぐいと心地よく体に巻きつき、幅広の肩がほかのどんなものにも真似のできない安心感をあたえてくれる。

「ジュリアン、愛しているわ」シャツに口を押しつけたまま言った。

「わかっているよ、スイートハート、わかっている。では、ほんとうのことを話してくれるね？」

「それは無理よ」きっぱりと言った。

ジュリアンは文句一つ言わない。ただじっと坐ったまま、大きくて力強い手でソフィーの背中をなでつづけていた。

「私を信頼しているかい、ソフィー？」

「ええ、ジュリアン」

「では、どうして、きょうなにがあったのか、ほんとうのことを話してくれないのだ？」

ソフィーはため息をついた。「こわいからよ」

「私が？」

「ちがうわ」

「少なくとも、それを聞いて安心した」ジュリアンはソフィーのガウンのほどけかかったベルベットのリボンをきちんと結びなおした。「きょう、あなたになにがあったのか、どうしても私は知らなければならないのだ。私はあなたの夫だ、ソフィー。その立場ゆえに、どうしてもあなたを守らなければならないのだ」

「お願い、ジュリアン、無理を言わないで」

「なんであれ、あなたに無理強いをするつもりはない。では、謎解きゲームをしよう」

ソフィーはぎくりと体をこわばらせた。「いまはどんなゲームもしたくないわ」

ジュリアンは拒まれてもまったく意に介さなかった。「あなたは、きょうの話をしたくないのはこわいからだと言った。しかし、私のことはこわくないとも言った。つまり、あなたはほかのだれかを恐れている、ということだ。私にはあなたを守れないと思っているのかい？」

「そうじゃないわ、ジュリアン」ソフィーは反射的に顔を上げた。彼のソフィーを守る能力を疑っているとは思われたくなかった。「あなたはどんなことでもしてわたしを守ってくれるわ」

「そのとおりだ」ジュリアンはさらりと言った。「私にとってあなたはとても大事な人だからね、ソフィー」

「わかっているわ、ジュリアン」ソフィーは一瞬、自分のお腹に触れた。「あなたの将来の跡継ぎがここにいるんだもの。だから、もちろん、わたしの身も気遣ってくださるんだわ。でも、赤ちゃんのことはほんとうに心配いら――」

ジュリアンのエメラルド色の目が怒りに燃え上がったのは、このときが初めてだった。しかし、怒りはほとんど一瞬のうちに消え去った。ジュリアンは両手でソフィーの顔を挟みつけた。「これははっきりさせておきたい、ソフィー。あなたが私にとって大事なのは、あなたがソフィーだからだ。型にはまらない、立派な、愛すべき妻だからだ——赤ん坊を宿しているせいではない」

「まあ」ソフィーはジュリアンの美しくきらめく目から視線を動かせなかった。愛している、という意味にこれだけ近い言葉をジュリアンが口にしたのは初めてだ。「ありがとう、ジュリアン」

「礼など言わないでくれ。私のほうがあなたに感謝すべきなのだ。さあ、さっきの謎解きゲームをつづけよう。あなたはきょうの午後、あの池のほとりにいた人物を恐れている。自分の安全が脅かされて恐れているのではないようだから、あなたは私の安全が脅かされるのを恐れている、という結論になる」

「ジュリアン、お願いだから、もうそのくらいに——」

「あなたは私の身を案じているのに、危ないから気をつけるようにとは言わない。それは、私の身に直接、危害が加えられるのを恐れているわけではないからだ」

ソフィーはもう、事実を自分だけの胸にしまっておくのは無理だと覚悟した。狩人は獲物を追いつめつつある。

「となると、残る可能性は一つだけだ」ジュリアンは理路整然と語りつづけた。「あなたは私の身を案じているが、私に直接、危害が加えられることを心配しているわけではない。ということは、私がその謎めいた正体不明の第三者に決闘を申し込むのでは、と恐れているにちがいない」

ソフィーはジュリアンの膝に抱えられたまま背筋をぴんと伸ばし、両手で彼のシャツをつかんで目を細めた。「ジュリアン、そんなことはしないと誓ってちょうだい。これから生まれてくるわたしたちの子どものために、約束して。あなたの命を危険にさらすわけにはいかないの。いいこと？」

「ウェイコットなんだろう？」

ソフィーは目を見開いた。「どうしてそれを？」

「よくよく考えればわからないことではない。きょうの午後、オールド・ベスの小屋から戻る途中、なにがあったんだ、ソフィー？」

ソフィーは途方に暮れてジュリアンを見上げた。なだめるようなやさしい目の輝きは、最初からそんなものはなかったかのように跡形もなく消えている。いま、ソフィーを見据えているのは、冷ややかで隙のない捕食者の目だ。戦いに勝利をおさめたジュリアンは、早くもつぎの戦いに向けて作戦を練っている。

「彼に決闘を申し込まないで、ジュリアン。ウェイコットに撃たれるかもしれないようなことはしないで。いい？」

「きょうの午後、なにがあった？」

ソフィーは泣きださんばかりだった。「ジュリアン、お願いだから――」

「なにがあったんだ、ソフィー？」

ジュリアンは声を張り上げはしなかったが、ソフィーは彼の忍耐が限界に達したとすぐにわかった。もう答えるほかに道はない。ソフィーはジュリアンを押しのけるようにして膝から降りた。

ゆっくり部屋を横切って窓辺に立ち、夜の闇に目をこらした。そして、手短に要領よく、すべてをジュリアンに打ち明けた。

「彼はふたりを殺したのよ、ジュリアン」胸の前で両手をきつく握りしめ、ソフィーは締めくくった。「ふたりとも、彼が殺したの。エリザベスを溺死させたのは、さんざんなじられたあげくにお腹のなかのウェイコットの子どもも堕ろすつもりだと告げられて逆上したからよ。わたしの妹が死んだのは、あの男にその場かぎりのおもちゃみたいに捨てられたせい」

ソフィーはうつむき、冷え切った窓ガラスに額を押しつけた。「ああ、わたし、できなかったの。チャンスだったのに、どうしても引き金をひけなかった。なんて意気地なしなの」

「それはちがう、ソフィー、あなたは意気地なしではない」ジュリアンは椅子から立ち上がって歩きだし、ソフィーのすぐ背後に立った。「あなたはだれよりも勇敢な女性だ。あなたが信用に足る正しい人だということは、この私が命と名誉を賭けて保証できる。今夜、あなたは立派なことをしたのだ。たとえなにをしたとしても、意識を失っている人間を平然と殺せる者はいない」

ソフィーはゆっくり振り向き、不安げにジュリアンを見上げた。「でも、機会を逃さず彼を撃ち殺していたら、すべてはもう終わっていたわ。あなたの身の危険を心配せずにすんだわ」

「これから一生、ひとりの人間を殺したという事実を背負いつづけなければならなかったのだぞ。ウェイコットは殺されて当然だとしても、あなたにそんな人生は生きてほしくない」

「ジュリアン、お願いだから、彼に決闘は申し込まないと約束してちょうだい。十中八九あり得ないことだけれど、彼が正々堂々と決闘に臨んだとしても、あなたが殺される可能性はないとは言えないのよ」

ジュリアンはほほえんだ。「いまのところ、あの男は戦えるような体調ではないようだが。さっき、彼は前後不覚に眠っていると言っていなかったかい？　まだしばらく目覚める可能性はないだろう。あなたの特製茶の効き目のほどは、この体が痛いほどよく知っている」

「からかわないで、ジュリアン」

ジュリアンはソフィーの両手の手首をつかみ、自分の胸に押しつけた。「からかっているわけではない、スイートハート。あなたが無事に生きていることを心から感謝しているだけだ。今夜、屋敷に着いて、あなたが行方不明だと知って私がどんな気持ちになったか、あなたにはわかるまい」

先のことが気になって、ソフィーはジュリアンの言葉を素直に喜ぶ気にはなれなかった。

「これからどうなさるの、ジュリアン？」

「事情によりけりだ。あとどのくらいウェイコットは眠りつづけると思う？」

ソフィーは眉をひそめて考えた。「あと三、四時間だと思うわ」

「それはよかった。では、そっちは後回しだ」ジュリアンはソフィーのガウンのリボンをほどきはじめた。「その前に、あなたがどこにもけがをしていないことをたしかめて、安心させてもらおう」

ガウンが肩から滑り落ちるのもかまわず、ソフィーは真剣な表情でジュリアンを見上げた。「ジュリアン、ウェイコットに決闘は申し込まないと誓ってちょうだい」

「そのことは心配いらない」ジュリアンはソフィーの喉の曲線にキスをした。

「誓ってください、ジュリアン。なんとしてでも誓ってもらいます」いま、ジュリアンの胸に抱かれること以上に望ましいことはなかったが、なにより重要なのは彼に誓ってもらうことだ。ソフィーは直立したままぴくりとも動かず、ジュリアンの温かい口でどんなに肌をくすぐられてもいっさい反応せず、無視していた。

「ウェイコットがどうなるか、あなたが心配するにはおよばない。私がすべてうまく処理をする。あの男があなたに近づくことも二度とない」

「とにかく、ジュリアン、彼に決闘は申し込まないと約束してちょうだい。わたしには、男の人のくだらない名誉心とやらよりあなたが無事でいることのほうがはるかに大事なの。わたしが決闘についてどう思っているか、前に言ったはずよ。なにも解決できないうえに、あっさり命を落とす可能性もある愚かな行為だわ。ウェイコットに決闘を申し込んではだめよ、わかった？　約束してちょうだい、ジュリアン」

ジュリアンは肩のくぼみにキスをするのをやめ、ゆっくり頭を上げてソフィーを見下ろした。「私の射撃の腕はたしかだぞ、ソフィー」

「あなたがどんな射撃の名手だろうと関係ない。とにかく、あなたを危険な目に遭わせるわけにはいかないの。ばかばかしい決闘なんかであなたを失うわけにはいかないわ。しかも、相手はどんなインチキだってやりかねない男なのよ。あなたがわたしとシャーロット・フェザーストンの決闘をじゃましたときの気持ちが、いまとなってはよくわかる。絶対に耐えられないわ」

「これほど意志強固なあなたを見るのは初めてだ」ジュリアンはさらりと言った。

「約束してちょうだい、ジュリアン。お願い」

しかたない、と言いたげにジュリアンはため息をついた。「わかった。あなたにとってそれほど大事なことなら、ウェイコットに決闘は申し込まないと誓おう」

ソフィーは目を閉じ、たとえようのない安堵感を噛みしめた。「ありがとう、ジュリアン」

「では、妻と愛を交わすことをお許し願えますか？」

ソフィーはジュリアンに謎めいた笑みを向けた。「ええ、旦那さま」

一時間後、ジュリアンは肘枕をして、心配そうなソフィーの目を見下ろした。いつもなら、愛を交わした直後のソフィーは陶酔感に顔をほてらせているのだが、きょうはもう心配そうに表情を曇らせている。ソフィーにとって自分の身の安全がそれほど大事なのかと思うと、ジュリアンは悪い気はしなかった。

「気をつけてちょうだいね、ジュリアン」

「慎重に慎重を期す」

「でも、なにをするつもりなの？」

「あの男がこの国から出ていかざるを得なくする。アメリカへの移住を勧めるつもりだ」

「でも、どうやって？」

ジュリアンはふたたびソフィーにおおいかぶさり、彼女の肩の左右に手をついた。「質問はそこまでだ。いちいち答えている暇はない。戻ったら、すべて詳しく伝える」そう言って、唇と唇を軽く触れ合わせた。「少し眠りなさい」

「ばかなこと言わないで。あなたが戻るまで、一睡たりともできないわ」

「では、よい本を読んでいればいい」

「ウルスタンクラフトだわ」ソフィーは脅すように言った。「あなたが戻られるまで〈女性の権利の主張〉を読んで勉強しているわ」

「そうとわかれば、急いで戻ってこなければなるまい」ジュリアンは言い、ベッドを出て床に立った。「これ以上、女性の権利とかいうつまらないものにかぶれてもらっては困るからな」

ソフィーはベッドに上半身を起こし、手を伸ばしてジュリアンの手を握った。「ジュリアン、わたし、こわいわ」

「わかるよ。今夜、屋敷に戻ってきて、あなたが行方不明だと知ったとき、私もそうだった」ジュリアンはそっとソフィーの手を離して、服を着はじめた。

「すぐにすべてが終わる」膝丈のズボンをはいて、椅子に腰かけてブーツをはく。「あなたの特製茶が効きすぎて、ウェイコットが簡単な英語も理解できない、というのでないかぎり、夜明けまでには戻る」

「あなたのときよりも薬草は控え目にしたの」ソフィーは不安げに言った。「味がおかしいと思われないようにと思って」

「それは残念だ。ウェイコットにも私と同じひどい頭痛を味わわせてやりたかったが」

「あなたはあの晩、お酒を飲んでらしたのよ、ジュリアン」ソフィーは真顔で説明した。「それが薬草の効き目に影響したんだわ。ウェイコットが飲んだのはお茶だけよ。すっきり目覚めるはずだわ」

「覚えておこう」ブーツをはき終えたジュリアンは、扉まで歩いてから振り返ってソフィーを見た。生々しい所有欲がふたたび体を駆けめぐる。そのあとすぐに穏やかなやさしい気持ちがこみ上げてきて、自分でもぎょっとした。ソフィーは私のすべてだ、とジュリアンは気づいた。この世のどこを探しても、わたしのかわいいソフィー以上に大切なものはない。

「なにか忘れ物ですか、ジュリアン？」ベッドの暗がりからソフィーが尋ねた。

「いやなに、たいしたことではない」ジュリアンは扉の把手から手を離し、ベッドに引き返した。身をかがめて、ソフィーのやわらかい口にもう一度キスをする。「愛しているよ」

ソフィーの目が大きく見開かれるのがわかったが、いまの一言について説明を求められ、あれこれ返事をしている暇はない。すぐに扉まで引き返した。

「ジュリアン、待って――」

「できるだけ早く戻るよ、スイートハート。話はそれからだ」

「いいえ、待って、言わなければならないことがあるの。エメラルドのこと」

「それがどうしたんだ？」

「うっかりして忘れていたわ。ウェイコットが持っているの。エリザベスを殺した夜、盗んだのよ。暖炉のそばのバスケットのなか、拳銃のすぐ下にあるわ」

「それは面白い。忘れずに持って帰ることにしよう」ジュリアンは言い、廊下に出ていった。

古いノルマン様式の城の廃墟は、月明かりの下、濃い闇と崩れかかった石壁の不気味な寄せ集めにしか見えず、とても近づく気になれない。ジュリアンは数年ぶりに、まだ子どもだったころと同じ――つい幽霊の存在を信じてしまいそうになる場所、という――印象を受けた。こんな暗くて気味の悪いところにソフィーが閉じこめられていたと思うだけで、ジュリアンの怒りの炎は白く燃え盛った。

ざっと見たところ、廃墟のまわりに人のいる気配はない。ジュリアンは黒馬から降りて、手近な木立の枝に手綱を引っかけた。大昔の石壁の残骸のあいだをすり抜けて、まだかろうじて部屋の形をとどめている一角に近づいていく。壁の上の細い隙間を見たが、明かりは漏れていない。暖炉に火が燃えていたとソフィーは言っていたが、もう燃えさしになっているようだ。

ジュリアンはソフィーの薬草にたいする知識も調合の腕前も心から信頼していたが、慎重の上にも慎重を期すことにした。彼女がとらえられていた部屋に息を殺してはいっていく。なにひとつ、だれひとり動くものはない。開けはなった戸口に立ち、闇に目が慣れるのを待つ。やがて、暖炉のそばの壁の近くに大の字になって眠っているウェイコットが見えた。

ジュリアンは暖炉に近づき、消えかかっていた火をかき立てた。スツールを引き寄せて坐り、なにげなくバスケットのなかをのぞく。小型の拳銃に隠れるように、バスケットの底にエメラルドの緑色が見える。やっと手元に戻ってきたという満足感とともにジュリアンはネックレスをつまみ上げ、暖炉の火を受けて輝く貴石を見つめた。レイヴンウッドのエメラルドは、新しいレイヴンウッド伯爵夫人にもよく似合うにちがいない。

二十分後、ウェイコット子爵が身じろぎをしてうめき声をあげた。ジュリアンはスツールに坐ったまま、彼がしだいに状況を把握していくさまを見守った。ウェイコットは盛んにまばたきをしてから目を細めて暖炉の火を見つめ、上半身を起こして片手をこめかみに当て、そしてようやく、部屋に人の気配を感じてきょろきょろしはじめた。

「そうだ、ウェイコット、ソフィーは無事に屋敷に戻った。こんどは私がおまえの相手をする」ジュリアンはさりげなくエメラルドのネックレスを右の手のひらから左の手のひらへ、また右へとこぼすようにすべらせた。「おまえがいつかとんでもないことを引き起こすのはわかっていた。取りつかれた男の宿命か？」

ウェイコットは坐ったままじりじりと後ずさり、そのうち壁にぴったり背中を押しつける格好になった。金髪の頭を湿った壁にぐったりもたせかけて、憎しみのこもった半開きの目でジュリアンをにらみつける。「ということは、愛すべきかわいいソフィーはまっすぐあたのところに帰ったのか？　それで、彼女の言うことをいちいち信じたんだろうな。私は取りつかれているかもしれないが、レイヴンウッド、あんたは大ばか野郎だよ」

ジュリアンは光り輝くエメラルドを見下ろした。「まんざら的外れとも言えまい、ウェイコット。ずいぶん昔のことだが、たしかに私は愚か者だった。シルクの夜会服に身を包んだ妖婦がいるとは夢にも思っていなかったのだ。しかし、もう過ぎたことだ。ある意味、おまえは哀れな男だ。ほかの者は全員、何年も前にエリザベスの呪縛から抜け出したというのに。いまだにがんじがらめになっているのはおまえだけだ」

「それは私だけが彼女を愛していたからだ。私以外のやつらはみんな、彼女を利用したかっただけだ。あんたは、彼女の純真さと美しさを奪おうとした。私は彼女を守りたかった」

「おまえがエリザベスの亡霊に取りつかれているとしても、ひとりで苦しんでいる分には私も無視していればよかった。ところが、不幸なことにおまえはソフィーを利用して私に復讐しようと企んだ。そうなれば、私としては見逃すことも無視することもできない。すでに警告したはずだぞ。ソフィーを巻き込んだ報いを受け、それでなにもかも終わりにさせよう」

ウェイコットはひきつった笑い声をあげた。「あんたのかわいいソフィーは、きょう、ここでなにがあったと言った？　池のほとりの道で私に会ったと言っていたか？　エリザベスが相談したのと同じ堕胎屋のところへ行った帰りだったと言ったか？　あんたの愛するかわいいソフィーはもうあんたの跡継ぎを堕ろすつもりでいるんだ、レイヴンウッド。エリザベス以上に、あんたのガキはいらないそうだよ」

「ソフィーがオールド・ベスのところへ行ったのは新鮮な薬草を手に入れるためで堕胎するためではない」

「それをまともに信じているとしたら、あんたはほんとうの大ばか野郎だな、レイヴンウッド。そこの藁布団の上でなにがあったかも、ソフィーは嘘をついてごまかしているんだろう？　私のためにあっさりスカートをまくって脚を広げたが、ちゃんとそう報告したかい？　その方面はまだ不慣れなようだが、経験次第でうまくなりそうじゃないか」

ジュリアンは一瞬、激しい怒りに自分を見失った。エメラルドを床に落とすと同時に、素早く優雅にスツールから立ち上がった。大股で二歩あるいて、ウェイコットの胸ぐらをつかんだ。そして、ウェイコットの体を引っぱりあげて立たせ、ハンサムな顔に拳をめりこませた。鼻のなにかが折れて、血が噴きだした。ジュリアンはふたたびウェイコットを殴りつけた。

「ちくしょう、あんたは結婚した相手がとんだあばずれ女だってことを認めたくないんだろう？」ウェイコットは壁に背中を押しつけたままじりじりと横に逃げ、手の甲で血だらけの鼻をぬぐった。「でも、そうなんだよ、この鼻持ちならない大ばか野郎。いったいいつになったら気づくことやら」

「これ以上、おまえとまともに話をしようとしても無意味だ、ウェイコット。正気を失っているとしか思えない。哀れに思うべきなんだろうが、たとえ頭のいかれた男であろうと妻が侮辱されれば黙っているわけにはいかない」

ウェイコットは不安そうにジュリアンを見た。「あんたが私に決闘を申し込むわけがないんだ。それはわかってる」

「残念ながら、そのとおりだ」ソフィーへの誓いを思い出しながら、ジュリアンは認めた。これまでにさんざんソフィーとの約束や誓いを破ったり、勝手にねじ曲げて解釈したりしてきたのだ。どんなにウェイコットに銃弾を撃ち込みたくても、もう二度と彼女への誓いを破るわけにはいかない。ジュリアンは暖炉に近づき、燃え盛る火を見下ろした。

「知っていたよ」ウェイコットはうれしそうにほくそ笑んだ。「ソフィーにも言ったんだ。あんたはもう二度と女性のために命を賭けたりしない、女性のために敵を討つ気をなくしたんだ、と。だから私に決闘を挑むこともない」

「そうだ、ウェイコット、決闘を挑みはしない」ジュリアンは両手を背中にまわして組み合わせ、肩越しに振り返った。そして、冷ややかな期待をこめてほほえんだ。「といっても、おまえが考えているような理由からではなく、もっと私的な理由があってのことだ。しかし、だからといって、そっちからの決闘の申し込みを拒むと決めたわけじゃない」

ウェイコットはぽかんとしてジュリアンを見つめた。「なにを言っているんだ?」

「私はおまえに決闘を申し込みはしない、ウェイコット。ある誓いを立てたから、それはできない。しかし、これからふたりで話し合って、最終的にそちらから私に決闘を申し込まざるを得なくなる、ということはなくもないのだ。そうなれば、喜んで受けて立つと約束しよう」

ウェイコットはあんぐりと口を開けた。やがて、ぽかんとした表情はあざけるような顔つきに取って代わられた。「どうして私があんたに決闘を? 妻に裏切られたわけでもないのに」

「これは妻の裏切りがどうのこうのという話ではない。そもそも裏切り行為はなかったのだからな。妻が名誉に値する立派な女性だということは、この私がいちばんよく知っている」

「名誉に値する女性? 女性に名誉などあるものか」

「エリザベスのような女性には、たしかに名誉はないだろう。しかし、ソフィーのような女性となると話はべつだ。だが、もう名誉の話はこれ以上つづけるつもりはない。おまえのような名誉のなんたるかもわかっていない男と話しても意味がないからな。さあ、話をもとに戻すぞ」

「私には名誉心がないと言っているのか?」ウェイコットが声を張り上げた。

「もちろんだ。それだけじゃない。私はこれからも、おまえの名誉心にたいして声高に疑問を呈しつづけて、そっちから私に決闘を申し込むか、アメリカに移住するまでやめないつもりだ。つまり、おまえには二つの選択肢があるのだ、ウェイコット」

「無理やり二つのうちの一つを選ばせられるわけがないじゃないか」

「それが驚いたことにできるのだ。かならずどちらかの道を選ばせてやる。おまえがそうするまでしつこくつきまとうのだ。いいか、イギリスで暮らしつづけるのに耐えられなくしてやるぞ、ウェイコット」

　暖炉の炎に照らされたウェイコットの顔がみるみる血の気を失っていく。「よくもそんなはったりを」

「では、具体的に話してさしあげようかな？　いいか、ウェイコット、自分の運命によーく耳を傾けることだ。イギリスでおまえがなにをしようと、どこへ行こうと、私か私の代理人がおまえを追っていく。たとえば、タッタソルズ（競走馬の競売会社）である馬を気に入って買おうとしても、ほかの人の手に渡るように私が価格をせり上げてじゃまをする。〈ホービーズ〉でブーツを買ったり、〈ウェストンズ〉でコートをあつらえたりしようとしても、私が経営者に連絡をして今後もウェイコット子爵に商品を売るつもりなら、レイヴンウッド伯爵家との取り引きはなくなるものと考えてほしいと告げる」

「そんなこと、できるわけがない」ウェイコットはわめいた。

「これはまだまだ序の口だぞ」ジュリアンは容赦なくつづけた。「私はおまえのサフォークの領地のまわりの土地の所有者すべてに、高値で土地を買う意志があると伝えるつもりだ。そのうち、ウェイコット、おまえの領地はすべて私の所有地に取り囲まれてしまうだろう。

まだあるぞ。おまえの悪評を吹聴して、評判のいいクラブからも、人気のある女主人が主催するパーティからも締め出されるようにしてやる」

「そうはうまくいくものか」

「いくとも、ウェイコット。私のように金と、領地と、影響力のある爵位があれば、この程度の計画を成功させるのはなんでもないのだ。しかも、私にはソフィーという味方もいる。最近のロンドンでのソフィーの人気といったら、ただごとではないのだぞ、ウェイコット。彼女がおまえに背を向けたら、社交界の全員があとにつづくだろう」

「そんなことにはならない」ウェイコットは激しく首を振った。その目はどこか狂気じみている。「彼女が私に背中を向けるわけがない。私は彼女を傷つけたわけではないんだ。あんなことをした理由だって、よく話せばわかってくれる。私を理解してくれているんだ」

「ところが、ウェイコット、おまえの運命はソフィーと出会う前から決まっていたのだ」

「こんどはまたなにを言い出すつもりだ？」

「三年ほど前、おまえがここで誘惑して、あとで妊娠したと知って捨てた若い女性を覚えているか？　おまえの醜い指輪を持っていた女性だ。おまえが、どうでもいい女だとソフィーに言った女性だ。村の尻軽娘のひとりだと言った女性だ。覚えているか？」

「あの女がどうしたんだ？」ウェイコットは金切り声をあげた。

「彼女はソフィーの妹だ」

ショックのあまり、ウェイコットの顔から表情という表情が消え去った。「なんということだ」

「そういうことだ」ジュリアンは静かに言った。「そろそろ自分がやってきたことの重大さがわかりはじめたようだな。私はもうここにいてもしようがない。選択肢のどちらを選ぶべきか、よく考えるんだな、ウェイコット。私だったらアメリカを選ぶぞ。おまえが射撃の名手だという話は聞いたことがないからな」

ジュリアンはウェイコットに背中を向けてエメラルドを拾い上げ、部屋を出た。黒馬の手綱を手にしたちょうどそのとき、古い城のなかからくぐもった銃声が聞こえた。

ジュリアンはまちがっていた。ウェイコットの選択肢は二つではなく三つだったのだ。ウェイコット子爵はバスケットのなかにあった小型拳銃を見つけ、三つ目の選択肢を選んだにちがいない。

ジュリアンはいったん鐙《あぶみ》に足をかけたものの、しぶしぶ考え直し、不気味に静まりかえった廃墟に引き返していった。そこで目にする光景は控え目に言っても不快きわまりないだろうが、ウェイコットのこれまでの愚かしさを考えれば、彼がすべてをめちゃくちゃにする可能性がなくなったという意味で最善の結果だったのだろう。

20

体を丸めて椅子に坐り、何時間もたったと思われたころ、ようやく廊下からジュリアンのブーツの足音が聞こえた。ソフィーは安堵のあまり小さく声をあげてはじかれたように立ち上がり、扉に飛びついた。

こわごわ夫の顔を見ると、疲労感のにじむ厳しい表情から、なにかひどく不快なことがあったのがわかる。途中、書斎に寄って持ってきたにちがいない中身の半分はいった赤ワインの瓶とグラスを見て、さらに確信は深まった。

「だいじょうぶ、ジュリアン？」

「ああ」

ジュリアンは部屋にはいって後ろ手に扉を閉め、化粧台に赤ワインの瓶を置いた。そのまなにも言わず、腕を伸ばしてソフィーをとらえ、抱き寄せた。ふたりは黙りこくったまま長々と抱き合っていた。

「なにがあったの？」ようやくソフィーが訊いた。

「ウェイコットは死んだ」

そのとたん、ほっとした思いが体を駆け抜けるのをソフィーは否定できなかった。わずかに頭を引いて、ジュリアンの目を見つめる。「あなたが殺したの？」

「判断の分かれるところだろう。私のせいだという者もいるはずだ。しかし、私は直接、引き金は引いていない。彼が自分で引いたのだ」

ソフィーは目を閉じた。「自ら命を絶ったのね。アメリアと同じように」

「当然の報いと言えば当然の報いだ」

「どうぞ坐って、ジュリアン。ワインを注ぐわ」

ジュリアンは黙ってしたがった。窓辺の椅子に坐って両脚を投げだし、ソフィーがグラスにワインを注いで運んでくるのを暗い目で見つめた。

「ありがとう」グラスを受け取って言う。ジュリアンはソフィーの目を見つめた。「あなたは私がほしいものを絶妙なタイミングであたえてくれる」口いっぱいにワインを含んでごくりと飲み下す。「あなたはだいじょうぶか？　ウェイコットの知らせを聞いて動揺していないかね？」

「だいじょうぶよ」ソフィーは言い、ジュリアンのそばの椅子に腰かけた。「不謹慎だとはわかっているけれど、わたし、たとえ人がひとり死んだとしても、今回のことが終わってうれしいの。彼はアメリカへ行く気はなかったの？」

「そのことについて、あの男がしっかり考えられる心理状態にあったとは思えない。私は、彼がイギリスから出ていくまでしつこくつきまとって、まともな暮らしができなくなるように画策すると言ったんだ。それから、彼が誘惑した村の若い娘はきみの妹だと告げた。そして、外に出た。彼が拳銃を見つけて自らの命を絶ったとき、私はちょうど馬にまたがろうとしていたのだ。だから引き返していって、彼が最後の仕事をきちんとやり遂げたかどうか確認した」ジュリアンはもう一口ワインを飲んだ。「やり遂げていたよ」

「さぞいやな気持ちだったでしょうね」

ジュリアンはじっとソフィーを見つめた。「いいや、ソフィー。それよりも、あの忌まわしい小部屋に足を踏み入れて、あの男があなたの足首を縛った縄や、あなたを辱めるつもりだった藁布団を見たときのほうがずっと耐えがたい思いだった」

ソフィーはぶるっと身震いをして、自分で自分の体をきつく抱いた。「言わないで、思い出してしまうわ」

「あなたと同じように、私も終わってよかったと思っている。きょうのことがなくても、いつかはウェイコットに思い知らせなければならなかったはずだ。あのろくでなしはすっかり過去に取りつかれて、妄想もひどくなっていくいっぽうだったからな」

「これから、どうなるんでしょう?」

「きょうか、遅くても明日には遺体が発見されて、ウェイコット子爵は自殺したと確認されるだろう。それですべては終わる」

「それでいいんだわ」ソフィーはジュリアンの腕に触れ、ためらいがちにほほえんだ。「ありがとう、ジュリアン」

「なにを感謝してくれているのだ？　あなたをしっかり守りきれず、こんな出来事に巻きこんでしまったことにたいしてかね？　あなたは自分の力で逃げだしてきたのだぞ。私ほどあなたからの感謝を受けるに足らない男はいないのだ、マダム」

「そんなふうに自分を責めないで」ソフィーはぴしゃりと言った。「きょうのような出来事が起こるなんて、だれも予想していなかったわ。大事なことは、もうすべてが終わったということよ。あなたにありがとうと言ったのは、ウェイコット子爵に決闘を申し込まないでいるのがあなたにとってどんなに大変だったかよくわかるからなの。あなたがどういう人か、よく知っているもの」

ジュリアンは居心地悪そうにもじもじした。「ソフィー、そろそろ話題を変えないか」

「でも、わたし、あなたが誓いを守ってくれたことがほんとうにうれしいの。あなたを危険にさらすわけにはいかなかったわたしの気持ちもわかってほしいわ、ジュリアン。愛してるから、危険な目には遭わせたくないの」

「ソフィー――」

「それに、わたしたちの子どもが父親を知らないで育つなんて、耐えられないわ」

ジュリアンはワイングラスを置き、腕を伸ばしてソフィーの手を握った。「私も、われわれの息子か娘に会わないわけにはいかないからな。今夜、この部屋を出るときに私が口にした言葉は本心だ。あなたを愛している、ソフィー。この先なにがあろうと、私があなたの考える理想の夫にふさわしくない行動に出ることがままあったとしても、この気持ちは変わらない。いつでもあなたを愛している」

ソフィーは静かにほほえみ、ジュリアンの大きな手を握りしめた。「知っているわ」

ジュリアンは人を見下すように眉を上げたが、その目の輝きには愛する人への思いと余裕がにじんでいた。「知っているって？　なぜだ？」

「今夜、あなたが戻るのを待つあいだ、いろいろ考えていてふと思ったの。いまになってやっと気づいたと言うべきかもしれない。きょうの午後、実際にあったことだとしても、誘拐されたとか、薬草茶を飲ませて逃げてきたとかいう、あんなにとっぴなわたしの話を聞いて信じてくれる男性は、ほんのちょっぴりかもしれないけれど、たしかにわたしを愛してくれているはずだと思ったの」

「ちょっぴりではないぞ」ジュリアンはソフィーの手を持ち上げ、その手のひらにキスをした。「心から愛している。頭のてっぺんからつま先までぞっこんだ。どうしようもないほど、正真正銘、完璧に愛している。気づくのに時間がかかり過ぎたことだけが悔やまれる」

「いつも強情を張って、一つの考えに凝り固まっているからだわ」

ジュリアンはにやっと笑ってからソフィーの手を引っ張り、自分の膝に坐らせた。「そして、私のかわいい妻のあなたにも似たところがある。運のいいことに、だからたがいをよく理解できるのだ」ジュリアンはソフィーに熱烈なキスをしてから、顔を上げて目をのぞきこんだ。「あなたに謝らなければならない、ソフィー。私は何度かあなたにひどい振る舞いをした。結婚に際する約束もことごとく踏みつけにした。それも、あなたやわれわれの結婚についてなにが最善かわかっていると信じていたからだ。これからも、私は、たとえあなたの考えと相容れないとしても、自分が信じる最善の道を進もうとするにちがいない」

ソフィーはジュリアンの黒髪に指先を差し入れ、かき上げた。「だから、強情っぱりで一つの考えに凝り固まっていると言われるんだわ」

「それから、赤ん坊のことだ、スイートハート」

「赤ちゃんは順調よ」

「私はこんなに早く子どもを作るべきではなかったのだ。その気になれば、妊娠を防ぐこともできたというのに」

「いつか」と、からかうような笑みを浮かべてソフィーは言った。「人はどうやって妊娠を防ぐのか、その方法を教えてちょうだい。アン・シルバーソーンから聞いたわ。羊の腸でできていて、男性自身に赤い紐で結びつける小さな袋のようなものがあるんですって。そういうもののことはご存じ?」

ジュリアンは途方に暮れてうめき声をあげた。「なんだってアン・シルバーソーンはそんなことを知っているんだ? ああ、ソフィー、あなたのロンドンの友だちは最悪だぞ。伯母の仲間たちにこれ以上堕落させられる前に、あなたを町から連れ戻せてほんとうによかった」

「ほんとうに。わたしは、堕落に関することはあなたのこの手に教えてもらうだけで充分だもの」ソフィーはジュリアンの大きな手を愛おしげに握りしめ、その手首に唇を押しつけた。

「ずっと言いつづけているだろう」ジュリアンはささやいた。「あなたと私はかならずうまくやっていける、と」

「ほんとうに、おっしゃるとおりだわ」

ジュリアンは椅子から立ち上がり、ソフィーを目の前に立たせて向き合った。「たいていの場合、私は正しい」そう言って、ソフィーの唇にかすめるようなキスをする。「正しくない場合も、ちゃんと正しいほうへ導いてくれるあなたがいる。おや、もう夜明けも間近だ。私と私の愛が、あなたのやわらかさとやさしさを求めている。私にとってあなたは強い酒のような効き目があるようだ、ソフィー。その腕に抱かれていると、あなた以外のことはすべて忘れられるのだ。さあ、ベッドへ行こう」

「それはいい考えだわ、ジュリアン」

ずいぶんたってから、ジュリアンは寝返りをうって横向きになり、いっぽうの腕でソフィーの体を引き寄せた。大きなあくびをしてから、言う。「エメラルドのことだが」

「どうかしたの？」ソフィーはジュリアンに身をすり寄せた。「バスケットのなかにあったでしょう？」

「ああ、見つけた。こんど、あのネックレスにふさわしいパーティがあったら、ぜひ身につけてほしい。あれで胸元を飾ったあなたを早くこの目にしたいものだ」

ソフィーは静かに拒んだ。「わたし、あれはつけたくないわ、ジュリアン。好きになれないの。わたしには似合わないでしょうし」

「ばかを言うんじゃない、ソフィー。飛びきり映えるにちがいない」

「ああいうネックレスは背の高い女性が身につけるべきだわ。それも、金髪の人。いずれにしても、こんなわたしのことだから、つけているうちに留め具がはずれてなくしてしまうわ」

「それもあなたの魅力の一つだ。しかし、心配するにはおよばない。私がいつもそばにいて、エメラルドも含めて落としたものはすべて拾ってあげよう」

「ジュリアン、ほんとうにあのエメラルドは身につけたくないのよ」ソフィーはあとに引かなかった。

「なぜ？」

しばらく黙りこくってから言った。「説明できないわ」

「あなたの心のなかで、あのネックレスとエリザベスが深く結びついてしまっているからだろう？」ジュリアンは穏やかに訊いた。

ソフィーは小さくため息をついた。「ええ」

「ソフィー、レイヴンウッドのエメラルドとエリザベスにはなんの関係もないのだ。あれは三代にわたって伯爵家に受け継がれ、これからも身につける妻がいるかぎりずっとレイヴンウッド家の家宝でありつづけるものだ。短いあいだ、エリザベスがおもちゃにしていたかもしれないが、ほんとうの意味で彼女のものだったことは一度もない。わかるだろう？」

「いいえ」

「強情だな、ソフィー」

「わたしの魅力の一つだわ」

「なんとしてでもエメラルドはつけさせるぞ」ジュリアンはささやき、ソフィーを胸に抱き寄せた。

「絶対にいやよ」

＊

その年の春、レイヴンウッド伯爵夫妻は健康な息子の誕生を祝い、数日にわたってパーティを催した。デレゲート卿をはじめとして、ふだんなら社交シーズンのロンドンを離れることなど考えられない者も含めて、招待された全員が田舎の別邸にやってきた。

そんなパーティのさなか、庭園で静かなひとときを過ごしていたデレゲートは、ジュリアンの顔を見て意味ありげににやりとした。「あのエメラルドはソフィーによく映えると、私はいつも言っていたんだ。今夜の晩餐会での彼女はほんとうにきれいだった」

「きみが誉めていたと伝えておくよ」ジュリアンは言い、満足げにほほえんだ。「彼女はあれを身につけるのをいやがってね。時間をかけて辛抱強く説得して、ようやくきょうという日を迎えられたのだ」

「どういうことだ？」デレゲートは不思議そうに言った。「たいていの女性は、あれだけの宝石を身につけられるなら死んでもいい、くらいのことは言いそうだが」

「あれを見るとどうしてもエリザベスのことを思い出すらしい」

「なるほど、ソフィーのような繊細な人ならそういうこともあるだろう。それで、なんと言って説得したんだ？」

「頭のいい夫はそのうち、妻をその気にさせる論法みたいなものを思いつくものなのだ。ちょっと時間はかかったが、なんとなくコツもわかってきたような気がする」ジュリアンは悦に入ってつづけた。「ネックレスを身につけさせるには、レイヴンウッド家のエメラルドが私の目によく映えることを指摘すればいい、というすばらしい発想にたどりついたんだ」

デレゲートはまじまじとジュリアンの顔を見てから、はじけるような笑い声をあげた。「すばらしいぞ、たしかに。そんな理屈を言われて、ソフィーが拒めるわけがない。そのうえ、きみたちの息子の目にもよく映えるときているのだから」デレゲートは立ち止まり、美しい庭園からちょっと離れた場所にある小さな畑に目をこらした。「これは？」

ジュリアンは足元を見下ろした。「ソフィーの薬草畑だ。春に作らせたばかりなのだが、もう村人たちが、育て方や、処方の仕方や、調合法を訊きに集まってきている。最近になって私は、薬用植物誌を山のように買わされるはめになったぞ。どうやらソフィーは、自分でも薬草に関する本を書くつもりらしい。私も忙しい女性と結婚してしまったものだ」

「私は女性は忙しいほうがいいと思っているんだ」デレゲートがさらりと言った。「働いている女性のほうが面倒が少ないような気がする」

「賭事しかやっていないきみがそんなふうに考えているとは、いやはや、面白い」

「賭事三昧の日々ももう長くはなさそうだ」デレゲートは静かに告げた。「聞くところによると、叔父の具合が急に悪くなったらしい。もう寝たきりになって、急に信心深くなったとか」

「それはもう長いことないだろう。では、きみもまもなく結婚するはめになりそうだな？」

「その前に」そう言って、デレゲートは母屋のほうに視線を向けた。「適当な女相続人を見つけなければ。伯爵家には現金がほとんど残っていないらしいのだ」

ジュリアンがデレゲートの視線を追うと、開け放った窓の向こうに輝くばかりの赤毛が見えた。「ソフィーから聞いたが、アン・シルバーソーンは最近、義理の父親を亡くしたそうだ。財産はすべてミス・シルバーソーンが相続するらしい」

「と、私も聞いている」

ジュリアンはくすりと笑った。「幸運を祈るぞ、わが友。しかし、彼女が相手なら、きみも手を焼きそうだな。なんといっても、私の妻の親友なのだ。ソフィーを相手に私が苦労したことは、きみも知っているだろう」

「しかし、なんとかうまくやっているようじゃないか」デレゲートが期待をこめて明るく言った。

「かろうじて」ジュリアンはいたずらっぽくほほえみ、デレゲートの背中を叩いた。「なかにはいろう。いいブランデーが手にはいったんだ」

「フランスものか?」

「もちろん。二か月前、親しくしている地元の密輸業者が運んできたのを船ごと買ったのだ。それがどんなに危ないことか、ソフィーから一週間近く説教されつづけたよ」

「きょうの彼女の態度を見るかぎり、許してもらったようじゃないか」

「妻とのうまい付き合い方を会得したんだ、デレゲート」

「ぜひとも教えてくれ。幸せな結婚生活を送る秘訣はなんなのだ?」ふたたびアン・シルバーソーンが立っている窓辺のほうに視線を漂わせながら、デレゲートは尋ねた。

「それはだな、わが友よ、自分で見つけるべきことだ。残念ながら、夫婦円満への近道はない。しかし、相手がきみにふさわしい女性なら、努力はかならず報われる」

その日の夜遅く、ジュリアンはソフィーの隣で大の字に横たわっていた。愛を交わしたばかりの体はじっとりと汗ばみ、その全身を強力な麻薬のように満足感がめぐっている。

「きょうの午後、デレゲートから夫婦円満の秘訣を訊かれた」ソフィーを抱き寄せながらジュリアンはつぶやいた。

「ほんとうに?」ソフィーは指先でジュリアンの裸の胸をたどった。「それで、なんとおっしゃったの?」

「私のように、自分で苦労して見つけなければだめだと言ってやった」ジュリアンは横向きになり、ソフィーの頬にかかっている髪を押し上げた。唇に口を押しつけ、ゆっくりと、じらすようにキスをしながら、体じゅうを満たしている限りない幸福感を味わう。さらに、片手でソフィーの脚をなで上げたとき、隣の部屋から、小さいけれどどこか威圧的な泣き声が聞こえてきた。

「あなたの息子がお腹をすかしているわ」

ジュリアンはうめいた。「絶妙なタイミングじゃないか?」

「父親と同じで傲慢なの」

「なるほどね、マダム。では、子守りが起きる前に、私がつぎのレイヴンウッド伯爵をここへ連れてこよう。さっさとお腹を満たしてやって、私たちはもっと大事な用事に取りかかろうじゃないか」

私の父親業もなかなか板についてきたようだ。そんなことを考えながら、ジュリアンは主寝室の隣に作った小さな育児室にはいっていった。実際、育児にかかわることならたいていはこなせるようになっていた。

父親のたくましい手に持ち上げられ、そっと抱かれたとたん、息子は泣きやんだ。緑色の目に黒っぽい髪の赤ん坊がうれしそうに喉を鳴らす。ジュリアンがソフィーの胸の上に置いたとたん、レイヴンウッド家の跡継ぎはうれしそうに乳房に吸いついた。

ジュリアンはベッドの端に腰かけ、薄暗がりにぼんやり浮かぶ妻と息子の姿を見つめた。

その母子の姿に引き出される心の安らぎと、所有欲の満たされた感じは、ソフィーと愛を交わすときに味わう感覚にそっくりだ。

「ソフィー、この結婚に望んでいたもののすべてをようやく手に入れたと、もう一度言ってくれ」ジュリアンは穏やかにうながした。

「すべて以上よ、ジュリアン」暗がりに浮き上がるソフィーの笑顔はたとえようもなく美しい。「すべてどころか、それ以上だわ」

訳者あとがき

「いっしょにロンドンへ連れていってください。好きなだけ本を読ませてください。三か月間、わたしに触れないでください」

――けれども、新妻の願いは一つとして聞き入れられなかった……。

ヒストリカル・ロマンス・ファンのみなさん、お待たせしました。十九世紀初頭のイギリスを舞台にしたロマンス小説、『エメラルドグリーンの誘惑』（原題は"Seduction"）をお届けします。著者はアマンダ・クイック。いくつものペンネームを使い分け、ジェイン・アン・クレンツ（本名）で現代のサスペンス・ロマンスを、ジェイン・キャッスル（旧姓）で未来のSF風ロマンスを、アマンダ・クイックで過去のヒストリカル・ロマンスを描き、十二年にわたって三十二作品を連続してニューヨーク・タイムズのベストセラーリストに送りつづけているアメリカ屈指の人気ロマンス作家です。

最近では、大手ロマンス専門出版社だけでなく、さまざまな出版社から英米のロマンス小説が翻訳、出版されています。一口にロマンス小説と言いますが、具体的な定義はあるのでしょうか？　アメリカのロマンス小説作家協会によると、「恋に落ちたカップルが愛を育むために努力し、葛藤する姿が物語の中心に描かれ、クライマックスにその解決が示され、読者に心地よい読後感をあたえるハッピーエンドがあること」が条件だそうです。簡単に言えば、紆余曲折を経てハッピーエンドにたどり着くラブストーリーといったところでしょうか。リンダ・ハワード、ノーラ・ロバーツ、エリカ・スピンドラーといった人気ロマンス作家の新作は毎月のように書店に並び、売れ行きも好調なようです。けれども、ヒストリカル・ロマンスはまだまだ紹介される機会が少ないのではないでしょうか。

初めて読んだロマンス小説がヒストリカルで、その甘ったるい〝現実離れ感〟にたまらない魅力を感じ、以来、わたしは「ロマンスはなんといってもヒストリカル！」と思いつづけています。遠いイギリスの、しかも二百年以上昔を舞台に、いまの感覚ではちょっとクサかったり、腹立たしかったり、首をかしげたくなったりするヒーローとヒロインが、うそ！まさか！　ほんとうに？　という状況や設定で愛し合ったり、誤解し合ったり、すれ違ったりするおハナシは、あまりに浮き世離れしているぶん、すっと違和感なくはいりこめるような気がします。まさに大人の女性のためのおとぎ話です。

さて、本書のヒーローはイングランド南部に広大な領地を持ち、「悪魔」とあだ名されるレイヴンウッド伯爵（ジュリアン）。最初の妻を殺し、池に沈めたという噂さえあり、村人たちに恐れられています。その彼が再婚相手に望んだのは落ちぶれた貴族の孫娘、ソフィーでした。二十三歳で、当時の感覚ではオールドミス（!）の彼女にとってこれ以上は望めない良縁です。しかも、彼女は五年前から密かにジュリアンを愛しつづけていました。けれども、彼女はいったん結婚の申し込みを断り、理由を尋ねにきたジュリアンに本音をぶつけます。「あなたが妻となったわたしに求めるのは、跡継ぎを生むこと。それから、前の奥様のような問題をいっさい起こさないこと。それだけなのでしょう?」

ジュリアンの前妻、若くて美しいエリザベスはつぎつぎと愛人をつくって夫を振り回したあげく、領地内の池で溺死していました。ソフィーの言うとおり、ジュリアンは新しい妻には分別をわきまえたしっかりした女性を求めていたのです。そこで、ソフィーは冒頭の三つの条件（ロンドンへの同行、読書の自由、三か月の禁欲生活）を受け入れてくれるならジュリアンの求めるような妻になる、と告げます。進歩的な本を手当たり次第に読み、当時の女性としては進んだ考えを持つようになっていた彼女は、まるで馬や土地を選ぶように、自分につごうのいい条件だけで妻に求められるのも、跡継ぎさえ産めばあとは別べつの人生を送るような上流階級の夫婦になるのも、耐えられませんでした。互いに理解し合い、愛され、求められて、ほんとうの意味でジュリアンの妻になりたいと願っていたのです。

しかし、結婚したとたん、誇り高いジュリアンは夫として妻を正しい道に導くのは当然だと言い放ち、ソフィーとの約束をことごとく破ろうとします。自分から無理強いはしないが、そちらから身を投げ出してくれれば約束を破ったことにはならないと言い放ち、毎夜のようにソフィーを誘惑します。なんて傲慢な、ひどい男……、と言い切れないところがロマンス小説の魅力でしょうか。黒髪にエメラルドグリーンの目をしたジュリアンことレイヴンウッド伯爵は、救いがたい自信家で、頑固者です。と同時に、強大な影響力と財力を持ち合わせ、たくましく、気品があって、たいていの女性を惹きつけずにはおかない魅力にあふれています。一方のソフィーは明るく、積極的で、勝ち気な面もありますが、心底やさしい女性です。読んでいてすかっとするような思い切りのよさと、つい応援したくなる無邪気さがあります。

結局、すべてはジュリアンの望みどおりになってしまったと気づき、失意に沈むソフィーですが、あくまでも前向きな彼女は、社交界を自由に動き回れるのを利用して、妹のアメリアをもてあそんで妊娠させ、自殺に追いこんだ貴族探しに乗りだします。手がかりはたった一つ、妹が残した不気味な指輪だけでした。ところが、やがてソフィーにも誘惑の不気味な手が伸びてきて……。

ヒストリカルと言うと、歴史を知らなければ理解できないようなむずかしい話だと思われがちですが、そんなことはまったくありません。遠い世界だからこそ〝なんでもあり〟が許されるこってりしたロマンスワールドをどうか楽しんでください。ジュリアンの伯母で常識にとらわれない自由人ファニー、誇り高い高級娼婦フェザーストン、ぶっきらぼうでも友だち思いのデレゲートなど、個性的な脇役もそろっています。毎夜のように繰り広げられるパーティ、謎めいた仮面舞踏会、オペラ観劇、領地内の豪華な館、日常の面倒なことは執事や召使いがすべて片付けてくれる暮らし、などなど、実生活を忘れさせてくれる小道具もたっぷりあります。

六年ほど前に原書を読んで夢中になり、これこそ「ヒストリカル・ロマンスの決定版！」と思っていた本書を訳すことができて、ほんとうにうれしく思います。刺激とユーモアを兼ね備えたアマンダ・クイックの作品が今後も日本の読者に紹介されることを心から願ってやみません。

二〇〇二年七月

エメラルドグリーンの誘惑

著者 アマンダ・クイック

訳者 中谷《なかたに》ハルナ

2002年8月20日 初版第1刷発行

発行人 三浦圭一

発行所 株式会社ソニー・マガジンズ
〒102-8679 東京都千代田区五番町5-1
電話03-3234-5811 http://www.sonymagazines.jp

印刷所 中央精版印刷株式会社

ブックデザイン 鈴木成一デザイン室

カバー写真 Clay Perry/CORBIS/CORBIS JAPAN

 ISBN4-7897-1899-9 Printed in Japan